妖怪・憑依・擬人化の文化史

伊藤慎吾［編］

笠間書院

異類の出現する時
——本書の手引き

伊藤慎吾

1

古池や蛙《かはづ》とびこむ水の音

芭蕉の名句中の名句と称されるものだから、ご存じの方も多いだろう。この句については数多くの先人達が数えきれないほど解釈を施し、鑑賞の手引きを示してきた。ところが、この句を「考物《かんがえもの》新題」として、次のように読み換えた子供がいる。

台所道具一つ

なんと名句が謎々となってしまった。古池に蛙が飛び込んだ時の音（擬音語）がキッチン用品の名称に等しいのだそうだ。これを作ったのは、東京は麹町《こうじまち》に住む小山内薫君である。時に明治二七年（一八九四）三月。児童向け月刊誌『小国民』に掲載された。

ところで後に劇作家として名を馳せた人物に小山内薫（一八八一～一九二八）という人がいる。出身は広島市だが、明治一九年（一八八六）に東京府麹町区富士見町に移り住んでいる。薫の妹岡田八千代は後に少年時代の薫を回想して次のように述べている（『若き日の小山内薫』古今書院、一九四〇年）。

兄は小学校の高等科へ行く頃から、よく「小国民」だとか、「少年世界」？とか、さう言つた少年の読物になつて居た雑誌へ投書してゐた。

同じ時期、同姓同名の子供が同地に住んでいたということは考えにくいから、恐らく「古池や」の謎々を投稿した薫少年は後の薫先生なのだろうと思う。

2

子供の発想力にはしばしば驚かされるが、わび・さびの境地にある蛙の飛び込む音からキッチン用品の名前を連想するのも奇想というべきだろう。生き物を生き物として、現象を現象として認識することが観察者として、また芸術の鑑賞者として在るべき姿勢であるとすれば、その枷《かせ》を填《は》められていない子供には観察・鑑賞よりも創造・表現の担い手として時代や社会的な制約を離れて得られる発想があるように思う。

猫の群がるさまを猫の集会とみたり、闇夜に眼から光を放つ黒猫に怪異をみたりする。生き物としての生態はいざ知らず、猫たちの社会を想像して何か相談ごとをしているとみなし、あるいは猫に妖力があるものと信じて化け猫出現と恐れる。猫の行動や生態から、時として人間のような猫のメルヘンチックな社会生活を心に思い描き、あるいは霊的能力を備えた猫と判断して妖怪とみなす。方向性としては異なるものの、どちらも異類として猫を捉えていることに変わりはない。

このように、生き物を生き物としてだけではなく、それ以外の価値や性格を重ねていく。ここに人間の文化・社会に組み込まれた異類が立ち現れる。

こうした経験的な想像力によって、言葉に紡ぎ出されて目撃談、噂話、都市伝説、怪談、さらに怪異小説やマンガ、ドラマといった物語が生まれ、また言語や絵画、工芸、映像、パフォーマンスとして表現される。その結果、生き物以上の性格付けがなされた異類が広まり、定着していくわけだ。

3

古代的な心性からすれば、生き物にはすべて霊的な性格が重ねられていたことだろう。しかし今日においては、遊び相手、話し相手、ペットならぬ家族の一員と扱う風潮が強い。異類というよりは、人間の延長として認識する傾向が広まっているのではないだろうか。

そうなると、人間と同じように犬・猫の魂はどこにいくのだろうかと考える人も増えてくる。かつては死んだら木の下に埋める、庭に埋める程度であったものが、ペット霊園に埋めるようになる。更には埋葬だけではなく、葬儀も本格化する。昭和後期には中世以来の古刹であってもペット霊園を併設する寺院が現れる時代となった。では埋葬後の魂の行方はどうか、あの世でどんな暮らしをしているのか。人間ならば年忌法要や盆行事で解決したものの、伝統的な葬儀・法事は人間に限られている。ペット葬儀がゼロ年代以降盛んになってきた。しかしペット葬儀は葬儀屋の領分であって魂の行方については分野外である。この需要には、伝統的な口寄せや祈禱師よりも、スピリチュアル系のカウンセラーが目ざとく反応して拡大していっているように思われる。ペットに限っていえば、人間の霊を呼び出すのが当然であった状況から、家族の一員であった犬・猫の霊を呼び出すことが自然に受け入れられる状況を迎えたといえるのかもしれない。

一般的には、かつて霊的存在としての異類は生き物でありながら神霊として客体化されていたと思われる。しかし人間の家族、あるいは人間と同等に生きる権利が与えられる中、人間と変わらぬ霊魂をもった存在として、いわば疑似的な人間とみる傾向が強まった。一方、かつて暗がりに潜む妖怪であったものが、本質的にもっていた怪異を形だけ残し、人間の友達、良き隣人として変質していくようにもなる。

日本において近代に至るまで異類の霊性を最もよく身近に見聞する機会となっていたのは、狐が人を化かすという出来事であろう。これについては、昭和一桁の人々までは見聞、時には体験した人が少なくない。地域差もあるが、「親たちは化かされたことがあるが、俺たちはない」ということを話す人もいる。私の祖母は大正一五年(一九二六)生まれ、荒川下流域で生きた人であったが、同様のことを言っていた。そういう祖母も、荒川の向こう岸に狐の嫁入りを実際に見た。たくさんの光が一方向に進んでいく様子であったという。

異類は怪異を示すばかりでなく、人に取り憑くこともしばしば行った。今でも地方のニュースに、狐を落とすと称してクライアントに暴力を振るい、高額のお布施を要求する事件が載ることがある。異類が人に憑くことは当事者からすれば不幸なことであり、他人からすればその不可解な言動は恐ろしいものであったろう。

と思ったら、滑稽にも映ったようである。これを文芸化したものが中世以来時々生み出された。狂言「梟山伏《ふくろうやまぶし》」は人間に憑いた梟を祓う祈禱の可笑しさを舞台化したものだ。そもそも梟が人に憑くのかという問題もあるが、あるとしても稀有なことであって、その意外性に加えて、憑いた人間が突然両手を上に伸ばしてホホーと高らかに鳴く所作の滑稽さが笑いを誘う。

また東北では昭和前期の頃までボサマ(盲目の芸能者で琵琶法師の末裔)が語った「虱《しらみ》の口寄せ」という語り物が伝承されていた。これは人ならぬ虱を浄土からこの世に降ろして憑依した体《てい》で語るものだ。降りてきた虱は自分の最期を語った上で子孫の虱たちに教訓を垂れる。虱が人間の口を通して子孫の虱に語るという設定自体、これが真実ではなく口寄せの形式を用いたパロディであることを示している。

昭和八年（一九三三）に岩手県盛岡市在住の民俗学者橘正一が出したガリ版刷の私家版小冊子『盛岡猥談集』は民間伝承の猥談を集めたものである。その中に次のような話が載っている。

ある男、イタコ（市子）の所に夜這に行つて乗りかかツた。イタコ目をさまして「そんな事せば、狐つけるぞ」。男「それでは止める」　イタコ「やめれば三匹つけるぞ」

イタコは在地の巫女だ。そこに夜這いに行ったものの、狐を付けると脅された。だから男は諦めたのだが、すると却って「三匹付けるぞ」と三倍増しで脅されたという笑話である。では結局どうすればよいのか。オチが付いているようで付いていない気がする。藤沢美雄『岩手艶笑譚』（津軽書房、一九七四年）に類話が載っているのだが（「狐の穴」）、そちらでは三匹付けるという言いがかりの後、男がどうすればよいのか訊ねるモティーフが続いている。イタコ（本文中では「女の祈禱師」）は次のように言う。

「この穴から、狐が出たがっているから、お前の棒で奥へ推しこめてくれ」

いかにも猥談といったオチである。

このように、異類の憑依もまたその出来事を滑稽な文芸として展開していく題材となってきたわけである。

4

さて、話が下がかってきたので、話題を冒頭の謎々に戻すことにしよう。

私が感心することは、その発想力である。誰もが知っている「古池や」の名句。つまり普通ならば〈句〉という枠組みの中で当然のように理解しようとするところだが、薫少年はそうではなく、全く別のジャンルであるである〈謎々〉として読み換えたのだった。

本書も多少そうした新しい発想を試みようという狙いを企画に盛り込んでいる。妖怪は妖怪、憑き物は憑き物、擬人化は擬人化と、異なる関心のもとにそれぞれを扱ってきた流れをここでガラガラポンと、一緒くたにしてみたらどうだろうかと思ったのである。この三つの術語の上位概念として〈異類〉を位置付け、その上で改めてこれら三つの要素間の関係性を問い直す契機になれば面白いだろうと願ったわけである。

Ⅰ「変貌するヌエ」、Ⅱ「狐憑き」、Ⅲ「擬人化された鼠のいる風景」は前近代の文化の中に現代文化に通底する異類をめぐる精神や文化様式を明るみに出そうとしたもの。一方、Ⅰ「ゆるキャラとフォークロア」、Ⅱ「ペットの憑霊」、Ⅲ「物語歌の擬人化表現」は現代の文化現象に近代以前から連綿と続く文化的要素を見出そうとしたもの。そしてそれぞれの論考の前後に関連する問題をコラムとして提示してみた。

こうして様々な現象として現れる異類と、その背後にある文化的要素を読み解いていくことが、本書の目的である。

付記　謎々の答え。「どんぶり」！

妖怪・憑依・擬人化の文化史　目次

I 妖怪

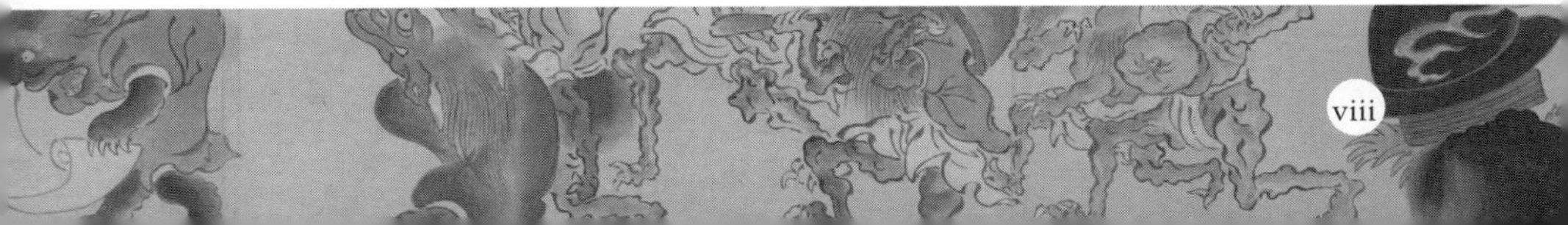

II 憑依

III 擬人化

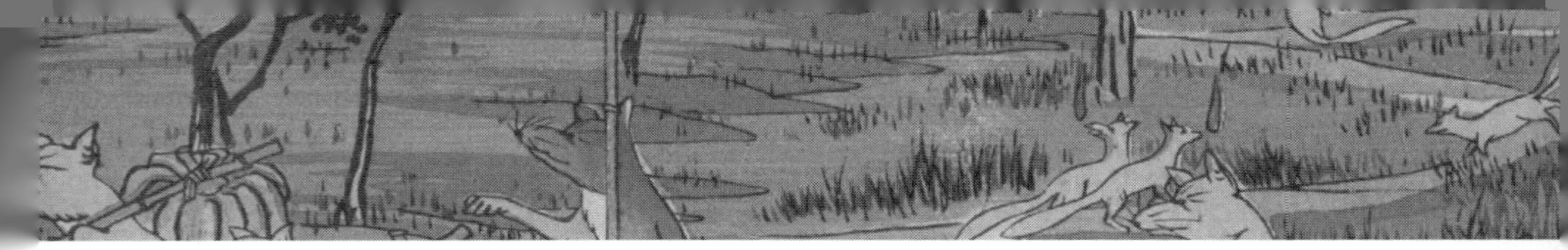

目次挿絵「百鬼夜行絵巻」「青物魚軍勢大合戦之図」「江戸名所道戯尽　十六　王子狐火」（すべて国立国会図書館）

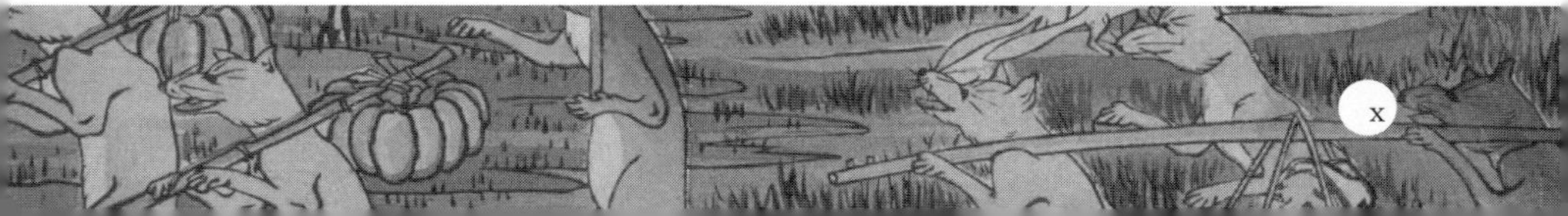

異類文化学への誘い

伊藤慎吾

1 ナウシカ体験

動物と話をしてみたいという願望は誰でも一度は抱くことがあるに違いない。猫語や犬語の本が多く出て、さらには翻訳機なるものさえ出ている昨今である。

アニメ映画『風の谷のナウシカ』（昭和五九年〔一九八四〕公開）に、威嚇するキツネリスがナウシカの指に噛みつきながらも、「大丈夫、こわくない」と言い聞かせるナウシカに次第に打ち解けていく場面がある。これに感動した人も少なくないだろう。本作の名場面としてもよく知られている。

近代日本では動物との関わりについて、共生というよりも、科学的観察と経済的利用に関心が向けられてきた。もちろん、子ども絵本や読み物のような児童文化の所産は別だが、小学校に入り、学校教育で科学的知識と思考が教えられる中、次第に児童文化の世界は意識の周縁へと追いやられていく。それはそれで文化・社会の在り方として間違ってはいなかったのだろうが、しかし『風の谷のナウシカ』が公開された頃から徐々に自然との共生を模索する動きがあらわれてきた。その後の『もののけ姫』（平成九年〔一九九七〕）や『千と千尋の神隠し』（平成一三年〔二〇〇一〕）の大ヒットが、こうした思潮を反映したものであることは否定できないだろう。
ナウシカとキツネリスの交流場面は深く日本人の心の琴線に触れるものだったのである。動物との交流、自然との共生というメッセージを受け取った人々は、世界的な動物愛護の流れに乗り、現代日本の異類文化の潮流を生み出している。

2　動物の物語と職業

動物の鳴き声や鳥の囀りを聴いて、どんなことを言っているのか聴き耳を立てたことのある人は少なくないだろう。日ごろ、雀や烏を遠目に見る程度の関わりしか持たない私でさえ興味を覚える。ましてや日常的に動物と関わる職にある人、ペットや家畜を飼っている人であれば、鳴き声や仕草から動物の気持ちを読み取ろうとした経験を一度ならず持っているだろうと思う。犬が吠えるのではなく、明らかに何事か語るような調子で唸ることがある。拙宅の近所の犬もしばしば飼い主に対して同じように何かを語りかけているようだ。こうした声を読み取ろうとするところに動物とのコミュニケーションが成り立つ。犬語の本で勉強する人もいれば、特殊な能力者に相談する人もいる。

実際の出来事として語られる物語はしばしば動物に接する職業の人間が関わっている。中世後期、室町幕府の要人の屋敷での出来事として、『看聞日記《かんもんにっき》』応永三一年（一四二四）八月二一日の条に次のような記述が見える（『続群書類従』補遺）。

抑《そもそも》聞く。此の間の事也と云々。室町殿の御馬、伊勢因幡へ預けらる。彼《か》の馬、物を言ふ。厩之者《むまや》、これを聞く。傍に人無し。厩の上に居る人、同じくこれを聞く。馬、物を云ひけるとて驚き見るに、馬、うなづくと云々。不思儀之間、披露申す。八幡の神馬、引き進らせらると云々。（原・漢文）

将軍足利義量《あしかがよしかず》が重臣伊勢因幡守《いなばのかみ》に馬を預けていた。そこの厩の者が馬の物言うのを聞いたという。ただこれだけのことであるが、珍事であることに変わりはない。当時、馬を調教する時や体調が悪い時は真言《しんごん》や和歌を唱えることがあったことが種々の馬書から知られる。つまり人間から馬へ言葉をかけることは日常的に行われていたものと察せられる。しかし反対に、馬が人間に言葉をかけることはあり得ないと考えられていたことも窺われるだろう。この点、現代の人間とペットや家畜との関係と同じである。飼い主は、躾のための命令文句は別として、言葉が通じないことを承知の上でペットに話しかけるが、正確な理解は期待していない。むしろ動物が人語をもって対応してきたら、右の厩の者のように仰天するだろう。

現在、動物と接触する職業に、獣医、動物園の飼育員、ブリーダー、ペットショップの店員、動物専門の美容師など、さまざまなものがある。彼らの間で、動物を商品や治療対象の生き物として扱うのではなく、対等な存在として理解を深めようとする考えが実践され、提唱されるようになってきている。いわゆるアニマル・コミュニケーションと呼ばれるものだ（本書Ⅱ「ペットの憑霊」参照）。彼らの多くは近代獣医学や動物学の立場に一定の理解を示しつつも、それとは違う方法や手段で精神的な交流を図ろうとしている。

歴史的に見て、動物に日々接しているこのような職業の人々が動物の物語を生み出し、また伝えていく機会が多かった。特に僧侶や医師は自らの体験を語り、記す機会に恵まれ、古代から現代に至るまで動物にまつわる物語を数多く生み出してきた。僧侶はとりわけ輪廻転生や因果応報の教義に有効な方便として利用した。一方、医師は患者の状態について記述する必要性から記録を残した。中世の『医談抄《いだんしょう》』が早いものだが（『伝承文学資料集成』第二二輯）、近世の医書にも多い。

他に動物文学には猟師、漁師、鷹匠、博労《ばくろう》などにまつわるものが多い。もっとも漁猟については殺生戒を犯す職ゆえにその罪業を説く仏教的物語に描かれることが多く、彼ら自身が物語の生成・伝播の担い手というわけではない。

しかし仏教から離れると、山中や海上で不思議な動物を目撃した話を伝えることは多い。漁師の説く蛸が蛇に変身した話などはその例である。[1] この他にも、近世に下ると様々な職が成立する。たとえば猫の皮を用いる三味線師もその一つだ。しかし文芸的には落語「猫忠《ねこただ》」や戦前の怪奇映画『怪猫　謎の三味線』（昭和三年（一九二八））など、職人ではなく持ち主のほうがもっぱら取り憑かれる。これは刀剣にまつわる怪異が刀鍛冶よりも持ち主に生じるのと同じことなのだろうと思われる。また越後の瞽女《ごぜ》が伝えた「馬口説《うまくどき》」は馬の立場で渡世の愚痴を語る内容だが、[2] これは馬を労働に従事させる農民との交流の中で生まれた語り物だろう（本書Ⅲ「物語歌の擬人化表現」参照）。東北地方の座頭（ボサマ）が語った「虱《しらみ》の口寄せ」のように、虱の霊が人間の口を借りて爪で潰されそうになったことや釜に落とされ火炙りで死んだ最期の様を悲しくも可笑しな調子で語ったものもある。[3] このような農民と共に歩んできた芸能者の語る物語や歌謡にも家畜や身近な生物が主体的に描かれてきた。

　こうした職業の中にはその起源を伝承するものがある。鷹匠の祖は政頼《まさより》と言われ、中世の鷹の様々な伝書に記され、[4] また狂言「せいらい」としても仕立てられた。馬術に関しても同じで、大坪流では次のような伝承をもつ（『馬伝秘抄』国立公文書館所蔵）。

> 応永年中ノ比、上総国住人大坪右京充清次トテ鞍・鐙ノ上手アリ。京都江召上ラレ畢。彼者、鹿嶋流ノ鞭・手綱ヲ相伝云々。彼者頓死ス。一七ヶ日過テヨミガヘリテ云、「我、此間、馬ニ成ヌ。鹿嶋大明神、我ニ乗テ此間アヤマル所ノ鞭・手綱ヲヂキニ再興ストイヘリ。ソレヨリ鞍・鐙ヲモナヲシ、鞭・手綱ヲモ一流再興スル間、大坪流ト号ス。

応永年中（一三九四〜一四二七）、鹿嶋流の大坪清次《おおつぼきよつぐ》が死後馬となって鹿嶋明神に仕え、直々に鞍・鐙《あぶみ》の作法を学び、蘇生して一派を成したという。兵法や剣術を天狗に学んで流派を開く伝承と同じく、鷹や馬の術の起源に神秘性が見られるが、それらを担う者たちに権威を与えるものであったろう。

3　アニマル・コミュニケーション

さて、アニマル・コミュニケーションは、二〇〇〇年代に入り、徐々に日本でも受け入れられるようになった。中には指導的立場のコミュニケーターも現れ、その数は益々増加してきている。試みにユーチューブで「animal communication（アニマル　コミュニケーション）」を検索してほしい。いかに多くの動画が投稿されているか、また彼らがどのような手段で動物と会話を試みているかが分かるだろう。

こうした動物と会話する人々に対して、世間一般からは、胡散臭い、怪しいという印象を持たれることが少なくない。一番には人語を解さない生き物と会話などできるはずがないという決めつけの心理があるのだろう。また〈動物と話をする〉というシチュエーションが発する電波感に、新興宗教の信者でもみるような抵抗感を覚えるに違いない。実際、中には宗教的背景をもつ場合、また独自の霊魂観が体系化されている場合がある。たとえば日本を代表するアニマル・コミュニケーター高江洲《たかえす》薫《かおる》はサイババの影響を受け、さらに動物の輪廻転生について前世と現世の間に中間世という独自の世があるとする。[5] スピリチュアル・カウンセラーの活動の一環としてペットの心理や死後の様子を伝える者も少なからずいるから、精神的系譜としては一九世紀以来の心霊学を受け継いでいる面があると思われる。彼らは自らを依り代とするのではなく、あくまで動物に対し、そのメッセージを人間に伝える形式を採る。しかし、これを憑依という形式で行うのならば、口寄せということになる（本書Ⅱ総説参照）。常人には分からない動物界、ひいては自然界に人間がコンタクトを取ろうとするのであれば、そこに仲介者が必要となる。前近代において、民間巫女や修験者が行っていたその役割は、かたちや方法は変わっても現代に受け継がれてきているのである。

〈呪文を唱える〉

動物が人間の口を通してその意思を伝える口寄せとは違い、呪文は人間から動物への一方通行のものだ。これは動物に宣命を含める、すなわち言い含めるのである（本書Ⅱコラム「馬の神の託宣」参照）。冒頭で示したナウシカのキツネリスに対する言動がこれに当たる。ただ、程度の差こそあれ、これは〈教える〉という営為の域を出るものではない。その意味で犬を躾ける時の「お手」や「おすわり」と同類とみることができるだろう。そうすると、多くの場合、動物は本能的に反応しているだけであって、コミュニケーションが成り立っているとは言い難いのではないかと思われる。

さらに、人間が話しかけている内容を、動物が理解しているわけではなく、話し手である人間が言葉を発して向こうに伝わっているものと自己完結させてしまっていることも少なくないだろう。赤川次郎の三毛猫ホームズシリーズの三毛猫は明らかに人語を解した動作を見せる。しかし多くは谷川流の涼宮ハルヒシリーズの三毛猫シャミセンのように扱われる。

> オス三毛は時たまニャアと言っているが、俺がそう聞こえているだけで本当は別の言葉を喋っているのかもしれない。まあ、どうでもいい。（『涼宮ハルヒの溜息』二〇〇三）

とはいえ、近代に至るまでこの行為を呪的に深めていったことが、文化史的に見るならば重要だろう。前掲の『馬伝秘抄』には、様々な状況に応じた教化《きょうげ》の方法が記されている。それによると、呪文の多くは真言もしくは和歌の形式を採る。たとえば馬の気持ちを奮い立たせる時は、「南無帰命頂礼一心具足仏」と唱えるとともに、

乗ルモ憂シ　乗ラルル心モ一ツナリ　同ジ心ニナレヤ春駒

という歌を三度詠むとよいという。このような言葉の霊力、すなわち言霊《ことだま》を使った意志伝達の手段は、近代以降は次第に衰えていくが、ただ使い魔や妖怪が登場する漫画やアニメ作品には受け継がれていく。高橋留美子の漫画『犬夜叉《いぬやしゃ》』（一九九六〜二〇〇八）には、犬夜叉（父は妖怪、母は人間の半妖）の行動を制約する手段として、ヒロイン日暮かごめが「おすわり」と命じると、その場に座り込んで動けなくなるというものがある**【図1】**。

図1　高橋留美子『犬夜叉』第35巻（少年サンデーコミックス、2004）

〈鳴き声を解釈する〉

このような、人間から動物への一方的な語りかけ、言い含めに対して、〈鳴き声を解釈する〉ということがある。中世末に成った法華経講釈の記録である『直談因縁集《じきだんいんねんしゅう》』巻六には次のような話が載る。

書写ノ性空上人ハ六根清浄ニ叶フ御人也。有ル時、山門ヲ雀多ク飛ビ通ル時、声ヲ聞キテ、「此ノ雀ハ『坂本ニ馬臥シテ米ガコボルルヲ往キテ食ハン』ト鳴ク也」ト云々。或ハ笑フ人モ之有リ。「但シ」ト云ヒテ、下リテ見ルニ、聽テ馬臥シ米コボルト云々。

書写山円教寺を開山した名僧性空《しょうくう》上人（九一〇〜一〇〇七）が比叡山延暦寺の山門の上を飛んでいく雀たちの鳴き声を聴いた。「麓の坂本に馬が臥して米がこぼれているのを行って食べよう」という。性空の言葉を聴いた者がまさかと思いながらも山を下って坂本に行ってみると、はたして馬が臥して米がこぼれていた。普通の人間には知りえない情報を雀の会話から得たのである。

また、『古今和歌集』仮名序の「花に鳴く鶯《うぐいす》」が歌を詠む証明になるとして次の説話が知られている。

日本記(紀)に云はく、大和国にある僧、深く思ふ弟子あり。彼《か》の弟子死して後、三年を経て彼の師の家の前に鶯来て鳴く声をきけば、

初陽毎朝来　不相還本誓

と鳴きけり。怪しみて声を摸して書きて見れば、

はつ春の朝《あした》ごとには来たれども　相還《あひかへ》らざる本《もと》の誓ひを

と云ふ歌也。怪しく思ひて寝たる夜の夢に告げて云はく、「我は汝の弟子なり。生をかへて鳥と成りてここに来たれり」と云けり。

これは中世前期に成立した毘沙門堂本『古今集注《こきんしゅうちゅう》』に拠ったが[6]、その後の古今注や『曽我物語《そがものがたり》』などの物語・説話文献にも広く記されている。この説話では現実世界において人間と鳥とのコミュニケーションが取れていない。その鳴き声は解釈することで意味が理解される。また僧は「怪しく思」っていることから、それさえも特殊な経験であることが窺われる。現実ではなく、彼らは夢の世界で会話をしている点も重要である。現実社会において、動物と会話をする方法は、夢の中か口寄せが一般的である。これは動物ばかりでなく、死者や神仏も同じである。弟子の霊魂は人間から鶯に転生し、夢の中で会話を交わしているわけだ。この物語世界では、鶯は言葉を発することはできないが、夢という別次元の世界での会話は不自然ではないのである。

この鶯童子の説話から想起されるのは、アニマル・コミュニケーターのハイジの次の体験談である。[7]

日本の犬のリーディングをしたときのケースですが、犬に対して、何をするのが一番好きかと〝尋ねて〟いると、どうやら日本語の単語らしい音が何度も聞こえてきたのです。「リッタ」「チュ」「シャジョー」とかの意味不明音を、ただ聞こえるがままに、なんとかアルファベットで紙に書き留めておきました。
犬のリーディング後、相談者の飼い主に、その日本語のように聞こえた単語の断片をメモを見ながら声に出して伝えて、これが何か意味があるか聞いてみました。ややあって、彼女は、「あっ、立体駐車場だ」と言い、彼女の犬はそこで走り回って遊べるので、そこがお気に入りの場所なのだと教えてくれました。

鶯童子の説話では、まず音を漢文で書き取り、それを和歌に改めることで意味を理解した。一方、ハイジの体験談では、音をアルファベットで書き取り、それについて飼い主に訊くことで意味を解いた。両者に共通することは、動物の発した音を文意不通ながら言語として認識したこと、その上であるヒントを得ることで内容を理解したことである。鳴き声から意味を読み取ることは〈聞きなし〉として広く行われてきた。▼8 近世の方言辞書である越谷《こしがや》吾山《ござん》の『物類称呼《ぶつるいしょうこ》』（安永四年〔一七七五〕刊）には幾つかまとめて事例が挙がっている。

昼眉鳥《ホオジロ》　一筆啓上（東国）・つんと五粒《いつつぶ》弐朱負けた（遠江）・俺《おら》が父《とと》は三八二十四（薩摩）
斑鳩《ツチクレバト》　鉄砲々々嚊《かかあ》ほうほう（東国）・年寄来い（関西）
鴞《フクロウ》　のりすりおけ（『挙白集』）・夜明けなば巣作ろう（俗）・五郎七奉公（片田舎）・この月とっこう（薩摩）

鳥の鳴き声には物語的背景を持ったものもある。「包丁かけたか」や「弟《おとと》恋し」などと鳴く時鳥《ほととぎす》の昔話「時鳥と兄弟」▼9 や「蔵っ子、蔵っ子」と鳴く郭公《かっこう》の昔話「片脚脚絆」▼10 など民間には鳥の言葉とその由来が語り継がれてきたのだ。
また鳴き声の恐ろしさから妖怪化したものもいる。本書Ⅰで取り上げる鵺がその代表的なものだが、他にも姑獲《うぶ》

図2　このつきとっこう（『大石兵六物語』国立歴史民俗博物館蔵）

鳥《め》や[11]、『物類称呼』に見える「このつきとっこう」はその鳴き声の不気味さからイメージされたものではないかと思われる。『大石兵六物語《おおいしひょうろくものがたり》』では、これを絵で表現している。本文には「首筋もなき姿に二つの眼光り渡り、鼻長く、口とがり、左右に翼あり」と記されているが、描かれている姿は耳羽が発達したものだから厳密に言えばミミズクである。さらに腹部の羽毛の柄からしてトラフズクの妖怪と見て間違いないだろう【図2】。

このように、鳴き声とは、ある種の言語であり、何かしらメッセージが籠められているものと信じられていたようだ。その一方で、目に見えないモノをイメージさせるものとして、妖怪を生み出す要因となることもあった。

〈呪宝の力を借りる〉

ところで、民間説話に見られるものに、呪宝の力を借りるということがある。昔話「聴き耳頭巾」がそれだ。ある男が助けた動物から鳥の言葉がわかる呪宝をもらう。それを耳に当てて鳥の言葉を聴き、長者の娘の病気の原因を知る。これを長者に伝えて娘が回復し、男は褒美をもらうというもの。頭巾の他にも杖や笠、箱、籠、草紙などが呪宝のこともある。古浄瑠璃『しのたづまつりぎつね付あべノ清明《せいめい》出生』（延宝二年〔一六七四〕刊）では「聴耳《ききみみ》の玉」が呪宝である[12]。これを装着することで、動物たちの会話内容を知ることができる。残念ながら、この種の呪宝が現実に存在するという記録はない。またコミュニケーションを取るにしては、こちらからメッセージを発信することはできないから、伝達能力は一方向という欠点をもつ。この昔話に登場する動物は人智の及ばぬことを話している。思えば白《はく》沢《たく》やクダン、アマビコなども未来を告げるという、人間には予測できないことを告げている（本書Iコラム「「くだん」が何を言っているのかわからない件」参照）。これらの予言獣と同じ働きを、動物たちは結果的に人間に対して行っているのである。我々人間は、呪宝の力によって動物社会の様子ではなく、病の治し方や未来のことなど、自分や自分たち人間の知り得ぬことを求めているということになるだろう。

4 前生・転生譚

前世の人生のことや転生する前を語ることは、主に仏教勧化を目的とした因果応報の説話として広まったものであったろう。古くは古代の『日本霊異記《にほんりょういき》』や『今昔物語集《こんじゃくものがたりしゅう》』からあり、中世の諸書に見え、近世にも『因果物語《いんがものがたり》』をはじめ種々の説話集に見られる。片仮名本『因果物語』（寛文元年〔一六六一〕刊）中巻一三話「馬ノ物言フ事」には次のように記されている（『江戸怪談集』中巻・岩波文庫）。

武州神奈川ニ旅人宿ヲ取リテ、雨降リケル故、亭主ノ羽織ヲ盗ミ着テ行カントスルニ、何者ヤラン、「其レハ亭主ノ羽織也。何トテ着テ行クゾ」ト云フホドニ、傍ヲ見レドモ人ハナシ。聞カヌ由ニテ出デントスレバ、亦右ノ如ク言フヲ聞クニ、馬也。此ノ時、馬ニ向カツテ、「何事ゾ」ト問ヘバ、「我ハ亭主ノ甥也。叔父ノ造作ヲ受ケタリ。此ノ恩ヲ報ゼン為ニ馬ト為リ来タル。今少シ債《ヲイメ》アリ。銭七十五文出ダセバ、隙明《ヒマ》クナリ」ト言フ。余リ怖ロシク覚エテ、亭主ニ委シク語ル。亭主、聞イテ、「扨《サテ》モ不思議ノコトカナ。此ノ馬、能ク使ハルルコト類ナシ。唯、人ノ如ク覚エタリ」ト語ル。其ノ後、人来タリテ、彼ノ馬ヲ借リ、七十五文取リケレバ、則チ死ス。寛永年中ノコト也。

寛永年中（一六二四～一六四五）、神奈川の宿《しゅく》で亭主の羽織を盗もうとした旅人が馬に諌められて思いとどまる。この時のことを亭主に語ると、馬が語った通りに七五文分の働きをして死んだという。

何を隠そう、私の檀那寺である埼玉県上尾市平方の浄土宗馬蹄寺《ばていじ》もまた化馬譚をその由来とする寺院である。諸国行脚の僧が当地の長者屋敷に泊まった。その晩、夜具を盗んで逃げようとしたところ、馬に止められた。この馬は前世に人間であったが恩に報いるために馬として働いており、あと一度の働きで往生できると言う。翌日、その通りに馬は死んだ。その馬の菩提を弔うべく寺を建てた。[13]近代になってもなおこの種の説話は実際の出来事として語られた。たとえば水子供養を熱心に勧め、因果応報の理を説いた紫雲荘主幹橋本徹馬《はしもとてつま》（一八九〇〜一九九〇）は『現代因果物語』（一九七〇年）に「夢で馬に教訓された泥棒」という愛知県豊川市在住の人の祖父に関する手紙を紹介している。

　或る日井上さん方で六部《ろくぶ》（伊藤注・諸国行脚の巡礼者）を泊めたのですが、その六部は実は泥棒でした。泥棒はすでに盗むものを盗み、仕度して逃げるようになっていたのですが、時刻が余り早過ぎるので一眠りしたのです。ところが夢にその井上さんの家の馬が現われたのです。その馬がいうには「私は業《ごう》に依って馬に生まれたが、業を終わったからこの世を去る」――というのです。

　六部は目をさましてから、早速馬小屋を見に行ったところが、実際馬は死んでいたのです。それを見て六部は自分の未来が恐ろしくなり、井上さんの家の人々を起こし、一切をザンゲして詫びたとのことです。

馬が諌めたのが夢の中ということ、馬の死んだのが労働中ではなく馬小屋の中ということというディテールの違いはあるが、基本的に同じ型である。時代や場所や人物は異なるものの、同じ型の人間と馬の物語が実際の出来事として語られてきたことが知られる。

　現代のスピリチュアル・カウンセラーの中にも動物と会話をするだけでなく、その前世を視る者が少なくない。しかし、基本的に彼らは言語で会話をしているのではなく、テレパシーや共鳴という方法を採り、仏教的な因果応報の理とは立場を異にしている。したがって動物の姿であることを前世の報いとして悪く受け取ることは少ない。その点、動物を人間と対等な存在と見做しているということなのだろう。

体験談になるのですが、祖父が亡くなって葬式の日、季節はずれの蜂が家に入ってきて、「じいじが来たんだね」と話したのを覚えています。

これは平成二七年（二〇一五）に都内の大学生から聴いた話である。死者の霊魂が蜂の姿で現れたことに対して因果の理を結び付ける時と結び付けない時がある。これは後者の例だが、前者例も少なくない。▼14

5 動物との共生

〈神話〉

日本武尊《やまとたけるのみこと》が死んでその魂が白鳥と化したのは、魂が肉体に宿るものという考えが前提にある。肉体ばかりでなく、万物に宿る神霊に対する信仰が根本にあるのだろう。魂が蜂や蝶になるという素朴な考えはこうした古代からの霊魂観を受け継いでいるものだろう。一時的な遊離であればまた肉体に戻って来るが、▼15 死は再び戻ることのない遊離を意味した。

また自然や人工の物体全般についてはもちろんだが、他方、雨や雷、風といった自然現象も神格化された。記紀神話では、雨の神は水神の一種で闇御津羽神《くらみつはのかみ》や闇龗神《くらおかみのかみ》として、雷の神は賀茂別雷命《かもわけいかずちのみこと》などとして、風の神は志那都比古神《しなとひこのかみ》や級長戸辺命《しなとべのみこと》として現れる。神話学者松村武雄《まつむらたけお》は、当時の思考の特徴は「すべてのものを具体的・具象的・限定的に観ずること」と説いている。▼16 その具象化は人間の姿をとることもあれば、動物の姿をとることもある。三輪山の大物《おおもの》主命《ぬしのみこと》は人間の男の姿に変じて人間の女と契りを結んだが、その正体は蛇体である（『古事記』）。

後世、神は彫像や画像として視覚化されることになるが、それでも人間の肉眼で視える存在ではない。神そのものは視えないが、しかし神意を伝える使いである動物は視ることができる。

このように、動物は古く神自体として、また神の眷属として信仰されていたと思われる。八咫烏《やたがらす》は神武天皇の東征にあたり、天照大神《あまてらすおおみかみ》から先導を命じられている。神の眷属の鳥として現れたわけだ。しかし、賀茂県主《あがたぬし》の遠祖（『古語拾遺』）とも、賀茂県主の祖神賀茂建角身命《かものたけつぬみのみこと》の化したもの（『新撰姓氏録』）とも伝えられる。ここから、動物が神の眷属として敬われていたこと、氏族の祖として動物神を崇拝するものもあったことが考えられるだろう。出雲国造家の祖神天夷鳥命《あめのひなどりのみこと》もその一種で、天神の使いを神格化したものだろう。[17]

後世、神社神道において、特定の動物を眷属と見做すところは多い。八幡社—鳩、稲荷社—狐、春日社—鹿、鹿嶋社—鹿、熊野社—烏、北野社—牛、愛宕《あたご》社—猪、気比《けひ》社—鷺《さぎ》、熱田社—鷺、日吉社—猿、松尾社—亀、三峰社—山犬などがそれだ。これらの結び付きは個別に検討を要するものだが、時間をかけて深い関係が形成されてきた結果、眷属としての地位が確立したものと一般的に考えられている。本来、神に仕えていない動物が神使という位置を獲得するに至ったのは、その動物自体に神霊としての力があると信じられていたことを示している。『稲荷鎮座由来《いなりちんざゆらい》』によると、京都の北、船岡山に棲む老狐の夫婦が五匹の子を連れて稲荷山に行き、神に次のように祈願をした（『続群書類従』第二巻）。

> 我等、畜類ノ身ヲ得タリト雖モ、天然トシテ聖智ヲ備フ。世ヲ守リ物ヲ利スル願ヒ深シ。然シテ我等ガ身ニテハ此ノ望ミヲトゲガタシ、仰ギ願ハクハ今日ヨリ当社御眷属トナリテ、神威ヲカリテ此ノ願ヲハタサン。

野狐《やこ》が稲荷神の眷属になった瞬間である。ただ、これとは別に賀茂や出雲のように動物神を祖先とする氏族もあるわけだが、すべてを一元的に捉えることはむつかしい。民俗学者中山太郎は祖霊神として動物をトーテムとする信仰が本来のものであり、神社神道が形成される過程で眷属という地位に組み込まれていったのではないか、つまり民間の祖霊信仰の対象たる動物神よりも天神地祇の信仰が優勢になった結果、主客転倒したのではないかと説いている。▼18

古代神話は神代の天地、事物の創造や神々の活動、人間社会の諸相の起源といったものを説くものだった。次第に神話的性格は希薄になっていったが、しかし物語のかたちはさまざまに展開していった。たとえば三輪山神話の類話は中世の『平家物語』に豊後国の武将緒方三郎の誕生譚としてあり、中世後期には『天稚彦物語《あめわかみこものがたり》』として物語草子化され、そして近代に至るまで各地に昔話や伝説として伝承されてきた。

また中世になると、記紀神話は、本地垂迹《ほんじすいじゃく》思想の影響を受けてさまざまに変容していく。その中で『日本書紀』「神代巻」が重んじられた。それは王権を支える装置である三種の神器をめぐる神話が語られているからだろう。ここには日本武尊による八俣大蛇《やまたのおろち》の話が含まれている。『平家物語』や『太平記』には宝剣説話として挿入され、中世後期から近世にかけて『熱田の神秘《じんぴ》』や『住吉の本地』『武家繁昌《ぶけはんじょう》』など色々な物語草子にも受け継がれていった。

〈異類の社会生活〉

因幡の白兎の話は『古事記』上巻に見え、中世には『塵袋《ちりぶくろ》』巻一〇などに収録される。これは兎と鰐《わに》の物語であるが、皮を剥がれた兎を大国主命《おおくにぬしのみこと》（大己貴神《おおなむちのかみ》）が治す話でもあり、両者の仲裁を神が行う話でもある。基本は動物社会での葛藤とその解決と解される。ただ、後世、古代神話の流れを継ぐ動物物語は少なく、もっぱら仏教の布教活動の中で発展していくことになる。その一方で、中世も後期になると、脱仏教的な世俗的物語が盛んになっていき、近世の文芸に続いていく。『きりぎりす物語』『こほろぎの草子』『玉虫の草子』『ふくろふ』『十二類絵巻（獣《けだもの》太平記）』『のせ猿草子』『をこぜ』『猿の草子』『精進魚類物語』『鴉鷺合戦物語《あろかっせんものがたり》』『四生《ししょう》の歌合』『鳥獣戯歌合物語』『魚《うお》太平記』『鶏《けい》鼠物語《そものがたり》』『勧学院物語』など、数多く作られた。

この頃から日本人が異類の社会をどのようにイメージしていたのかが窺われるようになる。近世前期に出た『鳥の歌合』はその名の通り、鳥たちの社会で行われた歌合を描いた物語である。その導入部分に動物社会の仕組みが記されている（『仮名草子集成』第四二巻）。

もろもろの虫たちあつまり給ひて、歌合のありつるとうけたまはる。玉虫を恋ふの歌になぞらへて、よろづのことのはをつくせり。判者はひきがいるいたしたるよし也。いかなればとて虫の家におとらんや。すでに是、源うぢは鳥の家、平うぢは虫の家、藤原うぢはけだもの、たち花はうをの家なんど、き、つたへたり。なま〳〵に、四かのながれの中にても、源なんどいはれつる鳥のいゑにて歌合のなからんは甲斐なく侍らんや。本より歌は知らざりけれど、虫の歌をさきにたて、、あとにつき侍らば、うき世の中のとり沙汰もおとしめん事、侍らじ。

鷦鷯《みそさざい》が鶯の竹林坊のもとにやってきて、虫たちが蟾蜍《ひきがえる》を判者に迎えて歌合をしたことに対抗意識を燃やす。鳥虫獣魚は源平藤橘《げんぺいとうきつ》という。中でも筆頭の源氏と言われる鳥の家で歌合が行われないのはどういうことかということで、歌合が開催される運びとなる。ここから知られることは、鳥獣虫魚の四生《ししょう》が源平藤橘の四姓《ししょう》に擬えられていることだ。すなわち鳥獣虫魚が氏族として捉えられている。それぞれはお互いに交流をもちながらも、独自の社会組織を形成している。物語は氏族社会を軸として描かれているのである。擬人化された異類の物語に描かれる社会は、鳥は鳥、獣は獣、虫は虫、魚は魚、草木は草木、器物は器物と、基本的に同類だけで成り立っている。これは自然観の一つの到達点といえるのではないか。

これらの異類は人間と付かず離れずの関係を持っており、必要に応じて人間と接触することがある。たとえば近世初期の鳥社会を描いた『あた物語』に医師として土竜《もぐら》が登場する。その医学の知識や技術は人間の医師の家の軒下で過ごすうちに修得したものである。また近世前期の鳥社会を描いた『勧学院物語』では、主人公の雀の地頭殿が出家に臨んで勧学院の僧に剃髪してもらっている。近世のこれ以降の文芸ジャンルでは、赤本や黒本・青本、黄表紙、滑稽本、咄本に異類たちの社会を描いた作品が少なくない。また「青物魚軍勢大合戦之図」「龍宮魚勝戦」「夏の夜虫合戦」など、浮世絵に描くことも多く、近代初頭まで続いた。

〈キャラクター化する異類〉

近代社会においては、これまでに見られなかった異類の利用法が普及する。それ以前の商家には鶴や亀など伝統的な紋を用いることはあったが、商品のラベルにキャラクターを使うという発想を持たなかった。西洋の企業のアイデアが取り入れられ、商品に親しみや強い印象を与える効果が期待されたのだった。蓄音機と向き合っている犬で知られる日本ビクターのニッパーは一九〇〇年にフランスのベルリーナ・グラモフォン社の商標となったものであった。レコードが普及し、また昭和二年（一九二七）創業の日本ビクター株式会社もこれを使用するに及んで日本社会にも浸透するようになるが、日本独自のキャラクターではなかった。キリンビールやブルドッグソース、金鳥のラベルのオリジナルデザインも明治期から用いられているものである。[19]これら初期の商標は欧米の影響が強く、彼らの提案で作られたようだが、次第に日本の会社もこれを採用して利用するようになった。

デザイン面では恐らく児童文化の影響も少なくないのではないかと思われる。特に子ども向け商品については擬人化されたぬいぐるみのようなキャラクターが定着していくし、今日でもテレビCMで見かける商品に目鼻や手足を付けたキャラクターが生まれてくる（クラブ歯磨など）。かくして大正・昭和にかけてますます増えていくことになる【図3】。とりわけ第二次大戦後は目覚ましい。

また商品宣伝とは別に玩具・フィギュアとしての需要も増え、妖怪や怪獣、怪人のフィギュアが次々に生まれていく。[20]ゼロ年代以降は美少女フィギュア全盛期に入り、その範疇で萌えパーツとして獣耳《けもみみ》や肉球、尻尾などを付けた人外キャラクターに人気がある。

図3 『動物園戸籍調』の広告（1910）（『國學院雑誌』16-10）

戦後、とりわけ一九六〇年代の高度成長期以降、低迷した地域経済の再生のため、国土の均等な発展を理念とする国家としては都市偏向の状態を是正すべくさまざまな過疎対策、すなわち地域振興対策を打ち出してきた。ところがなかなか効果的な対策ができぬまま今日に至っている。一九八〇年代には地方の農村・漁村ばかりでなく東京や大阪等大都市近郊の地方都市でも経済が悪化してきた。駅前の商店街が次々にシャッターを閉めて閑散としている地域は少なくない。また行政主導の地域振興策（いわゆる箱物行政、リゾート開発）でかえって負担を増やしてしまった市町村が問題化した。

こうした状況に対して、地域住民を主体とした町おこし、村おこしといった地域おこしの動きが全国的に生まれてきた。イベントの開催、ネット等を使った情報発信、姉妹都市の交流などが挙げられるが、それらと並んで当該地域の新名物やグルメの開発があり、さらには一九九〇年代に入り、ご当地キャラクターの開発が増加していく。[21] 平成元年（一九八九）、鳥取県産の牛肉を宣伝するために、とりモー（全国農業協同組合連合会鳥取県本部所属）という黒毛和牛のキャラクターが誕生した。このあたりが今日活動するご当地キャラクターの早いものだろう。ゼロ年代に入ってブームになり、現在に至る。

6 人間との関わり方

日本人ほど、花に鳴く鳥や秋の夜の虫の音を愛でる民族はいないと言われる。確かにこれらを和歌に詠むことは『万葉集』の昔から行われる文学伝統として今日の俳句に至る。俳句の季語を検すれば、いかに鳥獣虫魚に関わるものが多いか分かるだろう。こうして精神生活を豊かにするものを自然界に求めていったのだ。

〈身近な野生動物に名前を付けること〉

里に下りて来る野生動物は狐・狸・鹿・猪・猿・川獺《かわうそ》が多く、雀・烏・鳩をはじめ野鳥にも人里に付かず離れずの生活をするものが多い。そうした中で狐にはかつて名前をもつものが各地にいた。四国では、お国柄、狸が多く、狸の番付まで何度か作られている。[22]柳田國男は「おとら狐の話」において名前のある狐の共通点が年老いていることであるとして、多くの事例を挙げる。そして「かねてこれを使っていた人の名」ではないかとする。[23]確かに里で目撃される動物の中で狐ほど名前のあるものはいない。そして他の動物でも憑かないことはないが、狐のように使役することはない。

大正一五年（一九二六）に刊行された外山暦郎『越後三条南郷談』（郷土研究社）には新潟県三条市南部地域にいた三九郎狐・権九郎狐・銀次郎狐・朝霧といった狐が紹介されている。このうち、三九郎狐は白尾で有名な狐だった。しかし明治期、殊のほか大きかった巣穴が小さくなったという。そこで口寄せ巫女（通称万日《まんち》）に訊くと、北海道に稼ぎに行った男について行ったからだという。この男が三九郎という狐使いではあるまい。それよりも、万日が狐の名を示すことが命名の契機となることもあったのではないかと思われる。

平成二一年（二〇〇九）、私は同地の古老から次のような話を聴いた。

松原の三九郎狐は松原の主。本成寺《ほんじょうじ》のお夏と時々縄張り争いをした。昔は長嶺《ながみね》から線路を越えた先はヤチ（茅など生い茂る湿地）になっていて、狐が鴨などをとって朝帰りするのをよく見た（昭和五年〔一九三〇〕生・男性）。

松原は様々な怪異があったところで[24]、三九郎狐はそこの主だったという。また本成寺のお夏という女狐がいたことがわかる。そこには銀次郎狐と朝霧という狐がいたはずであるが、どうなったのだろうか。思うに、狐使いの名が狐にも与えられたということもあったのだろうが、人里や里山といった人間の生活空間に住む狐に対して関心を持ち、個体として名前を与えることもあったのではないだろうか。先ほども挙げた近世薩摩地方の妖怪絵巻『大石兵六物語』は狐たちが様々な妖怪に化け、肝試しに山に入った兵六を脅かすという内容である。彼らの名を菖蒲谷の鼻白・ひら川の背な禿・おろのもとの黒坊・白金の尾切れ・二里塚の首玉・みふねの赤丸という。いずれの名も棲む土地＋身体的特徴から成る。人間らしからぬ名前であるが、松原の三九郎狐や本成寺のお夏にしても、今日のいわゆるご近所猫に付けられるような一種の愛称という性格があったのではないか。

〈異類との葛藤〉

動物社会を観察することは、近代日本では、動物行動学や社会生物学において深化していった。さらに環境問題が深刻化する中で、動物を生態系の中でトータルに捉えようとする生態学も勃興してきた。動物社会や動物個体間の関係性はこの見地から論じられる。たとえば動物行動学者小林朋道《こばやしともみち》には『先生、キジがヤギに縄張り宣言しています！』（築地書館、二〇一一）、『先生、ワラジムシが取っ組みあいのケンカをしています！』（同、二〇一四）などユニークな書名の本がある。一見、擬人化した動物たちの社会を描いた物語のように見えるが、いずれも専門的な研究成果を一般者に向けて平易に説いたものである。

その一方で、動物社会に対して、より人間らしい社会をイメージする流れも顕在化してきた。ハイジは「人間とまったく同じように、動物たちも、その動物なりの異なる文化や習慣があります」と説く[25]。野生動物には彼らなりに社会があるので、餌付けをしたり敵性動物を駆除したりすること、つまり無暗に人間が干渉することに反対している。生態学的理解を示しているわけだ。その上で、人間とは似て非なる動物社会を想定しているようである。高畑勲は『平成狸合戦ぽんぽこ』（平成六年〈一九九四〉）の製作にあたり、「動物と人間が対等という我々の深層の中に生き続けている気持ち」を持っていた。▼26

ところが人間が異類のテリトリーへ、反対に異類が人間のテリトリーへ入ることがある。先述の三九郎狐や名もなき里山の動物のようにバランスが取れていれば良いが、どちらかが害意を抱けば大石兵六のような目に遇う。『常陸国風土記』には、谷の葦原を開墾しようとしたら夜刀《やと》の神という頭に角のある蛇の群れが襲ってきたことが記されている。これは祀り上げることで祟りを鎮めた。近代に下っても、夢に蛇が現れ野焼きするのを暫く待つように頼んだのに強行した男が祟られた。そこで逆巻《さかまき》大明神として祀ったということがある。▼27 祟りはないが、近世後期の『想山著聞奇集《しょうざんちょもんきしゅう》』にはイワナが旅の僧に化けて毒殺しの漁をやめるように頼む話が見え、『耳嚢《みみぶくろ》』巻八にも鰻の怪として類話が見えるが、この種の話は弘法大師などの高僧伝説としても昔話としても各地に伝わる。山野を切り開いて鉄道を通したら狐や狸が汽車に化けた話も各地にある。▼28 アニメ映画『平成狸合戦ぽんぽこ』や『もののけ姫』も同様に異類を通して自然との葛藤を描いた作品といえるだろう。

〈異類婚姻〉

一方、異類と人間と結婚を説く物語も古来様々なものが伝わる。昔話研究にいう異類婚姻譚が典型的なもので、犬・猿・狐・馬・蛇・鶴・蛤《はまぐり》など数多い。古典の分野では『古事記』の三輪山神話にはじまり、様々な文芸に表されてきた。これらの他に、男に変じた鼠が人間の女と結婚するという『鼠の草子』や独り身の女の許に雁が男になって通う『雁の草子』なども作られた。

もとより読者は架空の出来事と承知しているから伝奇かメルヘンのように受け止めるが、しかし現実世界、もしくは現実的な世界での出来事として描かれると、嫌悪感を多少とも覚える話になる。江戸初期の噺本『昨日は今日の物語』に次のような話がある（『噺本大系』第一巻）。

西の岡の左近の太郎が息子、牛の何やらをしたとて、所のものども寄り合ひ、かやうなる者をそのままをき候へば七里《ななさと》荒るると申し候ふ。急ぎ此の在所を追ひ出すべきよしを詮議する。

此の由聞いて、親まかり出でて申すやう、「何とも迷惑仕り候ふ。これは人の申しなしにて候はん。中々、牛のは厚うて少々のもののなる事では御座ない」と言ふ。「さては親めもしたるぞ」とて、親子ながら追ひ払はれた。

西の岡の左近の太郎の息子が牝牛を犯したことが発覚し、村人たちが詮議して追放することにした。そこへ親が容疑を否定するのだが、牛の陰部は厚くてちょっとやそっとで犯せるものではないと生々しいことを言う。さては親もやったのかと露見して、親子ともども村を追われたというもの。この「語るに落ちる」話の類話は近代にも長野県南部の伊那谷で採集されており、[29]世間話として語られることがあったことが分かる。また天保三年（一八三二）七月二四日から名古屋で身入れ駒と称して人間の女と馬の交接の見世物が興行された（小寺玉晁『見世物雑志』巻三）。この種の世間話も近世以来各地に散見される。近代以降、これら獣姦の話はエロ・グロ・ナンセンスのアングラ系出版物にも継承されていく。

江戸初期成立の『奇異雑談集《きいぞうたんしゅう》』巻二にはエイと漁師との間に生まれた小僧の話が収録されている。その姿は「人にて人とするに足らず」というものだった。蛇や蜘蛛、猫が男に化け、人間の女との間に異形の子が生れる話があるが、これもそれと同じである。異類婚姻譚で子を授かる場合は異類の母が去るが子孫は繁栄するという始祖伝承の印象の残るものが少なくない。しかしこれは半妖の子を残す以外に何もない奇異な物語である。南方熊楠《みなかたくまぐす》によれば、エイやジュゴンを対象とした性交は日本以外にも中国やマレーにみられる。[30]この背後には海洋生物を自慰に用いる漁村の習俗が考えられる。[31]これや前掲牝牛の話などは恐らくムラ社会でも若者組かさらに広く集落内の男性間で語られるものだったのではないか。一種の怪談であるが、実際のところ、尋常ならざる姿の子が生れるかもしれないという恐れを伴う習俗であったからこそ語り継がれたのかもしれない。

7 異類の映し出す日本文化

以下の諸論の総論のつもりで書こうとしたが、紙幅の割りにテーマがあまりにも広範囲であった。そこで、むしろ以下の妖怪・憑依・擬人化からははずれる領域を意識して取り上げてきた。

本書では人間に対する異類、人間に擬えられた異類を対象としている。異類として表現された実在／非実在の動物は人間から離れて存在しないのである。物理的に未踏の山奥や海底に棲むとされるものといえども、目撃され、あるいは想像されることで立ち現れるのだ。以下では日本の精神文化を映し出す鏡として異類を見ていくことにしたい。

▼注

1 広川英一郎「蛇が蛸になる話」『伝承文化研究』第五号、二〇〇六年。
2 板垣俊一『越後瞽女唄集』三弥井書店、二〇〇九年。同書に本文収録。
3 安間清『早物語覚え書』(甲陽書房、一九六四年)などに収録。
4 二本松泰子『中世鷹書の文化伝承』三弥井書店、二〇一一年。
5 高江洲薫『Dr.高江洲のアニマルコミュニケーション』ビオ・マガジン、二〇一〇年。
6 片桐洋一編『毘沙門堂本古今集注』(八木書店、一九九八年)の影印版に拠るが、適宜表記を改めて引用した。
7 ハイジ著、吉川絵理訳『動物と話せる女性ハイジ』ワニ・プラス、二〇〇九年。
8 山口仲美『ちんちん千鳥のなく声は――日本人が聴いた鳥の声』大修館書店、一九八九年。

9 山本則之「時鳥の鳴き行くをあふぎて――鳥の昔話の伝承契機・時鳥譚を中心に――」『昔話伝説研究』第二一号、二〇〇〇年。
10 伊藤龍平「もう一羽のくらっこ鳥」『江戸幻獣博物誌』青弓社、二〇一〇年。
11 木場貴俊「歴史的産物としての「妖怪」 ウブメを例にして」小松和彦編『妖怪文化の伝統と創造』せりか書房、二〇一〇年。
12 田中宣一・磯部祥子・高木昌史「昔話 聴耳」、高木昌史編『柳田國男とヨーロッパ 口承の東西』三交社、二〇〇六年。
13 『平方史話』明治百年記念顕彰建設委員会編集発行、一九七一年。
14 たとえば「牟呂街道の怪談白蝶譚」『参陽新報』一九一四年八月八日号では先妻の霊が白い蝶と現れ、後妻母子に虐待される遺児の救いを近隣に仰いでいる（湯本豪一編『大正期怪異妖怪記事資料集成』上巻、国書刊行会、二〇一四年）。
15 水沢謙一『蝶になったたましい――昔話と遊魂信仰』野島出版、一九七九年。
16 松村武雄『日本神話の研究』第三巻、培風館、一九五五年。
17 松本信広『日本の神話』至文堂、一九五六年。
18 中山太郎「本邦トーテミスムの考察」『日本民俗志』栗田書店、一九二六年。
19 ポッププロジェクト編『広告キャラクター大博物館』日本文芸社、一九九四年。
20 『フィギュアの系譜――土偶から海洋堂まで』兵庫県立歴史博物館、二〇一〇年。
21 みうらじゅん『全日本ゆるキャラ公式ガイドブック』扶桑社、二〇〇九年。
22 宮沢光顕『狸の話』有峰書店、一九七八年。
23 柳田國男・早川孝太郎『おとら狐の話』玄文社、一九二〇年。『柳田國男全集』第六巻（ちくま文庫）再録。
24 金子キイ「古今を語る」『ふるさと三条』第一六号、二〇〇八年。
25 ハイジ前掲（7）書。
26 高畑勲「タヌキの立場に立って考えるという、そのくらいの想像力が開発には必要だ」『映画を作りながら考えたこと』Ⅱ、徳間書店、一九九九年。
27 永松敦「阿蘇・高千穂の鬼八伝説 狩猟・野焼きとの関連性」小松和彦編前掲（11）書。
28 松谷みよ子『現代民話考』第三巻、立風書房、一九八五年。

29 高橋勝利『南方熊楠「芳賀郡土俗研究」』近代文藝社、一九九二年。
30 南方熊楠「人魚の話」『牟婁新報』一九一〇年九月二四日号。『南方熊楠全集』第六巻収録。また、この説話については永田英理「芭蕉の「蛸壺やはかなき夢を夏の月」」(鈴木健一編『鳥獣虫魚の文学史』魚の巻、三弥井書店、二〇一二年)に詳しい。
31 広川英一郎「人と異類の交渉——異類交歓譚の可能性——」二〇〇九年一一月二二日、異類の会での口頭発表による。

I 妖怪

▼北尾重政画『千年山』（中井陽一氏蔵）

源頼政《みなもとのよりまさ》による鵺《ぬえ》退治の図。ただ、頼政の姿はカットした。この説話の詳細は本章の「変貌するヌエ」に記されている。頼政が射落とし、猪野隼太《いのはやた》（井の早太）がとどめを刺す。覚一本をはじめとする『平家物語』の主要な諸本や謡曲「鵺」ではこの展開だ。しかし、鵺の外見について、頭は猿、胴体は狸、尾は蛇《くちなわ》、足手は虎であると記す。一方、ここに挙げた鵺は各部位を特定しかねるが、少なくとも胴体が虎であることだけは分かる。つまり『平家物語』や謡曲の描写とは違う。ところが『源平盛衰記《げんぺいじょうすいき》』では、背は虎、尾は狐、足は狸で、鳴き声は鵺と記す。全体的には合致しないものの、「背は虎」という点だけはこの絵と符合する。こちらでは隼太（井の早太）は鵺に縄を掛ける役割を果たしただけである。しかも忠澄という名ではない。そもそも忠澄という名はどこから出てきたのだろうか。近世後期の作品に幾つかこの名が見られる。ともあれ、後世、頼政よりも隼太がとどめを刺すほうを主題とした絵が現れるが、この図もその一つと解される。

このように、鵺は〈頼政、もしくは早太による退治〉という説話モティーフから離れて中々自由になれなかった。その点、源頼光四天王に退治される土蜘蛛や酒呑童子、藤原秀郷に退治される大百足の画題と同じである。近世期、妖怪たちがカタログ化されるようになって、ようやく頼政説話の呪縛を離れ、自由なキャラクターとしてキャラ付けすることができる状況が現われることになった。今日のサブカルチャーの領域でも鵺は作品中で自由に登場している。

この絵は江戸後期の著名な絵師北尾重政（一七三九～一八二〇）の絵本『千年山《ちとせやま》』全一〇巻（安永九年〔一七八〇〕刊）のうち、巻三に収録されているものである。本書は和漢の武将の武勇譚（中には金太郎もいるが）の数々を描いたもので、鵺以外にも頼光の土蜘蛛退治や秀郷の大百足退治の場面も含まれている。（伊藤慎吾）

描かれる異類たち
——妖怪画の変遷史

飯倉義之

1 妖怪ブームの現在

人類が月に行く二〇世紀が過ぎてはや十数年。二一世紀を迎えて久しい現代社会に、古色蒼然たる妖怪がはびこっている。本格的な妖怪ブームが到来したのである。

きっかけはもちろんレベルファイブ制作のゲーム『妖怪ウォッチ』である【図1】。二〇一三年携帯ゲーム機ニンテンドー3DSでリリース後、子どもたちの間で爆発的な流行が始まり、その後は玩具・食品・まんが・アニメ・映画・テーマパークでのイベントなどでの大規模なメディアミックス戦略が功を奏して社会を巻き込む一大ムーブメントに成長した。一九九〇年代から続いていた「妖怪を題材としたエンタテインメント」の興隆にも陰りが見えていた時期だったが、降って沸いた『妖怪ウォッチ』ブームの影響

図1　レベルファイブのニンテンドー3DS用ソフト『妖怪ウォッチ』パッケージ版（2013年7月11日発売）

で妖怪への注目は俄然息を吹き返した。かくして二〇一五年現在、日本は妖怪のはびこる社会となっている。

先に述べた妖怪ブームは、博物館や美術館の企画展・特別展にも影響を与えた。公立の博物館・美術館において、競って妖怪を主題とする企画展・特別展が開催されるに至ったのだ。二〇一五年夏には全国の博物館・美術館で三〇を越える怪異・妖怪を主題とする企画展・特別展が予定されている。これは二〇世紀には考えられない事態だった。

従来、公的な施設において怪異・妖怪の類は、非科学的な迷信に属する、教育にはそぐわない領域――つまりはゲテ物、色物――として等閑視されてきた。先駆的な試みとして、一九九二年に岩手県遠野市が開催した「世界民話博in遠野」で怪異・妖怪の展示を行い、口裂け女や人面犬の想像模型を展示したことや、一九九三年に川崎市市民ミュージアムが本邦初の博物館における本格的な企画展である「妖怪展――現代に蘇る百鬼夜行――」を挙げうるが、それらは散発的な試みとされ、広く共有されるものとはならなかった。博物館・美術館における怪異・妖怪を主題とする企画展・特別展の価値を確立したのは、二〇〇一年に国立歴史民俗博物館で開催された企画展「異界万華鏡――あの世・妖怪・占い――」である。国立の博物館が日本の民俗文化における怪異・妖怪・霊魂観を位置づける本格的な企画展示を初めて試み、その学術的達成とともに来館者数の面でも成功をおさめた。「異界万華鏡」の成功以降、博物館や美術館で怪異・妖怪を主題とする特別展・企画展が開かれるようになったのである。

だがしかし。「怪異・妖怪を主題とする企画展・特別展」としても、その展示に怪異や妖怪を直接展示しているわけではない。なぜならば怪異や妖怪は、現代の我々には捕獲不能な存在であるからだ。ましてや展示など、もってのほかである。であるから、怪異・妖怪の企画展・特別展を名乗る展覧会に展示されているものは、本物の「怪異」や「妖怪」では、当たり前のことだが、ない。必然的に、そうした怪異・妖怪展示の中心となるのは、江戸期の浮世絵や錦絵、おもちゃ絵、黄表紙などの版本と、昭和期の水木しげるを中心とした漫画家の妖怪を描いた作品やその商品化ということになる。われわれは現在、妖怪という存在を、博物館や美術館の中に飾られる芸術作品のモティーフとして、江戸時代というはるか過去に過ぎ去った時代の庶民が触れていた妖怪絵やおもちゃ絵を見ることで理解してしまっているのだ。しかし妖怪は最初から絵に描かれていたわけではない。妖怪（的存在）の造形史を追うことで、異類としての妖怪と異類文化を考えていきたい。

2 物の怪が描かれるまで

まず整理するが、「妖怪」という語は明治以降、後述する井上円了《えんりょう》が「妖怪学」という学問を提唱したことで広まった、比較的新しい語である。怪しいモノゴトを指す語としては、古代には鬼や物の怪、近世には化け物という語が一般に使われていた。本稿では時代毎に一般的であったことばで各時代の特徴を解説し、「妖怪」はそれら怪しいモノゴトの総称として用いたい。

記紀神話や万葉集、風土記に代表される古代の世界においては、異形の出現は何かの予兆、主として凶兆として考えられていた。たとえば『日本書紀』舒明《じょめい》天皇紀の九年（六三七年）春二月には「天狗」の記述があるが、それは今日のわれわれが考える「天狗」とは大きく異なっている。

大星《おほきなるほし》、東より西に流る。便《すなは》ち音有りて雷に似《の》れり。時人《ときのひと》の曰く、「流星《よばひぼし》の音なり」といふ。亦曰く「地雷《つちいかづち》なり」といふ。是に僧旻僧《そうみんほうし》の曰く。流星に非ず。是天狗《あまつきつね》なり。其の吠ゆる声、雷に似れるのみ」といふ。[1]

「大いなる星」が、東から西に雷に似た音を立てて飛行した。世間は流星だ地雷だと噂をしたが、僧である旻が「あれは流星ではなく天狗というもので、その吠える声が雷鳴に似ているだけだ」と解説したという記事である。天狗は現代中国の民間信仰においては、妊娠・出産を妨げ、子どもを病気にする霊的存在として伝承されているが、古代中国においては、狗に似た姿で流星のような音を発して空を飛び、その出現は軍が敗れ将軍が殺される前兆とされていた。舒明天皇紀はこの記事に続いて蝦夷の反乱を記している。天狗の出現はこの一大事の前兆・予兆とみなされているといっていいだろう。

また同じく舒明天皇紀の一一年春正月には次のような記述もある。

長星《ながきほし》西北《いぬゐのかた》に見ゆ、時に旻師の曰く、「彗星《ははきほし》なり。見ゆれば飢う」といふ。[2]

旻によると今度の飛来物は彗星であり、彗星は飢饉の前兆だというのである。このように、異常なものや異形の出現を何らかの予兆・前兆とみなす考え方は、律令国家で陰陽寮を中心として展開した「恠異（かいい・けい）」の観念にもつながっていくといえる。[3]

また同時に、奈良朝・平安朝の貴族たちの生活には、御霊《ごりょう》や物の怪、鬼といった悪しき神霊もあたりまえにはびこっていた。国家を揺るがす災害や疫病は、失脚し非業の死を遂げた者の霊魂が化した「御霊」の祟りとされ、個人の病や災厄は生霊や死霊、もしくは呪詛がその原因とされた。前者の代表は、藤原種継《ふじわらのたねつぐ》暗殺に関与したとして皇太子を廃せられて憤死し、関係者の相次ぐ病死や疫病の流行、洪水などの祟りを起こしたとされて崇道天皇社《すどうてんのうしゃ》に祀られた早良《さわら》親王《しんのう》（崇道天皇）や、大宰府に左遷されて客死した後、関係者の病死や清涼殿への落雷などの祟りを起こし、北野天満宮に祀られた菅原道真《すがわらのみちざね》などである。後者の典型としては、『源氏物語』における六条御息所《ろくじょうのみやすどころ》の生霊・死霊の描写や、夕顔巻で某院に出現し夕顔の命を奪う物の怪を挙げることができるだろう。

古代社会においては、こうした御霊や物の怪の実在は強く信じられていた。それだけに、こうした存在は描いてはいけないものとして強く忌避されていたのである。異常で異形の存在が凶兆であり、生々しい恐怖の対象であるならば、それを描くことはそれらを呼び寄せ、凶事を現実化させかねない禍々しい呪的行為に他ならない。古代において妖怪は、信じられていたがゆえに、造形化されえないものであったといえる。[4]ここでは妖怪は人間が交渉しうる異類

図2　源頼光らに退治される酒呑童子（『酒天童子絵巻』国際日本文化研究センター蔵）

ではなく、真剣な恐怖と忌避の対象なのである。

こうした状況は中世に大きく変化する。超自然の存在が絵画に造形化されるようになっていくのである。背景には社寺や武士団勢力の成長があった。荘園や僧兵といった財源や武力を蓄え、世俗勢力としても台頭していった社寺は、その信仰的な求心力を高めるために、社寺縁起や高僧の霊験譚を積極的にPRするようになった。また武士団も一党の統一のための求心力を得るために、一族の武勇譚としての妖怪退治を積極的に語り出すようになっていく。

教養のある貴族層だけではなく、教化すべき庶民やまとめるべき武士層にアピールするためには、霊や物の怪は恐ろしいほうがよく、またその恐ろしさはわかりやすいほうがよい。こうした流れの中で、恐ろしさをわかりやすく表すため、妖怪は絵画化されるようになり、多くの絵巻が製作されるようになる。例えば祀られる御霊・菅原道真の恐ろしさを強調する『北野天神縁起絵巻』や、高僧がその徳の高さゆえ神仏に加護されて起こし得た奇瑞を強調する『信貴山縁起絵巻《しぎさんえんぎえまき》』が前者の例といいえるし、一族の誉れとなる英雄が神仏の加護を得てその卓越した武勇で凶悪な妖怪を退治する『大江山絵詞《おおえやまえことば》』や『俵藤太絵巻《たわらのとうたえまき》』などが後者の例となるだろう。『北野天神縁起絵巻』では、遺恨ゆえ天に許されて御霊と化して京を襲った道真が祀られることで治まる様子が描かれ、『信貴山縁起絵巻』では信貴山中興の祖である命蓮上人《みょうれんしょうにん》が、祈祷により霊的存在である護法童子を使わして醍醐天皇の病魔を払う様が描かれる。『大江山絵詞』では源頼光《みなもとのよりみつ》と配下の四天王による大江山に巣食う鬼の首魁・酒呑童子《しゅてんどうじ》退治の様子が【図2参照】、『俵藤太絵巻』では藤原秀郷《ふじわらのひでさと》が琵琶湖の龍神の依頼で三上山の大百足《むかで》を退治する武勲が描かれる。ここでは異形の妖怪は描かれざる不吉なものではなく、高僧や英雄が対峙して退散させる、その偉業を引き立てる尋常ならざる困難の表象として、大きく印象的に描かれるのである。異類としての妖怪は、こうして文芸の世界に取りこまれ、表現され始める。妖怪の造形化は、人間が神仏の力を借り、験力《げんりき》や武力で霊や物の怪を退治できるという自信を持ち始めた中世に始まるといえる。ここで妖怪はようやく、人間と対等に渡り合い——多くはその後打ち負かされる——交渉する異類の地位を獲得するに至るのである。

3　笑われる化け物たち

人間が妖怪を造形化し始めた中世以降、さまざまな絵画に妖怪が描かれるようになった。その代表的な作品が中世末期に製作されたとみられる『百鬼夜行絵巻』である。こうした妖怪の造形化の意味合いは、近世に大きく変貌していく。

室町時代から戦国時代を経て長い戦乱の世が終わり、徳川幕府による平和な治世が実現した。世に言う元和偃武《げんなえんぶ》、江戸時代の始まりである。近世期には政治的な安定を背景として、文化や技術が飛躍的に発達していった。河川の氾濫を抑え流れを改修し、浜や沼を埋め立てて陸地を作る土木技術や、日照りに備え溜池を作ったり、用水路を引いたりする灌漑技術、冷害に強い作物や害虫を駆除する知識を広めた農業技術など、人間が技能をもって自然に対決し、部分的に勝利を収めるまでに実力を更新させていった。近世は、人間が人間という存在に大いに自信を持ちはじめた時期といえる。こうした人間中心主義《ヒューマニズム》の隆盛の中で、妖怪的存在はだんだんと「信じるに値しないもの」という立ち位置に追いやられていく。

江戸の言い回しに「野暮と化け物は箱根から西」というものがある。粋な江戸っ子の土地である江戸には、野暮な人間は化け物と同じように存在しない、という言い回しだ。つまり化け物は江戸の野暮同様「いるとは言われているけれど、ほんとうはいない」という子供だましな存在だという共通理解が、近世には成立していたのである。

われわれ現代人は近世の／前近代の人びとを迷信深い非合理的思考に生きていたと誤解しがちである。たしかに近世人は現代科学に則って思考してはいなかった。しかし、その思考は当時の水準において十分に合理的であったことは見過ごせない。近代人は決して迷信に生きた人びとではなかったのである。その一例として「弁惑物《べんわくもの》」といわれる随筆のジャンルを指摘できよう。弁惑物は「惑いを弁ずる」ことを目的とした著作で、市井で噂されている化け物話をとりあげ、それらを目撃者の錯覚や思い違いや幻覚の所産だと合理的に解説していく。[5] また「いるかもしれない」と思われた化け物——典型は水辺の未確認生物と目されていた河童——などは、それがどのような「動物」であるのかを講究しようとした、江戸の博物学ともいえる「本草学」の観点からその正体を明らめる活動が活発になされた。[6]

こうしたことから近世には「化け物」は「いない」もの、「いる」ものは未確認の「生き物」という観念が当たり前になっていたことがうかがえる。

図3　子ども向けの「おもちゃ絵」に描かれた化け物たち
（『大新板ばけ物づくし』国際日本文化研究センター蔵）

そこから発展してくるのが、化け物を娯楽の対象にする動きである。化け物は「いない」。「いない」ものであれば、どのように扱っても「いない」のだから、「現れる」「祟る」などという恐怖をもたらすはずがない。近世において妖怪は、その恐怖や現実性を完全に喪失し、「ユニークなキャラクター」という扱いとなって出版文化・芸能文化の中に取りこまれていくのである。民俗学者の香川雅信は、この近世期の転換を「江戸の妖怪革命」と名付けた。[7] そうして妖怪は黄表紙などで面白おかしく取り上げられる存在として遇されるようになり、[8] 子ども向けのおもちゃ絵【図3参照】や様々な意匠に利用されるようになる。[9]

この時期に刊行されるのが鳥山石燕《とりやませきえん》『画図百鬼夜行《がずひゃっきやこう》』（一七七六年刊）のシリーズである。石燕は伝承された化け物を本草学の対象を描く作法で「図鑑」として描写し、そこに内輪ネタを含むパロディの創作化け物を混ぜ込んだ。近世に化け物は「分類」と「パロディ」の対象となり、真剣な恐怖を喪失していったことがよくわかる。異類としての妖怪は、近世の出版文化の中で「人間に笑われる異形のキャラクター」として造形化されていった。

やがて幕末の動乱から明治維新を経て、近代社会が到来する。近代において妖怪は、その実在性を薄めていった。まず近代合理主義は怪異・妖怪の存在を原則として否定した。仏教哲学者の井上円了は、この世の不思議を合理的に解き明かす学問「妖怪学」を提唱し、近代科学の思考を啓蒙し、多くの大衆を教化した。ここにおいて妖怪は、時代遅れの「迷信」となったのだ。

そうした「迷信」の妖怪については、近世以前の生活文化を探求する「風俗研究」の立場から江馬務が、イカモノ趣味の「変態研究」の立場から藤澤衛彦《もりひこ》が、日本文化の基層を探る「民俗学」の立場から柳田國男が言及したが、これらの発言はいずれも「妖怪は存在しない」ことが前提の、近代人文科学の立場よりなされたものであった。こうして近代合理主義は異類としての妖怪を完全に消し去り、消滅させていったのである。

4　妖怪の再発明

長らく影響力を喪失していた妖怪だが、戦後、創作のなかで息を吹き返す。その立役者が水木しげるである。近代に威力を失い迷信の位置に置かれた妖怪は、創作の中では長らく子ども向け作品の敵役、子どもをひとしきり怖がらせてヒーローに退治される役として遇されてきた。水木はその妖怪を主役としてマンガを描き、成功させた。その作品こそ現在まで根強い人気を誇る『ゲゲゲの鬼太郎』である。

水木は紙芝居の怪奇ものの共有コンテンツであった「奇太郎」を使い、貸本マンガでスリラーマンガ『墓場鬼太郎』を連載する。やがて週刊マンガ誌時代が到来し、『墓場鬼太郎』は講談社の「週刊少年マガジン」に活躍の場を移し、『ゲゲゲの鬼太郎』と改題するとともに、人間を襲う悪い妖怪を鬼太郎と仲間の妖怪たちが退治する一話完結の対決ものとなることで、多くの子どもの心をつかむ人気作となっていく。

京極夏彦は、水木作品の妖怪は二通りの設計で作られていると指摘する。鬼太郎の敵役となる妖怪は、江馬務や藤澤衛彦が紹介した鳥山石燕などが描いた江戸の化け物の図像情報を利用して造形されており、鬼太郎の味方となる妖怪（子泣き爺や砂かけ婆など）は、柳田國男の著作などで紹介されている民間伝承の文字情報をもとに、仮面や祭礼美術などの民俗芸術を参考として新たな造形を与えられ、創作されているという。[10]

こうして創られた「水木の妖怪」は、前近代までの「物の怪」や「化け物」とは別種の存在である。水木の妖怪は現実の脅威や、倒すべき敵、パロディの対象ではない。それは民俗文化にルーツを持つ土着の存在で、文明に対する自然の側に立ち、奇妙な姿かたちと特殊能力をもつと設定されている、独立した意思を持つ「キャラクター」なのである。そうして水木作品のヒットとともに、こうした「キャラクターとしての妖怪」が現在の私たちの一般的な妖怪理解となっている。昭和四〇年代に起きたこの妖怪観の転換を、清水潤は「昭和の妖怪革命」と呼んでいる。[11]

異類としての妖怪の歴史は長い。しかし現在の妖怪理解、異類として「人格」を持つ自然界の存在という「妖怪」観は、江戸期の発想を出発点に、近代人文科学の知識を背景として作られた、昭和の発明品なのだ。

このように、異類は非実在存在であるために、時代によってその受け取られ方を大きく変える。異類文化を考えるにあたって、現在の異類観を過去にそのまま投影することは、危ういといえる。

▼注

1 『新編日本古典文学全集4 日本書紀Ⅲ』（小学館、一九九八年）に拠る。

2 同前。

3 律令国家の「恠異（かいい・けい）」については、東アジア恠異学会『怪異学入門』（岩田書院、二〇一二年）が参考となる。

4 数少ない例外として、古代の仏教美術において仏典にある羅刹や鬼が造形化されている例がある。これらはその題材が遠い過去の異国の故事として受容され、現実感のある恐怖の対象とは考えられていなかったことの表れではないだろうか。

5 弁惑物については、伊藤龍平『江戸幻獣博物誌』（青弓社、二〇一〇年）が詳しい。

6 こうした近世知識人の考証活動については、木場貴俊「「河童資料」論」国立歴史民俗博物館・常光徹『河童とはなにか』（岩田書院、二〇一四年）参照。

7 「江戸の妖怪革命」については香川雅信『江戸の妖怪革命』（角川書店、二〇一四年）および兵庫県立歴史博物館・京都国際マンガミュージアム『妖怪画の系譜』（河出書房新社、二〇〇九年）参照。付言すると、江戸人の恐怖の対象は人間の霊の復讐にスライドしていく。「東海道四谷怪談」（四代目鶴屋南北作、一八二五年初演）の女霊・お岩の復讐劇が典型である。この点でも近世は「人間中心主義」が進行した時代といえる。

8 黄表紙の妖怪については、『江戸化物草紙』（ＫＡＤＯＫＡＷＡ、二〇一五年）をはじめとする、アダム・カバットの書著作が参考になる。

9 湯本豪一『今昔妖怪大鑑』（パイインターナショナル、二〇一三年）はこうした江戸の妖怪娯楽文化史料の集成であり、参考になる。

10 京極夏彦『妖怪の理 妖怪の檻（文庫版）』角川書店、二〇一一年。

11 清水潤「一九七〇年代の「妖怪革命」」一柳廣孝『オカルトの帝国』青弓社、二〇〇六年。

変貌するヌエ

杉山和也

平安末期の武将・源頼政が退治したとされる妖怪ヌエ。現代でも曖昧でよくわからないことを意味する「ヌエ的」という言葉があるように、頭がサル、足がトラ、尾がヘビという色々な動物が複合した姿の恐ろしい妖怪として知られ、日本のあちこちに様々な伝承が残されている。ところが『万葉集』を紐解くと、親しみを込めてヌエを恋歌に詠んだ例が幾つか見られる。一体これは何故なのか。ヌエの正体とは何なのか。妖怪ヌエの謎に迫る。

1　日本諸地域に見える頼政ヌエ退治の伝承

日本の主要な国際貿易港の一つである大阪港。世界中の船が行き来する港ということもあってか、その紋章は、いかにも西洋的なデザインのものとなっている【図1】。しかし、この紋章をよく見てみると、金色の古代日本船や緑色の銀杏の葉など、日本ということを強く意識した図像があしらわれていることに気が付かされる。そして、特に注目して貰いたいのが、盾の左右に描かれた奇怪な生き物である。頭がサル、足がトラ、尾がヘビの形で描かれている。

図１　大阪港の紋章。森護（1923～2000）によるデザイン。（筆者撮影）

図２　現在の淀川河口付近の様子。（筆者撮影）

実はここにあしらわれているのは、平安時代末期の武将、源頼政《みなもとのよりまさ》が退治したとされるヌエ[▼1]という妖怪の図像なのである。この頼政が妖怪ヌエを退治した話の初出は『平家物語』である。世阿弥《ぜあみ》はこれをもとにして「鵺《ぬえ》」と題した謡曲も作っており、よく知られた作品の一つとなっている。謡曲「鵺」のあらすじを紹介しておくと、およそ次のようなものである。

【謡曲「鵺」の概要】

熊野へ詣でた旅の僧が摂津国芦屋の里（現在の兵庫県芦屋市）に着く。里人に宿を断られ、毎夜化物が現れるという川崎の御堂に泊まる。更けゆく沖の波間から怪しい者が現れる。見るとうつほ舟のようで、しかも舟人が見えない。僧が話し掛けると、自分は近衛院の御代に頼政の矢にかかったヌエの亡霊であると答え、その最期のさまを語り、うつほ舟に乗って闇に消える。僧が読経を始めるとヌエが再び現れ、頭はサル、尾はヘビ、手足はトラ、鳴く声はヌエに似た恐ろしい正体を現す。供養に感謝した後、頼政に射られた当時の光景を語る。これは頼政の矢先にかかったというよりも君の天罰に当たったのだと懺悔。頼政が主上の御感に預かって御剣を賜り、名を挙げたのに対し、自分はうつほ舟に入れられて淀川に流され、この芦屋の浦の浮洲に流れ留まって、朽ちながら暗黒の世界にいることを告げ、自分をこの冥途の闇路から救って欲しいと願いつつ、海中に消えていった。

この作品でヌエが流されたとされる淀川（二重傍線部）は、琵琶湖から大阪港のあ

図3　大阪市都島区都島本通の商店街の傍らにある「鵺塚」。ヌエの遺骸が埋葬されているという。（筆者撮影）

図4　二条城の北西側に位置する二条公園（京都市上京区主税町）にはヌエを射落とした鏃を洗ったとされる鵺池があり、写真のように鵺大明神の祠が祀られている。（筆者撮影）

る大阪湾へと流れる川である【図2】。そしてこの淀川の下流にあたる地域の大阪市都島区都島本通には「鵺塚」という塚がある【図3】。この地には頼政に退治され、うつほ舟に入れられて淀川に流されたヌエの遺骸が漂着したという言い伝えが残されており、ヌエの祟りを恐れた人々は、近くにある母恩寺《ぼおんじ》の住職に頼んでヌエを埋葬して、この塚を築いて祀ったのだという。先ほどの大阪港の紋章にヌエが描かれているのも、実はこの地域がこうしたヌエの伝承とゆかりの深い地であることによるのである。

そして、実はこうして頼政に退治されたヌエの伝承が言い伝えられるのは、この地に限ったことではない。謡曲「鵺」の舞台となっている兵庫県芦屋市浜芦屋町にもヌエの遺骸を埋めたとされる塚がある。また、京都市上京区主税町《しゅぜいちょう》にはヌエを射落とした鏃《やじり》を洗ったとされる鵺池があり、現在は鵺大明神の祠が祀られる【図4】。さらに、京都府亀岡市西つつじヶ丘には、頼政塚と呼ばれる塚があり、頼政の首を埋めたところともヌエを埋めたところとも伝えられるのである。また、実は関東にもヌエの伝承が残るところがある。静岡県浜松市北区三ヶ日町には、射落とされたヌエの身体が飛散して落ち、頭の落ちた場所を鵺代、胴の落ちた場所を胴崎、尾の落ちた場所を尾奈、羽の落ちた場所を羽平と呼ぶようになったと伝えられている。このように日本のあちこちの地域で、ヌエにまつわる伝承が残され、祀られるべき、或いは鎮魂すべき存在として捉えられているのである。[2]

ここでさらに一つ、これまでの研究史でほとんど顧みられて来なかったヌエの伝承の報告も紹介しておこう。明治九年（一八七六）から明治三八年（一九〇五）にかけて日本に滞在した、医学教育や診療、研究に従事したエルヴィン・フォン・ベルツ（一八四九〜一九一三）というドイツ人医師がいた。来日当初から「狐憑き」や「犬神」といった憑依現象に関心を抱き、西洋医学の立場から研究を行っていた。そして、明治一八年（一八八五）一月二六日、『官報』四九六号の「狐憑病説」という記事でベルツは次のような報告をしているのである。

> 狐憑病、又ハ犬神病ハ日本ニ於テハ数百年前ヨリ既ニ世人ノ熟知スル所ニシテ、就中此ノ病ハ四国ニ多キガ如シ。而シテ此ノ地ノ俗伝ニ於テハ、其ノ病ノ原因ヲ以テ源三位頼政ノ殺セシ怪禽ノ所為トナセリ。俗伝ニ曰ク、頼政ガ京都紫震殿ニ於テ彼ノ怪禽（鵺）ヲ数片ニ分断セシヤ、猿ノ如キ頭部ハ伊予ニ飛ビ、蛇蝎ノ如キ尾ト焰ヲ放ツノ舌ハ長門ニ飛ビ、犬ノ如キ胴ハ阿波（徳島ノ近在。今尚ホ怪禽村ト称スル所）ニ飛ビ、而シテ此ノ諸部分、皆本病ノ原因ヲ為スト。是ヲ以テ伊予ニ於テハ本病ヲ猿神病ト謂ヒ、長門ニ於テハ之ヲ「ハス《（ママ）》イカツラ」ト謂ヒ、阿波ニ於テハ之ヲ犬神病ト謂フ。[3]

すなわち、四国では憑依現象をもたらす原因となる存在が、ヌエと捉えられているのだという。伝承では頼政に退治されたヌエの猿のような頭は伊予に、蛇のような尾は長門に、犬のような胴体は阿波に飛んだ。このために、憑依するとされる存在が伊予では猿神、長門ではスイカヅラ[4]、阿波では犬神とされているのだという。つまり、ヌエは単に平安時代末期に頼政によって退治された過去の存在に過ぎないのでは決してなく、このように地域によっては近現代に至ってもなお、切迫して人々に恐怖をもたらす妖怪であり続けているわけである。

2　鳥としてのヌエのイメージの変容

①上代におけるヌエ

ところで、ヌエという言葉の歴史は古い。[5]『古事記』や『万葉集』にも既に登場している。実はヌエとは本来、現実に存在する鳥の名前なのである。『古事記』や『万葉集』に登場するヌエとは、この鳥のことを意味している。ヌエと呼ばれる鳥の実体はトラツグミ【図5】とされるのが定説であるが、トラツグミ、フクロウ、ミミズク、サンカノゴイ、ヨタカなど、夜中に悲しげに鳴く鳥の総名と見る説もある。[6]

『古事記』の用例は一例だけ認められる。八千矛神《やちほこのかみ》が沼河比売《ぬなかわひめ》とまぐわおうと、その家の前まで来たが、中に入ることを許されず、いつしか夜明けを告げる鳥たちが鳴き始めてしまい、神がこれに腹を立てるという場面を詠んだ長歌で「……青山に　鵼《ぬえ》は鳴きぬ　さ野つ鳥　雉《きぎし》は響《とよ》む　庭つ鳥　鶏《かけ》は鳴く……[7]」（二番歌）として、山鳥の代表としてヌエが登場している。

『万葉集』においては六例、ヌエが見受けられ、いずれも枕詞として用いられている。六例中、四例[8]が、心の中で泣くことを意味する「うらなく」にかかり、一例[9]が「片恋」にかかる。もう一例は、代表的な山上憶良の長歌である「貧窮問答歌」（巻五・八九二番歌）で、「ぬえ鳥の　のどよひ居るに……」として、細々とした声を出すことを意味する「のどよふ」にかかっている。ヌエはつまり、哀調を帯びた声で夜に鳴く鳥として捉えられているのである。また、『万葉集』においてヌエがどのようなイメージで捉えられていたかを探る上で、次に挙げる巻一〇・一九九七番歌は興味深い。

ひさかたの天の川原にぬえ鳥のうらなけましつすべなきまでに

（〔久方の〕天の川原に〔ぬえ鳥のように〕ひそかに泣いていらした。お気の毒なほどに）

図5　トラツグミ（学名：Zoothera dauma）。全長約30cm。ハトよりも小さい。（『日本の鳥550　山野の鳥』文一総合出版、2000）

すなわち、これは七夕の織姫星が牽牛星のことを想って、ひそかに心の内で泣くという歌である。ここでも枕詞としてヌエが詠み込まれている。哀調を帯びた声で夜に鳴くヌエのイメージが、片恋のために女性がひそかに心の内で泣く様子と重ねられているものと捉えられるわけである。この他、『万葉集』において、ヌエの呼称に「ぬえ子鳥（奴要子鳥）」（巻一・五番歌）として、愛称「子」を付けた例があることも、注意を払っておく必要がある。すなわち、ここから上代の人々が、いかにヌエに対して親しみを抱いていたかが窺える。

つまり、上代の作品に見えるヌエは、先ほど紹介した謡曲「鵺」や日本諸地域の伝承に見えるような、人々が恐怖する、不吉な妖怪としてのヌエとは全く異なっている。上代のヌエは、不気味な存在というよりもむしろ、哀調を帯びた声で夜に鳴く、親しむべき鳥として捉えられる傾向が強くあったのである。

②平安・鎌倉期におけるヌエ

ところが、こうした上代における、親しむべき鳥としてのヌエのイメージは、平安期に入ると大きく変容する。ヌエは不吉な鳥として捉えられる場合が非常に多くなるのである。例えば、『堤中納言物語《つつみちゅうなごんものがたり》』「はなだの女御」では、夜更けに色好みの男が、歌を読み掛けたのに対し、「人は、ただ今は、いかがあらむ。鵺の鳴きつるにやあらむ。忌むなるものを」（人間はこんな時間にいるわけがないでしょう。ヌエが鳴いたのかもしれないわ。不吉なものだというのに）と言ってやり過ごす場面がある。また、平安期以降の貴族たちの日記にも、ヌエが鳴いたことに関して、陰陽師に占わせ、凶事を恐れて物忌みしたとする記事が散見する。[10]こうした、平安期の資料に見られる不吉な鳥としてのヌエのイメージは、鎌倉期以後の資料にも認められ、『名語記《みょうごき》』という辞書には、ヌエの声を聞いた者は誦文を唱えたり、その家を立ち去る風習が記される。さらに、和歌の詠み方を学ぶための書『八雲御抄《やくもみしょう》』では、ヌエについて「歌に詠むべからず」としている。[11]ただし、平安期以後、ヌエが全く歌に詠まれなくなってしまったかというと、そういうわけではない。例えば、西行（一一一八〜一一九〇）の『山家集《さんかしゅう》』（七五六番歌）[12]には、

さらぬだに世のはかなさを思ふ身に鵺なきわたるあけぼのの空

（ただでさえ世のはかなさを思う我が身に、ヌエの鳴き渡る曙の空は、一層はかなさを感じさせられることだ）

と見える。ここでは必ずしもヌエは不吉なものとされてはいないようである。むしろ上代のヌエのイメージを継承するような形で歌を残していると言えそうである。

③ヌエのイメージが変容したのは何故か

さて、このように平安期に入ってヌエのイメージが、不吉なものとして捉えられる傾向が強くなったわけだが、その要因に関しては、近世後期の考証学者、狩谷棭斎《かりやえきさい》（一七七五〜一八三五）の見解が、今なお通用している。参考までにこれを紹介すると、すなわち、一〇世紀成立の辞典、源　順《みなもとのしたごう》『倭名類聚抄《わみょうるいじゅしょう》』は「鵺（ぬえ）」という言葉について、中国の字書を引用して「怪鳥也」という説明を付けている。狩谷棭斎によれば、「怪鳥」とは本来、夜行性の鳥という意味である。ところが、後の世の人がこの「怪鳥（＝夜行性の鳥）」を「災怪の鳥」と誤解してしまい、ヌエが凶兆の鳥と見なされるに至ったというのである。▼13

こうした文字の問題も重要だが、このことと併せて、平安中期以降の陰陽師たちの存在にも注意しておく必要があるだろう。先ほど述べた通り、貴族たちはヌエが出現すると先ず陰陽師に占いを行わせているのである。陰陽道史の研究においても、▼14平安期の怪異の新しい傾向としてヌエの出現が挙げられている。賀茂保憲《かものやすのり》や安倍清明《あべのせいめい》をはじめとした陰陽師の活動は、貴族たちの日記などの歴史的資料だけでなく『今昔物語集《こんじゃくものがたりしゅう》』などの説話にも顕著なものがある。またこの時期、官人の陰陽師ばかりではなく、民間にも陰陽師が活躍し始めたことも知られている。陰陽師たちは怪異の占いに際して色々な占いの本（陰陽道書）を参考にしているので、「怪鳥」というヌエに関する文字上の理解を、現実社会の習俗にもたらしたのは、或いは彼らであったのかもしれない。例えば、陰陽師たちが実際に利用していた類書の一つである『天地瑞祥志《てんちずいしょうし》』[15]第一八にも「鵺鵼」という条が設けられている。「鵺」「鵼」はヌエと訓まれる漢字なので、[16]この書にはヌエと直接的に関わる記事があることになる。

また、こうしたヌエに対する認識の転換には、フクロウなどの夜に鳴く鳥に対する認識が上代とは変質していることとも関連があるのかもしれない。『日本書紀』仁徳天皇紀では応神天皇の生まれた日、産殿に木菟《つく》（ミミズクの古名）が飛び入ったことを「吉祥也」としている。そして、同書、天武天皇紀においても伊勢国が白い茅鴟《いひとよ》（フクロウの古名）[17]を貢《たてまつ》ったとされている。すなわち、上代においては、フクロウ類に対する認識は不吉というよりもむしろ慶事をもたらす鳥と捉えられていた可能性が指摘できる。[18]

ところが、平安期に入るとフクロウ類も不吉な存在として描かれる傾向が強くなるのである。例えば、『源氏物語』における「梟」の用例、全三例[19]はいずれも気味の悪い鳥として形象されている。そしてこの内、特に注意したいのは「夕顔」の用例である。

　ましてて松の響き木深く聞こえて、気色ある鳥のから声に鳴きたるも、梟はこれにやとおぼゆ。
　（まして松風の音が木深く聞こえて、異様な感じの鳥がしわがれた声で鳴いているのも、梟というのはこれだろうかとお思いになる）

これは白居易《はくきょい》の詩「凶宅」の「梟鳴松桂枝　狐蔵蘭菊叢（梟は松桂の枝に鳴き　狐は蘭菊の叢《くさむら》に蔵《かく》る）」に基づいた表現と見るべきものである。[20]賈誼《かぎ》の「鵩鳥賦《ふくちょうのふ》」[21]（『文選』所収）に代表されるように、実は漢籍では梟の類が不吉な鳥として捉えられる場合が多いのである。したがって、日本における上代から中古にかけての「夜に鳴く鳥」、つまりヌエやフクロウといった鳥に対する認識の転換には、こうした漢籍における梟類の知識の受容が深く関わっていたものとも考えられる。

3　妖怪ヌエの登場するまで

①『平家物語』における頼政ヌエ退治説話

さて、ここで改めて妖怪ヌエの問題に立ち返ってみたい。先に紹介した世阿弥の謡曲の素材となっているのは『平家物語』巻四の「鵺」という章段である。『平家物語』の諸本に語られる頼政のヌエ退治の話には主に二つの種類があるが、覚一《かくいち》[22]本は双方を載せている。そこで、覚一本の該当箇所を挙げると次の通りである。

Ⓐ近衛院御在位の時、仁平のころほひ、主上よな〱おびえたまぎらせ給ふ事ありけり。（中略）日ごろ人の申すにたがはず、御悩の剋限に及んで、東三条の森の方より、黒雲一村たち来ッて、御殿の上にたなびいたり。頼政きッとみあげたれば、雲のなかにあやしき物の姿あり。これを射そんずる物ならば、世にあるべしとは思はざりけり。さりながらも矢とッてつがひ、「南無八幡大菩薩」と心のうちに祈念して、よッぴいてひやうど射る。手ごたへしてはたとあたる。「えたり、をう」と矢さけびをこそしたりけれ。井の早太つッと寄り、おつるところをとッておさへて、つづけさまに九かたなぞさいたりける。其時上下手々に火をともい

Ⓐ近衛院が御在位の時、仁平の頃、天皇が毎夜毎夜怯え気絶なさることがあった。（中略）日頃人々が言う通りに、御発作の剋限になると、東三条の森の方から、黒雲が一かたまり起こって、御殿の上にたなびいた。頼政きっと見上げたところ、雲の中に怪しい物の姿がある。これを射損じようものならば、この世に生きていようとは思わなかった。しかしながらも、矢を取ってつがい、「南無八幡大菩薩」と心の中に祈念して、よっ引いてひょうと放つ。手応えがして、はたと当たる。「してやった、おう」と矢叫びをした。頼政の郎等の井早太《いのはやた》がつっと寄って、落ちるところを取って抑えて、続けざまに九刀刺したのである。その時、殿中の身分の高い者も低い者も手に火を灯して、これを御覧になられると、頭は猿、胴体は狸、尾は蛇、手足は

て、これを御覧じみ給ふに、頭は猿、むくろは狸、尾は蛇、手足は虎の姿なり。なく声鵼にぞ似たりける。おそろしなンどもおろかなり。主上御感のあまりに、師子王といふ御剣をくだされけり。宇治の左大臣殿是を給はりついで、頼政にたばんとて、御前の階をなからばかりおりさせ給へるところに、比は卯月十日あまりの事なれば、雲井に郭公二声三声音づれてぞとほりける。其時左大臣殿、

ほととぎす名をも雲井にあぐるかな

とおほせられかけたりければ、頼政右の膝をつき、左の袖をひろげ、月をすこしそばめにかけつつ、

弓はり月のいるにまかせて

と仕り、御剣を給はッて、まかりいづ。「弓矢をとッてならびなきのみならず、歌道もすぐれたりけり」とぞ、君も臣も御感ありける。さてかの変化の物をば、うつほ舟にいれて、ながされけるとぞきこえし。

Ⓑ去る応保のころほひ、二条院御在位の時、鵼といふ化鳥、禁中にないて、しば〳〵宸襟をなやます事ありき。先例をもッて、頼政を召されけり。比は五月廿日あまりのまだよひの事なるに、鵼ただ一声おとづれ

虎の姿で、鳴く声は鵼に似ていた。恐ろしいなどというどころではない。天皇は御賞美のあまりに、獅子王という御剣を下された。宇治の左大臣殿がこれをいただき、それを頼政に賜ろうとして、御前の階段を半分ほど降りられると、ころおいも四月中旬のことなので、雲の中に郭公が二声三声鳴いて通った。その時、左大臣殿が、

ほととぎす名をも雲井にあぐるかな

〔ほととぎすが空に名乗りしたが、頼政も宮中にその名を挙げたことだ〕

と歌いかけられた。すると、頼政は右の膝をつき、左の袖をひろげ、月を少し斜めに見ながら、

弓はり月のいるにまかせて

〔月の隠れた時にほととぎすの鳴くようにまぐれ当たりに射当てまして〕

と下の句を詠んで、御剣を賜って退出する。「弓矢を取っても並ぶ者が無いだけでなく、歌道にも勝れていたことだ」と、君も臣もお褒めになった。さて、あの変化の物は、空舟《うつほぶね》に入れて流されたということであった。

Ⓑ去る応保の頃、二条院が御在位の時には、鵼といふ化鳥が宮中に鳴いて、しばしば天皇を悩ませることがあった。先例に

て、二声ともなかざりけり。目さすとも知らぬ闇ではあり、すがたかたちもみえざれば、矢つぼをいづくともさだめがたし。頼政はかりことに、まづ大鏑をとッてつがひ、鵺の声しつる内裏のうへへぞ射あげたる。鵺、鏑のおとにおどろいて、虚空にしばしひひめいたり。二の矢に小鏑とッてつがひ、ひいふつと射きッて、鵺と鏑とならべて前にぞおとしたる。禁中ざざめきあひ、御感なのめならず、御衣をかづけさせ給ひけるに、其時は大炊御門の右大臣公能公これを給はりついで、頼政にかづけ給ふとて、「昔の養由は、雲の外の鴈を射き。今の頼政は、雨の中に鵺を射たり」とぞ感ぜられける。

　五月闇名をあらはせるこよひかな

と仰せられかけたりければ、頼政、

　たそかれ時も過ぎぬと思ふに

と仕り、御衣を肩にかけて、退出す。

従って、頼政をお召しになった。頃は五月下旬、まだ宵のことであるが、鵺がただ一声鳴いて、二声とは鳴かなかった。目を刺したとしても判らないような暗闇で、姿かたちも見えないので、矢のねらいどころをどこことも定めがたい。頼政は一計案じて、先ず大鏑を取ってつがい、鵺の声のした内裏の上に射上げた。鵺は鏑の音に驚いて、虚空でしばらく「ヒヒ」と鳴いた。続いて二の矢に小鏑を取ってつがい、ひいふっと射切って、鵺と鏑とを並べて前に落した。宮中は沸き返り、御感心もただごとではなく、褒美に御衣を授けられた。その時は大炊御門の右大臣公能公が、これを賜り、そして頼政に渡そうとして「昔の養由は、雲の外の鴈を射た。今の頼政は、雨の中で鵺を射た」とお褒めになった。

　五月闇名をあらはせるこよひかな

（誰が誰とも判らないような五月の暗闇の今宵であるというのに、あなたは武名を現わしたことであるよ）

と歌いかけられたので、頼政は、

　たそかれ時も過ぎぬと思ふに

（あそこにいるのが誰かとも判らない、たそがれ時も過ぎたと思うのに、そんな時に武名を現わしたことですよ）

と詠み、御衣を肩にかけて、退出する。

少々長いので、この内容をごく簡単にまとめておくと次のようになる。

【平家物語Ⓐ　頼政vs色々な動物を複合した姿の妖怪】

仁平（一一五一～五四）の頃、近衛院在位の時、御殿を夜な夜な黒雲が覆って、院を怯えさせていた。頼政がその物怪を退治する者として選ばれる。頼政が矢によって射止めたのは、頭がサル、胴体がタヌキ、尾はヘビ、手足がトラの姿をし、鳴き声はヌエに似た妖怪であった。頼政はその褒美に御剣を貫い、妖怪についてはうつほ舟に入れて流された。

【平家物語Ⓑ　頼政vsヌエという化鳥】

応保（一一六一～六三）の頃、二条院在位の時、ヌエという化鳥が禁中に鳴き、院を悩ませていた。先例に倣って頼政が、その退治に召された。頼政は目標を定めがたい暗闇の中、見事に鏑矢でしとめた。頼政はその褒美に御衣を貰った。

ⒶとⒷとで話の骨格は、ほぼ同じである。しかし、相違点も幾つか認められる。特に注目されるのは頼政が射止めた妖怪の正体である。Ⓐでは「頭がサル、胴体がタヌキ、尾はヘビ、手足がトラの姿をし、鳴き声はヌエに似た妖怪」であるのに対して、Ⓑでは「ヌエという化鳥」とされているのである。つまり、Ⓑではこうした鳥そのものを射たことになる。

妖怪の姿の描写（傍線部）を一見すればわかるように、謡曲「鵺」の内容に近いのはⒶである。射られた妖怪が、うつほ舟で流されるとしている点も、Ⓐと謡曲「鵺」とで共通している。ただし、その一方で大きな相違点もある。謡曲「鵺」では、「頼政が矢先にかかり、命を失ひし鵺と申しし者の亡心にて候」（頼政の矢先にかかって命を失ったヌエと申したものの亡魂であります）として、この妖怪の名前がヌエであるとされているのに対し、Ⓐの段階では、特に妖怪

図6　鳥山石燕『今昔画図続百鬼』に見えるヌエ。詞書で、頭は猿、足手は虎、尾はくちなわ、鳴く声はヌエに似るとされている。（鳥山石燕『画図百鬼夜行』、高田衛監修『画図百鬼夜行』国書刊行会、1992）

の名前は記されておらず、単に「鳴き声がヌエに似る」とされているだけなのである。つまり、現代においては、例えば「ヌエ的」とか「ヌエ学問」といったように、曖昧でよくわからないものの代表としてヌエを挙げた言葉もあるように、色々な動物を複合した妖怪のことと捉えられるのが通例となっているわけであるが、『平家物語』の段階ではこの妖怪はヌエという呼称では呼ばれておらず、単に声はヌエに似るが特に名前のないワケの分からない姿の妖怪に過ぎないのである。そして、この妖怪をヌエという名前で呼んだ初例は管見では、この謡曲「鵺」である。

なお、先ほど紹介した覚一本の他にも、現在伝存している『平家物語』には色々な種類があるわけだが、[23] Ⓐの妖怪の姿について諸本で小異がある。すなわち、「身ハ猿ル、面ハ狸《タヌキ》、尾ハ狐《クツネ》」（四部合戦状本）、「頭ハ猿、背ハ虎、尾ハ狐、足ハ狸」（源平盛衰記《げんぺいじょうすいき》）、「頭ハ猿、身ハ狸、尾ハ狐、足ハ猫、腹ハ蛇」（源平闘諍録《げんぺいとうじょうろく》）、「スガタハ猿、面ハタヌキ、尾ハ狐、腹ハクチナワ、足ハネコ」（『頼政記』[24]）という姿でヌエを描くものもある。ただし、後世の妖怪ヌエの姿は、先ほど本文を引用した覚一本や謡曲「鵺」の描写と同様に描かれることが多い。近世のヌエの図像にしても、「頭がサル、胴体がタヌキ、尾はヘビ、手足がトラの姿」で描かれるのが通例となっている【図6】。冒頭で紹介した大阪港の紋章に描かれるヌエもまた然りである。これには、謡曲「鵺」の影響が大きくあったものと推察される。

②頼政ヌエ退治説話、遡源

ところで、頼政のヌエ退治の話は、実は鎌倉中期の説話集『十訓抄《じっきんしょう》』にも見受けられる。

【『十訓抄』一〇ノ五六】

高倉院の御時、御殿の上に、鵼の鳴きけるを、「悪しきことなり」とて、「いかがすべき」といふことにてありけるを、ある人、頼政に射させらるべき由、申しければ、「さりなむ」とて、召されて参りにけり。この由を仰せらるるに、かしこまりて、宣旨を承りて、心の中に思ひけるは、「昼だにも、小さき鳥なれば得がたきを、五月の空闇深く、雨さへ降りて、いふばかりなし。われ、すでに弓箭の冥加、尽きにけり」と思ひて、八幡大菩薩を念じ奉りて、声をたづねて、矢を放つ。こたふるやうにおぼえければ、寄りて見るに、あやまたずあたりにけり。天気よりはじめて、人々、感歎いふばかりなし。（後略）

（高倉院の御代のこと、御所の建物の上でヌエが鳴いていたのを「悪いことだ」として、「どうしたらよいだろうか」という状況にあった。或る人が、頼政に射させるのがよろしいでしょうという旨、言上した。「それがよかろう」ということで、頼政が召し出され、参上してきた。勅命の趣意を仰せになると、頼政は謹んで宣旨を承った。その時、心の中では「昼でさえ、小さい鳥であるため捕えにくいのに、五月の梅雨時にあって空は真っ暗で、雨まで降っている。何とも言いようがない。私の弓矢をめぐる神仏の加護は既に尽きてしまった」と思い、八幡大菩薩をお祈りして、ヌエの鳴き声を手掛かりにして、矢を放った。手応えがあったように思われたので、近寄ってみると、間違いなくヌエを射当てていた。高倉院をはじめ、人々がこれに感歎したのは言うまでもない。）

高倉院の頃（一一六八〜一一八〇）の出来事としており、[25] 時期が少々ずれるが、基本的には【平家物語Ⓑ】と同様の話である。ただし、『十訓抄』ではヌエが、特に化鳥とされることもなく単なる鳥として描かれ、「昼だにも、小さき鳥なれば得がたきを、五月の空闇深く、雨さへ降りて、いふばかりなし」としている点は注目される。『十訓抄』の

図7　文政初期、歌川国芳画。頼政がヌエを射落とす場面。（『武者絵　江戸の英雄大図鑑』渋谷区松濤美術館、2003）

頼政ヌエ退治説話は、『平家物語』のそれに比して脚色の少ない、かなり現実に則した表現世界となっており、五月雨の降る闇夜にあって鳴き声を頼りに小さな鳥を射止めた、頼政の弓術の巧みさを賛嘆する話となっているのである。[26] 結論から先に言ってしまえば、頼政ヌエ退治説話の原形としては『十訓抄』に見られるような、単なる小さな鳥としてのヌエを射たという話が想定されるだろう。そして、それが脚色されて【平家物語Ⓑ】、さらには【平家物語Ⓐ】のような、おどろおどろしい妖怪を退治する話となっていったものと考えるべきであろう。

【平家物語Ⓐ】については、声がヌエという鳥に似るとされているものの、妖怪の姿には実は鳥の要素が無い。近世においてしばしば図像化されているので、それを見れば一目瞭然である【図7】。羽の無い姿で空を飛んでいたことになる。怪異を為す妖怪だからということで、それも許されるのかもしれないが、【平家物語Ⓐ】はこの点、少々話に整合性を欠いていると見なすこともできるだろう。このあたりからしても『十訓抄』の頼政ヌエ退治説話のようなシンプルな武芸賛嘆説話が原形としてあって、その話に尾鰭が付いて【平家物語Ⓐ】のような脚色の多分に施された話が形成された。そのために整合性が損なわれていったと考えるのが、やはり自然であろう。また、頼政の射る対象が、おどろおどろしい存在であればあるほど、頼政の武勇がより称揚される話となるので、武勇譚の発展としても自然な展開と言うことができるだろう。ただし、その脚色が具体的にどのような経緯でなされたかについては不明とせざるを得ない。妖怪を構成する動物については、十二支との関連が古くから指摘されるところであるが、タヌキなど十二支に登場しない動物も混在しており、この説では説明のつかない部分が多い。色々な動物を複合させる発想については、『山海経《せんがいきょう》』や『淮南子《えなんじ》』などの漢籍の影響が指摘されている。しかし、これらの漢籍から直接的影響関係があったかどうかについては結局、不明とせざるを得ない。

③清盛のヌエ捕獲説話と漢籍

ところで、『平家物語』諸本には頼政以外の人物のヌエを捕える話が載っていることを紹介しておこう。この話は従来あまり取り上げられることがないが、長門《ながと》本『平家物語』巻一と『源平盛衰記』巻一に「清盛、化鳥を捕えること」という章段が設けられている。章段名の通り、ここでは平清盛がヌエの声をした化鳥を生捕りにしているのである。内容は次の通りである。

夜半計ニ及テ、南殿ニ鵼ノ音シテ、一鳥ヒメキ渡タリ。藤侍従秀方折節番ニテオハシケルガ、殿上ヨリ高声ニ「人ヤ候〳〵」ト被レ召ケリ。左衛門佐ニテ、間近候ケレバ、「清盛」ト答。「南殿ニ朝敵アリ。罷出テ搦ヨ」ト仰ス。清盛、コハイカニ、目ニ見ル者也トモ、飛行自在ニテ天ヲ翔ラン者ヲバ争取ベキ、況暗サハクラシ、体モ見エズ、音バカリアラン者ヲ、角トレト仰出サル、事ノ浅猿サヨ、イカヾハセント思ケルガ、急度思直シテ、実ヤ綸言ト号セバヤ、様アル事也、天竺

（夜の半ば頃になって、南殿でヌエの声をした鳥が一羽、「ヒヒ」と鳴きながら飛んでいた。藤侍従秀方という人物がこの時、見張り番をしておられ、殿上から声高に「人はおられますか、人はおられますか」と仰った。清盛はこの頃、左衛門尉で、近くにいたので「清盛がおります」と答えた。すると、天皇から「南殿に朝敵がいる。出て行って絡め取れ」との仰せがあった。清盛は、これはどうしたものか。目に見えるものであっても、飛行することが自在で天を駆けるものをどうして捕ることができようか。ましてや大変暗くて、姿も見えず、声だけが聞

ニハ号二勅定一、獅子ヲ取大臣モアリ、漢家ニハ宣旨ノ使ト名乗テ、荒タル虎ヲトル者モ有ケリ、我朝ニハ任二叡慮一、雲ニ響雷ヲ取臣下モ有ケリ、延喜御宇ニハ、池ノ汀ノ鷺ヲ取タル蔵人モアリ、末代トイヘ共、日月地ニ堕給ハズ、争例ヲ追ザルベキ、取テ進セバヤト思ケレバ、「畏テ」トテ、音ニ付テ踊懸ル処ニ、此鳥騒テ、左衛門佐ノ左ノ袖ノ内ニ飛入ル。則取テ進タリ。叡覧アレバ、実ニ少サキ鳥也。何鳥ト云事ヲ不二知食一、癖物也トテ、有二御評定一。ヨク〳〵見レバ、毛シユウ也。毛シユウトハ、鼠ノ唐名也。

（『源平盛衰記』巻一）

こえるというようなものを、捕獲しろと仰せになるとは驚いたことだ。どうしたらよいのかと思われたのだが、急に思い直した。なるほど天皇の綸言《りんげん》と号するならば、そのようなこともあるものだ。天竺には勅定を号して獅子を捕る大臣もいる。中国には、宣旨の使と号して、荒らぶる虎を捕る者もいた。日本では、天皇のお考えのままに従い、雲の中で鳴り響く雷を捕えた臣下もあった。醍醐天皇の御代には、池の汀の鷺を捕えた蔵人もいる。末代とは言っても、日月はまだ地には堕ちていない。どうしてこれらの事例に追従しないでいられようか。捕って進呈しようと思ったので、「かしこまりました」と言って、鳥の声に随って踊りかかったところ、この鳥が声を挙げて騒ぎ立て、清盛の左の袖の中に飛び入った。そして、こうして捕って、その鳥を進呈した。天皇がご覧になると、それは実に小さな鳥であった。何という鳥かはご存知なかったが、くせものであるということになった。よくよく見てみれば毛朱であった。毛朱とは鼠の唐名である。）

天皇の綸言に従うことより、その捕獲に成功したということが強調される点や、弓を用いず生捕りにする点など相違点もあるが、話の筋は『十訓抄』や【平家物語ⒶⒷ】の頼政ヌエ退治説話にかなり似通っている。

この話で興味深いのは、鳥の実体についての記述である。最初に天皇が見た時は「少サキ鳥」とされている。この点、

『十訓抄』のヌエの描写と通底する。しかし、「何鳥ト云事ヲ不㆓知食㆒」（何という鳥かはご存知なかった）ともしている。つまり、この話で捕えられる鳥は、本文に拠る限り、声はヌエのようだがヌエそのものではない、別の何らかの鳥なのである。そして、この記事では、さらにこの鳥をよく見ると「毛シユウ」であったとしている。長門本では「毛朱」。清盛のヌエ捕獲説話もやはり『十訓抄』のような、単なる小さな鳥としてのヌエを射たという話を原話としたものと思われる。そして、「毛朱」に関する記述は、後に付加された要素と見なすことができるであろう。「毛朱」については不明だが、鼠の唐名であるとされている。漢籍を色々紐解いて探して見ても、「毛朱」という言葉は管見に入らない。しかし、この話には何らかの漢籍との関わりがあるのかもしれない。

例えば、『太平広記《たいへいこうき》』（一〇世紀成立の類書）巻四四〇「李測」条所引の逸書、戴孚《たいふ》撰『広異記《こういき》』（八世紀後半成立の唐代の伝奇小説集）には次のような話が載る。[27]

李測。開元中、某県令として、庁に在りし事あり。鳥の高さ三尺なる有り。毛羽無く、肉色にして通《あまね》く赤し。来りて其の宅に入る。測、以て不祥と為し、卒に命じてこれを撃たしむ。卒は柴斧を以て鳥を砍《き》る、刃は木に入りて鳥は傷まず。測、甚だこれを悪む。また油鑊にこれを煎じ、物を以て上を覆ふ。数日して開きて視る。鳥油気に随ひて飛び去る。其の後また来たる。測、命じて縄を以てこれを縛り、巨石に係け、これを河に沈めしむ。月余して復た至る。断ちたる縄は猶ほ頸上に在り。測、大木を取りて、其中に空を鑿《うが》つ。鳥

（李測という人物が、開元（七一三〜七四一）の間に、或る県の長官として庁にいたことがあった。鳥の体長が三尺もあるものがいた。羽毛は無く、肉の色をしてすっかり丸裸だった。これがその邸宅に入ってきた。李測はこれを不祥であるとし、兵卒に命じてこれを撃たせた。兵卒は柴斧で鳥を叩き切ったが、斧の刃は木に入り、鳥は傷付かなかった。李測は大変これを憎んだ。今度は油を張った鼎《かなえ》で鳥を煎じて、物でこの上を覆い、数日経ってこれを開いてみた。すると鳥は油気に随って飛去った。その後、この鳥はまたやって来た。李測は兵卒に命じて縄で鳥を縛らせ、巨石に括り付け、そして河にこれを沈めさせた。

を内に実《おさ》む。鉄にて両頭を冒す。またこれを河に沈む。自爾、至らず。

天宝中、測、移官す。其の宅に亦た凶あり。蒞《のぞ》む事数日、宅中に小人長《た》け数寸なるもの、四五百頭有り。測の官舎に満つ。測、物を以て中の一頭を撃つ。仆《たふ》れ然して殪《し》す。これを視れば悉く人なり。後夕に、小人等群れ聚りて哭泣す。車有りて棺を載せ、服を成し祭弔す。行有りて西堦の下に窆《ほうむ》る。明くるに及びて才《はじ》めて発す。測、便ち窆れる処を掘りて、一鼠を得る。通く赤くして毛無し。ここに於いて乃ち人に命じて力《つとめ》しめ、孔を尋ね発掘さしむ。鼠数百を得る。其の怪、遂に絶ゆ。測の家亦た甚だ恙《つつが》無し。〈広異記に出づ。〉（原漢文）

一月余り経って、再び鳥がやって来た。断った縄がまだ頸にかかっていた。李測は大木を取り、その中心に空洞を掘った。鳥をその中に収めた。鉄で鳥とその大木の両方の端を打ちつけて、また河に沈めた。それ以来、鳥は来なくなった。

天宝〔七四二〜七五六〕の間に、李測は移官した。その宅にまた凶事があった。凶事が起こること数日に及び、宅の中に身長が数寸の小人が、四、五〇〇もいて、李測の官舎に溢れた。李測は物でこの中の一人を撃った。すると倒れて、そして死んだ。これを視ると、全く人なのであった。後夕に、小人たちが群れ集まって泣いた。車が有って棺を載せて、喪に服して祭弔を行った。葬列が有り、西の階段の下に葬った。李測は夜明けになって初めて動き始め、李測はその葬られた場所を掘った。すると、一匹の鼠を得た。すっかり丸裸で毛は無かった。そこで、人に命じて働かせ、孔を探して発掘させた。鼠を数百見出し、その怪は遂に絶えた。李測の家は以前のように大変平穏なものとなった。〈この話は『広異記』に出ている。〉）

この記事では李測という人物をめぐって、怪異をなす不吉な化鳥を倒す話と、怪異をなす鼠の話が載る。前者については、化鳥を不吉と見なして退治しており、話の骨格は頼政のヌエ退治説話や清盛の化鳥捕獲説話と非常によく似ている。取り分け、化鳥を空洞を掘った大木に収めて河に沈めるという対処方法は、謡曲「鵺」や【平家物語Ⓐ】の「うつほ舟」にヌエを乗せて川に流すという展開と重なっており、注目される。さらに、怪異をなす存在の意外な正体を明らかにするという趣向は清盛の化鳥捕獲説話、そして【平家物語Ⓐ】とも共通している。後半の話の怪異については、その正体が「通赤無毛」の鼠であったとされている。清盛の倒した化鳥は、実体が「毛朱」という鼠であったとされており、どこか似通っていまいか。頼政のヌエ退治説話や清盛の化鳥捕獲説話には、或いはこうした漢籍に見られる化鳥退治説話からの影響が想定できるのかもしれない。

4　むすび

以上、ヌエという存在が各時代の資料でどのような認識を以て捉えられて来たかを確認してきた。簡単にまとめると、ヌエは上代においては主に哀調を帯びた声で夜に鳴く、親しむべき鳥として捉えられていた。ところが、平安期に入ると漢籍の知識や陰陽師たちの活動を通して、不吉な忌むべき鳥として捉えられる傾向が強くなった。そうした状況の中、ヌエが鳴いて不吉だということで天皇の命で暗闇の中でこの小さい鳥を射当てる頼政の武芸賛嘆説話が発生する。さらに、この話に尾鰭が付いて、頼政の射る対象が、頭がサル、胴体がタヌキ、尾はヘビ、手足がトラの姿をして、声はヌエに似た、おどろおどろしい妖怪とされる話へと変容し、これが『平家物語』において語られるところとなる。そして、いつしかこの妖怪自体も「ヌエ」という呼称で呼ばれるようになった。上代から中世にかけてのヌエに関する主な動向はおよそこのようなものであったと考えられる。

つまり、ヌエという存在に対する認識には、この時期に二つの大きな転換点があった。一つ目は親しむべき鳥としてのヌエから、不吉な忌むべき鳥としてのヌエへ、という認識の変化。二つ目は鳥としてのヌエから、妖怪としてのヌエが生み出されたことである。一つ目の転換点の要因については、平安期における漢籍の知識や陰陽師たちの活動が深く関わっているものと考えられる。二つ目の転換点の要因は、頼政ヌエ退治説話が様々に語られて行く中で、頼政の武勇を強調する脚色が多分に付された結果であると考えられる。

このように、当初は特に恐怖すべき対象ではなかった筈の存在が、いつしか怪異をなす妖怪としても捉えられるようになってしまうことは、実はヌエに限ったことではない。土蜘蛛などの化蜘蛛[28]や、ネコマタなどの化猫[29]といった妖怪についても、妖怪のヌエの発生と似たようなところが多くある。その共通点として重要な点を一つだけ挙げると、それまで好意的であったその対象〈モノ〉に対する認識が、漢籍や仏典などの影響を受けることによって、非好意的なものとして捉えられる傾向が強められている点である。そして、この非好意的な認識の通用した社会環境が温床となって、新たな妖怪が生み出される。もしくは、漢籍や仏典に見られるものと類似した妖怪が発生する。そのような妖怪発生のパターンが、一つ指摘できそうである。すなわち、日本の妖怪文化解明には、漢籍や仏典、及びその享受の在り方にも注意をしておく必要がありそうである。

そして、考えてみれば漢籍や仏典を享受しているのは、何も日本ばかりではない。朝鮮半島やベトナムなどは、日本と同様に漢字漢文文化圏だったわけであるから、これら諸地域にも、もしかしたら同様の現象が起きていたりするのかもしれない。頼政ヌエ退治と同様の筋書きの化鳥の説話が漢籍に認められたことからしても、中国についてはもちろんのことだが、我々にとって馴染みのある妖怪たちの〈親類〉とも言うべき存在を、案外こうした地域にも見出すことができるのかもしれない。いずれにせよ、日本ばかりではなくグローバルな視座の下に妖怪たちを追って行く必要はあるだろう。

▼注

1 ヌエの漢字表記については、早い例として『新撰字鏡』（昌泰年間〔八九八〜九〇一〕成立）の「䳑」、「䳢」。そして、九三四年頃成立の『倭名類聚抄』の「鵼」が挙げられる。古辞書では他にも「鴭」や「鴿」といった漢字にヌエという訓が付される。

しかし、中古から鎌倉期にかけての文学作品や日記では特に「鵼」字が用いられているように見受けられ、この字が通用していたと見られる。ところが、漢籍における「鵼」字は、字書以外の用例が管見に入らない。また、仏典などにもこの字が用いられた例は見出すことはできなかった。字義に関しても、『倭名類聚抄』所引『唐韻』と同様に、中国における字書のいずれにも「怪鳥」とのみあり、それ以上の解説は管見に入らない。

2　各地のヌエの伝承については、『平家物語大事典』東京書籍、二〇一〇年の巻末付録・伝説を参照。

3　私に濁点、句読点を補った。

4　太田明「阿州犬神考（一）」『郷土研究上方』六三号、一九三六年所載の類話では「スイカズラ」。「犬神調査要項」『阿波民俗』一号、一九四九年所載の類話では「吸葛」とされる。本文当該箇所、「之ヲバ「スイカツラ」ト」の誤りか。

5　以下、紹介する中世以前のヌエについては、東光治「奴延鳥及び奴要子鳥考」『萬葉動物考』人文書院、一九三五年や山口仲美『ちんちん千鳥の鳴く声は』講談社学術文庫、二〇〇八年に詳しい。

6　東光治の前掲書。

7　本文は新編日本古典文学全集に拠る。以降も、古典作品の引用については特に断りの無い限り基本的に、新編日本古典文学全集に拠る。

8　巻一・五番歌、巻一〇・一九九七番歌、二〇三一番歌、巻一七・三九七八番歌。なお、本稿において和歌の歌番号は新編国歌大観に拠る。ただし、『万葉集』の歌番号については、旧歌番号に拠る。

9　巻二一・一九六番歌。

10　『殿暦』天永二年（一一一一）九月一〇日条、永久三年（一一一五）六月二五日条。『台記』天養元年（一一四四）四月二五日条、同年六月一八日条、同年六月二四日条。『玉葉』建暦二年（一二一二）八月七日条、同年八月一一日条。『明月記』建保元年（一二一三）二月八日条など。この他、『吾妻鏡』仁治元年（一二四〇）四月八日条にも見える。なお、『台記』天養元年（一一四四）四月二五日条の例では、「今日寅刻、鵼鳴くと云々、泰親をして占はしむ、曰く吉なりと」（原漢文／増補・史料大成）として鵼が鳴いたことが「吉なり」とされている。ヌエの鳴き声は、不吉なものとして文献に現れることが殆どであるが、どの条件でも総て不吉と見なされるというわけではないようだ。

11 『日本歌学大系』別巻三の本文に拠る。
12 新潮日本古典集成の本文に拠る。
13 『箋注倭名類聚抄』、元和古活字本『倭名類聚抄』、当該箇所はいずれも同文。狩谷棭斎の見解は、『箋注倭名類聚抄』に所載。見解の妥当性については拙稿「漢籍受容とヌエの認識」紀南文化財研究会編『熊野』一四九号、二〇一五年一一月において検討を行った。結論だけ言えば、狩谷棭斎のこの見解は妥当ではないと考える。
14 村山修一『日本陰陽道史総説』塙書房、一九八一年。
15 この資料については、水口幹記『日本古代漢籍受容の史的研究』汲古書院、二〇〇五年を参照。なお、同資料の当該箇所の本文は、拙稿「漢籍受容とヌエの認識」(前出)において紹介した。
16 注1参照。「鵺」は『名語記』、『伊京集』、『篇目次第』。「鵼」は観智院本『類聚名義抄』、『名語記』に見え、それぞれ「ヌエ」という訓が付されている。
17 『釈日本紀』巻一四、「休留。茅鴟。」条による。
18 アイヌ民族の間では、フクロウの類は神聖な動物として捉えられる。『日本書紀』に見られるこうしたフクロウ類に対する認識も、こうした認識の在り方に近いものがあったのかもしれない。
19 「夕顔」の「まして松の響き木深く聞こえて、気色ある鳥のから声に鳴きたるも、梟はこれにやとおぼゆ」。「蓬生」の「いとど狐の住み処になりて、疎ましうけ遠き木立に、梟の声を朝夕に耳馴らしつつ」。「浮舟」の「梟の鳴かんよりも、いともの恐ろし」。以上、全三例。
20 水野平次『白楽天と日本文学』目黒書店、一九三〇年。『河海抄』巻二にも指摘あり。
21 兼明親王の「兎裘賦」(『本朝文粋』巻一、所収)は、「鵩鳥賦」に倣った作で、梟が悪鳥として理解されている。
22 『平家物語』と一口に言っても様々な種類の本があり、内容がそれぞれ大きく異なる。ここで取り上げる覚一本『平家物語』は、南北朝期の琵琶法師・明石検校覚一(?〜一三七一)が、自派の権威ある台本として制定したもの。現在、一般向けに刊行されている『平家物語』のほとんどがこの系統の本文に基づいている。なお、本論で引用したのは新編日本古典文学全集の本文で、底本は覚一本として知られる伝本の一つである髙野本。『平家物語』諸本について詳しくは『平家物語大事典』東京書籍、二〇一〇年を参照。

23　四部合戦状本は汲古書院版の影印。『源平盛衰記』の本文は三弥井書店版。『源平闘諍録』は和泉書院版の影印にそれぞれ拠った。なお、延慶本と中院本は当該箇所、覚一本と同様の記述となっている。

24　『頼政記』は、『平家物語』の零本と見られる。内閣文庫蔵。

25　『菟玖波集』巻第一一・雑・一〇九六には従三位頼政の作として「ほととぎす雲井に名をもあぐるかな／弓張の月のいるにまかせて」が入集するが、その詞書には「高倉院の御時、南殿の上に鵼といふ鳥鳴き侍りけるに、頼政を召して射侍るべきよし仰せられければ、五月闇くらきに、声をしるべにて、仕りけるに禄をかくるとて後徳大寺左大臣」（日本古典全書）と見える。「高倉院の御時」とする点などからしても『十訓抄』の系統の話に近い。この系統の話も流布していたことが、ここから窺われる。当資料は、寺尾麻里氏の御教示による。

26　『今昔物語集』巻二五、第六「春宮大進源頼光朝臣射狐語」は、本話の類話として位置付けられる。この話の主人公は頼政の祖先に当たる頼光。頼政ヌエ退治説話の形成を考える上で、重要な説話であると言える。関幸彦『蘇る中世の英雄たち』中公新書、一九九八年参照。

27　本文は『太平広記』中華書局、二〇〇六年に拠る。なお、当資料読解にあたり、霍君氏の御助力を賜った。

28　拙稿「源家の名刀「蜘蛛切」をめぐって――転変する〈モノ（剣・蜘蛛）〉のイメージ――」青山学院高等部『研究報告』三六号、二〇一五年三月を参照。

29　拙稿「日本に於けるネコの認識――猫またの出現をめぐって――」『平成二五年度　名古屋大学大学院国際言語文化研究科　教育・研究プロジェクト「文化創造の展開および発展」報告書』二〇一四年を参照。なお、この論文は、絵物語研究会ホームページ（https://sites.google.com/site/emonogatari0nagoya/）にて公開中（二〇一五年六月現在）。

ネコマタとその尻尾の描写の変遷

毛利恵太

1 はじめに

「ネコマタ（猫又、猫股）」とは、一般には「長い年月を経て、尻尾が二股に分かれた猫の妖怪」として知られている。現代においても「尻尾が二股になった猫の妖怪」というイメージは広く浸透しており、ごく最近の例を見ても、『妖怪ウォッチ』に登場する猫の妖怪「ジバニャン」は二本の尻尾を持ち、東方Projectに登場する化け猫のキャラクター「橙（ちぇん）」も、人型ながら二本の尻尾を持っている。近年のキャラクター造形にも影響を与える「ネコマタ」のイメージがどのような歴史を辿って作られたのか。このコラムでは特に、ネコマタと尻尾の関係について述べていこうと思う。

2 「ネコマタ」の記述

現在確認されている中で、最も古い「ネコマタ」の記述は、藤原定家《ふじわらのていか》（一一六二～一二四一）によって記された『明《めい》月記《げっき》』内の、天福元年（一二三三）八月二日の記述である。

（前略）夜前、南京の方より使者の小童来たり云ふ、当時南都に猫胯《ねこまた》と云ふ獣出で来。一夜に人七八人を噉《く》ふ。死する者多し。或は又件の獣を打ち殺す。目は猫の如く、其の体犬の長さの如しと云々。（後略）

また、兼好《けんこう》法師（一二八三?〜一三五二?）の『徒然草《つれづれぐさ》』第八九段は、有名な「猫また」に関する記述である。

「奥山に、猫またといふものありて、人を食《くら》ふなる」と、人のいひけるに、「山ならねども、これらにも。猫の經上りて、猫またに成りて、人とる事はあなるものを」と云ふ者ありけるを、（後略）

『明月記』の「猫胯」は狂犬病に罹患した犬と推測され、『徒然草』に登場する「猫また」の正体は犬の見間違いというオチがつくが、少なくとも鎌倉時代、それも前期の頃には、猫に似た、あるいは猫が変ずる「ネコマタ」という大きくて凶暴な獣がいるという認識が流通していたと推測することが出来る。元禄一〇年（一六九七）に記された『本朝食鑑《ほんちょうしょっかん》』にも、

凡そ雄の老猫、妖をなす。その変化、狐狸に減おとらず、よく人を食う。俗に猫麻多《ねこまた》と称す。（原漢文）

とあり、人を食う化け物として「ネコマタ」が紹介されており、この頃の「ネコマタ」の外見的特徴に「二股に分かれた尻尾」というものを確認できないこともわかる。

「二股に分かれた尻尾」という特徴を持つ猫の異類を確認できる文献は、おおよそ一八世紀以降になる。宝永五年

（一七〇八）の『大和怪異記《やまとかいいき》』には、「頭から尾まで五尺ほどの大きさで、尾が二股に裂けている」猫の怪異の話が記載されており、また『安斎随筆《あんさいずいひつ》』（一七〇〇年代）には

　数年の老猫、形大になり、尾二岐《ふたまた》になりて妖怪をなす。是れを猫またとも云ふ、尾岐ある故なるべし

と記され、「尾が二股に分かれることから、猫またと呼称される」というように説明されている。これ以降の随筆、物語などではこの説明が採用され、定説となるようである。また、これ以降ネコマタなどの猫の化け物は、大きな体の獣というよりも老婆や若い女性に化けて人を惑わすものとして描写されることが多くなっていく。これもまた注目点の一つである。

3　描かれた「ネコマタ」

随筆などにおける「ネコマタ」の変遷は以上であるが、絵画・画像における描写はどうであるか。

歌人としても知られる武将・木下勝俊《きのしたかつとし》（長嘯子《ちょうしょうし》　一五六九〜一六四九）が著したとされる『四生《ししょう》の歌合《うたあわせ》』という歌合せの本がある。これは擬人化された鳥・虫・魚・獣が恋歌の歌合せをおこなうという趣向で書かれた本であるが、この内の一つ『けだ物の歌合』には「ねこまたのこん平六」という名前が登場する。そして、ここの挿絵には、尻尾が一本の猫らしき獣が描かれている【図1】。

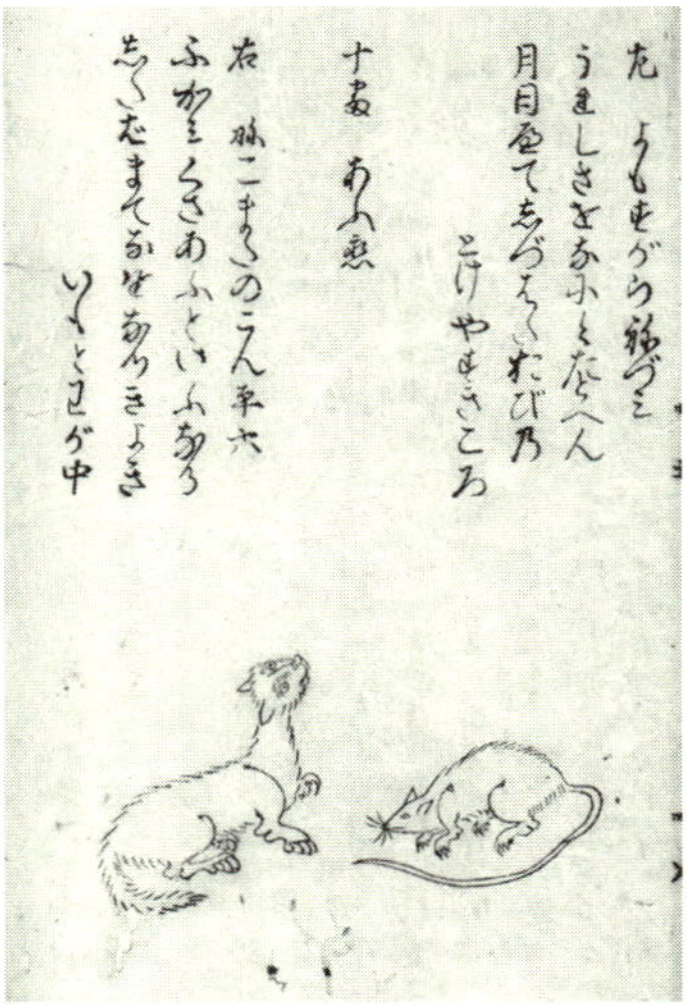

図１　『けだ物の歌合』（国会図書館蔵）

図２　『玉すだれ』（早稲田大学図書館蔵）

宝永元年（一七〇四）に著された浮世草子『多満寸太礼《たますだれ》』の巻四には「火車之説／并　猫取死骸事」という項がある。この話に登場するのは「猫」と呼称される化け物だが、挿絵には黒雲に乗る、二股の尻尾を持つ猫が描かれている【図2】。

この二つの例だけを見れば、画像における描写も随筆などと似たような変遷を辿っていると考えられるが、佐脇嵩之《さわきすうし》の『百怪図巻《ひゃっかいずかん》』（一七三七）に描かれた「猫また」は尻尾が一本だけであり、鳥山石燕《とりやませきえん》の『画図百鬼夜行《がずひゃっきやこう》』（一七七六）の「猫また」は尻尾が二つに分かれているなど、画像における変遷はそう単純には考えられないようである。

4 「ネコマタ」の語源

ではそもそも、「ネコマタ」という語はどのようにして作られたのだろうか。ここでは二つの説を紹介する。

一つは「ネコマ」という古語からの転化ではないか、という説である。承平年間（九三一～九三八）に編纂された『和名類聚抄《わみょうるいじゅしょう》』の「猫」の項目には「和名禰古萬《ねこま》」とある。この他にも『本草和名』（九二三）には「和名祢古末《ねこま》」、『伊呂波字類抄《いろはじるいしょう》』（一一八〇）には「猫」の訓に「子《ね》コマ」とある。この「ネコマ」という読みに「〜たち」といった複数形を意味する接尾語の「タ」が付き、「ネコマタ」の語源となったのではないか、という説である。

もう一つの説は猱《また》（猿の意）という字からの由来とする説である。日野巌《ひのいわお》（一八九八〜一九八五）の『動物妖怪譚《どうぶつようかいたん》』の「猫」の項によると、「猱」とは本来山中を自在に生きる猿や山猫を指す字であり、それが時代とともに使われなくなり「ネコマタ」という語のみが残った、と著している。しかし、日野が典拠として示している『箋注倭名類聚抄《せんちゅうわみょうるいじゅしょう》』は明治に入ってから書かれた注釈書なので、更に古い時代の文献を当たらなければ、この説の証明できないだろう。この他にも日野は、「マタ」は重複の意味もあり、年老いて変化となった猫を「ネコマタ」と呼んだとも述べている。

以上二つの説はいまだ完全な証明がされておらず、更なる研究が必要とされている。現段階では「ネコマタ」の語源を断定することは難しいだろう。

5 「ネコマタ」と「玉藻前」

以上のように、ネコマタに「二股に分かれた尻尾」という要素は本来存在せず、後世になって付け足されたとするべきだ、というのが見えてきたと思う。では、それまで基本的に、大きな体で人を食らうという属性しかなかったネコマタに、どこからそのような要素が追加されたのか。これには、異類譚として有名な「玉藻前《たまものまえ》」が関わっているのではないか、と推測することが出来る。

鳥羽上皇に仕え、これをたぶらかした化女・玉藻前の正体は、

図３『たまもの前物語』（国会図書館蔵）

日本だけでなく中国・天竺の三国で悪事をなした「九尾の狐」であった、というように現代において認識されている玉藻前の物語だが、最も古い記述である『神明鏡』や、それを元にした「御伽草子」系の文献にはそのような記述はなく、特に御伽草子においては「二尾の狐」を玉藻前の正体と記している。

文明二年（一四七〇）に写された『玉藻前物語（赤木文庫蔵）』には、

しもつけのくにに、なすのに、八百さいをへたる、きつねあり、かのきつね、なかさ七しやく、を二あり（後略）

とあり、更に承応二年（一六五三）に刊行された『玉藻の草子（慶應義塾図書館蔵）』には、

かさねて、せんぎありて。事の子細を、御尋有ければ。泰成、申やう、下野國。那須野と中所の野に。八百歳を経たる狐あり。かの狐は、たけ七ひろ。尾二つ有べし。（後略）

とある。本来の玉藻前の正体は、身の丈こそ記述に違いがあれど、年を経て二本の尾を持った狐だったのである。玉藻前が「九尾の狐」となったのは江戸時代、中国から「妲己《だっき》」のような「九尾の狐」が登場する物語が輸入され、一般にも知られるようになってからである。中国には元々神話に霊獣として「九尾狐《きゅうびこ》」が登場しており、これを傾国の美女の正体と設定した中国の物語が日本に輸入された結果、その影響を受けた日本の玉藻前の物語も次第に「九尾の狐」へと変化していったのである。

そして、玉藻前から「二尾の狐」の要素が薄れていった時期と、随筆などで「尾が二つに分かれたネコマタ」が登場し始めた時期はおおかた一致する。このようにして、本来玉藻前が持っていた「二尾」という要素を、同じ「獣の怪」であった「ネコマタ」が受け継いでいったのではないだろうか。更にいうと、元々は皇族・貴族の愛玩動物としてや、

大寺院の書物を鼠害から防ぐ目的として飼われていた猫が、一般民衆にも広く受け入れられるようになったのもこの頃である。ネコマタや猫そのものへの認識が、一般民衆に動物としても化け物としても広く知られていた玉藻前や狐そのものへの「人を惑わす」や「よく女性に変化する」といった認識の影響を受けた結果、「山中にいるよくわからない凶暴な獣」としてのネコマタから、現代にも続く「女性に化ける」ネコマタへと変わっていったのではないだろうか。『枕草子』には「命婦《みょうぶ》のおとど」という女性名を付けられた猫が登場し、『源氏物語』には猫の鳴き声を「ねうねう」と官能性のある聞きなし方をするなど、古い時代から猫に女性性を見出してきた習慣もまた、玉藻前という美しい化女との親和性を深めたのかもしれない。

6 おわりに

時代とともに、猫は一般民衆にとって、あまり見かけることのない山中の獣から、愛らしくも妖しい愛玩動物へと変わっていった。その変遷の中で、「ネコマタ」を筆頭にした猫の怪異・異類もまた、他の異類との交流も経て、大きくそのイメージを変えていったのだろう。

▼引用・参考文献
『徒然草（岩波文庫）』岩波書店、一九二八年。
『訓読明月記　第六巻』河出書房新社、一九七九年。
『室町時代物語大成　第九』角川書店、一九八一年。
『改定史籍集覧　第二冊』臨川書店、一九八三年。

平岩米吉『猫の歴史と奇話』築地書館、一九九二年。

小島瓔禮『猫の王　猫はなぜ突然姿を消すのか』小学館、一九九九年。

田中貴子『鈴の音が聞こえる　猫の古典文学史』淡交社、二〇〇一年。

日野巌『動物妖怪譚　下』中央公論新社、二〇〇六年。

姫野敦子「中世文学の中の猫　猫へのまなざしの変化と猫股の登場」『清泉女子大学人文科学研究所紀要』三四号、二〇一三年。

佐伯孝弘「近世文学における怪異と猫」『清泉女子大学人文科学研究所紀要』三四号、二〇一三年。

「くだん」が何を言っているかわからない件

永島大輝

1 「くだん」が現代でも人気の件について

広島県山県郡芸北町役場編『八幡村史』(一九七六)には次のような記述がある。

くだん(件)　くだんは胴体は牛、頭は人間の顔といわれていて、これが生まれると天災地変の予言をしたという。このくだんは予言が終り次第死亡するといわれ、明治初年唐鐘方面(島根県)に生まれて、浜田地震の予言をしたといい伝えている。

「件」とかいてくだんと読む人面に牛の体をもつ異類の話である。予言をしてすぐに死んでしまうという特徴が語られることが多い。岡山出身の作家内田百閒の小説にも『件』という作品がある(『冥途』長崎出版、二〇一三所収・初出一九三五)。自分が「くだん」になってしまうというシュールな作品なのだが、この中でも三日で死んでしまうらしいとか、予言をするらしい、とか、体が牛で顔だけが人間といった特徴が語られる。岡山県久米郡でも「くだんが生れ

図1　くだん（近藤ようこ『五色の舟』（KADOKAWA/エンターブレイン、2014）

る。くだんが予言をする」[1]や京都府天田郡三和町でも「件がことしどういうた」[2]と噂された。こうした「くだん」が伝承されるのは西日本が中心である（なかには移民によりブラジルにまで伝わった例もある）[3]。

今日においてもその人面牛身のデザインと予言という特徴から人気のキャラクターといえるだろう。例えば、城平京《しろだいらきょう》のミステリー小説『虚構推理　鋼人七瀬』（講談社、二〇一一）の中にも「くだん」の肉によって予言の能力を得た登場キャラクターがいるし、『妖怪ウオッチ』の中でも予言をする「くだん」や「大くだん」という妖怪がいる。しかしデザインは二足歩行に牛の顔を持つもので、同じゲームの中の人面犬とはかぶらないものになっている。

平成一七年（二〇〇五）に公開された映画『妖怪大戦争』の中でも、牛小屋で「くだん」が生まれることにより、その後の「大戦争」への期待と不安を観客に想起させるシーンがある。

真倉翔・岡野剛『地獄先生ぬ～べ～』二一巻（集英社、一九九六）にも「くだん」が現れ予言をする。この漫画の中では、「くだん」は雌雄が同時に生まれるという設定が加えられており、この雌雄の「くだん」という設定は影山理一『奇異太郎少年の妖怪絵日記』二巻（マイクロマガジン社、二〇一一）の中でも採用されている。これから「くだん」には雌雄が同時に誕生という設定がつけくわえられたままになってゆくのかもしれない。津原泰水の小説を原作とした近藤ようこの漫画『五色の舟』にも怪しく魅力的な「くだん」が描かれている【図1】。

2　摺物《すりもの》に怪しい生き物が多数描かれている件について

以上のように人気のキャラクターであるが、すでに江戸時代のかわら版などの摺物にも「くだん」は登場している。

豊作などの予兆となり、自分の姿を貼れば災いを免れるというものである。仍（依）て件の如しという言葉はこの「くだん」にちなむとされる【図2】。

貼ることで難を逃れる異形のものには多数ある。たとえば寺で配られる角大師の札なども貼ることで難を逃れるものである【図3】。基本的に絵柄は不気味であるが縁起の良いものである。神社姫《じんじゃひめ》と呼ばれる人魚なども予言をして、自身の絵を写せといった類のもので、こうしたかわら版は託宣型かわら版などと呼ばれる。[4] 予言をし、絵を貼らせた妖怪アマビエなども研究がなされている。[5]

佐藤健二が「くだん」というのは「へん」と「つくり」からの「件」の文字の図解であるとしたのは、慧眼であった。[6] 文字文化から生まれた妖怪なのである。

3　奇形の牛が生まれてすぐに死んだという流言蜚語の件について

「くだん」や異形のものが山中や海などに出現し、消えるという話が摺物の特徴であり、死ぬ例は管見では見当たらない。

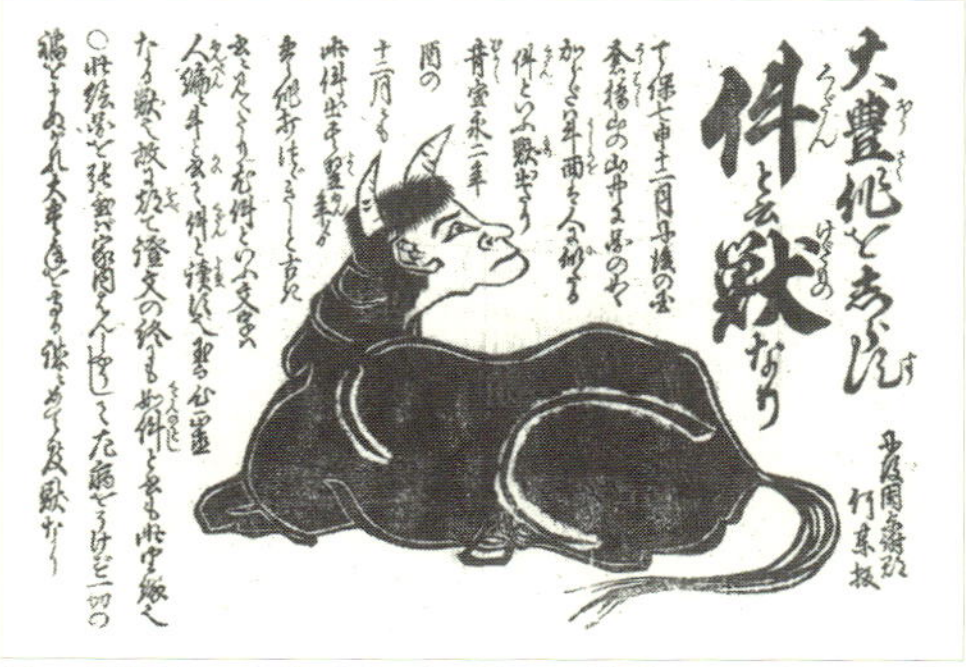

図2　天保七年に出現したという「くだん（件）」の瓦版（湯本豪一『明治妖怪新聞』柏書房、1999）

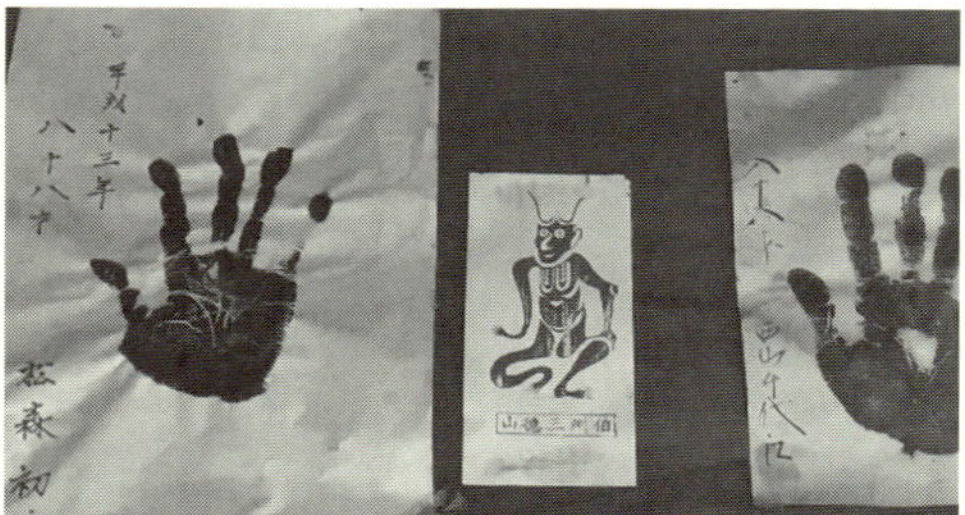

図3　中央にあるのが角大師。左右は八八歳の人の手形を貼ると縁起が良いという別の習俗。（筆者撮影）

やがて「くだん」はそうした山中や海での話よりも、前述のような奇怪なものが生まれたという異常出生や、すぐに死ぬという特徴が語られていくようになる。

例えば、福岡県豊前市でも、▼7

> 「クダン」とは人間と牛の混血児で顔だけ人間で他は牛の姿をしていると言われている。生後一日も生きていないが、たった一言だけ人語を話すという。

と、異様な出生や、すぐに死ぬという特徴が語られている。

南方熊楠《みなかたくまぐす》も和歌山県田邊町の歯科医から聞いた「くだん」の話を「東牟婁郡三輪崎の村外れ漁夫の家に、件を檻に入れて養ふ。其は其家に生れた子、成長しても白痴で獣の如く這ふのみ。顔は丸で牛で人の體也。但し牛の毛は生え居らず。斯る者の言ふ事に偽りなき故、證文に件の如しと書く」と報告している（「民族短信民族断片」『民族と歴史』第六巻第五号、一九二二）。頭の方が牛になっているが、異常出生のものが偽りのないことをいうという点は共通している。また、仍（依）て件の如しという言葉の由来としての言説も見られる。誰かこうした噂を流したものがいたのであろう。

そのような噂と相性がいいのが見世物である。口上などにあわせ人々の興味をかきたて、剥製などを見せた。

源頼朝公のしゃれこうべを見せていたが、「頼朝は頭が大きいと有名な割に小さい」と言われ、「もっともそれは御幼少のみぎりのしゃれこうべ」と返したという落語のまくらがある。同様に、剥製などが実際にあるわけだから「くだん」には死んでいてもらわなくてはならない。

こうしてかわら版には見られない「すぐに死ぬ」という特徴が付随したのではないだろうか。

頭が二つある牛の剥製が今も見世物小屋などで見ることができるが、こうしたものも「くだん」とすることで説得力をもたせられることがあった。鵜飼正樹『見世物家業——安田里美一代記』（新宿書房、二〇〇〇）のなかでは「うちにも頭が二ァつで胴体一つの牛がおるでしょう。あれもね、ただ「頭が二つ胴体が一つで牛ですよ」って具合にゆっとったんじゃ、見に入ったお客がよけインチキだと思うよ」と「くだん」として見世物にされる剥製が登場する。

このように「くだん」には見世物が多くかかわったようである。田原開起『百姓と仕事の民俗――広島県央の聴き取りと写真を手がかりにして』（未来社、二〇一四）には福山市新市町の吉備津神社で、昭和一〇年ごろ、見世物小屋が設けられ、そこに「件」が来るというので見に行ったという話がある。岡山でも見世物での「くだん」の話は多い。「小学校の時、件を見た。ガラスの中に入っていた。牛の頭で、上面が牛で、目の間に人間の顔があった」（木下浩編『岡山の妖怪辞典――妖怪編――』日本文教出版、二〇一四）などからは、もう人面獣というところからも次第に離れている異形の姿がある。

群馬県の沼田では同じような人の顔に見える牛の剥製が使われていても「くだん」と呼ばれてはいない。「牛人間」とされていた（「発見！妖怪件　木原浩勝氏緊急インタビュー！」『怪』角川書店、一九九八）。

このことからも「くだん」の話が隆盛を極めたのはやはり西日本のようである。

4　さらに多様な「くだん」がいる件について

意味が崩壊しても言葉は伝わることがある。そうして人気の妖怪が他の怪までも取り込んでしまうこともある。このように「くだん」にも意味が崩壊し、別の怪異にその名がついたと思われる事例がある。徳島県津田町では次のような話がある。

海の化けもんの火の玉をくだんさんという。漁に出た人達が海で方角がわからなくなった時に出た。真っ暗な海に漁船を並べたようにあかあかと火が並ぶ（宮本美恵子編『とくしまの昔』みんみんクラブ、二〇〇〇）

この「くだんさん」と牛の「くだん」が元々同じものなのか、偶然同じ名前になったのかは分からない。言葉はそのままに意味が変容するといえば、次のような例もある。

「仍って件の如し」と言う言葉はもちろん、「くだん」よりもはるか前に使用されていた言葉である。しかしその意味は佐藤健二が指摘するようによく耳にするわりにわからないものであったようだ。

思いコンダラという笑話を聞いたことはないだろうか。テレビアニメ『巨人の星』のオープニングテーマの歌詞「思いこんだら」という部分をぎなた読みしてしまい、「重いコンダラ」と認識してしまう。その時にグラウンド整地用のローラーのことを「コンダラ」というのだろうと思い込んでしまったというものだ。この話は現在もネタとして話す人がおり、本当にそんな話のようなことがあったかどうかは別にして「コンダラ」という俗語は実際に使われている。

耳になじみがあっても、意味が分からない言葉からは、もっともらしい説や、勘違いを笑う話が生まれるようだ。芸人8．6秒バズーカの「ラッスンゴレライ」というギャグが流行した。謎の言葉をリズム良く言うというネタであり、もちろんそこに意味はない。しかしその「ラッスンゴレライ」に意味を見出そうという人が多く現れた。意味がわからないというのは人を奇妙な心理にさせるものなのだろう。

意味のなさを笑いにしたものに意味を求めるほど滑稽な事はないが、「ラッスンゴレライ」は原爆投下を意味したものであるというデマがまことしやかに流れた。騒動が大きくなると、わざわざ公式に否定することになった。こうした流言飛語には思考の偏りなど様々な要因があるにせよ、意味の分からないものをそのままにしておけないという心理を利用した話の拡散のためのテクニックもつかわれているのだ。

嘘を言わない「くだん」は様々な話にも取り込まれていることからその人気の高さが伺える。香川県では、「破れ衣の坊主がやってきて「豆が欲しい」と言ったのに、豆をあげなかった。それから、豆にガイラがわくようになる。破れ衣の坊主は、お大師さんだったのだという」という話がある（高松市西部民俗調査団編『笠井郷風土記（高松市西郊の民俗）』高松市歴史民俗協会、一九八六）。

豆にガイラという虫がわくのは、弘法大師に優しくしなかったことが始まりであるという由来譚である。同じく香川県には「五体が牛で顔が人間、山のねきに出た。絶対に嘘を言わない。そら豆に、虫がはいるぞとクダンが言うた。それから、そら豆にガイラがつきはじめた。クダンは嘘を言わない」とある（綾歌郡綾上町教育委員会編『綾上町民俗誌』香川県綾歌郡綾歌町発行、一九八二）。同様の虫がわく由来に「くだん」が使われているのだ。

このように「くだん」がその人気から話に組み込まれていくことがある。穀物盗みという昔話がある。あらすじを書くと、弘法大師や稲荷が中国やインドから麦の種を盗み、隠して日本に持ってくる。それを犬に見つかるが、殺してしまう。それから麦は戌の日には撒くものでないというようになったという話である。「戌の日には撒きものをしない」という一行知識は広く知られており、その由来譚として語られるが、群馬県の山田郡大間々《おおまま》町塩原には次のような報告がある。

> 戌の日に麦まきを忌む理由としていわれていることは、昔、ある寺の和尚が中国から足指の間に麦種をかくして持ち帰ったという故事である。「件」という名の決して嘘をいわぬ犬がおり、和尚が麦を盗んできたことをとがめて吠えたそうで、以来戌の日に麦まきをしないのだという。昔は証書の末尾に「依件如」と書いたが、この「件」という犬にちなむという。（長沢利明「塩原の民俗知識および俗信——群馬県山田郡大間々町塩原——」『常民文化研究』一二、常民文化研究会、一九八八）

犬の名前が「くだん」になっているし、「依って件の如し」の言説もついている。

同様の正直な犬「くだん」が登場する話は『群馬県史』や『太田町誌』の民俗編にも掲載されている。

東日本は馬の文化だったためか、管見では人面牛体の「くだん」は見当たらない。だが、「くだん」という犬の話は群馬県で聞くことができる。この話では「件」の「へん」と「つくり」の字解きの機能は見当たらない。牛ではなく犬だからである。仮に「伏」という字なら同じように人面に獣の体のキャラクターが作れそうだが、あくまで普通の見た目の正直な犬で、名前が「くだん」である。「くだん」が別の話にむりやり組み込まれていることがわかる。

5　予言の流言が中学校で流行った件について

筆者が栃木の中学校で教育実習をしていた二〇一二年五月二二日、生徒から「今日、地震が起こるってほんとうですか?」という質問が来た。どういうことかと問うと、予言をした子供がいるとの噂が流れたのだという。「障害のある子供がうまれ、3．11ぐーらぐらとうたっていた。それから、間もなく東日本大震災が起きた。その子は次に5．22ぐーちゃぐちゃという歌をうたうようになった」というものである。

この話はどうやらSNSや掲示板などを通して中学生に広まったらしく、

> 店長が言ってたんだけど、障害ある子どもが3．11よりも前に「3．11ゆらゆら～」って歌ってたんだって。で、そのあとその子が歌った通り《ママ》地震きて、で、今その子が「5．22ぐちゃぐちゃ～」って歌ってるんだって。で、その子だけじゃなくて他の子も言ってるらしい。

というような話がインターネットで検索すると多数見つかる。[8]「くだん」という名前も、貼ることで難を逃れるというかわら版の要素も、死んでしまうという剝製の要素もないが、似た構造をもった流言飛語であることは一目瞭然である。

逆に言えば、こうした話は、だれがどのように流行らせたか、どのようなメディアによって流行したかで性質が変わってしまうようだ。刷り物、剥製などを媒体に噂にされた妖怪「くだん」。これからはどのような媒体が登場するのだろうか。その時、何を言っているかはわからないが、また「くだん」の如き妖怪は現れると予言をしておく。

——仍て件の如し。

▼注

1　久米郡教育会編・発行『久米郡誌』一九二三年。

2　國學院大学民俗学研究会編・発行『民俗採訪』昭和五〇年度号、一九七五年。

3　前山孝「移民の日本回帰運動」日本放送出版、一九八二年。

4　及川祥平「近世絵画史料の分析を通して見る「くだん」——「託宣型かわら版」とのかかわりを視座に——」成城大学常民文化研究会編『常民文化』三一（二〇〇八年）に詳しい。及川祥平「くだん考——近代「くだん」イメージの再検討——」世間話研究会編・発行『世間話研究』一七（二〇〇七年）と併せてお薦めする。

5　湯本豪一『明治妖怪新聞』（柏書房、一九九七年）、長野栄俊「予言獣アマビコ・再考」小松和彦編『〈妖怪文化叢書〉妖怪文化研究の最前線』（せりか書房、二〇〇九年）。神社姫は常光徹『妖怪の通り道——俗信の想像力』（吉川弘文館、二〇一三年）に詳しい。

6　佐藤健二『流言飛語——うわさ話を読みとく作法』有信堂高文社、一九九五年。

7　豊前市史編纂委員会『豊前市史』下巻、豊前市発行、一九九一年。

8　http://matome.naver.jp/odai/2133522812018131501（二〇一五年六月一四日閲覧）

※本稿脱稿後、笹方政紀「クダンと見世物」東アジア恠異学会編『怪異を媒介するもの』（勉誠出版、二〇一五年）が刊行された。今後も研究が盛り上がると予測される。

ゆるキャラとフォークロア
――ゆるキャラに擬人化される民間伝承――

飯倉義之

現代の日本文化において流行している「ゆるキャラ」は、いわば郷土そのものの擬人化といえる。そうしたゆるキャラのうちで特に、祭礼や口頭伝承といった形のないフォークロアをそのイメージの源にもつものに注目することで、現代の擬人化文化の手法について考えることができるだろう。

1 ゆるキャラと郷土愛と擬人化と

ちょっと想像していただきたい。一時の癒しを求め、観光地へ足を運ぶ。食事や小休止の道すがら、あるいは宿泊施設で、お土産品のコーナーにも足を止めるだろう。そこで目にするものは何か。地域の特産品やその加工品、お酒、絵葉書などの定番の品とともに今陳列されているのは、おそらくご当地の「ゆるキャラ」のグッズなのではないだろうか。ゆるキャラの人気はまだまだ衰えない。というよりも、日本のフォークカルチャーであるお土産文化の一領域として根づいたといってもよい。

そうして、滋賀県大津市の「ひこにゃん」や熊本の「くまモン」、千葉県船橋市（非公認）の「ふなっしー」などのメガヒットをみた地方自治体が、地元の活性化を期待してゆるキャラを売り出すという事態にまで及んでいる。ゆるキャラはもはや名付け親のみうらじゅんが愛でた「行政現場の職員や地域の人が地域愛を炸裂させてとっちらかってしまった愛すべきゆる～いキャラクター」▼1ではなくなっているのだ。

しかしそんなゆるキャラにも「地域愛」の部分は継承されている。ゆるキャラには通常、地域固有の歴史や風土、特産物や動植物が盛り込まれている。そうしてその中にはフォークロアの領域、地域の伝説や神仏や妖怪、祭礼や年中行事、郷土食や産業等も「地域の特色」として活用されている。

こうしたゆるキャラの設計は民俗事象、フォークロアの擬人化といってもいいのではないだろうか。ゆるキャラにどのようなフォークロア、民間伝承がどのようにアレンジされているのか。この過程の整理を通じて、現代文化における擬人化について考えていきたい。

2　フォークロアを背負ったゆるキャラたち

フォークロアを背負ったゆるキャラをどのようにつかまえていくか。ゆるキャラは都道府県が推すレベルから、児童の描いた学校のマスコットキャラレベルまで日本全国に無数に存在し、その悉皆調査は困難である。そこで本稿では主な傾向を見るため、全国単位で行われる日本で最も著名なゆるキャラの人気投票である、ゆるキャラグランプリ実行委員会主催「ゆるキャラグランプリ2014」（http://www.yurugp.jp/）にノミネートしていたゆるキャラを調査対象とした。同グランプリはweb投票と会場投票により日本一のゆるキャラを決める、二〇一四年大会はエントリー数一六九九体（うちご当地ゆるキャラ一一六八体、企業ゆるキャラ五三一体）、投票数約二一六七万票の大規模なイベントである。ゆるキャラの登竜門的大会であり、現在知名度が高くなったゆるキャラは参加していない欠点はあるが、本稿では全体の傾向を見るための試みとして、同大会の分析を試みたい。

具体的な作業として、エントリーされたゆるキャラの設定を公式サイトと出場元のサイトで確認し、ゆるキャラの設定に利用されている民間伝承を確認していった。またその際、多くのゆるキャラが設定とする「特産品の妖精」は特産物の擬人化とみなし、カウントしなかった。同様に、日本以外の民間伝承を利用しているゆるキャラも外した。さらに在地の伝承等とは関わりなく、キャラクターとして妖怪の容姿のみを用いたゆるキャラも、ここでは除いて考えた[2]。

その結果、ご当地ゆるキャラ一六九九組のうち、ほぼ一割の一七〇組に民間伝承の二次利用を確認できた**【表1】**。なお、一体のゆるキャラに複数のフォークロアが詰め込まれている場合は、重複して表に示した。こうしたゆるキャラが二次利用しているフォークロアはおおまかに「歴史・伝説」「妖怪」「神社仏閣」「郷土玩具・民具」「郷土食」「伝統産業」「祭礼・芸能」「民謡」と大別できる。それぞれを概観していこう。

3　民間伝承の人物・存在のディフォルメのゆるキャラたち

地域の民間伝承ゆかりのゆるキャラとして、まずは郷土ゆかりの「歴史・伝説」をゆる化したキャラを挙げうる。その土地の出身だったり地域の歴史と強く結びついていたりする歴史上の人物は、郷土を表象するにふさわしい存在である。しかし限られた地域でのみ知名度を持っているような伝承は、あまりゆるキャラには利用されていない。

大崎一揆で伊達家に敗れた在地勢力をキャラ化した「宮城県岩出山の落ち武者くん」、福島県いわき市の国宝・白水阿弥陀堂を建立したとされる「徳尼」のゆるキャラ「徳ひめちゃま」、百姓一揆の歴史から背中に「義民」の二文字を背負う長野県青木村の「アオキノコ」、雪崩から主人を救った「忠犬タマ公」をキャラ化した新潟県五泉市の「五泉市忠犬！桜タマ吉」の四例程度である。これは、現在ゆるキャラが地域の外の人に働きかけるための観光資源とみ

表1 「ゆるキャラグランプリ２０１４」に出場した、フォークロアを利用したゆるキャラ

名前	所属団体	都道府県	伝承
歴史・伝承			
宮城県岩出山の落ち武者くん	岩出山伊達遊撃隊	宮城	落城伝承
アサヒナサブロー	大和町	宮城	巨人伝承
しず小町	湯沢市ジオパーク推進協議会	秋田	小野小町伝承
あいづじげん	会津美里町	福島	慈眼大師（天海大僧正）出生地伝承
徳ひめちゃま	内郷商工会	福島	白水阿弥陀堂の建立者・徳尼の伝承
与一くん	大田原市観光協会	栃木	那須与一伝承
御成姫	川口商工会議所	埼玉	龍神伝承
井戸っこ（しすいちゃん）	酒々井町	千葉	子は清水伝承
東京の与一くん	太田神社	東京	那須与一伝承
こくぴょん	國學院大學	東京	因幡の白兎説話
かめ太郎	横浜市神奈川区役所	神奈川	浦島太郎伝承
かながわキンタロウ	神奈川県県民局くらし県民部広報県民課	神奈川	金太郎伝承
五泉市忠犬！桜タマ吉	村松商工会青年部	新潟	忠犬の逸話
メルギューくん・メルモモちゃん	小矢部市役所観光振興課	富山	木曽義仲伝承
よしなかくん・ともえちゃん・火牛のカーくん・火牛のモーちゃん	津幡町	石川	木曽義仲伝承
カブッキー	石川県小松市	石川	弁慶伝承
ツヌガ君	NPO 法人 THAP	福井	記紀神話
アオキノコ	青木村	長野	義民伝承
ヒッヒー・SPEED 太郎	KOMA 夏実行委員会	長野	猿神退治伝承
しっぺい	静岡県磐田市	静岡	猿神退治伝承
道風くん	春日井市	愛知	小野道風伝承
たろうくん・ひめちゃん	武豊町役場産業課	愛知	浦島太郎伝承
ゆめじろうくん	NPO 法人ゆめじろう	愛知	浦島太郎伝承
べんべん	三井寺（園城寺）	滋賀	弁慶伝承
一休さん	京田辺市商工会	京都	一休伝承
たいしくん	太子町	大阪	聖徳太子伝承
おりひめちゃん・星のあまん	交野市みんなの活力課	大阪	七夕伝承
ひこぼしくん	枚方市	大阪	七夕伝承
太閤はん	ご当地キャラ天下統一大合戦	大阪	豊臣秀吉伝承
蓮花ちゃん	葛城市	奈良	中将姫伝承
はちかづきちゃん	寝屋川市	兵庫	鉢かづき説話
ぽっくりん	ＮＰＯ法人高砂物産協会	兵庫	相生の松伝承
きんたくん	川西市	兵庫	金太郎伝承
ねっぴ～	加西商工会議所	兵庫	根日女説話
あわ神	淡路市	兵庫	記紀神話
たなべぇ	田辺商工会議所	和歌山	弁慶伝承
みーやちゃん	宮子姫顕彰会	和歌山	宮古姫伝承
瀧之拝太郎	古座川町	和歌山	異界訪問伝承
やずぴょん	八頭町	鳥取	因幡の白兎説話
ゆりりん	湯梨浜町	鳥取	天女伝承
こいけちゃん	鳥取市	鳥取	湖山長者伝承
おんすうふらたろう	雲州ふらた町おこし実行委員会	島根	弁慶伝承
たけちゃま	祇園町商工会	広島	財宝埋蔵伝承
はね丸・パネコ	筑後市役所	福岡	羽犬伝承

おつるちゃん	椎葉村観光協会	宮崎	平家落人伝承
ニニギくん・コノハナちゃん	西都市観光協会	宮崎	墳墓にまつわる伝承
うがやくん	美里吾平コミュニティ協議会	鹿児島	墳墓にまつわる伝承
妖怪			
ごっしー	ごっしープロジェクト	北海道	五稜郭の鯉の妖怪
定山渓温泉ＰＲ隊長かっぱん	定山渓観光協会	北海道	河童伝承
ホロル	城里町	茨城	フクロウの妖怪
きゅーびー	那須町観光協会	栃木	九尾の狐伝承
ぽんちゃん	館林市	群馬	分服茶釜伝承
ヌゥ（つなが竜ヌゥ）	さいたま市	埼玉	龍神伝承
カッピー	志木市商工会	埼玉	河童伝承
カパル	志木市文化スポーツ振興公社	埼玉	河童伝承
きさポン	木更津市	千葉	狸伝承
カムロちゃん	佐倉市	千葉	城に出現する童
たき坊	たき坊楽市	東京	狸伝承
あいかちゃん	かっぱ橋本通り公西会商店街振興組合	東京	河童伝承
かっぱ河太郎＆小町	東京合羽橋商店街振興組合	東京	河童伝承
ゆがわら戦隊ゆたぽんファイブ	湯河原町役場	神奈川	狸伝承
うのんちゃん	鵜の浜温泉観光組合	新潟	人魚伝承
づなっち	長野市開発公社	長野	天狗伝承
こまかっぱ	駒ヶ根市	長野	河童伝承
つっちー・のこりん	東白川村	岐阜	ツチノコ伝承
うながっぱ	多治見市	岐阜	河童伝承
さくまる	浜松市佐久間観光協会	静岡	河童伝承
ぬえ左衛門	伊豆の国市商工会青年部	静岡	鵺説話
シロにゃん	かんなみ猫おどり実行委員会	静岡	化け猫伝承
地空人くん	豊山町	愛知	天狗伝承
トトまる	蒲郡市役所競艇事業部	愛知	人魚伝承
こにゅうどうくん	四日市市	三重	祭礼の大入道
龍王さくらちゃん	龍王さくらちゃん事務局クローバーポケット	三重	龍神伝承
東近江のガオさん	ほない会	滋賀	子どもを脅す「ガオ」
おせんちゃん＆ボンきち	千本商店街・朱雀大路の街	京都	狸伝承
いばらき童子	茨木市	大阪	茨木童子伝承
しゅげんくん	摩耶山天上寺	兵庫	天狗伝承
柴右衛門・お増・柴助・お松・宅左衛門	洲本市街地活性化センター	兵庫	狸伝承
フクちゃん・サキちゃん	福崎町	兵庫	河童伝承
だるだる	田辺まちなか魅力情報発信事業	和歌山	峠の怪異「ダル」
ゆらの助	由良町	和歌山	天狗伝承
オロチくん	島根県芸術文化センター「グラントワ」	島根	八岐大蛇説話
うらぴょん	ＮＰＯ法人吉備スポーツ王国	岡山	鬼伝承
ミタゴン	Ｍプロジェクト協議会	岡山	龍神伝承
コイっしー	広島の鯉を励ます会	広島	広島城の鯉の妖怪
のん太	東広島市観光協会	広島	狸伝承
萩にゃん。	萩市観光課	山口	化け猫伝承
湯田ゆう太・ゆう子	湯田温泉旅館協同組合	山口	狐伝承
ぶちまろ	山口商工会議所青年部	山口	狐伝承
きほくん	鬼北町役場	愛媛	鬼伝承
くるっぱ	久留米市	福岡	河童伝承
サガラッパ	相良村	熊本	河童伝承

寺社仏閣			
うとちゃん・うとこちゃん	柳津町	福島	圓藏寺
笠間のいな吉	笠間市	茨城	笠間稲荷神社
いたくらん	板倉町	群馬	雷電神社
えんむちゃん	くまがや市商工会	埼玉	妻沼聖天山
かがみん	久喜市商工会	埼玉	鷲宮神社（※美水かがみ原作のアニメ作品『らき☆すた』に由来）
縁結びのエンチャン	プリンスホテル箱根園	神奈川	箱根神社
大船観音のんちゃん	大船観音寺	神奈川	大船観音寺
万治くん	下諏訪観光協会	長野	万治の石仏
さくやちゃん	富士宮市	静岡	富士信仰
つし丸	津島商工会議所	愛知	津島神社
あいさつ地蔵	日本あいさつ検定協会	愛知	地蔵信仰
こんきち	蒲郡商店街振興組合	愛知	福寿稲荷
狐娘ちゃん	豊川地区商業観光活性化委員会	愛知	豊川稲荷
まいどくん	大阪エヴェッサ	大阪	恵比寿信仰
神農さま	インクロム株式会社	大阪	神農信仰
えべっちゃん	さしすせその会	兵庫	恵比寿信仰
ふくみみ福ちゃん	西宮中央商店街チームふくみみ	兵庫	西宮神社（恵比寿信仰）
孔明わん・関うーたん	KOBE 鉄人 PROJECT	兵庫	関帝廟
かし丸くん	鹿島市観光協会	佐賀	祐徳稲荷神社
多久翁さん	多久市	佐賀	多久聖廟
たか鍋大使くん	高鍋商工会議所	宮崎	高鍋大師の十一面観音
うずめちゃん	高千穂町観光協会	宮崎	天孫降臨信仰
郷土玩具・民具			
きぼっこちゃん	土湯温泉観光協会	福島	こけし
だるまん	自衛隊群馬地方協力本部	群馬	だるま
夢馬	飯能市	埼玉	木馬
飛騨のこんぺいくん	飛騨神岡金毘羅当番会	岐阜	だるま
とび太くん & とび太くんより本物	Mahorova	滋賀	飛び出し坊や
ひーぽーちゃん	中村ローソクおつかいもの本舗	京都	和ろうそく
元祖招き猫　ガラスケ	門真市	大阪	招き猫
つげさん	貝塚市	大阪	つげ櫛
はしぼう	橋本市	和歌山	紀州へら竿
バラモンちゃん	五島市観光交流課	長崎	ばらもん凧
のぼるくん	のぼりざるフェスタ実行委員会	宮崎	郷土玩具のぼり猿
伝統産業			
ふなやん	伊根町観光協会	京都	伝統景観の舟屋
郷土食			
はっとン	登米市観光物産協会	宮城	はっと汁
しもつかれ王子	しもつかれ王国	栃木	しもつかれ
五平マン	三河湖共栄会	愛知	五平餅
どじょたん	豊山町商工会	愛知	どじょう寿司
めはるくん	熊野たかな振興会	和歌山	めはり寿司
ひめっ子	新庄村	岡山	餅
祭礼・芸能			
ヤーヤくん	平川市	青森	ねぷた
ごしょりん	五所川原市	青森	立佞武多
ニャンパチ	八郎潟町	秋田	願人踊
はながたベニちゃん	山形市商工観光部山形まるごと推進課	山形	花笠踊り
やぶさめくん	古殿町	福島	流鏑馬

菊松くん	二本松市	福島	菊人形
のまたん	南相馬市ふるさと回帰支援センター	福島	相馬野馬追
まいりゅう	龍ケ崎市	茨城	つくまい
彩夏ちゃん	朝霞市民まつり実行委員会	埼玉	よさこい鳴子踊り
おりぴぃ	狭山市	埼玉	入間川七夕まつり
さかっち	坂戸市	埼玉	坂戸よさこい
星夢（すたむ）ちゃん	小川町商工会青年部	埼玉	小川町七夕まつり
来久ちゃん	久喜市商工会	埼玉	久喜提灯まつり
ふじみん	ふじみ野市観光協会	埼玉	七夕まつり
ブコーさん	横瀬町	埼玉	秩父祭
モバりん	茂原市	千葉	茂原七夕祭り
ふさだ だしお	我孫子市	千葉	布佐山車祭り
かさぽん	西川商工会	新潟	西川祭り
よし太くん	小千谷観光協会	新潟	牛の角突き
小太郎	山古志観光協会	新潟	牛の角突き
山﨑ししのすけ	山﨑醸造株式会社	新潟	越後獅子
獅子ブリむちゃブリ	氷見市観光協会	富山	獅子舞
飛騨のこんぺいくん	飛騨神岡金毘羅当番会	岐阜	飛騨神岡初金毘羅宵祭
だし丸くん	半田市	愛知	半田山車祭り
オニスター	東栄町	愛知	花祭り
きーぼー	安城七夕まつり協賛会	愛知	七夕祭り
いなッピー	稲沢市	愛知	国府宮はだか祭
い〜わくん	岩倉市	愛知	のんぼり洗い行事
こにゅうどうくん	四日市市	三重	四日市祭り
と一馬くん	東員町商工会	三重	上げ馬神事
べんべん	三井寺（園城寺）	滋賀	千団子祭り
ただお課長	忠岡町	大阪	だんじり祭り
つわみん	津和野町	島根	鷺舞
新居浜まちゅり	NPO 法人新居浜まちゅり隊	愛媛	太鼓祭り
土佐のなるこ君＆なるるちゃん	株式会社土佐の楽市本舗	高知	よさこい祭り
ひょう助	日向市観光協会	宮崎	ひょっとこ踊り
エイ坊	沖縄市観光協会	沖縄	エイサー
民謡			
うめ子ちゃん	真室川町	山形	真室川音頭
よいとちゃん	豊郷町観光協会	滋賀	江州音頭
あらエッサくん	安来市	島根	安来節
五木の子守娘いつきちゃん	五木村役場ふるさと振興課	熊本	五木の子守唄

なされていることと関連するだろう。つまりご当地キャラとは言いつつも、本当にご当地の住人しか知らないようなキャラでは集客力にかけるのだ。

その点、「ご当地出身・ゆかり」で「全国区の人物」はゆるキャラにふさわしい。栃木県大田原市の「与一くん」と東京都大田区の「東京の与一くん」は那須与一の、富山県小矢部市の「メルギューくん・メルモモちゃん」は、富山県津幡町の「よしなかくん・ともえちゃん・火牛のカーくん・火牛のモーちゃん」と、倶利伽羅峠の合戦で木曽義仲が用いたとされる火牛戦法と義仲・巴御前のゆるキャラであり、『平家物語』の著名な登場人物に題材をとっている。愛知県春日井市の「道風くん」は書の三跡と謳われた平安貴族の小野道風を、京都府京田辺市の「一休さん」は禅僧の一休宗純を、大阪の「太閤はん」は豊臣秀吉を、大阪府太子町の「たいしくん」は聖徳太子を、それぞれ基にしている。

これら歴史上の人物由来のゆるキャラは、那須与一や聖徳太子など史実には収まらない、伝承とのあわいにいる人物が多い傾向にある。そのような史実と伝承のあわいの人物として人気があるのが武蔵坊弁慶である。弁慶を基としたゆるキャラは、石川県小松市の「カブッキー」、滋賀県大津市の「べんべん」、和歌山県田辺市の「たなべぇ」、島根県出雲市の「おんすうふらたろう」などである。源義経の従者としての弁慶の知名度とインパクト、そして地域に伝えられる弁慶伝説への愛着が、弁慶をゆるキャラに変えやすいのだろう。

史実ではない、伝承の登場人物をモチーフにしたゆるキャラも数多い。文献等に現れる神話・古伝説に拠るものでは、国生み神話をイメージした兵庫県淡路市の「あわ神」、『播磨国風土記』の根日女《ねひめ》伝説をもとにした兵庫県加西市の「ねっぴ～」、記紀神話の登場人物ツヌガアラシトを基にした福井県敦賀市の「ツヌガ君」などがいる。

その土地を舞台とする有名な伝説をゆるキャラにする例も多い。浦島太郎伝説に基づく神奈川県横浜市の「かめ太郎」と愛知県武豊町の「たろうくん・ひめちゃん」、金太郎伝説から作られた神奈川県の「かながわキンタロウ」と兵庫県川西市の「きんたくん」。小野小町伝説から作られた秋田県湯沢市の「しず小町」、中将姫伝説をキャラ化した奈良県葛城市の「蓮花ちゃん」。御伽草紙『鉢かづき』に基づく大阪府寝屋川市の「はちかづきちゃん」、平家落人伝説の皆鶴姫がモティーフの宮崎県椎葉村の「おつるちゃん」などだ。

　これら歴史・伝説上の人物をモティーフとするゆるキャラのデザインは、多く基になる人物をディフォルメしている。性別や服装、持ち物なども、「あわ神」ならば日本神話風の衣装にみずら髪、「きんたくん」ならば金太郎の象徴である腹掛け、「たなべぇ」ならば僧兵姿というように、基となる伝承を引き写して擬人化（キャラ化）させている。これらは、文化の中にすでにある伝承のイメージをゆるキャラ化しているといえるだろう。

　これと似た作られ方をしているのが、「妖怪」を基としたゆるキャラである。妖怪自体が元来、不思議現象や自然の脅威・不安感の擬人化という側面を持っているのだが、[3]そのような妖怪をさらに擬人化して創造されたゆるキャラも数多くある。

　妖怪ゆるキャラは、河童・天狗・鬼・狐・狸など有名な妖怪の伝承を基にしている例が多い。例えば兵庫県洲本市の「柴右衛門」ほかの狸ゆるキャラたちは、三熊山にいた芝居好きの柴右衛門狸が人間に化け、大阪まで芝居見物に出かけていたという伝承がモティーフである。東京合羽橋商店街振興組合の「かっぱ河太郎&小町」は、河童が掘割工事に助力したため合羽橋という地名がついたという地名由来伝説を、神奈川県湯河原町の「ゆがわら戦隊ゆたぽんファイブ」は、狸が湯河原温泉を発見したという温泉発見伝説を基としている。また三重県四日市市の「こにゅうどうくん」は、諏訪神社の祭礼（四日市祭）で引き廻される大入道山車のからくり人形から作られたゆるキャラである。

　変わったところでは、岐阜県東白川村の「つっちー・のこりん」は幻の怪蛇と呼ばれるツチノコをモティーフとする。同村ではツチノコが頻繁に目撃されていることから、ツチノコ資料館やツチノコ神社を建設したり、ツチノコ探しイベントを開催したりして町おこしをしている。現在も進行中の妖怪伝承がゆるキャラとなっているのだ。

　このように妖怪ゆるキャラも在地の伝承を基にデザインされているが、皆に愛される地域のアイコンとなるために、恐怖や嫌悪を引き起こすマイナスの要素を除かれているのが大きな特徴である。[4]栃木県那須町の「きゅーびー」は、絶世の美女・玉藻の前に化けて帝を病にして世を乱し、退治された後は殺生石と化して毒気を吐き、生物の命を奪ったとされる「九尾の狐」の伝承から作られたゆるキャラである。きゅーびーは祭りの狐面を基にしたと思われる愛くるしい姿で、恐ろしい九つの尾も背中の飾りのようにおとなしく背負われている。静岡県伊豆の国市の「ぬえ左衛門」も、頭が猿・体が虎・手足が狸・尻尾が蛇の異形の姿で夜な夜な内裏の屋根に現れ、鵺（トラツグミ）のような声で啼いて帝を苦しめた妖怪「鵺」が基になっているが、愛嬌のある丸顔で微笑むぬえ左衛門にはファンシーさこそ感じはすれ、異形の異類の恐ろしさはみじんもない。大阪府茨木市の「いばらき童子」は、大江山に籠った鬼・酒呑童子の配下として人をさらって食らい、京の都を恐怖のどん底に突き落とした強力で凶悪な鬼である「茨木童子」から作られたゆるキャラだ。しかしその風貌は「なまいきで活発な金髪赤膚の半裸の少年」といった風情で、持っている金棒も草野球のバットかなにかのようだ。

いずれの妖怪ゆるキャラも、幾多の生命を奪ったであろう大妖怪の恐ろしさは見事に払拭されているといえる。民間伝承をモティーフとするゆるキャラは、決して伝承をそのまま形にしているわけではない。伝承のエッセンスを取りだし、ゆるキャラの目的──人気者になり、地域をＰＲすること──に合致する箇所を強調し、合致しない箇所を排除して、ゆるキャラになっているのだ。

4　フォークロアを擬人化したゆるキャラたち

前節では、モデルとなる地域の人物や存在の伝承を用いたゆるキャラについて述べた。しかしフォークロア由来のゆるキャラには、信仰の対象や芸能・祭礼など、確固たるかたちを持たない伝承を擬人化したキャラもいる。

そうした例としてまず、まず地域を代表するような著名な「神社仏閣」を擬人化したゆるキャラが指摘できる。こうしたゆるキャラは、津島神社の楼門を表わした部分の愛知県津島市の「つし丸」のような有形物の擬人化は少数派で、大多数は特徴ある神仏の擬人化か、社寺をイメージさせる存在の擬人化となっている。

神奈川県鎌倉市の「大船観音のんちゃん」や長野県下諏訪町の「万治くん」は前者の例で、それぞれ大船観音と万治の石仏の擬人化である。後者の例としては、圓藏寺の守り本尊の丑と寅を組み合わせて作られた、福島名産赤ベコに虎模様の混じったような福島県柳津町の「うとちゃん・うとこちゃん」や、鯰をモティーフとした容姿に雷電神社をイメージした雷のカチューシャを付けた群馬県板倉町の「いたくらん」は、社寺の信仰を可視化・属性化しようとしたゆるキャラであるといえる。茨城県笠間市の「笠間のいな吉」や愛知県豊川市の「狐娘ちゃん」は、笠間稲荷・豊川稲荷という全国的な知名度を持つ稲荷社の神使の狐をゆるキャラにしたてている。埼玉県熊谷市の「えんむちゃん」は妻沼聖天山ゆかりのゆるキャラであるが、頭に聖天様の好物である二又大根をあしらうことでそのことを表わしている。

同様に、有形物の擬人化として「郷土玩具・民具」「郷土食」の領域を指摘できる。これらはモノの擬人化に近く、ヒトではないモノをいかにヒトのフォルムに整えるか、そのときに残されるモノの部分は何か、ということから擬人化という表現技法を考えることができる。「郷土玩具・民具」では群馬県の「だるまん」、岐阜県飛騨市の「飛騨のこんぺいくん」がだるまに手足を付けたつくり、埼玉県飯能市の「夢馬」が山から材木を運搬する民具である木馬《きうま》を二足歩行にしたつくりを取っているように、モノに手足をつける、モノを二足歩行させるという手法が、モノのゆるキャラ化＝擬人化の基本だといえるのではないか。同様のゆるキャラ化は「伝統産業」である漁業で使われる舟屋を擬人化した京都府伊根町の「ふなやん」にも指摘できる。

一方「郷土食」の擬人化は困難である。愛知県の「五平マン」は五平餅に手足を付けた形でわかりやすいが、汁物はそうはいかない。宮城県登米市の「はっとン」は郷土料理「はっと汁」のゆるキャラであるが、腕や足を食材の油麩やネギで作り、胴体に登米市の形に整えられた小麦粉生地の「はっと」をあしらい、イメージを形にしている。愛知県豊山町の郷土料理どじょう寿司をゆるキャラにした「どじょたん」は、寿司屋の格好をしたどじょうの姿だ。栃木県の郷土料理しもつかれのゆるキャラ「しもつかれ王子」は、流動形のしもつかれを、どことなくあいまいなしもつかれ色のフォルムのキャラクターに疲れた表情をさせ、「し」の一文字をあしらった腹掛けをすることで表現しようとしている。

擬人化は、一目でそれと分かるような象徴を提示することにより、登場人物にある属性を付加する表現技法である。擬人化の方法を持って形のあいまいなものを表わすには、さまざまな説明やキャラクターによる行動や嗜好の発露が必要となる。▼5 しかし活発に動いたり喋ったりすることが（本来は）できないうえに、マスコットとして一目でその特徴がわかることを要求されるゆるキャラは、形のないものを象徴するのに不向きである。それゆえ、「祭礼・芸能」と「民謡」をモティーフとするゆるキャラは、形のないものをどのように擬人化するかに心を砕いているといえる。

「祭礼・芸能」のゆるキャラは鷺舞の鷺飾りを頭にあしらった島根県津和野町の「つわみん」や、エイサーの衣装に身を包んだ沖縄県沖縄市の「エイ坊」、国府宮はだか祭を表わす鉢巻きと褌を身につけた愛知県稲沢市の「いなっぴー」や、国指定重要無形民俗文化財の「花祭り」の花形である鬼の舞をゆるキャラにした愛知県東栄町の「オニスター」など、祭りや芸能の参加者の衣装を強調して祭礼・芸能を表わすか、もしくは佞武多の山車を擬人化した青森県平川市の「ヤーヤくん」、青森県五所川原市の「ごしょりん」や、祭り山車をそのまま頭部に据えて祭りの性質を表わした千葉県我孫子市の「ふさだだしお」、愛知県半田市の「だし丸くん」のように、祭りのシンボルとなる構造物を強引に擬人化することが多い。ここには、祭礼・芸能といういとなみを象徴するものは何か、という地域の人々の心意が反映しているといえるだろう。

一方、そのようなシンボルももたない、音声の伝承である民謡を擬人化したゆるキャラは、民謡に歌われる存在をモティーフにしている場合が多い。滋賀県豊郷町の江州音頭をモティーフとしたゆるきゃら「よいとちゃん」は外見上は江州音頭を連想させるところはないし、五木の子守唄をモティーフとする熊本県五木村の「五木の子守娘いつきちゃん」は、そのまま子守りに従事する勤労少女である。

またこうした祭礼・芸能や民謡を基にしたゆるキャラは、ご当地性を補強するために他の名産品のイメージをリミックスするなどの努力をしている。例えば富山県氷見市の「獅子ブリむちゃブリ」は、富山で盛んな獅子舞の獅子頭と名産のブリなどを融合させることにより、この獅子舞が富山の獅子舞であることをアピールしようとしている。

形のない民間伝承をゆるキャラにする過程では、伝承が取捨され、ある一部が強調され、それでも足りなければ、別のご当地の特色がつけたされる。そうして地域PRにはふさわしくないと思われる、ある一部が排除される。

しかしその中でも排除できない領域がある。九尾の狐の転生である「きゅーびー」は、狐であること、尾が九本あること、は特徴として残す選択がなされている。「ふさだだしお」や「だし丸くん」は、山車という擬人化が難しい存在をゆるキャラとしてまで「山車祭り」であることの重要性をアピールする。ゆるキャラに詰め込まれているのは、地域の伝承のエッセンスである。つまりゆるキャラの作られ方をつぶさに読みこむことで、作り手や送り手たちが何をその伝承の本質的な部分であるとみなしているかを読み取りうるはずである。つまりゆるキャラは、郷土の歴史や文化そのものの擬人化といえるのだ。

そのような擬人化の手法で郷土を描くことが歓迎、あるいは容認され、それが他郷の人に受けているという現代日本の状況は、擬人化という表現技法が現代の私たちにも当たり前に理解され、親しまれ、楽しまれていることの表れだといえるのではないか。擬人化は一部の二次元カルチャーに特有の偏愛などでは決してなく、文化の中で脈々と伝えられてきた表現技法の一つなのである。

▼注

1　みうらじゅん『ゆるキャラ大図鑑』扶桑社、二〇〇四年。

2　例えば「水の安全性ときれいさ」を訴えるために河童のキャラクターを起用していると思われる、神奈川県企業庁企業局水道部経営課の「カッピー」などである。
3　小松和彦『妖怪文化入門』角川学芸出版、二〇一二年。
4　妖怪ゆるキャラの変容については、飯倉義之「妖怪とゆるキャラの間――妖怪ゆるキャラから見る現代の妖怪文化――」『子どもの文化』四七―八（子どもの文化研究所、二〇一五年）を参照。
5　国家を擬人化した日丸屋秀和『ヘタリア』（http://www.geocities.jp/himaruya/hetaria/index.html、二〇〇六年～、幻冬舎、二〇〇八年～）は、お国柄を服装や言動に盛り込むことで国家の擬人化を表現している。ネピア「H．O．K」（http://hokuniv.web.fc2.com/）で公開されている大学擬人化まんがでは、大学ごとのカラーの違いが現代の若者のファッションの微妙な住み分けとディフォルメされた言動で表現している。

『妖怪ウォッチ』と『ポケモン』の動物妖怪

今井秀和

1 『妖怪ウォッチ』の動物妖怪

『妖怪ウォッチ』には、多くのオリジナルキャラクターを含め、実に様々な姿の〈妖怪〉たちが登場する。二〇一三年、レベルファイブから最初のゲームソフトが発売された『妖怪ウォッチ』は、ゲーム以外にもマンガ、アニメ、コレクション性を強く打ち出した玩具類等々のメディアミックス展開をして、子どもから大人に至るまで幅広い人気を博しているコンテンツである。

アニメなどのストーリーでは、妖怪が人に取り憑いてやる気をなくさせたり、おかしな行動をとらせたりする。そのため、作品に感化された子どもが、何でも「妖怪のせい」と言って口答えする……という母親たちの悩みが新聞などのマスメディアにとりあげられたことは記憶に新しい。

男の子向けのマンガ雑誌『コロコロコミック』の連載では、人間の男の子「ケータ」が仲間の妖怪たちと協力して、敵の妖怪と対決する。一方、女の子向けマンガ雑誌『ちゃお』の連載では、人間の女の子「フミちゃん」が主人公になっている。

ゲームにおいては、プレイヤーの任意でケータとフミちゃんのどちらかを選択することが可能である。こうした、男女両方のファンを取り洩らさない工夫なども、『妖怪ウォッチ』人気を支える理由のひとつであろう。

さて、同作に登場する妖怪キャラクターには、動物をモチーフとしたものが多く見られる。さらにこれらは、単に動物そのものをモチーフにしたものと、伝統的な動物妖怪をモチーフにしたものの二種類に分けられる。

単純な動物モチーフのキャラクターとしては、たとえば「とらじろう」（虎）、「メラメライオン」（ライオン）、「ねちがえる」（カエル）、「アペリカン」（ペリカン）、「トジコウモリ」、「ヒキコウモリ」（どちらもコウモリ）などをあげることができる。

一方、伝統的な動物妖怪をモチーフにしたキャラクターとしては、「キュウビ」（九尾の狐）、「犬神」（犬神）、「くだん」（件）、「麒麟《きりん》」（麒麟）、「ぬえ」（鵺）などがある。ほかにも、「コマさん」のモチーフは神社の狛犬、「じんめん犬」や「イケメン犬」は都市伝説ブームの際に人気のあった「人面犬」に由来するものと思われる。

一番の人気を誇るキャラクター「ジバニャン」は、車にひかれた猫の地縛霊という設定を持つが、かつての心霊ブームの際に出てきた「地縛霊」という用語以外にも、尻尾が二股に別れている点では妖怪「猫又」を、尻尾の先に火がついている点では「狐火」を思わせる。

そうした意味で「ジバニャン」は、『妖怪ウォッチ』オリジナルの妖怪キャラクターでありながら、現代的なオカルトブームの文脈や、伝統的な妖怪のイメージを巧みに取り込んで造型されていると言えよう。

2 創作妖怪の歴史

『妖怪ウォッチ』には、「ねちがえる」（寝違える＋カエル）、「寝ブタ」（ねぶた祭り＋ブタ）、「ひつま武士」（ウナギ＋武士）、「びきゃく」（飛脚＋美脚）等々、いかにも子どもたちが喜びそうな、駄洒落に基づくオリジナルのキャラクターも多く含まれている。

これらが、同作に登場する「河童」、「ろくろ首」、「一つ目小僧」などの伝統的な妖怪と異なるものであることは、おそらく、子どもたちにもある程度分かっていることだろう。しかし、タイトルに含まれる「妖怪」という枠組みにはめ込まれた時点で、これらは、伝統的な妖怪との線引きが曖昧なまま〈妖怪〉として認識されることになるのである。

こうした仕組みは、実は『妖怪ウォッチ』に始まったことではない。たとえば、水木しげるのマンガ『ゲゲゲの鬼太郎』でも、「ぬりかべ」や「一反木綿」など民間の口頭伝承に由来する妖怪キャラクターと、「ぬらりひょん」、「輪入道」などの江戸期の妖怪画集に由来する妖怪キャラクターが、同一の世界観の中で並列的に扱われ、さらにはそこに、水木の造形したキャラクターである「鬼太郎」、「目玉のおやじ」、「ねずみ男」などが違和感なく紛れ込ませてある。

もっと遡れば、水木が参考にした江戸期の妖怪画集『画図百鬼夜行《がずひゃっきやこう》』シリーズにしてからが、それ以前から存在している伝統的な妖怪と、作者である鳥山石燕《とりやませきえん》の創作した妖怪キャラクターをごちゃ混ぜにしているのである。読者はむしろ、石燕による「描かれた狂歌」としての創作妖怪画を、謎解きのようにして楽しんでいたものと思われる。

たとえば「輪入道」や「朧車《おぼろぐるま》」【図1】などのオリジナルの妖怪画は、それ以前から存在していた「片輪車」【図2】という名の、車輪が一つしかない伝統的な妖怪のもじりとして石燕が派生させたものであった。とくに「朧車」は、漆器や着物の模様として用いられるカマボコのような形の意匠「片輪車」と、壊れた車を意味する「破れ車」や「オンボロ車」の洒落として描かれている（今井秀和「妖怪図像の変遷」小松和彦編『妖怪文化の伝統と創造』せりか書房、二〇一〇）。

図１　朧車（鳥山石燕『百鬼夜行拾遺』国立国会図書館蔵）

日本における妖怪文化は、江戸期の時点ですでに、妖怪画集やカルタ、双六などの出版物その他を通して、娯楽の対象としての妖怪キャラクターを増殖させていた。そして、そこには駄洒落じみた謎かけ的な発想も大いに含まれていたのである。『妖怪ウォッチ』における「ねちがえる」たちの創作妖怪キャラクターも、こうした流れを踏まえて見つめ直してみると一層面白いものとなってこよう。

3　『ポケモン』の動物妖怪

さて、『妖怪ウォッチ』に先行してメディアミックス展開を続けるコンテンツに『ポケットモンスター』（以下『ポケモン』）がある。一九九六年に任天堂から最初のゲームソフトが発売された『ポケモン』にも、動物モチーフのキャラクターが多い。そして、それらのポケモンたちは基本的に、西洋的な「モンスター」としてのイメージを有している。

しかし、数百体にのぼるポケモンたちをよくよく見てみると、中には日本的な〈妖怪〉イメージ、しかも動物妖怪のイメージを宿したものが存在するのである。たとえば、おでこに小判を付けた「ニャース」は同作において「ばけねこポケモン」というジャンルに分類されているし、キツネ型のポケモンである「キュウコン」が、『妖怪ウォッチ』の「キュウビ」と同じく九尾の狐をモチーフにしていることは明らかである。

また、インターネット上では、『ポケモン』で一番の人気を誇る「ピカチュウ」と、日本の伝統的な妖怪である雷《らい》獣《じゅう》とを関連付けるような言説をたまに見かける。「ピカチュウ」は、雷を操って敵を攻撃するネズミ型のポケモン。〝進

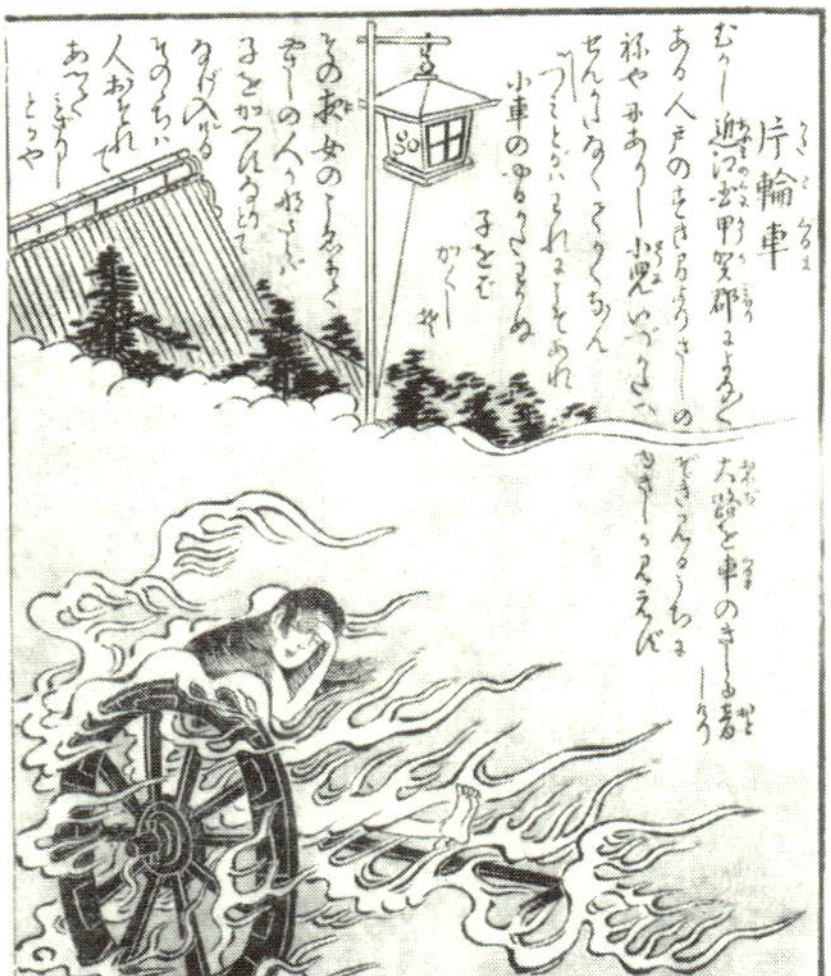

図２　片輪車（鳥山石燕『今昔画図続百鬼』、高田衛監修『画図百鬼夜行』国書刊行会、1992）

図３　ライチュウ（任天堂公式ガイドブック『ポケットモンスター　ハートゴールド・ソウルシルバー　ぜんこくずかん＆ぼうけんマップ［完全版］』小学館、2009）

図４　雷獣（「神なり」）（桃山人作・竹原春泉画『絵本百物語』、吉田幸一編『怪談百物語』古典文庫、1999）

化〟すると「ライチュウ」になる【図3】。一方の雷獣は、雷に乗って地上に落ちてくると考えられていた獣型の妖怪である【図4】。キャラクター設定の段階で念頭に置かれていたかどうかは別として、「ピカチュウ」を見た人の脳裏に雷獣が浮かぶ、というのは面白い。

しかし、『ポケモン』に登場するキャラクターは、たとえそれが日本における伝統的な動物妖怪のイメージを宿していたとしても、基本的にプレイヤーたちには、あまねく「ポケモン」として受け入れられている。それは、『ポケモン』というコンテンツの持つ近未来ＳＦ的な世界観や、「モンスター」という極めて西洋的な呼称に起因するものであろう。

逆に言えば、「妖怪」というキーワードを前面に押し出して日本的な世界観を用意した上で、そこに伝統的な妖怪と創作キャラクターを一緒くたに放り込んでしまいさえすれば、たとえそれが駄洒落で作られたキャラクターであったとしても、〈妖怪〉として成立可能なのである。

――妖怪とは、いったい何なのか。考えるほどに、その正体が分からなくなってきそうである。『妖怪ウォッチ』と『ポケモン』の動物妖怪を比較しながら、娯楽メディアにおける〈妖怪〉イメージの成立条件を探ってみるのも一興だろう。

東方プロジェクトの妖怪キャラクター

伊藤慎吾

インターネットの動画サイト「ニコニコ動画」や「ユーチューブ」で見られる影絵動画「Bad Apple!!」を御存じだろうか。[1] 二〇〇九年（完成版は一〇月二七日）に投稿されて以来、ニコニコ動画では約六年間で二〇〇〇万回の再生数を誇る驚異的な作品である。次々とキャラクターの影絵が登場してはリレーのように交替していくアニメーションの流れと小気味良いトランス系の音楽が視聴者を魅了して止まない傑作MADである**【図1】**。以前、とある大学の授業でこの動画を見せたところ、知っていると答えた学生が思いのほか多かった。〈東方プロジェクト〉は知らないが、この動画は知っているというのである。

〈東方〉とはZUN氏が運営する同人サークル上海アリス幻樂団の作品群を指す。主力作品は縦スクロールの弾幕系シューティングゲーム（STG）である。幻想郷という、日本のどこか山奥にあるが、人間には踏み入れることのできない閉鎖的な世界を舞台とする。その世界と外の世界とを結界によって隔てているのが博麗神社であり、その巫女霊夢が本シリーズの主人公である。幻想郷には妖怪たちが住み、色々な問題を起

図1　「Bad Apple!!」中の射命丸文（烏天狗）

こし、霊夢はそれを解決すべく飛び回るのであった。

今日、ゲーム界はアーケードゲームが全体的に衰退しており、中でもＳＴＧの低迷ぶりは顕著である。しかし、同人ゲームでありながら、東方は新作が出るたびに大きな話題となる。特徴は弾幕ＳＴＧということと、ストーリー性が豊かでキャラクターも個性的であることであろうか。弾幕シューティングは一九九七年発表の『怒首領蜂《どどんぱち》』（ケイブ）を嚆矢とするもので、大量の弾が低速で迫り、プレイヤーは自機に当てないよう慎重に弾幕間を掻い潜っていくことが重視されるゲームである。ＳＴＧとはいいながら、その実、シューティング（撃つこと）が主眼とはされていない。それ以上に弾を回避することがプレイしつづける上で重要な技術であるし、また形状化されたパーティクル、すなわち弾幕の展開の美しさを楽しむものでもあろう。

このような純粋な弾幕ＳＴＧとしての良さと相俟って、キャラクターの魅力も見逃がせない。そして二次創作に対する態度も寛容であり、その結果、ゲーム、マンガ、アニメ、小説、音楽、イラスト、グッズ、コスプレなど、あらゆる分野に影響を与えていっている。クトゥルフ神話の現代日本サブカルチャー版といった観がある。オリジナル作品から触発された人々が絵や文字、音楽、コスプレなど自分の好きな、あるいは得意とするジャンルによって東方作品の二次創作が試みられているのだ。

さて、先ほど東方は知らないが「Bad Apple!!」は知っている学生は多いということを述べた。これはつまり「Bad Apple!!」が面白ければ、そのオリジナルが何であるのかは問題ではないということだ。実際、「Bad Apple!!」の原曲が『東方幻想郷～Lotus Land Story』（一九九八）三面のテーマ曲であることを知る人はあまりいない。いるとすれば、相当な東方好き、いわゆる東方厨だろう。もはや本作発表後に生まれた世代も東方作品を享受する時期に来ている。そもそも『幻想郷』をプレイしようと思っても、現在入手は困難であり、ＰＣ９８版なのだから、環境も変わってしまっている。そういうわけで、実際には『東方紅魔郷～the Embodiment of Scarlet Devil』（二〇〇二）以降のウィンドウズ版しか知らないし、プレイしたことがないという人がほとんどであろう。そうした人々がオリジナルを知らないまま、二次創作から示唆を受けて更なる創作を行う。何せ、「Bad Apple!!」自体もまた投稿者自身「イメージや構図は先人様方からお借りした部分が多々あります。」と述べているように[2]、複数のクリエイターの二次創作作品を踏まえた創作を行っているのだ。東京ビッグサイトのような大規模な会場で同人イベントが開催できるほど広がりをもったコンテンツである。こうした東方作品による創作のしやすさの要因には、本シリーズのもつゆるやかなキャラクター設定やコンセプト、ゲームのクオリティの高さ、グラフィックの美しさ、音楽のクオリティの高さが挙げられるだろうし、またいわゆるオタクたちのネットワーク（排他性を伴う）があることで東方厨の生まれやすい環境があることも要因だろう。これらが創造意欲を活性化し、今後もオリジナルに基づかない創作が繰り返されていくことになると思われる。

ところで『紅魔郷』に続く『東方妖々夢～Perfect Cherry Blossom』（二〇〇三）においてはヴィジュアル面をはじめとして、クオリティが飛躍的に向上した。ヴィジュアルや音楽の美しさに惹かれる人も少なくない。その第二面「マヨヒガの黒猫」のボスキャラを橙《チェン》という。正体は化け猫（または猫又）である【図2】。この作品には他に半人半霊の魂魄妖夢や亡霊の西行寺《さいぎょうじ》幽々子《ゆゆこ》、九尾の狐の八雲藍《らん》なども登場する。このうち、妖夢のテーマ曲「広有射怪鳥事～Till When?」は『太平記』に見える隠岐広有の怪鳥退治説話を踏まえたものである。

東方プロジェクトでは、この作品から徐々に日本の妖怪キャラクターが増えてくる。主要な伝承妖怪やそれに類する伝説上の獣に基づくものを整理してみると次の通りである。

『東方妖々夢』（二〇〇三）　橙（猫又）　八雲藍（九尾の狐）

『東方永夜抄』（二〇〇四）　ミスティア・ローレライ（夜雀）　上白沢慧音（白沢）　因幡てゐ（兎の妖怪）　鈴仙・優曇華院・イナバ（玉兎）　藤原妹紅（不老不死の人間）

図2　橙（『東方妖々夢』）

『東方花映塚』（二〇〇五）　射命丸文（鳥天狗）　小野塚小町（三途の川の船頭）　四季映姫、別名ヤマザナドゥ（閻魔王）
『東方風神録』（二〇〇七）　河城にとり（河童）　犬走椛（白狼）
『東方地霊殿』（二〇〇八）　キスメ（釣瓶落とし）　黒谷ヤマメ（土蜘蛛）　水橋パルスィ（橋姫）　黒熊勇儀（鬼）　古明地さとり（サトリ）　火焔猫燐（火車）
『東方星蓮船』（二〇〇九）　ナズーリン（鼠の妖怪、毘沙門天の眷属）　多々良小傘（唐傘お化け）　雲山（見越し入道）　村紗水蜜（舟幽霊）　寅丸星（虎の妖怪、毘沙門天の眷属）　封獣ぬえ（鵺）
『東方神霊廟』（二〇一一）　幽谷響子（山彦）　宮古芳香（死霊、キョンシー）　二ッ岩マミゾウ（化け狸）
『東方輝針城』（二〇一三）　わかさぎ姫（人魚）　赤蛮奇（轆轤首）　今泉影狼（狼の妖怪）　九十九弁々（琵琶の付喪神）　九十九八橋（琴の付喪神）　鬼人正邪（天邪鬼）　少名針妙丸（一寸法師）　堀川雷鼓（太鼓の付喪神）

これらのキャラクターに共通するのは、すべて女性だということである。妖怪を人間の少女として造形する傾向は一九九〇年代から徐々に増加していき、今日においては一つの趣向として既に定着しているといってよい。弾幕STGにおける少女キャラクターとして著名なものに二〇〇四年に発表された『虫姫さま』（ケイブ）のプレイヤー機レコ姫がいるが、東方作品はそれに先行し、また多くのキャラクターが登場し、個々のキャラクターの相関関係も物語として組み込まれている点で、同一視することはできない。東方シリーズの今後は予測できないが、キャラクターとしては豊富な日本の妖怪たちの中から素材が選ばれていくのだろう。

現代ゲーム史において妖怪キャラクターの出自を明らかにするのはむつかしいが、まだインターネット発達以前の八〇年代や黎明期の九〇年代ならば、紙媒体の資料から見出すことができるだろう。しかし、たとえば『東方輝針城』の九十九《つくも》弁々が鳥山石燕『画図百器徒然袋』の琵琶牧々に直接基づいたものか、それとも、何か妖怪図鑑かネット上に上がっている画像・解説を踏まえたものかの判断は、ZUN氏本人が発言しない限り明らかにするのが困難である。こうしたゲームキャラクターとしての妖怪について、どのように解明していくべきか、氷厘亭氷泉氏などコアな妖怪マニアが少しずつ模索しはじめている。

▼注

1　正式タイトル「【東方】Bad Apple!!　PV【影絵】」。URL　http://www.nicovideo.jp/watch/sm8628149

2　前掲動画の投稿者コメント。

ばいに倒れる それで狐は落ちておる。
（この狐おとしには祈祷師と狐憑
問答もあるが省く。）
小ヤマには医院もない処が多かった。
神仏にスガル者はヤマ人にあらずとも信仰していた様である。
現今の関節炎、神経痛は
昔の狐つきであったらしい、
マラリヤ熱などモノの
サワリと信じていたらしい。

Ⅱ 憑依

▼狐憑きと女祈祷師（『炭坑の語り部　山本作兵衛の世界〜584の物語』田川市石炭・歴史博物館／田川市美術館、二〇〇八年。原題「ヤマと狐」）

狐憑きになった男と、彼に取り憑いた狐を祈り落とそうとする女祈祷師（民間巫女）。男の背中には、怒ったような目つきの狐がちょこんと乗りかかっている。本来であれば目に見えないはずの霊的な狐の姿が描きこまれているが、これは絵画表現ならではのデフォルメである。

明治期、北九州の炭坑では、狐が人を化かす、あるいは狐が人に取り憑くといった世間話（噂話）が度々囁かれていた。そして、幼少期からの長きにわたって炭坑で働き続けた山本作兵衛は、労働の一線を引退してから独学で習得した絵と文章によって、憑き物信仰を含む、消えゆく炭坑の文化を数多くの画文という形で我々に描き遺しておいてくれた。

当時、福岡県近郊の炭坑では、事故死した労働者の供養が炭坑独特の作法で営まれるほか、狐や狸などの動物、あるいは天狗などが怪異を為したという噂もちょくちょく口の端に上っていた。病院のない炭坑も多く、労働者とその家族は、病気などの平癒に関しても、医者の代わりに山伏や巫女などの祈祷にすがるほかなかった。

日々の生活の困窮のみならず、地下の隧道《トンネル》を襲う突然の大水、落盤、ガス爆発などの死の危険とも常に隣り合わせていた炭坑の労働者たちは、漁労に従事する漁師たちと同じく、その心の中にドライな現実認識と信心深さとを同居させていたのである。

作兵衛炭坑画の中には、ガス爆発で全身に火傷を負った労働者のもとに医者の姿で現れ、その瘡蓋を剥がして死に至らしめた狐の話もある。そこには、〝北九州古来の民俗文化〟と、近代の産業を文字通り底辺――いや、底辺よりもなお低い地の底――から支え続けた〝炭坑労働者の現実〟との混合によって生み出された、一種独特の民俗が焼き付けられている。二〇一一年五月、作兵衛による一連の炭坑画はユネスコの世界記憶遺産に登録された。（今井秀和）

憑依する霊獣たち——憑き物、神使《しんし》、コックリさん——

今井秀和

1　今も残る狐憑き

神、妖怪、人の霊、動物の霊など、人に憑依する霊を総称して「憑き物」という。[1]日本の憑き物信仰の中で、一番の知名度と歴史的・地理的広がりを持つのは「狐憑き」であろう。現代でも、突如として奇怪な言動を始める人が出ると、共同体の中で狐憑きと判断されることがある。また、周囲から狐憑きと判断された本人が、狐を模した言動を行うこともある。

たとえば近年、筆者が直接聞いた事例の中に、こういうものがある。ある日の早朝、地方の寺院の若い僧侶が寺の門を開くと、目の前に、こちらをじっと見上げる中年の女性がいた。女性は両手を前に垂らし、「コン、コン」と狐の鳴き声を上げると、ピョンピョンと飛び跳ねながら去って行った。呆気にとられた僧侶が母親にそれを告げたところ、「ああ、ここら辺じゃたまにそういう人が出るのよ」と、さも当然のことのように言われたという。

僧侶は、門の前にしゃがんで自分を待ち構えていた中年女性にも驚いたが、なにより、自分を育てた地域が持つ、自分の知らない一面になんとも言えない恐さを感じたという。

日本の近代化以降、共同体の中に突如として奇妙な言動を行う人物があらわれても、それは一般的に医学の領分と判断されるようになった。医師の持つ西洋医学の視点に基づき、精神的な疾患として診断されることになったのである。[2] また、高度経済成長期をひとつのピークとする国土の開発により、都心はおろか地方においても、生物としての狐を実際に見かける機会は格段に減った。筆者自身、本州で野生の狐を見たことは二度しかない。

こうした文化的・物理的な変化に伴って、日本の狐憑きは減少したと考えられる。しかし、さきほど紹介した事例でも分かるように、現代に至ってもなお、共同体によって狐憑きと判断され、当人も狐の憑霊を意識しているようなケースが細々と残存しているのである。以下、古代から現代に至るまでの〝人に憑依する動物たち〟を簡単に紹介していきたい。

2　神としての動物たち

神や妖怪、死者などの霊魂はともかくとして、なぜ日本においては、動物が人に取り憑くのであろうか。しかも死んだ動物の霊のみならず、生きている動物の霊が頻繁に人に憑依するのはどういったわけか。

端的に言えば、特定の動物そのものが、ときに広い意味でのカミの一部に属していたからである。そこには、稲荷神における狐のほか、八幡神における鳩、春日明神における鹿など、神使（神の使わしめ）としての動物イメージとの相互影響もあろう。本稿では、動物の憑き物を包括した上位概念として、これら小さき神々としての動物たちを「霊獣」と呼ぶことにする。

文化人類学者・民俗学者の小松和彦は、祀られた超自然的存在を神、祀られない超自然的存在を妖怪とした上で、両者が交換可能な概念であることを説く。要するに、悪さをはたらく妖怪の野狐《やこ》を稲荷神として祀り上げればそれは神となる。逆に、本来祀られていた祠をないがしろにされた稲荷の神が、人に害をなす妖怪と化すこともあるわけである。

霊獣たちは、いつの時代も、神と妖怪の間を行き交う両義的な存在として日本文化の中に位置してきた。ひとまずはこのことを認識した上で、日本における動物の憑依について見ていこう。

3 狐憑きの歴史

狐は古くから人を化かし、あるいは人に取り憑いてきた。たとえば、奈良時代末期から平安時代初期に成立したと考えられている仏教説話集『日本霊異記《にほんりょういき》』下巻第二には、狐に憑かれた人が死に至ったり、人に取り憑いた狐が犬に噛み殺されたりする話が載る。説話でありつつも、ある程度、当時の憑霊信仰を反映していると考えておいてよい。

平安時代末期に成立した『今昔物語集《こんじゃくものがたりしゅう》』本朝附霊鬼《れいき》部第四〇にも、面白い話がある。不思議な力を持つ白い玉を持った狐が女に取り憑くが、その場に居合わせた勇気ある侍に玉を取られてしまう。返してくれれば侍の守護を永く務めると告げた後、狐は修験者《しゅげんじゃ》に落とされる。その後、狐は約束の通りにしたという。

鎌倉時代前期に成立した『宇治拾遺物語《うじしゅういものがたり》』巻四の一は、修験者が、女に取り憑いた野狐を乗童《のりわら》（霊媒）に移して問いただす話である。これらの説話集においては、人に取り憑いた霊が自ら語り出す場合もあるが、そうでないときには、僧や修験者などの宗教者が憑き物を責めるなどして、その正体が何であるかを吐き出させて周囲の者に伝える役割を果たしている。さらに、正体を見極めた上で人に取り憑いた霊を落とす、いわゆる「憑き物落とし」を行うのも同じ宗教者であった。

宗教者の中には、狐などの霊獣を能動的に使役することができる者もいた。いわゆる宗教者でなくとも、条件によっては霊獣と契約を交わすことが可能であり、『今昔物語集』所収の話は、そうした実態を示す早い例として受け取ることができる。

狐は、稲荷神の神使、言い換えれば眷属神である。しかし、ときにはその狐自体が人による信仰の対象ともなる。さらに、稲荷信仰が狐の霊獣としてのイメージを強めた後には、その狐の霊獣イメージを用いた現世利益的な占術、呪術こそが、稲荷信仰の隆盛を支える要因となった。

人に憑くのは野にいる狐だけではない。ときには、人に対する不満を抱えた稲荷の神使も、狐憑きの原因となった。そして、人に取り憑いた狐と対話などをして退散させるのは、基本的には宗教者の役割だったのである。

ところが、ときには武芸を極めた侍が狐憑きを追い落とすこともある。さらに、武将が権力をもって狐に退散を迫ることもあった。たとえば、宇喜多秀家《うきたひでいえ》のもとに嫁いだ豊臣秀吉《とよとみひでよし》の養女、豪姫《ごうひめ》が、産後に狐憑きのような症状を示したことがある。このとき秀吉は伏見の稲荷大明神に向けて、早く豪姫の狐憑きを落とさねば日本国中で狐狩りを決行する、との脅迫めいた書状を送っている。[▼3]

4 稲荷信仰と狐憑き

江戸期における江戸の都市文化を代表する言葉に「伊勢屋、稲荷に犬の糞」というものがある。江戸市中に溢れるものを、韻を踏んで並べているのである。これらは具体的に、西日本からやってきた商人が開いた「伊勢屋」の屋号を持つ店舗、商売の神として祀られていた稲荷神社、番犬として飼われ、あるいは野良犬化した犬たちが道端に落としていく野糞を指している。江戸市中には、これらがわんさか存在していた、ということになる。

稲荷神は、その初発には農業神としての性格が色濃かったが、次第に、商売の神など、多岐にわたる「生産」の神としての性格を獲得し、現世利益を求める人々の信仰の対象として成長していった。その結果として、江戸期の都市部には稲荷神社が続々と建立されることになったのである。江戸期の人々にとって、稲荷神社や狐憑きは非常に身近なものであり、なおかつ両者は密接な関係を持っていた。

ちなみに、人に取り憑いた狐の天敵のひとつと信じられていたのが、江戸の町に溢れていた〝糞〟の主たる犬だった。さきにあげた『日本霊異記』の説話は、死んだ人間が犬に転生して、自らに取り憑いて死に至らしめた狐を噛み殺すという筋であった。このように、古くから、狐の天敵は犬だと考えられていたのである。

江戸期にも、狐憑きに犬をけしかけてこれを落とそうとする話は多い。また、「お犬様」などと呼ばれ、山の神としての信仰を集めていた山犬／狼――両者は限りなく近接したイメージで、ほぼ同一視されていた――の御札なども、狐落としに験があるとされた。

図1　狐の医者（『炭坑の語り部　山本作兵衛の世界　～584の物語』田川市石炭・歴史博物館／田川市美術館、2008。原題「ヤマと狐」）

さて、江戸期に隆盛を見た稲荷信仰や狐憑きは、近代以降も永らえることになる。たとえば明治期における北九州の炭坑などは、近代の産業を支える貴重な資源採掘の場であると同時に、作業員にとっては常に死の危険と隣り合わせた過酷な労働の場であった。そして、縁起をかつぐ炭坑夫たちの間では、巫女や山伏などの宗教者が説く狐憑きその他の信仰が盛んに信じられていたのである[4]【図1】。

また、『民間信仰辞典』（東京堂出版、一九八〇）は、稲荷信仰が全国的に普及した理由のひとつとして、「稲荷下げ」や「稲荷降ろし」といった、下級宗教者が狐を使って行っていた託宣の存在をあげる。

近代以降の新聞記事などを見ると、当時盛んに喧伝されていた舶来の心霊学が注目される一方で、稲荷下げによる託宣などにも興味が集まっていたことが分かる。逆に言えば、近代以降にも稲荷神は盛んに信仰の対象となっていて、なおかつそれが稲荷下げなどの憑霊信仰と不可分であったことが窺えるのである[5]。

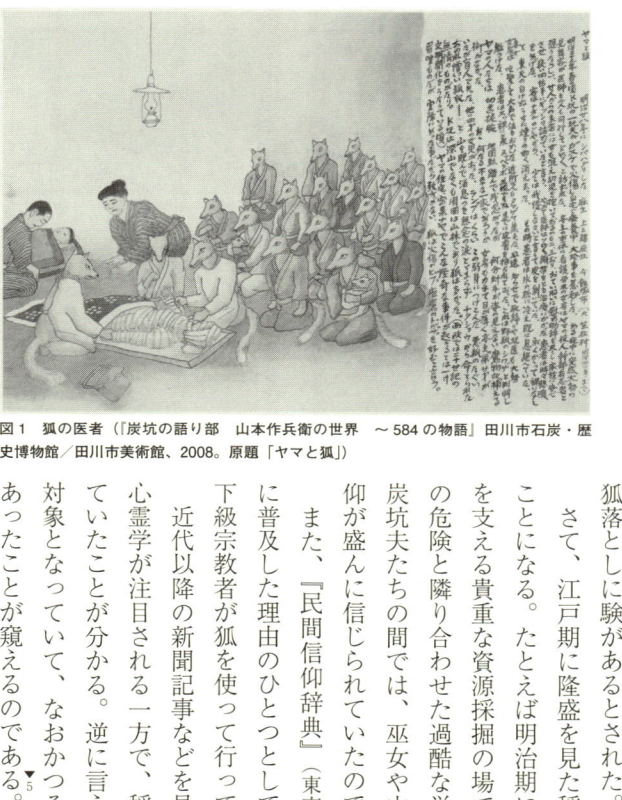

5　憑き物と身体性

江戸期の随筆や日記類などに目を通すと、狐の憑依をめぐる記述が多数出てくる。面白いのは、そこにおける狐憑きが、必ずしも現代人の考えるような、霊の憑依というイメージに留まっていないことである。ときに狐は、肉塊じみた物体として人体の穴や爪の隙間などから物理的に入り込むとも信じられていたのであり、従って、人体を切り裂いて追い出すことが可能だとも考えられていた。

江戸期の書物、たとえば松浦静山《まつらせいざん》『甲子夜話《かっしやわ》』や人見必大《ひとみひつだい》『本朝食鑑《ほんちょうしょっかん》』には、刃物を使って人の皮膚を切り裂いたり、あるいは針で表皮に穴を開けることで、人にとり憑いた「くだ狐」を追い出すとことができると書かれている。こういった発想は、どのような文化的背景から出てきたのだろうか。

生物としてのキツネは、実際に山肌の崖に開いた穴などに棲んでいる。そのため、ときに穴も稲荷信仰における祭祀の対象となった。少なからぬ稲荷神社の境内に、自然に出来た穴や人工的に作られた穴が祀られているのは、こうした理由によるものである。また、稲荷神社の建物にデザインとして開けられている小さな穴も、稲荷神の使いである狐の霊が行き来しやすいように、との意味を持ち併せている。

狐は、大小様々な穴を自在に行き来できる属性を持つものとしてイメージされていたのである。だからこそ、狐は人体に開いた〈穴〉から体内に入り込み、また、追い出されるのも人体に開けられた〈穴〉からなのであった。▼6

これは、実際に存在する寄生虫や、体内に棲むと考えられていた「腹中虫《ふくちゅうむし》」その他の想像上の腹の虫、また、「人面瘡《じんめんそう》」などの寄生する妖怪のイメージとも重なり合ってくる、きわめて生々しい身体性を伴う想像力の発露であると言えよう。

6　人に取り憑く動物たち

狐以外にも、狸、貉《むじな》、鼬《いたち》、猿、猫、犬神（インガメ、スイカズラ）、鼠（サイキョウネズミ、コダマネズミ）等々の獣が人に取り憑くと考えられていた。獣以外の動物では、蝦蟇《がま》、蛇（トウビョウ、ネブッチョウ）等も人に取り憑くことがあった。

これらの憑き物は地方ごとに分布が異なり、それぞれに特色がある。たとえば、あちこちに狸を祀った大小の祠がある四国では、狸の妖怪が多く、人に取り憑くのもまた狸である。他の多くの地方における狐の役割が、四国では狸に置き換わっているのである。笠井新也『阿波の狸の話』から、狸の憑き物の例を幾つか引いてみよう。

美馬郡半田町の入口に高く架けられているあの高橋の付近には、六兵衛という狸が棲んでいて、時々人に憑く。こいつが憑くと、何を食わせいの、かを食わせいのと御馳走ばかり請求して、しかもむやみに大食するので、当人は腹ばかりはふくれるが、身体は次第に衰弱して、ついには命を落としてしまう。[7]

大正四、五年のころ、三好郡三縄村字川崎の岡本某という二十六歳の女、狸に憑かれて久しく煩っていたが、験者を招いてきつい御祈祷をすると、ついに口走っていうには、「わしはこの辺に居る狸じゃが、この家で素麺《そうめん》を食うているのを見て、素麺が欲しゅうなってこの女に取り憑いたんじゃ、わしを去《い》なしたけりゃ、素麺を一貫匁ほど煮《た》いて食わせい。そしたら去《い》んでやる」という。（中略）その翌日、近隣に住む小川某という者が、一匹の狸が腹をふくらしてよろよろしているのを見付けて、すぐに撲《なぐ》り殺した。そうして皮を剥いだついでに、あんまり腹が大きいので何を食っているかと思って、腹を裂いてみると、腹の中からたくさんな素麺がでて来た。間もなく、女の病は、嘘のように治ってしまった。

全国的に見れば、最も広く分布しているのは狐憑きだが、このように、四国では狸憑きが多い。所変われば憑き物も変わるのである。ただし、人に取り憑いた狸のやっていることは、狐とあまり変わらないと言える。

7 憑き物の諸相

ここで、憑き物（動物）の諸相を整理しておきたい。憑き物は、一時的に人に取り憑く場合と、恒常的に個人や家系に取り憑く場合の二種に大別できる。たとえば狐憑きも、一時的に人に取り憑いて修験者などから憑き物落としをされて退散する場合と、村などの共同体の内部において、特定の家系に狐が取り憑いていると考えられ、差別の対象となっていた「狐持ち」の二種類に分けられる。

出雲地方の狐持ちの家系に生まれた速水保孝は、迷信に基づく差別を根絶する為、自ら狐持ちの研究を展開した。[8] こうした「憑き物筋」の家系をめぐる迷信と差別は、「人狐《にんこ》」という架空の狐を操るとされた狐持ち以外にも、四国・九州地方で「犬神」を操ると考えられていた犬神筋などをはじめとして、全国域にわたって存在していたのである。犬神は、いわゆる犬とは違い、鼠や豆粒のように小さく、数も多いとされることが多い。

恒常的に人に憑依する憑き物には、家系に憑くもの以外に、個人に憑くものもある。その多くは、宗教者が使役神として用いるものである。使役神とは、修験者の使役する護法神《ごほうじん》（護法童子）や陰陽師の使役する式神のような、宗教者の手先として働く神のことである。たとえば修験者などは、護法神のほかにも狐その他の憑き物を操ると考えられていた。

ちなみに、恒常的に人に憑く狐には種類があり、地方によって管狐《くだぎつね》、クダ、クダショウ、オサキ、オーサキなどと呼ばれる。これらは細長い体を持つか、あるいは非常に小さな体をして七五匹で連れ立っているなど、通常の狐とは異なるものと信じられていた。中世の武将には「イズナ」（イヅナ、飯綱）という霊的な狐の一種を使役しようとした者も多く、細川勝元《ほそかわかつもと》などはその筆頭であった。
神・死者・生者などを自らに憑依させて「口寄せ」を行う、イタコなどの「口寄せ巫女」も、ときに霊獣を使役する存在と考えられていた。実際、狐や猫などの動物の頭骨を霊力の源泉とする口寄せ巫女もいた。そのため江戸期には、口寄せ巫女に対して、こうした「外法使い」的なイメージ——外法とは、正当な仏教の教えに反する呪法を指す——が一般化することとなった。[9]
さらに、読本などの江戸文芸には犬神の術を操る「犬神使い」などのダークヒーローも登場し、実際の犬神信仰とは異なる妖術使いのイメージも形成されたのである。こうした、妖術使い／外法使いが用いる使役神としての犬神のイメージは、マンガ・アニメ・ゲームなどの、現代におけるサブカルチャー作品によって、積極的に利用され続けている。[10]

8　憑依する動物の現代

現代日本での憑き物は、主としてサブカルチャー領域の作品群の中に活躍の舞台を限定させつつあり、動物の霊の憑依という〝現象〟はあまり熱心に信じられているとは言い難い。もちろん、冒頭で紹介したような狐憑きの例もあるが、非常に珍しいケースであることは否めない。
そのような中で、明治以降現代に至るまでの長い期間にわたって、現実の社会に影響力を持ち続けているものがある。平成の今も、たびたび教室の隅で行われている「コックリさん」である。明治期、心霊学におけるテーブルターニングという降霊術の一種が輸入され、日本で「告理」と名付けられると、それが間もなく「コックリさん」になり、「狐狗狸」の字を当てられるようにもなったという。[11]
この当て字によるイメージからか、コックリさんは動物の霊として語られることが多い。たとえば、一九八五年に発行された『コックリさんの不思議』**【図2】**という実践的ハウツー本を見てみよう。同書の本文は、コックリさんで呼び出される霊は狐その他の動物に限らず、現世をさまよう人間であることも多いとしつつも、その表紙絵や挿絵には、一貫して可愛らしい狐のイラストが使われているのである。[12]そこには、一般的にコックリさんに対して抱かれていた、狐のイメージが反映していると考えておいてよかろう。

コックリさんには「エンゼルさん」、「キューピットさん」などのバリエーションもあるが、コックリさんがもっともメジャーになったのは、「狐狗狸」の当て字とも相俟って、狐その他の、日本における伝統的な動物霊のイメージを利用していたからではないだろうか。狐・狗（犬）・狸は、いずれも憑き物としての性格を持ち合わせた動物であり、この漢字の選び出しには妙にレベルの高いセンスを感じざるを得ない。このように、コックリさんの動物霊イメージや、冒頭で述べた狐憑きの事例など、意外なところで、日本における動物の憑霊信仰はしぶとく生き残っているのである。

狐持ちの家系に生まれた速水保孝が願っていたように、憑き物筋をめぐる迷信と差別には、一刻も早く完全に過去のものになってもらう必要がある。他方、単発的に人に憑依する動物の霊たちは、放っておいても自然に消えていきそうでありながら、科学の進歩した現代においてもなお細々と生き残っている。そうした状況を見ていると、これらの霊には、人の手でコントロールし切れない自然の摂理の暗喩としての役割が持たされているようにも思われるのである。

また、江戸期から近代にかけての憑き物信仰、とくに口寄せや稲荷下げなどには、占い遊びとしての側面もあった。口寄せ巫女による口寄せは、若者による悪ふざけの対象となることも多く、ときには恋占いなどに似た効果が求めら

図２　美堀真利『コックリさんの不思議　簡単にできる降霊術のすべて』日本文芸社、1985年

れることもあった。[13] コックリさんには、こうした娯楽としての憑霊信仰の要素も、何かしらのかたちで継承されているものと考えられる。

▼注

1 「憑き物」以外に「憑きもの」、「憑物」などの表記があるが、引用箇所を除いて本稿では「憑き物」に統一した。

2 近代以降の狐憑きと精神医学の関わりに関しては以下を参照。高橋紳吾『きつねつきの科学 そのとき何が起こっている?』講談社ブルーバックス、一九九三年。

3 石塚尊俊『日本の憑きもの 俗信は今も生きている』未来社、一九五九年。

4 今井秀和「〈穴〉の境界論――山本作兵衛の炭坑画に見る狐――」『朱』五五号、伏見稲荷大社、二〇一一年一二月。

5 大道晴香「近代期におけるイナリサゲの実態」『朱』五六号、伏見稲荷大社、二〇一三年二月。

6 注3参照。

7 笠井新也『阿波の狸の話』中公文庫、二〇〇九年(郷土研究社、一九二七年初版。『日本民俗誌大系』第三巻として、一九七四年復刻版。徳島新聞社、一九八〇年復刊)。

8 速水保孝著・柳田國男序文『憑きもの持ち迷信 その歴史的考察』明石書店、一九九九年(『憑きもの持ち迷信の歴史的考察』伯林書房、一九五四年初版)。同『出雲の迷信 「狐持ち」迷信の民俗と謎』学生社、一九七六年。

9 今井秀和「口寄せ巫女と犬神使い――外法箱の中身を巡って――」『世間話研究』二〇号、世間話研究会、二〇一一年三月。

10 今井秀和「『犬神博士』とその一族――フィクションにおける「犬神」像――」一柳廣孝・吉田司雄編『ナイトメア叢書07 闇のファンタジー』、青弓社、二〇一〇年。

11 一柳廣孝『〈こっくりさん〉と〈千里眼〉 日本近代と心霊学』講談社選書メチエ、一九九四年。

12 美堀真利『コックリさんの不思議 簡単にできる降霊術のすべて』日本文芸社、一九八五年。

13 今井秀和「エンターテイメントとしての口寄せ」『世間話研究』二一号、世間話研究会、二〇一三年三月。

狐憑き　――近世の憑きもの・クダ狐を中心に――

佐伯和香子

時に、人間には何ものかの霊力が取りつくことがあると信じられてきた。それは人の死霊であったり、生霊であったり、はたまた狐や蛇などの異類であったりした。ここでは狐による憑依「狐憑き」について、近世のクダ狐の事例を中心に見ていくことにする。

1　菅江真澄《すがえますみ》が記したクダ狐

菅江真澄は江戸時代後期の文人である。その出自に関して詳しいことはわかっていないが、天明三年（一七八三）年に故郷の三河を旅立ってから、文政一二年（一八二九）に秋田で亡くなるまで、東日本の各地を歩いた人である。真澄は多くの日記や地誌、随筆などを残したが、その真澄の覚書とでもいうようなものが『かたゐ袋』[▼1]（寛政元年〈一七八九〉であった。そこには次のような記述がある。

出雲、岩見の国の辺に、トビヤウといひて、五六寸あまりのいろ黒き蛇の頸に白筋あるをつかふものあり。又、をなじ国のほとりに、人狐《ヒトキツネ》とて、其形いたちのごとく、鼻のへたの白きけもの丶あり。犬神とてちいさきいぬをつかふ人のつかありて、ゆかりもとめず。とりむすびもせざりき。しなの丶国猪名（伊那）の郡にあり、人につくクダ、又、クダ狐ともいふものありて、此あたりの人をなやませける。はじめは、ゑやみのごとく、後、口はしりてけり。かたちありさま、人ぎつね似たり。又ひとしきものにてあらんか。

以上、トウビョウ、人狐、犬神、クダ狐の名前が挙がっている。いずれも人に憑くとされた動物たちである。出雲や岩見に見られるトウビョウは小さな蛇、同じ国の人狐はイタチのようなけもの、犬神は小さな犬、信濃のクダあるいはクダ狐は人狐と似ており、同じものかと述べている。この記述からは、近世にはさまざまな種類の「憑きもの」が跳梁跋扈していたこと、またそれらは地域によって特色があったことがわかる。

クダ狐に関して、真澄は天明三年（一七八三）の日記『いなのなかみち』[2]にさらに詳しい記述を残している。真澄はこの年、伊那を訪れていたのであった。

こ丶にもはた、松川といへるが流たるを渡て、賢錐《かたぎり》（片桐―松川町）のうまやになりて、みち行人のかたるを聞ば、この伊那の郡には久陀（くだ）といふものありて人につき、もの丶けとなりてくるはせける。そのなやめるはじめは、つねのゑやみのごとく、あたたかさは、身におきのゐたるがごとく、みるめさへおそろし。此くだてふけだものは、いみじう人をなやませる、あやしきじちはありて、神のごとく人のめには見えねど、をりとしては、いぬ、猫にとりくはる丶ことあり。そが形は、りし、むさ丶びに似ていろ黒う、毛は長く生ひたれて、つめは針をうへたるがごとく、身はさ丶やかながら、むくつけきものなり。これを日にほして、もの丶けならんとおもふやまうどに、はつかばかりくはすれば、たちまちまなこは血をさし入て、かしらうちふり、けしきこ丶地ことに、たけきふるまひをなし、くちとくものいひ、もの、けのしるしをこそあらはしけれ。まほのゐやみする人は、くひても、たゞ、しはやき味ひを、舌の上にそれとおもふのみ、ことなれることはあらじかし。此もの、け、日をへずしていにきとかたるを、しりにつきて聞つ、ゆくに、又此くだに似たるもの、つくし（九州）とやらんにもありなどいへり。

真澄の日記からは、クダ狐がつくと疫病にかかったような状態になり、高熱を発すること、クダ狐は人の目には見えないが、時折犬や猫に喰われることがあること、その形はリスやムササビに似て小さく、色は黒で毛は長く、針のような爪を持っていること、クダ狐を日に干して憑かれた者に食べさせると、たちまち目が充血して頭を振り、荒々しいふるまいで早口でまくしたてることがわかる。また、もし病人が本当の疫病患者であれば、クダ狐の日干し肉を食べても舌に塩気を感じるだけで様子が変わるようなことはないのだという。「神のごとく人のめには見え」ず、「りし、むさゝびに似ていろ黒う、毛は長く生ひたれて、つめは針をうへたるがごとく、身はさゝやかながら、むくつけきもの」となれば、これはもう普通の狐ではないだろう。狐とは呼ばれているが、何か別の得体のしれない生き物である。

続いて真澄は、実際に片桐の近くの女に憑いたクダ狐を「験者《げんざ》」が落としたと記している。狐が憑いているらしい、ということになれば、まず狐落としに効力のある修験者《しゅげんじゃ》などが呼ばれたのである。

このころ近隣の女に、くだきつねのつきて、あふぎみ、ふしみ、声かるるばかりなき叫ぶを、けんざ（験者）をよびて、よりましをたてていのりいのれば、そのよりの女子、左右に持たる、しらにぎてをさゝげ、不動そんの生るがごときみかたしろを、うちまもりてをるが、みどきやうの声たかう、法螺ふきたて、れいうちふり、すずすりのりて、やい串のごときものを女のめぐりにひし〳〵とさして、みさか（三尺）斗のつるぎをぬきかざし、この女を今やきりてんやうに、うばそく（優婆塞）のいかりの、しれば、よりまし、なみだをほろ〳〵とこぼしてうちふしぬ。こはいかにと、ひまより見るに、やをらおきあがり、長きくろかみをかひなにかけて、たかわらひして、やまうどのうへ、のこりなう、水の行やうにとくかたるは、身の毛もいよだつ、おそろしきめをみたり。此なにがしのあさり（阿闍梨）のとこ（徳）は、世にならぶけんざ（験者）はあらじかし。

この女が実際にクダ狐の肉を食べたのかどうかはわからないが、ここでは狐落としの祈禱の様子が詳しく記されている。験者の祈禱によって病人からよりましに乗り移ったクダ狐は、病人の身の上をすらすらと語り出したという。クダ狐は憑いた相手をただ疫病のような状態にさせるだけではなく、その心の内まで読みとるような特殊な力を持っていたらしい。

クダ狐は、長野県伊那地方を中心に、神奈川県や千葉県などの関東地方にまで広がりを見せた動物である。大きさは狐よりも小さく、ネズミほど、と言われることもあれば、イタチあるいは猫くらいだとされることもあり、一定しない。なにしろ、人の目には見えないと言われる動物なのである。

片桐近くの女に憑いたクダ狐はどこからやって来て、どこへ去っていったのか。それが野に住む生き物なのか、あるいは特定の場所や人に属するものなのか、真澄の日記から読みとることはできない。『かたゐ袋』において、トウビョウと犬神については、それを「つかふ」人がいたと記されていたが、実は狐に関してもその使役者の存在は重要な問題であった。

2　古代・中世の狐憑き

狐が人に憑く、という俗信は古くから存在した。その例のもっとも古いもののひとつは、僧景戒《きょうかい》による八世紀末の仏教説話集『日本霊異記《にほんりょういき》』[3]に載る話である。奈良の興福寺の僧永興《えいごう》がある人の病を治すために祈禱していると、病人に何かが乗り移ったという。

病者託ひて曰はく、「我は是《こ》れ狐なり。無用《いたづら》に伏せじ。禅師、強《し》ふること莫《なか》れ」といふ。問ふ、「何の故にか」といふ。答ふらく、「斯《こ》れは先に我を殺せり。我は彼《そ》の怨《あた》を報いむ。是の人纔《ヒタダ》死なば、犬に生れて我を殺さむ」といふ。聞き怪しびて教化《けうけ》すれども、放れずして殺す。

狐は、病人が前世で自分を殺した、と言って、恨みを晴らすために病人を取り殺してしまう。しかしその一年後、病人は犬に生まれ変わり、別の人に取り憑いていた狐を引き出して噛み殺してしまった、という。奈良時代の末にはすでに、狐が人に憑くことがあると考えられていたのだった。

平安時代になると、貴族たちはしばしば物の怪に悩まされるようになる。物の怪に取り憑かれた者は肉体的・精神的に苦しみ、時には命を落とすこともあった。物の怪の正体は、生霊あるいは死霊といった人間の霊魂や鬼、あるいは狐などの異類であると考えられており、治療のためには験者が呼ばれて加持祈禱を行うのが常であった。『今昔物語集《こんじゃくものがたりしゅう》』には人に憑いた狐の話がいくつか載る。そのうち、狐がどこからやって来たのか、どのような目的で人に憑いたのかが明確な話がある。

『今昔物語集』[4]の巻第二七第四〇話では、物の怪にとり憑かれて病気になった人の家で「物託《ものつき》ノ女」を呼ぶと、これに狐が乗り移り、次のように語った。

「己ハ狐也。祟《たたり》ヲ成シテ来レルニハ非ズ。只、『此ル所ニハ自然ラ食物散《ちり》ボフ物ゾカシ』ト思テ、指臨《さしのぞき》テ侍ルヲ、此《か》ク被召籠《めしこめられ》テ侍ル也」ト云テ、懐《ふところ》ヨリ白キ玉ノ小柑子《ちひさきかむじ》ナドノ程ナルヲ取出テ、打上テ玉ニ取ルヲ、病人を苦しめた物の怪の正体は、腹を空かせた狐であった。祟りをなしに来たのではなく、自発的に食べ物を探し求めてやってきて「此ク被召籠テ」しまったという。

巫女に憑いた狐は小さな白い玉をお手玉のように扱った。これを見ていた人は「此《こ》ノ物託ノ女ノ、本《もと》ヨリ懐ニ持《もち》テ人謀《はか》ラムト為《す》ルナメリ」と疑いを持つ。すると、若い侍が素早くこの玉を奪ってしまった。狐は玉を返してほしいと泣き、もし返してくれなければ男にとって末長く「讎《あた》」となるが、返してくれたら「神ノ如クニシテ和主《わぬし》ニ副《そひ》テ守ラム」と約束する。結局、男は狐に玉を返し、狐は験者に追われて去る。人々は巫女の懐を調べたが、玉はどこにもなかった。この後、狐は約束通り常に男に付き添い、彼を守ったという。

似たような話が、鎌倉時代に成立した『宇治拾遺物語《うじしゅういものがたり》』[5]にも載る。これもやはり、食べ物欲しさに自分の意思でやって来た狐である。よりましに乗り移った狐が「しとぎでも食べて帰ろう」と言うので、人々はよりましがしとぎを食べたいだけなのではないかと怪しみつつも、望みどおりよりましに食べさせる。さらには、紙にしとぎを包んで土産として持たせてやる。やがて憑いていた狐が去り、倒れたよりましが起き上がると、懐に入れたはずの紙包みが消えていた。狐の存在はこれによって確信される。

どちらの話でも、人々の心に狐の存在に対する疑惑、すなわちよりましが人々を騙しているのではないかという疑惑が生じている。結局、玉や紙包みが消えたことによってその疑いは晴れることになるのだが、狐が人に憑く、という事象に対して、人々は無条件にこれを信じていたわけではなかった。そんなことが起こるはずはないという疑いのまなざしをどこかに持ちつつ、こうした出来事を眺めていたと思われる。

同じ『今昔物語集』の巻第二六[6]には芥川龍之介の『芋粥』の素材としても有名な話が載るが（第一七話）、ここには人に使われて憑く狐が登場する。

主人公は関白家に仕える五位の侍である。腹一杯芋粥を食べてみたい、という五位の願いを叶えるため、利仁《としひと》が敦賀の自邸まで五位を連れていく。その途中、利仁は琵琶湖の近くで野を走る狐を見つける。

然《さ》テ行程《ゆくほど》ニ、三津《みつ》ノ浜ニ狐一ツ走リ出《いで》ダリ。利仁此ヲ見テ、「吉使出来《よきつかひいでき》ニタリ」ト云テ、

利仁は逃げ回る狐を追いかけて捕え、これを「使」に仕立てる。今夜中に敦賀の自邸まで行き、自分の到着を告げろ、というのである。琵琶湖から敦賀までの距離をその日のうちに走れというのは無理難題のようにも思えるが、利仁は「狐ハ変化有者ナレバ」それも可能である、という。

狐が不思議な力を持つ動物であるという意識は古い。『日本霊異記』には、女に化けた狐が人間の男と結ばれ、子をなした話が載る。狐女房譚の最も古い例である。この狐と男との間に生まれた子どもは美濃の狐の直の祖となったというが、力が強く、また非常に足が速かったという。「走ることの疾きこと鳥の飛ぶが如し」とある。このあたりからも、狐が俊足であるという認識が早くから持たれていたことがわかる。

さて、脅された狐は言いつけどおりにその夜の内に利仁の邸に走った。そして利仁の妻にとり憑き、その口を借りて用向きを伝えたという。これは明らかに野に住む狐であった。この話からは、人がそのような狐を使い得るということ、そのような力を用いる人がすでに存在していたことが知れよう。

室町時代に入ると、狐憑き現象がさらに多く見られるようになる。そのなかでももっとも注目すべきもののひとつに、応永二七年に起こった医師高天《たかま》の事件が挙げられる。医師高天と陰陽師定棟《さだむね》らが、室町殿すなわち将軍足利義持《よしもち》に狐を付けたとされ、捕えられたのである。

事件の経緯は、権大外記《ごんのだいげき》だった中原康富の日記『康富記《やすとみき》』▼[7]および伏見宮貞成《さだふさ》親王の日記『看聞日記《かんもんにっき》』▼[8]に詳しい。『康富記』の応永二七年九月一〇日条には、まず「今朝室町殿の医師高天禁獄さる」とあって、それに続いて次のように記されている。

しかして昨日御台御方に於いて験者に仰せ加持せらる処、狐二疋御所より逃げ出で、則ち件の狐を縛せらるる後打ち殺さる。この事により高天が狐を詛《のろい》付け奉るの条露顕すと云々。（原漢文）

一方の『看聞日記』には、九月一〇日ではなく、一一日と一四日の記事にこの事件のことが記されている。一四日の記事によれば、高天と定棟のほかにも捕えられた者がいたことがわかる。

十四日（中略）室町殿聊か御減気に趣くと云々。高間侍所に渡さる、度々糺問せられ、狐仕ることを白状するに就き、同類ども昨日八人召し捕らる。医師・陰陽師・有験の僧等なり。この内左大将〈執柄《しっぺい》二条〉候人諸太夫俊経朝臣《あそん》、医道を学び狐仕るの由、日来風聞あり、仍て召捕られ了ぬ。（原漢文）

義持は八月以来体調を崩していたらしい。九月一日には、医師高天らが義持を診察して薬を進上している（『康富記』）。高天らがなぜ義持に狐をつけたのかはわからないが、証拠として決定的だったのは、御所から二疋の狐が逃げ出したことと高天による自白であったようだ。結局、高天や陰陽師たちは配流とされた。『看聞日記』によれば、高天は流される途中で殺害されたという。将軍家を巻き込んだ大事件であった。

高天事件をめぐるこれらの記事からは、狐を使役する人の存在が強く信じられていたことがわかる。それは医師や陰陽師、僧といった、病を治し物の怪を祓うとされた人々であった。狐を落とす力のある者が、同時にまた狐を憑ける力を持つという認識がそこに見えよう。狐憑き現象の背後にはそれを憑かせた者が存在する、というこのような考え方は、近世になるとよりさまざまなかたちで見られるようになっていく。

3　クダ狐を使う者

狐憑きには、野に住む狐がふらりと人に取り憑く場合と、人間が何らかの理由によって狐を使い他人に憑かせる場合があることを見てきた。古代、中世の例では、これらはいずれもただ「狐」と呼ばれていたが、近世になるとそれに加えてさまざまな呼称を持った狐たちが現れる。それらは、東北ではイヅナ、中部ではクダ狐、関東ではオサキ、出雲ではニンコあるいはヒトギツネ、九州ではヤコなどと呼ばれ、性格もそれぞれ異なっていた。

文政五年（一八二二）に書かれた松浦静山《まつらせいざん》の『甲子夜話《かっしやわ》』▼9巻一〇の記事では、「狐の種類に、くだ狐と云ふ一種のもの有《ある》を聞けり。此狐至て小にして鼬《いたち》の如しと」とあって、これをイタチほどの大きさのものであるとしている。そして、儒学者の朝川善庵《あさかわぜんあん》から聞いた話として、クダ狐は山伏が修行の末に金峯山《きんぷせん》などの霊山より与えられるもので、牡と牝のつがいで竹筒の中に入っていると述べている。たとえイタチほどの大きさであったとしても竹筒には納まらないように思えるが、当の善庵による嘉永三年（一八五〇）の『善庵随筆《ぜんあんずいひつ》』▼10にも、

> 管狐ハ大サ鼬鼠ホドアリテ目竪ニ付ク、其他ハスベテ野狐ニ同ジ、但毛扶疎トシテ、蒙戎《もうじゅう》タラザルナリ、管狐ヲ駆役スルノ術、竹筒ノ管〈割註、竈ニ所用ノ火吹竹ニ比スレバ少シ短ク、前後無節、吹ヌキノタケヅツト云〉ヲ持シテ、咒文《じゅもん》ヲ誦スレバ、狐忽チ管中ニ在テ所問ノコトヲ一一告知ラス、コレハモトノ修験ノ道士、勤行精修ノ後ニ、金峰山ヨリシテ授クル所ト云フ、故ニ管狐ノ名アリ、

とあって、火吹竹よりも少し短いほどの竹筒の管に入っているので「管狐」という名がついたのだ、と述べている。そしてこれを修験者が金峯山から授けられたものであるとする。

また『甲子夜話』では、

> 又其人により、竹筒より出し、食を与《あたふ》れば、第一、人の隠事を知り、心中のことをも悉く悟りて告るゆゑ、姦巫祈禱の験を顕す手寄《たより》とす。又人にとり付かするも随意なりと云。これは邪道にて用《もちゆ》る方術と云。この狐、筒より出しては、再び筒に入ること尋常の行者には不能と云ふ。

として、クダ狐を使役する行者は、これを使って人の心を読みとったり、人に憑けたりすることができたという。であるとすれば静山の言うように、それは行者にとって自分の験力を見せつけるひとつの方法であったろう。しかし、いったん竹筒から出したが最後、つがいで飼われるクダ狐はたちまち子をなして数を増やし、養うことが困難となり「終にはその行者身を亡すに逮《およ》ぶ」という諸刃の剣であった。いずれにせよ、『甲子夜話』や『善庵随筆』では、クダ狐を修験者の使うものとして認識しているのは明らかだ。「狐使ひ死亡すれば、其狐は主無くなりて、今も王子村のあたりには多く住めりと云。総て人に付ては、人力に依て事をなすゆゑ、其人亡すれば、狐の力のみにては人に寄ること能はず。因て彼辺に散在せりとなり」（『甲子夜話』）というから、クダ狐を授かった当の修験者がいなくなれば、クダ狐はもうその力を発揮することはないのであった。

クダ狐が修験者のような術者によって飼われ使われているという俗信は、広く存在したらしい。たとえば愛知県一宮市では、ある八卦見《はっけみ》が伏見の稲荷からうけてきたクダ狐を使っていたとされる[11]。

このような専門の使い手によって使役される狐といえば、東北を中心としたイヅナを挙げることができる。天保四年（一八三三）に刊行された茅原虚斎《ちはらきょさい》の『茅窓漫録《ぼうそうまんろく》』（『日本随筆大成　新装版』〈第一期〉22　吉川弘文館、一九七六年）には、「世に伊豆那《イヅナ》の術とて、人の眼目を眩惑《クラマ》する邪法悪魔あり。何の世、何者の伝へしかはしらず。大倭本草に、天竺の荼耆《ダギ》尼天《ニテン》の法なる事載せたり」とある。石塚尊俊はこのイヅナを「明瞭に専門の術者のもの」[12]であると述べる。特定の専門家によって使われるもの、という認識があった点で、イヅナとクダ狐は共通している。現に、クダ狐をイヅナとも

呼び、両者を同じものと考えている例も各地に存在した。▼13

一方で、それとはまた異なる認識もあった。嘉永三年（一八五〇）に著された尾張藩士三好想山の『想山著聞奇集《しょうざんちょもんきしゅう》』▼14には、信州伊那の松島宿で起きた怪異譚が記されている。

小右衛門という百姓の妹が夜になると泣きだすので、信州小縣郡の縣道玄《あがたどうげん》が療養のために呼ばれた。大きな家だったが荒れ果てており、夜、道玄がその家の古い便所へ行くと額の左側がひやりとした。次の晩、再び道玄が行くとまたひやりとするので、脇差を突き上げると手ごたえがして額に血が流れかかった。怪物は逃げ失せたが、翌朝、便所の方の隣家で「其大さ、大猫程ありて、顔は全く猫のごとく、體は獺《かわうそ》に似て、毛色は惣躰、灰鼠にて、尾は甚だ太く大ひにして、栗鼠《りす》のごとくなる怪獣」が体を貫かれて死んでいたという【図1】。道玄がその家を訪れてから妹は泣かなくなったというから、原因はこの獣だったのだろう。顔が猫のようであったというのは面白いが、想山はこれが信州の方言でいう「管《くだ》」というものだという。そして、この獣は特定の家筋に代々所属し、婚姻などの際に特に嫌われるものであるとしている。

図１　クダ狐（三好想山『想山著聞奇集』早稲田大学図書館蔵）

此管と云ものは、甚の妖獣なり。一切、形は人に見せずして、くだ付の家とて、代々、其家の人に付纏《まと》ひ居事にて、此家筋の者は、兼《かね》て人も知居て、婚姻などには、殊の外きらふ事と也。

これは『甲子夜話』や『善庵随筆』における、クダ狐は修験者が養い使役するもの、という認識とはいささか様相が異なるようだ。『甲子夜話』におけるクダ狐はそれを授かった修験者が死ねば離散したが、こちらでは代々特定の家につきまとうものとされている。

狐持ちといわれるこのような家は、代々狐を飼っているとされ、狐がその家を富ませたり、またその家の者が誰かを憎んだりすると、その心を察して相手に取り憑いたりする、と考えられていた。大正一一年に刊行された、雑誌『民族と歴史』の「憑物研究号」には、「地方によつてクダ附とも、又クダ屋ともいふのは、即ちクダ狐持の家筋のことである。縁組に嫌はれることは甚だしく。時には絶交を宣言せられることあるは、人狐持などと同消息らしい[15]」と記されている。ここに「人狐持」という言葉が出てきたように、こうした家筋は伊那に限らず他の地域にも存在し、怖れられたり縁組を避けられたりした。多くの場合、縁組によって狐も一緒についてくると信じられていたからである。

4 狐持ち

狐が特定の家筋にまとわりつくものだとする考え方は、埼玉県や群馬県などの関東地方を中心に信じられていたオサキにおいても見られる。

江戸時代後期に著された喜多村信節《きたむらのぶよ》の『筠庭雑録《いんていざつろく》』[16]には次のようにある。

> 上野藤岡の人語りけるヲサキ狐は、もと秩父郡に限りたりしが、その獣ある家より縁者となる者の方へ、狐も分れて付随ひ、はびこりて武州の内にも其家あり。是に依て聟を取、よめを迎ふるに、其家をよく糺す事也。男女に限らず。其家より来る者に狐も添て来る。早く離別に及べば事もなし。

「ヲサキ狐」は、オサキとかオーサキなどと呼ばれた狐の一種である。天保一四年（一八四三）に完成した、阿部正信による駿河国の地誌『駿国雑志《すんこくざっし》』[17]でも、クダ狐について「是尾さき狐の類にや」といっており、両者が似たものであるという認識は広くあったようだ。『善庵随筆』では、クダ狐が「駿遠三ノ北辺山寄ノ地ニ多シ」と述べたあとで、

関東ニテハ上毛下毛最モ多シ、上毛ノ尾崎村ニ至テハ、一村コノ狐ヲ畜ハザル家ナシ、因テ又尾崎狐トモ云フ。

として、クダ狐が群馬県の尾崎村に入り、この村全戸が狐持ちとなったことから尾崎狐と呼ばれるようになったと説明している。またその後には三宅尚斎《みやけしょうさい》の『狼疐録《ろうちろく》』を引いて、東京の大崎がその名の由来であるという説も紹介している。

さて、『筠庭雑録』は群馬県藤岡市の人の話を載せているが、これによればオサキの生息地はもともと埼玉県秩父郡に限られており、それが縁組によって東京にも広がったのだという。そして、男女に限らず縁組の際にはその家がオサキを持っている家かどうかよく調べ、万が一結婚した後にそうとわかった場合にはすぐに離婚すれば問題ないと述べている。狐持ちの家に対する俗信の根深さが知れよう。

『筠庭雑録』では続けて、オサキの大きさはネズミほどであり、毛は白く光り、あるいは赤や黒の斑の毛を持つものもいる、とする。これもやはりクダ狐と同じく、普通の狐よりもずっと小さいと認識されていた。

この狐ある家より怨む人などあれば、やがて其人をなやませ、此方の恨み言を口ばしらす。此事往々あり。予もその付たる病人を問ふて物いひたる事あり。必ず其者の鼻下の竪筋まがれるもの也。又山葵を忌む。権盛ある人、勇猛の人を恐る。法者を頼み祈念によりてはなるゝもあり。取殺さるゝもあり。狐ある家盛なる時は、ます〳〵よき事多けれ共、衰ふるに及びてはさま〴〵妖孽をなす。

オサキ持ちが誰かに恨みを抱くと、オサキはその相手に取り憑くと考えられていた。憑かれた相手は取り殺されることもあったというから、事は重大である。しかもオサキが属する家はその栄えている間は「よき事」も多いが、いったん衰えるとオサキが様々な災いをなした。オサキはオサキ持ち自身にとっても、決して安全なものではなかったのだ。

文政年間に書かれた、十方庵敬順《じっぽうあんけいじゅん》による『遊歴雑記《ゆうれきざっき》』▼18の四編巻之上にも、オサキに関する詳しい記述がある。敬順はここで「秩父郡の三害」として、ネブッチョウ▼19と生団子▼20、そしてオサキ狐を挙げている。

此お崎狐といふは、その形鼬に少し大きく、傳へいふ、年々子を産殖する事夥しく、彼家此家に移り佗《ダク》して人々を煩はしむ、但此狐を信じ家に飼祭れば、自然と身上を仕上げ金銀衣類重器にいたるまで湧《ワク》となり、是は件の狐何方よりか金銭を貪り来て、その家へ持ばこぶ、もし又その家衰ふる時節にいたれば、彼狐外の家へ持はこびて、最初に百倍して貧にならしむ、先第一に気の毒なるは彼お崎狐を遣ふ者、他の家へゆき見しものに、欲《ホシイ》と思ふものある時は、彼狐奪ひとり来り、又は先々の人を煩はしめ、その人に佗して喑《シャベ》らせ、その品を囉《モラ》ひ請るとなん、左なければ狐はなれず、家族にいたるまていつ迄も難病を煩ふとぞ、貪慾僧の凡夫なれは跡先を辨へず、初め身上の能なるに恍惚《ホレ》て、彼狐を飼一旦福裕になるといへとも、本蒔かぬ種なる依て、身體衰微するに至りては、家財売盡し水も飲かね、親子兄弟わかれく家をふりすて迯退く者ありとかや、秩父郡の内居崩したる明家は、みな此災害にかゝりたるもの、跡なるべし、

オサキはそれを飼う家に一時的には富をもたらすものであった。オサキ自身が家に金銭を運び、また自分の家の者が欲しがっている物を他家から強引に貰い受けて来ることもあったという。しかし、いったん自分の属する家が傾くとそれらをよそへ運び出してしまうため、家は最初の百倍も貧しくなった。「秩父郡の内居崩したる明家は、みな此

災害にかゝりたるもの、跡なるべし」という言葉は、オサキを飼うことの恐ろしさを伝えている。

文政八年（一八二五）に成立した、滝沢馬琴《たきざわばきん》らが編んだ『兎園小説《とえんしょうせつ》』[21]では「その状、鼬に似て狐よりちひさし。尾はきはめてふとかるに、尾さき裂けて岐《エダ》あれば、尾さきの名さへ負はせしならん」として、オサキの名の由来は尾が裂けているからであるとする。そして、

> そが一たびつきたる家は、貧しかりしもゆたかになりぬ。しかれども多くはその身一期のほど、或はその子の時に至りて、衰へ果てずといふことなし。そが既に憑《ツキ》たる家の、年々ゆたかになるまゝに、狐の種類も次第に殖えて、むれつどふこと限なし。もしその家のむすめなるもの、他村へよめりする事あれば、尾さき狐も相わかれて、婿の家につくといふ。こゝをもて人忌嫌せざるものなく、寇を防ぐが如しとなん。

と、こちらでもオサキのもたらす富と、のちの災いについて述べている。『遊歴雑記』『兎園小説』ともに、オサキもクダ狐と同じく次第にその数を増やしていくと述べており、増えた狐が娘の嫁入り先についていくと考えられていたことがわかる。かくして周囲は縁組による拡散を嫌い、オサキ持ちを避けるようになった。

オサキが富をもたらす、ということについて「薪売が薪を某薪炭店に売却する際、その掛目が不思議に軽かつたが、これはオサキが分銅にぶら下がつて、主家の為に利を図つたのだといはれた」[22]というような話が伝わっている。図2には嘉永六年（一八五三）に刊行された『狂歌百物語』における「尾崎狐」の絵であるが、商家の主人だろうか、手に秤を持つ男の袖から、小さなオサキが覗いているのがわかる。計り売りの際にオサキが主人を助けるという話が人口に膾炙《かいしゃ》していた証左であろう。もっともこれはクダ狐についても言われており、長野県東筑摩地方ではある大きな菓子屋について、計り売りの際にクダ狐が天秤に乗って目方を増やしているに違いない、と噂されていたという。[23]オサキやクダ狐は、特定の家が富む原因として信じられていたが、このような認識は、貨幣経済の発展とともに急激に豊

かになる家が登場するようになったことと関係があると指摘されている。[24]

こうした狐を特定の家が飼養しているという俗信は、山陰地方にも存在している。先に見た真澄の『かたゐ袋』に「人狐とて、其形いたちのごとく、鼻のへたの白きけもの、あり」とあった、ヒトギツネあるいはニンコと呼ばれたその狐は、七五匹の眷属を従え、特定の家筋に飼われて他人に害をなすものと考えられていた。

天明六年（一七八六）に山根與右衛門《やまねよえもん》が著した『出雲國内人狐物語《いずもこくないにんこものがたり》』[25]は、出雲国の人狐について詳しく述べているが、その実存を真っ向から否定しているところに特徴がある。享保（一七一六～三六）の初め頃、ある富家の間脇が主人の仕打ちに恨みを抱き、その富家を狐持ちだと言い出した。山根は、これが出雲における狐持ちの始まりであるとする。また元文（一七三六～四一）の頃には、ある古家の購入をめぐる争いに敗れた者が、その古家には狐がいると言いふらし、これによって古家の購入者の家筋が狐持ちと言われるようになったという。そのほかにも、行者が病人を巧みに誘導して彼に狐を憑けた家を特定し、その家が狐持ちと言われるようになった例などを挙げ、狐持ちとされたために周囲に忌み嫌われて家が衰えたり一家離散となった例は多い、と嘆く。山根は「都《すべ》てかゝる譯にて、尾のある狐ならで、人の口より出たれば人狐といふもことわりなり」と述べ、人狐とは人間が作り出したものにすぎないとしている。「家に住む狐なき事をも察すべきものぞよ」と結ばれた『出雲國内人狐物語』は、人狐の存在を妄信する人々に向けた啓蒙の書であり、この時期の狐憑きに関する書物とし

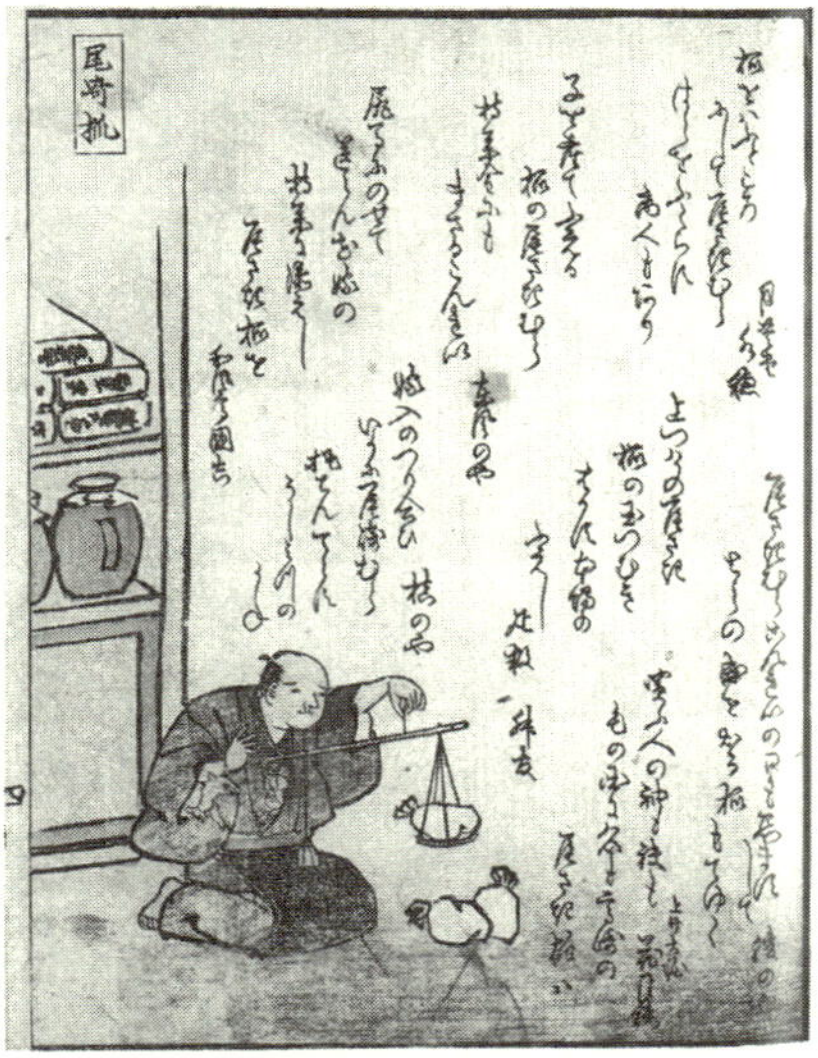

図２　尾崎狐（天明老人編・竜閑斎画『狂歌百物語』、吉田幸一編『狂歌百物語』古典文庫、1999）

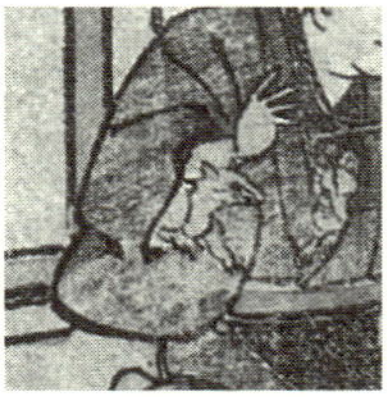

図２拡大（部分）

ては異色のものであった。

5　クダ狐落としの方法

人に憑いた狐を落とす方法はさまざまであった。真澄が聞いたような験者による祈禱のほかに、たとえば『甲子夜話』には次のようなクダ狐落としの方法が記されている。

又飯田町堀留の町医伊藤尚貞〈此人芸州の産にて伊藤氏に養子となり、乃善庵の門に学ぶ〉より善庵委しく聞たる。尚貞の言には、彼《かの》くだ狐の付たるを度々療治せり。すべて人に付くには、始め手足の爪の端より入り、皮膚の間に在るゆゑ、先づ手足の指辺を堅縛して、夫より体中所々その潜るところを追て、刺ても害なき所に追つめ、其所を切裂けば、膚中より小丸の毛ある物現はる〈此所在を知るは、其処必ず瘤の如く隆起すとなり〉。是即《すなはち》狐の精気と覚ゆ。夫よりかの家内を探り索れば、必狐の死たる有り。多くは天井などの上に転僵してありとなり。尚貞その狐の皮を剝取り、二枚ほど貯置しを善庵親く見たりと。その皮の大を以て想ふに、其体鼬よりはや丶大きく見ゆ。色黒くして鼬と斉《ひと》しく、眼竪につきて、諸天の額面の一目の如し。又くだ狐の人に付たるは、前の如く膚中に瘤の如く顕る。野狐はかくは無し。これ見分けの差別と云。

伊藤尚貞という医者から、朝川善庵が聞いた話だという。クダ狐が人に憑くと皮膚の間にその精気が存在して瘤状の隆起を作るため、医者が追いつめてその箇所を切り裂く。狐落としの祈禱を行う修験者やよりましの姿は、ここにはない。より医学的な解決の仕方ではある。とはいえ、その治療の後で家の中を探せば必ず狐の死んでいるのが見つかったというから、医者もこの妖獣の存在を信じていたことは明らかだ。

クダ狐が皮膚の間に入るという俗信は神奈川県横浜市にもあった。「富士講の有名な先達である江ケ崎様がキツネ憑きの病人を前に座らせると、病人の身体の中にいるクダキツネは、ぶくぶくと皮を盛りあがらせて身体中をかけ廻った。江ケ崎様は、そのふくれている処を見付けては畳針をさしてキツネを落した」という。[26]江ケ崎様というのは幕末の富士講の先達、鴨志田與右衛門《かもしだよえもん》のことであり、江戸時代に隆盛を見た富士講の先達も、狐落としに関わっていたことがわかる。

またその後には、『筠庭雑録』にはこんな記述もある。

> 秉穂録《へいすいろく》ニ、遠州ニテクダ狐ノ人ニツク事アリ。其人なま味噌を食して余物を食せず。尾洲にていふかまいたちと的対なりと云り。味噌を好むものにや。味噌樽うはべはその儘《まま》に有ながら、中をば皆食ひ尽し、空虚になす事などあり。当国にてはこれに付かるれば、秩父なる三峰権現より御狗を借来る。是にて免かる者といへり。

クダ狐が味噌を好むという話は、先にあげた『駿国雑志』にも見える。ともあれ、ここではクダ狐に憑かれた時には三峰権現から犬を借りてくるとあることに注目したい。狐は犬や狼を恐れる。したがって狐を追い払うために、山の神として山犬あるいは狼を祀る三峰神社や山住神社の力を借りる例があった。長野県上伊那郡では「クダにつかれて行者を頼まない時は三峰様へ連れて行くのが一番良かつた。三峰様は御犬の神様だから直ぐ離れる」といい、[27]同じく長野県の下伊那郡では、山住神社からオイヌを借りてきたという。

下伊那郡南信濃村では、禰宜を頼んで病人の枕元で幣を振りながらはらいの祈禱をした。軽いものはこれで退散するが、重くてどうしても離れないときは、静岡の山住様へ参拝して御祈禱してもらい、神札とオイヌを借りてきてまつりこむ。杉の皮で屋根を葺き川砂を敷いてオチョーヤを作って神札をまつった。山住様のお使いのオイヌがムラのはずれに来る時分になると、病人は「おっかないよぉ」とわめきだし、家に入るとクダショーは逃げ出してしまうという。憑きものが離れると、病人は二日も三日も眠り続けた。オイヌは七日間借りて、返しに行ったという。[28]

このように、人々は神霊としてのイヌの力を借りて狐を追うことがあった。あるいは実際に狼の骨を削り、妙薬として服用することもあったようだ。[29]

6　おわりに

クダ狐を中心とした狐憑きの伝承を見てきた。この俗信はいまだ消え去っていない。狐に限らず、憑きものにおける大きな問題は、特定の家筋が「持ち」とされることによって、日常生活や婚姻において差別の対象となるということにあった。たとえば、昭和三〇年代の千葉徳爾による報告[30]や石塚尊俊による調査[31]を見ると、憑きもの筋といわれる家をめぐる婚姻差別が現代においてもなお重い問題として存在していることがわかる。

一方で、平成になると、クダ狐やオサキがキャラクターとしてマンガやゲームといったサブカルチャーの中に登場してくるようになった。たとえば岡野玲子のマンガ『陰陽師』[32]には、「験者や方士が操る妖狐」として、竹筒の中で飼われる「管狐」が出てくる**【図3】**。この二匹の管狐はいたずら者として描かれてはいるが、そこに恐ろしさはない。また、プレイステーショ

図3　クダ狐　岡本玲子のマンガ『陰陽師』（白泉社）に登場するクダ狐

ン2のゲームに始まり、後にアニメ化もされた『緋色の欠片』[33]には、オサキ狐の「おーちゃん」が登場する【図4】。尾が二股に分かれている小さな生き物で、代々主人公の家を守ってきた妖、という設定である。こちらも一見して恐ろしげなところはなく、いかにもかわいらしいキャラクターとして描かれている。今や、こうしたキャラクターによって初めてクダ狐やオサキを知る人もいることだろう。二〇〇年前に山根與右衛門が嘆いた俗信による弊害は、まったく消え去ったわけではないかもしれない。しかし、憑きものをめぐる状況は確実に変容しているといえよう。

図4　オサキ狐「おーちゃん」　ゲーム・アニメ『緋色の欠片』（アイディアファクトリー）に登場する、主人公の家を守っているオサキ狐。尾は二股に分かれている。（公式サイト　https://www.bandaivisual.co.jp/hiironokakera/index.html　より）

▼注

1　内田武志・宮本常一編『菅江真澄全集　第一〇巻』未来社、一九七四年。
2　内田武志・宮本常一編『菅江真澄全集　第一巻』未来社、一九七一年。
3　日本古典文学全集『日本霊異記』小学館、一九七五年。
4　日本古典文学全集『今昔物語集四』小学館、一九七六年。
5　日本古典文学全集『宇治拾遺物語』小学館、一九七三年。
6　日本古典文学全集『今昔物語集三』小学館、一九七四年。
7　増補史料大成『康富記　一』臨川書店、一九六五年。
8　図書寮叢刊『看聞日記　二』宮内庁書陵部、二〇〇四年。
9　中村幸彦・中野三敏校訂『甲子夜話1』平凡社、一九七七年。
10　『日本随筆大成　新装版』〈第一期〉10　吉川弘文館、一九七五年。

11　伊藤正之助「クダギツネの話」『民間伝承』第八巻第八号、一九四二年一二月。
12　石塚尊俊『日本の憑きもの』未来社、一九五九年。
13　住広造「狐つかひ」『郷土研究』四巻八号、一九一六年一一月。小林存「越後方言考初稿」『高志路』一巻二号、一九三五年二月。土橋里木「イチッコとイズナ」『民俗』一五号、一九五六年一月など。
14　『日本庶民生活史料集成　第一六巻』三一書房、一九七〇年。
15　倉光清六「憑物鄙話」『民族と歴史』第八巻第一号（憑物研究号）、一九二二年七月。
16　『日本随筆大成 新装版』〈第二期〉7　吉川弘文館、一九七四年。
17　阿部正信著、中川芳雄 安本博 若尾俊平編『駿國雜志二』吉見書店、一九七七年。
18　『江戸叢書 巻の六』江戸叢書刊行会、一九一六年。
19　埼玉県秩父地方に見られる憑きものの一種。小さな蛇の姿をしており、特定の家筋にまとわりついていると考えられていた。
20　埼玉県秩父地方および長野県に見られる家筋で、この家で月見団子などを蒸すと必ず三つ生の団子ができるといって忌み嫌われた。
21　『日本随筆大成 新装版』〈第二期〉1　吉川弘文館、一九七三年。
22　注（15）に同じ。
23　『長野県史 民俗編』第五巻総説Ⅱ、長野県史刊行会、一九九一年。
24　速水保孝『つきもの持ち迷信の歴史的考察』柏林書房、一九五三年。千葉徳爾「家と山の神」『信濃』第九巻第一号、一九五七年。小松和彦『憑霊信仰論』伝統と現代社、一九八二年など。
25　『日本庶民生活史料集成　第七巻』三一書房、一九七〇年。
26　『神奈川県史 各論編5 民俗』神奈川県、一九七七年。
27　中村寅一「クダ狐の話六項」『民族』三巻六号、一九二八年九月。
28　注（23）に同じ。
29　直良信夫 小林茂「秩父地方産オオカミの頭骨」『秩父自然科学博物館研究報告』（10）一九六〇年六月。

30　注（24）千葉論文。
31　注（12）に同じ。
32　岡野玲子『陰陽師9』白泉社、二〇〇〇年。
33　アイデアファクトリー『緋色の欠片』。ＰＳ２版は二〇〇六年に発売された。

狐憑きと脳病

伊藤慎吾

狐が憑いたらどうすればよいか。これについては本書Ⅱ「狐憑き」で説かれているから詳細はそちらをご覧願いたい。山伏などの宗教者に祈祷してもらったり、狐を放つ薬を服用したりもするが、やはり神仏に祈願するのも手段である。かつて各寺院ではわが寺への参詣者を増やすべく霊験を説いて弘めることを盛んに行った。主として家内安全・商売繁昌などの現世利益的なことが説かれるものであるが、もちろん病気や怪我の平癒を説くことも少なくなかった。近世の霊験説話はおおよそこれらの利益を説くものだが、近代以降もその点は変わらなかった。

四国霊場の一つ阿波の真言宗寺院立江寺《たつえじ》では大正二年（一九一三）に『延命地蔵大菩薩霊験記』と題する二四頁から成る小冊子を刊行した。そこには全七五話の立江寺の延命地蔵を信仰したことで得られた奇跡体験が記されている。冒頭に年期不詳の近世説話が一話あり、続く万治三年（一六六〇）から時系列に配され、第三七話以降が明治大正期の説話となっている。この中に狐を体から追い出す話が幾つか収録されている（表記は原文のまま。ただし句読点を付け、清濁の区別をし、振り仮名は適宜省略した）。

安永七年七月、和州吉野郡地役村谷政助なる者、七年已前より狐に取付かれ、妻と共に当山へ来たり。一七日通夜しけるに満願の夜、大音に叫びながら勝浦郡芝生《しばう》村の川へ走《は》せ行き打倒れければ本腹せり。然るに其所《そのところ》に古狐二疋死し居たり。不思議なるかな。

狐が憑く状態というと、体内に一匹だけいると思いがちだが、二匹ということも三匹ということもある。また挿絵をここに載せたが**【図1】**、この絵では狐は首元から外に出てきている様子が描かれている。近世の絵画には夢や魂を同じく頭ではなく胸元ないし首元から描くものが多く、それに倣ったものではないかと思われる。

頃は天保二年十月十一日の事なり。当国那賀郡敷地村の栄左衛門妻は十三年以来狐に取付かれ悩みけるより深く本尊を祈念し、三十日通夜し満る夜、鐘の緒にて縛《いま》しめ置《お》けるに忽ち退散せり。翌朝見れば、仁王門の傍らに古狸死し居たりと。

幕末の天保二年（一八三一）の出来事である。鐘の緒で束縛していたというのは穏やかでないが、もとより狐が憑りついているわけだから、追い出そうとする行動に対しては反抗をする。暴れたり、逃げ出そうとしたりするから、荒縄などで柱に括り付けることもあり、さらには抵抗の意思をなくすべく折檻することもあった。鐘の緒というのは、病者が逃げ出さないためということの他に、恐らく地蔵菩薩の力をより効果的に使おうとしたものとも思われる。しかし、ここで一番気になるのは、「狐に取り付かれ」ていたといいながら、実際には「古狸」だったということである。そもそも阿波は狐よりも狸がはるかに知られている土地である。▼1 阿波狸合戦が起きたのも、この頃である。しかし狸にしろ、

図1　体内から追い払われる狐（『延命地蔵大菩薩霊験記』）

狐にしろ、あるいは蛇や犬神にしろ、憑かれた人間には結果として同じような症状が出る。だから何が憑いているのか分からない段階では狐と解しても仕方がないのである。結果、退治されたのが狸であったのは、阿波という土地柄ゆえかと思われる。

他にも次のような話が収められている。

・同年（引用者注・安政五年）のことなりしが、河内国の孫右衛門と云ふ者、家内九人まで狐に取殺され、遂には孫右衛門も取付かれしゆゑ、当山へ通夜しけるが口走りて退散す。

・信州諏訪の住人下松栄八は狐に取付かれ加持祈祷の効なければ、当山に通夜しければ、忽ち狐の啼声をなし、手足にて土を掻きちらして退散せり。万延十《（マヽ）》五年申五月二日に参り、二十七日の霊験なり。

本書において、こうした狐に憑かれた話は、明治以降の霊験譚に登場しなくなる。しかし実際には狐憑き、あるいは狸憑きなどの動物霊による障害を落とす祈祷が行われ、寺側としても事例を色々と把握していたのではないかと思われる。現に狐憑きは近代以降も日本各地で見られるわけだし、新興宗教の中でもたとえば真言宗系の真如苑などは、明治期、狐憑きの除霊を得意としていた。また近年では一九九四～五年に福島県須賀川市で狐を落とすと称して複数の信者を暴行して殺傷する事件が起きている。ところが本霊験記所載の霊験譚が眼病や難病平癒、あるいは身体障害の回復を主として狐憑きを取り上げていないのは、これを一種の精神病と捉える新しい見方が出てきたからではないだろうか。そこで気になるのが、こうした話である。

・同年（引用者注・明治三九年）同夜の事、但馬国城崎郡豊岡町国谷松蔵、年来の脳病直ちに全快されたり。

・北海道上川郡剣淵村川村とめ女より御利益を受けし御礼状全文を掲ぐ（下略・明治四二年一〇月一日付の礼状　医者も

手放したほどの脳病を患う娘が地蔵の霊験により平癒した礼をつぶさに述べる）。

・明治四十五年五月、北河内香里園に本尊御開扉《ごかいちょ》の時、同郡甲可村大字中野田中福松は長らく脳病にて困難し、名医と云ふ医士（ママ）に百方厄介なりしかど全快せず。日頃、当御本尊を信仰し居る折柄、幸ひの御開扉なりとて一層信心を凝らし日参しけるが、不思議の御利益を蒙むり、此迄の苦みも忘れるが如く全快す。

これらは「脳病」の平癒を示す霊験譚である。具体的な症状が記録されておらず、また最初の事例は簡略に過ぎて内容がまったく分からないが、恐らく医師により脳病と診断されたものだろうと思われる。従来通りの見方であれば狐狸や蛇に憑かれたものと判断されたものが、ここでは病気として捉えられるようになっているのだ。近代的な意味での「脳病」は明治期の啓蒙家津田真道が明治七年（一八七四）『明六雑誌』第二五号に寄稿した「怪説」であろう。[2]津田は天狗や幽霊、狐憑きといったものを脳病によるものであり、「脳と神経の交感、常道を失する」ことに原因を求めている。そして次第に精神疾患を意味する語として定着していくことになる。そして明治二九年（一八九六）、「脳病薬の覇王」というキャッチコピーで宣伝した健脳丸（仁平商会）が製造の追いつかないほど成功し、その後を追って類似薬品が生まれていった。[3]

もっとも、狐憑きを「脳病」と捉える医者は、既に近世に出ていた。たとえば本間棗間《そうけん》はその著『内科秘録』巻五（一八六四年序）に次のように説く。

愚案ズルニ、狐憑ハ狂癇ノ変証ニシテ所謂卒狂、是ナリ。決シテ狐狸ノ人身ニ憑ルニ非ズ。得効方ニ狐魅ヲ灸スルニ狐鳴シテ即チ瘥ト云ヒ、又邪祟ヲ灸スルニ鬼自ラ姓名ヲ道《イヒ》テ去ランヿヲ乞ト云。徒ニ此等ノ言ヲ信ジ、狐ヲ霊獣ト為シ、実ニ人身ニ入ル者ト為シテ、人人唱和シ、遂ニ挙世信用スルヤウニ成タルナルベシ。

つまり狐憑きは狂癇《きょうかん》の特殊な病症であって、決して狐狸が憑いたものではないという。「狂」について棗間は「狂ハ癇ノ変証ニシテ即チ脳病ナリ」と説く。先の津田よりも早く「脳病」という語を使用している点も興味深いが、ともあれ、既に狐憑きは迷信であり、実際は脳病であると考える知識人はいたのである。[4] ただし脳と精神を関連付けた蘭学の流れは民間に浸透するはずがなく、近代の啓蒙家の活動や医学及び製薬業界の発達を俟たなくてはならなかったのだろう。江戸時代の前期から連綿と地蔵の霊験を並べていった本霊験記であったが、狐憑きを扱う編纂姿勢から、黎明期近代医学の影響が読み取れはしまいかと思うのである。

▼注

1　笠井新也『阿波の狸の話』郷土研究社、一九二七年。
2　川村邦光「脳病の神話――〝脳化社会〟の来歴」『日本文学』第四五号、一九九六年。
3　中尾麻伊香・住田朋久「近代日本の脳病薬広告にみる脳」UTCP「脳科学と倫理」プログラム編『脳科学時代の倫理と社会』東京大学グローバルCOE共生のための国際哲学教育研究センター、二〇一〇年。
4　蘭学の輸入に関しては八木剛平・田辺英『日本精神病治療史』金原出版社、二〇〇二年、参照。

馬の神の託宣

伊藤慎吾

馬術の一流である大坪流では、馬は馬頭観音の化現《けげん》とする。これは何も当流だけのことではなく、民間においても馬の産地では馬頭観音を祀ることは一般に見られることであるから珍しいことではない。仏菩薩の化現とするから、馬を大切に扱う。『馬伝秘抄』（国立公文書館所蔵、写一七冊）に次のように説く（便宜、句読点を付け、清濁の区別をした）。

其主ノ労ニカハリテ正直第一ノ物也。然間、何事ヲイヒヲシヘンニモ、キカズト云事ナシ。

「何事を言ひ教へんにも聞かずと云ふ事なし」というのは、必要なことがあれば言葉をもって言い含めるということを意味する。特に病気や悪い癖を治す時に行った（同第二冊「教化文」）。

一馬ノモロ〳〵ノクセヲ直ス事
明月　此字ヲ馬ノ左右ノ耳ニ三度ヅヽ書ベシ。
南無帰命頂礼一心具足仏　七返

光明真言　百廿返　八句陀羅尼　百廿返　十一面之呪　百廿返　大日呪　百廿返
是ヲ聞スレバ何クセモ直ルベシ。

これらの呪文を聞かせることで悪い癖が治るという。また腹の虫が痛んだ時は次の歌を右の耳に三遍詠むと良い。

オホ坂ヤ八坂サカ中サハヒトツ　キヤウキニクレテコマソハラヘム

鯖大師《さばだいし》説話では弘法大師が馬に詠んで腹痛のために足止めさせた呪い歌でもある。[1]第五句「コマソハラヘム」は文意不通だが、江戸初期書写の馬医書『勝薬集』（国立国会図書館所蔵）には「駒そ腹やむ」とあるから、「へ」は「駒ゾ腹ヤム」の「ヤ」の誤字か誤伝だろうと思われる。

このように、馬は人語を解するものなので、言い含めれば聞き入れられると考えられた。これを「宣命を含める」とも「教化《きょうげ》」とも言った。前者は人間にも用い、狂言「しびり」では足のしびれを治す呪《まじな》いを唱える際に使われている。後者は右に挙げたような例をはじめとして馬の呪いに散見される。

ところで馬に関わる人々の間では人語を解するだけでなく、人語を用いる馬も時々は現れたらしい。『看聞日記』応永三二年（一四二五）二月二八日の条には、正月元旦のこととして、次の記事を載せる。

正月一日。室町殿北野へ社参。宮廻之時。御殿内有声。当年御代可尽云々。又北野ニ鶏物ヲ言。今年御代可尽、主上可有崩御云々。此鶏被流捨云々。又管領畠山厩馬物ヲ云。只今ニ骨ヲ折ベシ。能々可養云々。其時厩馬共同様ニイイナ、クト云々。

この日に集中的にこれまでの風聞を書きとどめているのは、前日に将軍足利義量《あしかがよしかず》が急逝したからである。その不吉な予兆として、北野社で鶏が物言ったこと、管領《かんれい》畠山満家邸の厩で馬が物言ったことを挙げているのだ。恐らく以前から聞き及んでいたことだったのだろうが、要人にまつわる不吉な噂なので記録するのを憚っていたものかと思われる。このように動物が予言を告げることは、ままあることであった。これは人間が生まれ変わったという考えではなく、霊獣という考えが前提にあったからだろう。

閑話休題。『馬伝秘抄』第二冊には次の文言が見える。

一我ガ身ハコレ大ボンテム（梵天）ノ身、カタチハ馬ノハクケムタツハノ身也。ムネニハシクワンノ月ヲアツクシテ、ウシロニハ三神ソウヲウ（相応）ノカタチヲグセリ。ハリハコレ、バクヤ（莫耶）ガツクルツルギ也。ヂヒノマナコニアハレミヲタレタマヒ。南無ボン天ハクラク天キヨ大シンイツミノ御シヨ、此ミチニミヤウガ（冥加）アラセタマヒ。四クノモン。同アビラウンケン、シヘン（四遍）。

一此上ハイカナル大バナリトモ、此モンニヲソレタチキヨウズル也。

一アヲギネガハクハ、セン〳〵ダウジ、大ヂ大ヒノ観世音ボサツトライゴウ（来迎）イツテウシタテマツル。此馬ニサハリアラセタマフナ。御ソロ〳〵テイヱヒソワカ。此紋（文）ヲ三ベントナフベシ。

非常に難解な詞章である。誤読を恐れずに読んでみると、まず「我が身はこれ、大梵天の身」と始まる。これは語り手の一人称語りである。我が身が大梵天であると唱える時点で人間の語り口ではない。「形は馬のハクケムタツハの身也」とある。これが分からない。ただ「ケムタツハ」は乾闥婆《けんだっぱ》ではないかと思う。これは仏教を守護する護法善神である。南方熊楠が柳田國男に宛てた書簡の中で「インドの楽神乾闥婆また馬首なり」と書いている。▼2 熊楠は恐らく『孔雀経音義』上巻の「乾闥婆王住緊娜囉。古云甄陀羅。又云真陀羅。此云非人。亦云歌神。頭作馬頭。又云疑神。

頭上有角。身面是人也。衆見生疑。為人為畜。又云緊那洛。亦云人非人。」を念頭に入れいていたのかもしれない。

　此れ、人に非ずと云ひ、亦、歌の神とも云ふ。頭は馬頭を作し、又、疑神とも云ふ。頭上に角有り。身面、是、人也。

　要するに角をもった馬頭にして首から下が人間の姿をもつ音楽の神である。『法華経』「序品」には楽《がく》乾闥婆王・楽音乾闥婆王・美《み》乾闥婆王・美音乾闥婆王の四乾闥婆王が登場する。このうちの楽乾闥婆王の「ガク」を「ハク」と誤写もしくは誤伝したのではないかと、一応は解釈しておきたい。

　繰り返すが、傍線の部分は自身の姿を述べたものである。しかし「ハリハコレ、バクヤガツクルツルギ也」以降は違う。「針は是、莫耶が作る剣也」だろう。莫耶は古代中国の刀匠で、『呉越春秋』や『捜神記』に見える。日本では『今昔物語集』や『太平記』などにその逸話が載り、よく知られた人物であった。ここでは針を剣に擬しているわけだ。馬と針とはその治療において結びつく。つまり馬医（別名、伯楽）の技である。「南無梵天」に続く「ハクラク天」は伯楽の神格化とみられるもので、時に「白楽天」と記されることもある。▼3 傍線部以降は尊敬語を用いていることからも、馬の神に対する祈誓の文と見なくてはならないだろう。「此の道に冥加あらせたまひ（へ）」は伝教大師が比叡山に延暦寺根本中堂を創建するときに詠んだ歌、「阿耨多羅三藐三菩提《あのくたらさんみやくさんぼだい》の仏たち　我が立つ杣《そま》に冥加あらせたまへ」に由来するものだろう。要するに、傍線部を馬の神の語り、それ以降をその神に対する祈誓の文と解されるのではないか。

　ただ、一般的には馬の本地は馬頭観音であり、また神としては勝善《しょうぜん》（蒼前《そうぜん》）神だろう。▼4 実際、前掲「当流馬書巻上」では「惣而南方神バトウクハンヲンノ化現ニテ」と馬の本地を説く。他方、「ヒシユツノサヘモン」（秘術の祭文）には「御父ヲバ大マロキト申ス。御母ヲバリウニヨト申タテマツル」とある（第二冊）。さらに別の箇所では「馬母勢至十二神也」「馬父観音十二神也」という呪符を掲げており（「鈍凡灌頂秘密集下」『馬伝秘抄』第一一冊）、一筋縄ではいかない。ソウゼン神についてはもう一つの「秘術の祭文」が「ツ、シンデウヤマツテ申。抑サウゼン大ボサツノ本地ヲクワシク尋タテマツルニ」と始まり、衆生利益済度のために馬と現れた神であると説く（同第二冊）。また神の咎めによって病気となった馬を治すには「南無ソウゼンシンワウ」と三度唱えて、尾の上から三度、頭に向けて撫でることが記されている（同第七冊）。「神の咎め」とは「山神・ダウロク神ナドニトガメラレテ病事アリ」（第八冊）とあるから、山や道を通る時に不慮に蒙ることのある神の所為を指すのではないかと思われる。「我が身はこれ梵天」という詞章を収録する『馬伝秘抄』は、このように幾つかの異なる伝承をもった馬書をまとめたもののようである。その詞章自体も誤字もしくは誤伝により、文意が汲み取りにくい状態となっている。

ところで伊豆の八丈島に『名乗本《なのりぼん》』と呼ばれる伝書が伝わる。一人称の託宣調の語り物で、「姥御前之名乗」「為朝之本地」「君之御名乗」「姥婆等舞」「追次郎殿名乗」「狐舞」などを収録する。かつて神職の卜部の太鼓と祭文に合わせ、巫女が舞を舞ったという。[5] そこで思うのは、ここで紹介した馬の名乗りもまた馬の神が人に乗り移って託宣をするというかたちの祭儀を背景に持つものではなかっただろうか。傍線部を神の語りとし、それ以降を神に対する祈誓と解せないだろうか。一人が馬神の託宣の口にし、それに対して一人が祈誓をする。そうしたことが中世に行われていたかどうか、検討する価値はあるだろう。

▼注

1 花部英雄「鯖大師と呪歌」『呪歌と説話』三弥井書店、一九九八年。
2 明治四五年六月一四日付書簡。『南方熊楠全集』第八巻所収。
3 柳田國男『山島民譚集』甲寅叢書刊行所、一九一四年。ちくま文庫『柳田國男全集』第五巻、所収。
4 柳田國男「勝善神」『考古学雑誌』一九一二年六月号。ちくま文庫『柳田國男全集』第五巻、所収。
5 本田安次「伊豆島々の語り物」『日本の傳統藝能』錦正社、一九九七年。一九五八年の調査に基づく。

ペットの憑霊

――犬馬の口寄せからペットリーディングまで――

今井秀和

犬や猫などのペット動物は、現代の日本で「家族の一員」として扱われるようになった。こうした変化は、ペットとの高度な意思疎通を望む飼い主のニーズを生み出し、その受け皿となる「ペットリーディング」などの商売も登場した。これらの商売はときに、死んだペットとの交感が可能であることをうたう。「口寄せ」などの憑霊文化を有していた日本人の、ペット動物の霊との付き合い方は、どのような変化を遂げつつあるのだろうか。

1　消えた野良犬

東アジアや東南アジアを旅していると、街角でふと強い既視感に襲われ、懐かしい気持ちになることがある。こうした気分を生み出す要因は、生活感あふれる路地裏の景色だとか、食事時の食べ物の匂いだとか、走り回る悪戯小僧だとか、おばさんたちの井戸端会議だとか、いくつもあげられる。

しかし、あるとき、懐かしさを生み出す理由のひとつに野良犬の存在があると思い至った。いったん気が付いてから、あらためて見回してみると、あちらこちらの街角に、暑さに耐えかねてダラリと寝そべったり、あるいは零下の空き地を元気に走ったりしている、どう考えても飼い主のいなさそうな犬が点在しているのである**【図1】**。

日本以外のアジア諸国の多くでは、野良犬たちが割合に適当な扱われ方をされている。逆に言えば、彼ら彼女らは皮膚病でお尻の毛などをケバケバさせたりしつつも、人間と適度な距離を保ちつつ、ある程度自由に生きて、自由に死んでいるのである。

日本では戦後、公衆衛生の観点から、主に狂犬病への対策として急速に野犬を排除してきた歴史がある。海外を歩いていると、気が付かない内に自分の国から「野良犬のいる風景」がなくなっていたことに気付かされるのである。

個人的な記憶が頼りだが、日本国内でも一九八〇年代にはまだ、たびたび野良犬を見かけていたように思う。今でも、地方の山間部などを歩いていると、野犬を見ることはたまにある。しかし、少なくとも現代日本の都市部においては、まず滅多に遭遇する機会がなくなったと言ってよいだろう。

どこか牧歌的な響きも併せ持つ「野良犬」は、危険な響きを宿した「野犬」として、都市生活の表面から姿を消してしまったのである。ノスタルジーと公衆衛生の狭間に立って、海外と日本のどちらがよいか、という話をしているのではない。過去数十年の間に、日本人と犬との関係性に大きな変化が生じていたという事実を、まずは確認しておきたいのである。

また、野良犬と野良猫とでは大きく状況が違うことも、認識しておく必要があろう。野犬化すると集団になって人や家畜などを襲う危険性を持つ

図1　台湾の街角に佇む野良犬（筆者撮影）

犬と違って、野良猫は現代の日本においても、行政その他から放っておかれていることが多い。

別の問題に分け入る羽目になってしまいそうなので、猫と犬の差については深入りしないが、野良犬に比べて野良猫が圧倒的に多いことの根本的な理由には、集団化しないことのほかにも、飼い猫かどうかが判断しにくい――なぜなら、飼い猫はいつも自由に外を出歩き、野良猫は気軽に人家に出入りしている――、さらには、そもそも捕まえにくい等々の理由があるものと思われる。

2　ペットの霊の行方

野良犬が消えていった一方で、現代日本のペット産業は長きにわたって成功を収め続けている。犬や猫は家畜の一種からペットに昇格し、さらには犬や猫を家族の一員として扱う人々も増えた。もはや「犬畜生」という言葉はすっかり死語となり、ペットはまさに「猫可愛がり」される時代になったのである。

言い換えれば、ペットは人間による自己愛の投影対象として、他の動物に比べてある種の特権化を果たした。しかし、ひとたび愛情を失った飼い主に捨てられてしまった〈他者〉としての野良犬の存在は、高度にシステム化された社会によって、すぐさま透明化してしまう……。

こうした、時代による動物との付き合い方の変化は、動物の霊魂をめぐる民俗的あるいはオカルティックな想像力にも少なからず影響を及ぼしている。本稿では、ペットの霊をめぐる現代的な状況に関して考察を行っていきたい。

東北の伝統的な民間宗教者で、死者の口寄せなどを行う「イタコ」は、近代以降、とくに戦後のマスメディアによって知名度を上げた。そして、イタコの知名度が上がったことにより、本来、彼女らが活動していた共同体から遠く離れた、文化的基盤を異にする依頼者からの依頼も増えることとなった。

青森県のとあるイタコのもとには近年、たびたび死んだペットの口寄せ依頼が来るようになったという。しかし、彼女が修得した本来の巫儀——口寄せ巫女が行う儀式内容——に含まれていないとの理由から、ペットの口寄せは行っていないとのことである。[1] ただし、現在「イタコ」と名乗って商売している全ての人々が同じ判断を下しているとは限らない。

少なくとも現代日本において、ペットが死後にどのように過ごしているのか、その動向を知りたい、あるいは直接話をしたい、というニーズが増えているのは確実なようである。本稿の末尾で触れるように、インターネット上には、こうしたニーズに対応する新たなサービスの入り口となるウェブサイトが数多く存在しているのである。[2]

3 ペットの準人間化

近年、ペット動物の持つ精神的な癒しの効果に注目が集まっており、医療、介護、教育などの現場では、ペット動物を利用した「アニマルセラピー」が行われている。もっと手軽なところでは「猫カフェ」などの店舗を利用して、ペットを飼ってはいないものの、ペット動物とのふれあいを楽しむという人々もいる。

しかしながら、日常生活におけるペットの存在感が増したことで、逆に、ペットと死別した飼い主は精神的に重いダメージを負うようにもなった。こうした症状を指す「ペットロス」という言葉も生まれ、今では広く一般に知られている。

現代が、ペットへの感情移入が強い時代であることに異論はないだろう。たとえば、「亡くなったワンちゃんはお幾つだったんですか?」など、ペットに関しても敬語を使うという新しい日本語の用法も多く耳にするようになった。

かつて、番犬・猟犬として飼われていた犬、あるいは害獣（鼠）対策として飼われていた猫は、愛玩動物としての側面を持ち合わせつつも、きっちりとした家畜の役割を背負わされていた。

しかし、いつしか、犬や猫は純粋に愛玩の対象として認識されるようになり、さらには家族の一員としての位置を占めるようにもなってきたのである。たとえばこれを、人間サイドの認識における〝ペットの準人間化〟と言ってしまうことも可能であろう。当然、死んだペットの扱いにも変化が訪れ、ペットの葬儀を業者が行うかたちでの「ペット葬」も一般化してきた。[3]

逆に、一九九〇年代には、業者委託の傾向に異議を唱えて、ペットの葬送は飼い主が行うべきだと主張する変わった書籍も登場した。初版の帯に「「霊」研究の権威者が語る！　愛犬の葬と供養のバイブル」との言葉が躍る、富所義徳『犬の葬と供養』である[4]【図2】。

図2　富所義徳『犬の葬と供養』国書刊行会、1993年

同書は犬の霊魂が現実に存在することを前提として、犬小屋を模した「祀り家」なるものに愛犬の霊魂を宿して供養することを奨めている。また、死んだ犬の霊魂は一年以内に別の犬に輪廻転生することが決まっている、あるいは、犬と猫とでは供養の仕方が異なるなど、いかなる宗教知識に基づくのかが不明な、著者独自の説だと思われる葬送のアドバイスを行っている。

本文中に「霊界」、「霊格」、「浮遊霊」などの用語が使われていることなどから、一九七〇年代以降のオカルトブーム、とくに心霊ブームの影響下にあるものと推察される。こうした書籍の存在からは、ペットの葬儀やペット霊園の存在が一般化しつつも、飼い主がペットの〝死〟の扱い方に、まだまだ疑問と困惑を抱いていた出版当時の時代背景を読みとることができるかもしれない。

4　メディアとペット

テレビのバラエティ番組においても、ペット動物は扱われ続けている。テレビ番組でペットの気持ちを解説・代弁する存在として、一九八〇年から二〇年以上にわたって続いた動物番組『ムツゴロウと愉快な仲間たち』のムツゴロウさんこと、作家・畑正憲の影響力を無視することはできないだろう。

同番組の終了以降も、様々なテレビ局で、動物をテーマにした番組が作られ続けている。宗教心理学などを専門とする葛西賢太は、『天才！志村どうぶつ園』というテレビ番組内の、アニマルコミュニケータという職業の外国人女性にスポットを当てたコーナー「動物と話せる女性・ハイジ」に関する論考を発表している。[5] 葛西の研究については、本稿の後半で触れる。

テレビ以外にも、ペット文化の流行ぶりはあちこちで見受けられる。たとえば書店では、犬や猫をそれぞれ焦点化した複数のペット雑誌をいつでも目にすることができる。そして、このようなペット人気から、犬の鳴き声を分析して感情を表現するという触れ込みのコンピューター玩具も生まれた。二〇〇二年にタカラ（現・タカラトミー）から発売された「バウリンガル」である。

この商品は、姉妹品である猫用の「ミャウリンガル」を含め、複数の商品展開を果たしている。言わば、現代版「聴耳頭巾《ききみみずきん》」であろう。「聴耳頭巾」とは、昔話に出てくる、鳥の言葉が分かるようになる道具である。

現代のペットをめぐるサービス業、テレビ番組、雑誌、玩具などのメディアの動きからは、ペットとの意思疎通をはかりたいというニーズ――ある程度のコミュニケーションは可能だが、ペットとは人間どうしのような会話を行うことができないというジレンマ――を抱えた、飼い主サイドの思惑が浮かび上がってくる。

また、ペット葬を行う業者の登場や、『犬の葬と供養』なる書が刊行されたような事実からは、死んだペットの供養に関する疑問を抱えた、飼い主たちの潜在的な苦悩も透けて見えてこよう。死後の世界を信じる人々の間では、ペットの葬送はもとより、死んだ後のペットの魂の行方も重大な関心事なのである。

5　前近代のペット文化

現代のペット文化における霊魂や憑霊の問題について考える上では、ある程度、前近代における国内の状況を確認しておく必要がある。少し遠回りになるが、まずは江戸期のペット文化の概況と、ペットの霊魂をとりまく民俗的想像力について見て行きたい。

日本において、ペット文化が急激に花開いた時期は江戸期だと考えられる。徳川五代将軍・綱吉による「生類憐みの令」が発令されると、それまで江戸の市中を徘徊して人々を恐がらせていた野良犬が保護の名目で「お犬小屋」へと回収された。

回収された犬の多くは小屋の悪環境に耐えきれず次々に死んでいき、結果的に、江戸の路上は一時的な安全と衛生さを得ることになった。これ以降、犬に対して抱かれるイメージは、所構わず徘徊しては人に噛みつく恐ろしい獣というものから、可愛いらしい動物としてのものへと次第に変容していったともいう。

江戸期には、犬・猫・鳥などをはじめとして、昆虫・金魚などの小動物も含んだ数多くのペットが愛玩の対象となり、商品や贈答品としても流通していた。その背景には、本草学（東洋の博物学）に由来する、舶来のものを含む珍しい動植物への興味関心もあったことだろう。経済的に裕福な者たちの間では、狆《ちん》など、番犬や猟犬としての役割が全く期待されていない、純粋な愛玩動物がもてはやされるようにもなった。

冷ややかな言い方をしてしまえば、いつの時代もこれらの愛玩動物は、「飼育」や「鑑賞」を目的とした趣味によって人間に消費される存在である。ただしその一方で、常に独善的・一方的である可能性を内包しつつも、飼い主はペットに対してある種の愛情を抱いて育てている。従って、ペットの死が、前近代においても飼い主にとって悲しい出来事であったことは疑いない。

たとえば、『古今靈獸譚奇』（『和漢今昔犬之草紙』）全六巻や『犬狗養畜伝』の著者である大坂の文人、暁鐘成《あかつきのかねなり》（一七九三

〜一八六二）は、賊から自分を救ってくれた愛犬に向けて碑を建立している。これは、自らが飼っていた動物の功績を顕彰した珍しい例であるにしろ、死体の処理を行う必要がある以上、ペットの埋葬を含む供養は、程度の差こそあれ各飼い主によって、それなりに営まれていたものと考えられる。

また、犬と人とが輪廻転生によって結び付けられているという考え方も、仏教説話などを通して古くから一般に認知されていた。ある日、飼い犬が夢枕に立ち、前世に人間であったときの悪行を懺悔すると、罪障を取り除くために自分の願いを叶えて欲しい（たとえば、伊勢参りを許可して欲しい）と告げる……といったタイプの物語は、僧が説く仏教説話としても、巷間で語られる世間話（噂話）としても、非常にポピュラーなものであった。▼6

犬は、かつて人間であった可能性を宿す動物の筆頭であり、人もまた、来世で犬になる可能性を宿していたのである。しかし、犬は人語を介しないため、飼い主の夢枕に立って、夢の中で会話を交わすのであった。

さらに、狐、狸などの野生動物や、犬、猫などの飼育下にある動物を含め、少なからぬ動物には霊的な力が宿っているとも考えられていた。現代とは違うかたちで、人間と動物との関係性は密接なものだったのである。

6　フィクションにおける動物の口寄せ

さて、イタコのような口寄せ巫女たちは、明治・大正頃まで、日本各地に存在していた。地方ごとに、イチコ、モリコ、ワカ、アズサ、ノノウなどと呼ばれていた彼女たちの多くは盲目で、依頼者の求めに応じて、神、死者、生者などを自らの体に憑依させて代弁するという職能を持っていた。

こんにち、一般にはあまり知られていないが、江戸期から近代にかけての江戸／東京における亀戸や、大坂／大阪における天王寺といった都市部にも、住宅兼店舗で商売を行う口寄せ巫女を擁した「巫女町」と呼ばれる一角が存在しており、依頼者の要望に応じて占いや口寄せを行っていた。もっとも、数としては、店舗を持たずにあちこちを渡り歩いて商売を行う者たちの方が多かった。

江戸期の地誌や随筆、雑記の類は、口寄せ巫女が行っていた、実際の口寄せの様子を後世に伝えてくれている。その一方で、歌舞伎などの芝居や戯作などの文芸作品の中では、フィクショナルな描き方をされることも多々あった。例として、文化九年（一八一二）に出版された、式亭三馬の滑稽本『浮世床』第二編を見てみよう。ここには、人間の死口や生口のほかに、なんと、老女が犬の死口を寄せる場面が存在するのである。

依頼者の老女が涙ながらに頼んだ口寄せは、自らの子供ではなく、可愛さの余り、旦那寺に頼んで戒名まで付けて貰った犬を呼び出す為のものであった。呼び出された犬は、巫女に憑依してその口を借りると、ペラペラと人語を喋り出す。

> くちよせ　ヲ、〳〵、それはよく泣かしやつて下さつたよのう。おウれンも縁の下で生れてヱから毎日の余り物、ぶちンよくと可愛がられてンナ、何も角もおれンがごき（――引用者注：御器。食器のこと）にばかり下さつたアから、おウれンも嬉しさにンナ、しなアだれてヱ尻尾もウ振つたり、手をンもウ呉れたりイしたアけれヱどナ、裏の肴屋めがア慈悲心がなくてよ、打鍵《うちかぎ》やア出刃包丁のむね打でヱ度々ンのウ疵とがンめ。（中略）あんまりひもじいにナ。わんぐりと食つたが因果、案《あん》の如《じょう》、番木鼈《まちん》であつた。その盡《まま》にこつくり往生のウ、したけれどナ、是《これ》がほんの犬死《いぬじに》でござらアよ。▼7

ここで口寄せされたブチ犬は、縁の下で生まれてからの毎日、食事の余りものをくれていた老女への感謝を述べ、また、老女の家の裏に住んでいる心無い魚屋に盛られた「番木鼈《まちん》」（蕃木鼈）――植物性の薬剤――によって死んだと告げる。番木鼈は、人にとっての薬であると同時に、獣類にとっての猛毒としても知られ、狐憑きを落とす際に用いられることもあった。

口寄せの依頼者への感謝、生前の出来事の回想、突然の死への嘆き、死後の供養の依頼……。これらは全て、実際に行われる人間の死口のテンプレートをなぞっている。読者は、それが人間の口寄せに似ていれば似ているほど、可笑しさを感じるという仕掛けである。物語の中でも、老女が口寄せしたのが犬だと分かった瞬間、横で聞いていた若い娘が耐え切れずに笑い出している。

こうした笑いが成立することからは、逆説的に、次のような事実を導き出すことができる。すなわち、現実の江戸という都市の文化的背景においては、人間を対象にした口寄せは広く一般に認知されていたが、飼い犬を口寄せすることは、常識的には到底考えられないことであった。それはきっと、夕飯の焼き魚を口寄せするのに近いような、奇想天外かつ非常識的な行いだったのだろう。

動物の口寄せをめぐる、こうした笑いの構造は、早物語という口承文芸の中にも見出せる。早物語とは、琵琶法師の弟子が琵琶の合間に披露していた、早口を売りとした芸である。早物語「虱《しらみ》の口寄せ」の文句を確認してみよう。

> おらも娑婆にある時は千匹も二千匹も打連れだつて立働いで（中略）それに就でも後の事もこまご孫虱さも教へごどはとらせるほどに（中略）三児四児五児の脇の下どほりを喰つて知らぬ振りをして綻《ほころ》びに逃げ込むべし。▼8

ここにも、実際の死口に似せた文句が見出される。自身の生前の働きぶり、子孫への想い、人間の小児の脇の下から血を吸うべしとのアドバイス……。口寄せの文化を知る者にとって、犬や虫が口寄せされて、人間そっくりの文句を語るというのは、笑いの対象にしか成り得ない、実際には考えられないような事象だったのである。

基本的に動物の口寄せが有り得ないことだというのは、近代に入ってからも同様だったようだ。たとえば、大正一〇年（一九二一）に発行された科学啓蒙書、牧田弥禎《やよし》『斯《かく》の如き迷信を打破せよ』には、実際に行われた次のような事例が紹介されている。▼9

悪戯者の若者が、口寄せ巫女の能力を試す為に、ハエの翅をむしってから伏せた茶碗の下に隠した。そして、ハエのこととは告げずに、生口寄せ——生きている者の魂を寄せること——を依頼した。

口寄せ巫女は、てっきり若者が意中の女性の生口寄せを依頼したものと勘違いして、「自分も日夜ぬしの事を思ふ」と告げたという、少々、底意地の悪い笑い話である。この事例において笑いが成立する前提条件にも、ハエの口寄せが常識的に有り得ない、ということがある。

しつこいようだが、『浮世床』の飼い犬、早物語の虱、大正期のハエという、笑いの要素を宿した以上三つの事例からは、獣や虫といった動物の口寄せが、実際には到底考えられないような非常識的なものだったことを確認できるのである。まずはこの点を、しっかりと押さえておきたい。

7　実際に口寄せされた動物

ところが、である。時と場合によっては、実際に口寄せ巫女が、ある種の獣や虫といった動物の口寄せを行うこともあった。本書Ⅱの総説「憑依する霊獣たち」で触れたような、いわゆる憑き物としての動物ではないにも関わらず、である。

では、それらの口寄せは、現実の民俗社会においてどうして可能であり、また、どのような理由に基づいて行われていたのだろうか。次に、こうした幾つかの珍しい事例を確認していきたい。

日本において実用的な家畜としての側面を持ちつつ、強い愛情をかけて育てられていた動物の筆頭としては、まず、番犬や猟犬として飼われていた犬があげられる。

そして馬もまた、荷物や人の運搬および、馬耕《ばこう》や馬鍬《マンガ》などの馬耕農具を牽かせて畑を耕す目的で飼われていたと同時に、人間から愛情をかけられて非常に大事にされている存在であった。

家畜として飼われていた馬をペットとして捉えることには問題が伴うが、程度の差こそあれ、それは犬も同様である。馬も犬も、大事に育てられていた家畜という点では共通なのだが、犬の場合は、そのサイズの小ささから、馬よりも人間に近い位置にいた。そのため、人との間で、より愛玩動物的な位置を築いたとも考えられる。

いずれにせよ、現代の都市生活からは想像しにくいが、馬はあくまでも家畜であると同時に、愛情をかけられるペット的な側面を有した存在でもあった。

たとえば、口寄せ巫女とも深い関係を有し、東北の屋内神として知られるオシラサマの起源譚に、いわゆる「馬娘婚姻譚《ばじょうこんいんたん》」がある。[10] 中国の説話にその淵源が求められる、馬と娘の異類婚姻譚である。おそらくはこれも、馬と人との文化的な距離の近さなくしては、オシラサマの起源譚として一定の広まりを獲得し得なかったのではなかろうか。

さて、前近代から近現代にかけての犬の葬送と供養に関しては、雑駁ながらすでに確認してきたところである。ここでは、馬の葬送と供養に関して見ていこう。馬の追善供養のために、卒塔婆や馬頭観音碑を建てたりする行為は、前近代から近代に至るまで広く行われていた。さらに、近代の遠野では死んだ馬を口寄せすることもあったという。例として、遠野（現在の岩手県遠野市）出身の人類学者・民俗学者、伊能嘉矩《いのうかのり》（一八六七～一九二五）による記録を確認する。伊能は、馬の死に伴って、遠野で行われていた儀礼について詳細な記録を残している。

伊能によれば、遠野では馬が死ぬとまず、煮豆を入れた藁苞を死馬の口辺に供えた。そして次に、追善の為の卒塔婆もしくは馬頭観音碑を建てたりしたという。さらに、名馬を葬ったと伝えられる場所には、馬神である駒形蒼前《こまがたそうぜん》の叢祠を設けることもあった。かつては、こうした行事をもって、馬の供養を行っていたのである。

そして、遠野では、供養の為に、イタコに依頼して死んだ馬の口寄せを行うことすらあった。該当部分を以下に引用する。

時に死馬のために、市子（方言イタコ）に依頼し口寄を行はしめ、猶ほ死人の霊魂を招き寄する如くに、馬魂をおろし、市子の口を借りて其意を陳べしむること行はる。▼11

イタコに口寄せされた死馬は、人の言葉を喋って、その思うところを語るという。要は、追善供養の一環としての口寄せなのであるが、それが、馬に対しても行われるというところに、単なる家畜を越えた、人間にとっての馬の重要性が見て取れるのである。

さきに、現代のイタコがペットの口寄せを依頼されることがあるものの、本来の巫儀に含まれていない為、これを引き受けないという例をあげた。また、前近代から近代にかけて、基本的には動物の口寄せが、いかに有り得ないことであったかも確認してきた。

しかし、時代・地域・宗教者によっては、動物の口寄せを行う場合も存在するのである。それではなぜ、動物が口寄せされるのかといえば、口寄せされた特定の動物が、その共同体の内部において極めて重要な存在として認識されていたから、と言うほかない。

8　憑霊信仰と家畜

犬や馬の憑霊に関しては、ほかにも例をあげることができる。幕末明治の磐城（現・福島県いわき市）では、ワカやモリコと呼ばれる口寄せ巫女が、「犬馬の祟り」について語ることがあった。天保一三年（一八四二）生、大須賀履の『磐城誌料歳時民俗記』（明治二五年（一八九二）序）から、該当箇所を引く。

ワカ、モリコを信ずる者の家に疾病、事故あれば、直に之に就《つ》き祈祷を請ふ。女巫、一竹弓を覆桶上に置き、

> 小竹枝を執《と》り、高く額上に捧げ、時々、弦を叩き之を鳴し、口に心経観音経の類を高唱す。唱し了るころ竹枝自ら顫動し、女巫の相（――引用者注：表情）、頓《とみ》に変ず。是を神の乗り移りしといふ。卒然、説き出して曰く、是、生霊の祟《たた》りなり。是、死霊の祟りなり。或は犬馬の祟りなり。或は神仏を汚すの罰なり。概ね請ふ者の人と為りを察し、種々怪異の言を発し、先づ其心を聳動す。然後、祈祷の方を示す▼12

ワカやモリコと呼ばれる口寄せ巫女が、口寄せを依頼した者の「人と為り」を察して「怪異の言」を発すると書かれたくだりなどからは、記録者が、かなり合理的な観点に立って口寄せの民俗を記録していることが分かる。

しかしながら、この資料における記述からでは、「生霊」、「死霊」、「犬馬」が直接、口寄せによって語る形式をとっているのか、あるいは、巫女に乗り移った何らかの神格が、依頼者に対してこれらの祟りの原因を伝えているのか、はっきりとしないのが難点である。

いずれにしろ、巫女の口寄せによって語られる「犬馬の祟り」なるものが、幕末明治の磐城において信じられていたことは明らかだと言える。ただし、これは、本稿で扱っているような、死んだペットを偲んで行う憑霊の文化とは少しばかり趣を異にしているようである。

「犬馬の祟り」という表現からは、この世に恨みを残して死んだ家畜は人間に祟りを為す、という発想があったものと考えられる。逆に言えば、犬や馬も、人間と同様の感情を持っているものと思われていた。そして、口寄せの依頼者には、犬馬がもしも荒ぶる心を持っているようであれば、その理由を聞いて丁重に弔い、祟りを取り除こうという用意があったのである。

遠野における馬の口寄せの場合と、どの程度、共通点があるか即断はできない。しかし、磐城におけるこのような「犬馬の祟り」をめぐる事例も、広い意味での追善供養のための口寄せとして捉えておくことが可能だろう。

実際に民俗社会で行われていた家畜の口寄せ、しかも虫の口寄せという珍しい事例を、もうひとつ付け加えておこう。昭和期の山梨県における「蚕《かいこ》」の口寄せの事例である。

通常、家畜といえば獣類や鳥類を指すように思われがちだが、繭から絹糸をとるために人類に飼われるようになったカイコ（カイコガの幼虫）は、人類史最古の家畜と言われている昆虫なのである。蚕を口寄せしていたのは、山梨県西八代郡上九一色村の口寄せ巫女「イチッコ」であった。

　更に珍しいのは、人間の死霊、生き霊ばかりでなく、オカイコガミサマを寄せてくれと云うふうな註文も出ることがあつて、イチッコは蚕神の託宣を述べることになるのである。

　おれ程能ある虫はない、綾にしきにもおれがなる、絹ちりめんにもおれがなる、袈裟ころもにもおれがなる、……

と云うふうな蚕の功績を語り、しゅん時の桑の葉を絶やさぬよう、熱い目にも寒い目にも合わせぬよう、コシタ（蚕下、蚕糞）の始末をよくするよう、そうすれば豊作疑いない、と云う風なことを告げるのである。この料金も大体人間の生き口を寄せる場合と同一であつた。村人は蚕のことを「オボコサン」又は「オシラサマ」とも云うが、この語と、イチッコの寄せるお蚕神様とは別に関係はないようだ。[13]

上九一色村では、依頼者のニーズによって、イチッコと呼ばれる口寄せ巫女が、蚕を口寄せしていたのである。ところが、この場合の蚕の口寄せは、供養ではなく、占いや託宣としての意味合いが強い。

その理由は、呼び出されて語る「オカイコガミサマ」が、蚕の神という神格を持った存在であることに起因する。一方、神でありつつも、「綾にしきにもおれがなる、絹ちりめんにもおれがなる」と、昆虫としてのカイコの自意識（?）を持ち併せているところが興味深い。

前近代から近現代にかけて、基本的には、動物は口寄せの対象となるものではなかった。だからこそ、それは笑いの対象として消費されていたのである。ところが、特定の時空間においては、犬、馬、蚕などの家畜が、大真面目に口寄せされていた。そして、これらの動物はあまねく、それぞれの共同体において人間と深く関わる重要な存在なのであった。

9 死んだペットとの交感

かつて馬などの家畜の口寄せを依頼していた飼い主と、現代において死んだペットの想いを知りたいと願う飼い主とでは、そのニーズが持つ意味合いに大きな違いがある。端的に言えばそれは、供養という目的が前景化しているか否か、という問題である。

死んだペットの想いを知りたいと願う気持ちに、供養の意味合いが全く含まれていないとは言えないが、供養より、失われたペットとの交流に重きが置かれているのは明白であろう。しかしながら、死んだ動物が不満を抱えているのか、満足しているのか知りたいという点でのニーズには、家畜・ペットともに共通項があるとも言える。

さて、現代のイタコは基本的に依頼を断っているようであるものの、死んだペットを口寄せして欲しいというニーズは増加傾向にある。そして、現代日本には、こうしたニーズに応える為の受け皿となる、新たな職種がすでに登場しているのである。

具体的な事例をとりあげないために、かなり大雑把な考察にはなってしまうが、本稿を閉じるに当たっては、伝統的な憑霊信仰にとって代わるようにして現れた「ペットリーディング」などの業種が持つ意味についても考えてみたい。[14]

生きているペットと、より正確なコミュニケーションをとりたいという飼い主の要望に応える、アニマルコミュニケータという名の職種がある。これについては、さきに「動物と話せる女性・ハイジ」という、テレビ番組内のコーナーと、それに対する葛西賢太の論考を紹介した。葛西は次のように指摘する。

宗教について調査し研究する立場からすると、アニマルコミュニケータの仕事は、死者に自分の口を介して語らせることを生業とする宗教的職能者（シャーマンと呼ばれる）やカウンセリングなどがおこなわれる場と共通する構造を持っていることがわかる。▼15

つまり、アニマルコミュニケータは、カウンセラーや、イタコなどの民間宗教者にも似たかたちで、ペットと飼い主の間のコミュニケーションの橋渡しを行っているのである。

インターネットの検索サイトを使って「アニマルコミュニケータ」、「アニマルコミュニケーション」、「ペット　会話」などのキーワード検索をかけると、アニマルコミュニケータを名乗る多くの人々のウェブサイトを見つけることができる。逆に言えば、現在、他の多くのサービス業がそうであるように、ウェブサイトを重要なひとつの窓口として、商売を行っていることが窺える。

さらに、「アニマルコミュニケータ」に近似した、動物とのコミュニケーション仲介というサービスを行うものとして、「ペットリーディング」、「チャネリング」などのキーワードを掲げたサイトも散見される。これらの名称に、明確な定義や棲み分けは為されていないようである。

さて、非常に興味深いのは、これらのサイトのうち少なからぬものが、生きているペットのみならず、死んだペットとの交感も可能であることをうたっている点である。生きている動物の感情を探る技術には、ある程度の科学的な裏付けを見出すことも可能であろう。しかし、相手が死んだ動物となると、科学的な裏付けは到底望むべくもない。

それどころか、死んだ人間との交感も可能だとするサイトもある。この場合、もはや、シャーマン的な職能者に構造的な類似を見出せるどころか、シャーマンの職能に直接踏み込んだ商売を行っているのである。しかしながら、生きたペットのみを対象にしている業者もおり、こうした点からは、業者間での、相当にあやうい領域の重なり合いを見出すことができる。

10　動物の霊魂をめぐる想像力

ただし、生きたペットとの交流をサポートするアニマルコミュニケータの仕事が、はからずもシャーマンの職能に構造的な類似を見せていたことを考えあわせると、死んだものと生きているものの両方の意志を探れることを売りにするという行為自体は、さほど驚くに値しない展開なのかも知れない。

というのも、江戸期から近現代にかけて、人間の口寄せを行っていた口寄せ巫女たちは、死者のみならず、ときに生者の口寄せをも行っていたのである。これについては、大正期のハエの事例のところでも触れた通りである。

生者の口寄せは、行方不明者の消息が知りたいとか、気になる異性の気持ちが知りたいとかいった多様なニーズに基づくもので、死者の霊魂を寄せる「死口」に対して「生口」と呼ばれていた。[16]

現代において死んだペットとの交感が可能であるとするペットリーディングなどは、かつての民間宗教者の職能に限りなく接近しつつも、基本的には現代の民間宗教者の巫儀の範囲から外れている〝ペットの口寄せ〟的な行為を行っていることになる。しかしながら、そこでは、「寄せる」、「降ろす」、「憑く」などの、前近代から続く日本の民間宗教における「憑依」の文脈が用いられていない。

その代わりに使われているのは、「オーラ」、「オラクル」、「ヒーリング」、「チャネリング」、「テレパシー」、「リーディング」、「スピリチュアル」等々、近代以降に西洋から伝わった心霊学その他の、オカルティックな装いを帯びた用語である。[17]

こうした傾向からは、業界全体から見たペットリーディングその他のサービス業が、合理的な理論に基づく技術の実践ではなく、現代日本におけるスピリチュアルブームの一側面を担った、精神文化寄りの動きであるという事実を再確認できる。

さらに、チャネリング、テレパシー、リーディングといった用語からは、次のようなことも分かる。ペットリーディングなどにおいては、ペットの霊が直接的に術者に乗り移るといったイメージではなく、何らかの方法でペットの霊と交信する、あるいはペットの霊の気持ちを読み取る、といったイメージを打ち出しているようなのである。この点でペットリーディングその他は、厳密には憑霊とは呼べない可能性を有してもいる。

しかし、前出の『磐城誌料歳時民俗記』における「犬馬の祟り」を見ても分かるように、古来の憑霊信仰においても、動物が直接的に憑依したかどうかがはっきりしない事例は少なくない。

つまり、動物をめぐる古来の憑霊信仰の中にも〝リーディング〟的な要素が含まれている可能性があるのである。そうした意味では、現代日本におけるペットリーディングその他の流行を、広い意味での憑霊信仰の観点から見つめる本稿のようなスタンスにも一定の意義があるだろう。

さて、動物は本来、ものを言わない。それは、彼らが人間の言葉をもたない人外の存在だからである。だからこそ、説話における〝異類〟すなわち「もの言う動物」たちは意味を持っていたのである。

しかし、現代のペットは、飼い主たちから「もの言う」ことを求められている。現代の日本を生きる我々は、言葉をもたないペットの内面に寄り添うことよりも、彼らに人間の言葉を話させることで、結果として異類であることを強制しつつあるのかもしれない。

その反面で数多の野良犬たちは、決して口寄せやペットリーディングの対象にされることもなく、今日も黙して消え行くのみである。

▼注

1　今井秀和「動植物の口寄せ――神と生物のあわいで――」『日本文学研究』五二号、大東文化大学日本文学会、二〇一三年二月。なお本稿で扱う全ての情報は、本稿執筆時（二〇一五年六月一五日）現在のものである。

2　ペットリーディング等の検索に際しては大手インターネット検索サイト「Google」および「Yahoo!」の日本語版を用いた。ただし本稿の性格その他の諸事情に鑑みて、検索結果である個別のサイト情報を乗せることはしなかった。

3　内藤理恵子「ペットの家族化と葬送文化の変容」『宗教研究』第三六八号、日本宗教学会、二〇一一年六月。

4　富所義徳『犬の葬と供養』国書刊行会、一九九三年。

5　葛西賢太「「動物と話せる女性」の世界――テレビに描かれる「共存と癒し」の物語」石井研二編著『バラエティ化する宗教』青弓社、二〇一〇年。

6　今井秀和「犬の伊勢参りと転生」『日本文学研究誌』七輯、大東文化大学日本文学専攻、二〇〇九年三月。

7　式亭三馬著・本田康雄校注『浮世床　四十八癖』（新潮日本古典集成五二）、新潮社、一九八二年。読みやすさに配慮して、引用に際してはルビ、かな表記、句読点などに加工を施した。以下の引用に際しても同じ。

8　本田安次『日本古謡集』未来社、一九六二年。

9　牧田弥禎『斯の如き迷信を打破せよ』東京昭文館、一九二一年。

10　今野円輔『馬娘婚姻譚――オシラ様信仰の周辺』（民俗民芸双書）、岩崎美術社、一九五六年。

11　伊能嘉矩「遠野の民俗と歴史」谷川健一編『日本民俗文化資料集成』第一五巻（遠野の民俗と歴史――伊能嘉矩集――）、平凡社、一九九四年。

12　大須賀履「磐城誌料歳時民俗記」谷川健一編『日本庶民生活史料集成』第九巻（風俗）、三一書房、一九六九年。

13　土橋里木「いちっこの口寄せ――山梨県西八代郡上九一色村――」『民間伝承』通巻第一四八号、秋田書店、一九五〇年。

14　ペットリーディングに関しては、インターネット上で情報を集めるほか、実際にサービスを体験した、ペットの飼い主からも直接聞き取りを行った。

15　注3参照。

16　今井秀和「口寄せと民俗的想像力――生き口寄せと睡魔の関係――」『日本文学研究』五〇号、大東文化大学日本文学会、二〇一一年二月。

17　「オーラ」や「テレパシー」など、心霊学に由来する用語に関しては、以下を参照。田中千代松編『新・心霊科学事典　人類の本史のために』潮文社、一九八四年。ピーター・ヘイニング著・阿部秀典訳『図説　世界霊界伝承事典』柏書房、一九九五年。

犬神系の一族

永島大輝

1　憑き物としての犬神

犬神と言われてどんなものを思い出すだろうか。ある人はバンド犬神サーカス団であるかもしれないし、横溝正史の小説『犬神家の一族』かもしれない。『妖怪ウォッチ』に出て来る人気キャラかもしれないし、そんなものは知らないという人も多いだろう。

民俗学で犬神といえば、人に取りつき悩ませる、憑き物ということになる。どのような動物が憑いても起こる症状はあまり差異が無いようである。それはまず精神異常などの症状が起こった時に、それを宗教者が判断して何が憑いていると説明をするのであるから当然なのであるが、これを祓う方法としても、狐にのみ油揚げが使用される例があるなど多少の差異があるのみである。

逆に言えば地域によってどのような憑き物のせいにされるかというのは大きな差異がある。四国や九州を中心に西日本には広く犬神が伝承されるし、北関東にはオサキとかオオサキといった狐のようなものが人に憑くと言われている。こうした憑き物を使役していると信じられた家があり、一代で終わらずに代々「憑き物筋」とされ差別をされることがあった。あの家は犬神筋だとされると、付き合いを絶たれたり結婚を忌避される。民俗学や歴史学では主にこうした迷信をなくすために研究がなされてきた。

憑き物はなにかの動物が人に憑き、病気などの原因となるものと、家に代々伝えられ差別の原因となるものの二つに大きく分けられる。それらが重なり合って現実の社会の中で語られているのである。では犬神やそれに類する憑き物の事例を見てゆこう。

2　聞き書きから

次にあげる事例は、みな大正末ごろに生まれた方に聞いた話である。細かい地名は特に必要がないと思われるので、都道府県を書くことにとどめておきたい。

高知で筆者の行った聞き書きでは次のような話があった。

「犬神の話が言われたのは戦争中くらいまでのことである。犬神の人は、人に食いつくなどと言われる。今で言う精神病。一つのノイローゼであろう。誰それの人のところに行きたいと泣き出したり、裸になったり、川に入ったりする。周りの人は怖いので近寄らず、孤独になり、精神病がエスカレートしていったものと思われる。」という。

憑き物は今は昔の話であり、病を犬神のせいにしていたためにかえって精神病が悪化したとの認識であった。

群馬県では犬神の代わりに次のような話を聞くことができた。

「オオサキという狐のようなものに憑かれて、髪の毛を乱して、寝言を言ったり、変なことをいったりしている女の人がいた。オガミヤが、治しにいった。その女の人は、治って嫁にいった。」とのことであった。

そうしたオオサキの話などのことは戦前には聞かず、話をしてくれた方が復員してからの昭和二二年以降に複数あったという。

当該地域では文献などから近世にはオサキのことは有名であったことがわかる。戦後に降ってわいた話ではない。しかし、復員してからそのような話をきくようになったのは、戦後の社会的緊張の中で再び憑き物の話が盛り上がってきたことが原因であろう。

これら高知と群馬の事例では病気の原因として憑き物が語られている。

しかし静岡での聞き書き調査では次のような家筋にまつわる憑き物の話を聞くことがあった。

「今から考えると迷信であろうが、可哀そうな家があった。クダショという四つ足の動物を飼っている家があった。嫁にくると、袂にクダショが付いてくるので、その家からは嫁をもらわない。クダショの家はよくわからないがそうした動物を祀っているらしい。クダショに捕まると病気になる。かつてこんなことがあった。病人の口を借りてクダショが、「台車の荷物に乗って運ばれてきた」ということがあった。クダショはネギサマが火桶に火を焚いて、オタカラ（御幣）をきって送り出す。」

二〇一三年に筆者がこの話を聞いたとき、「今から五〇年以上前のこと」とのことであった。これらの話をするときには、過去の迷信として話す。過去になった話であるからこそ、聞くことができた話でもある。ネギサマという宗教者が憑きものをおとしていたことや、婚姻の忌避があったことがわかる。とくに女性は憑きものを袂につけてくるとされ嫌がられた。このような特に女性を忌避する例も憑き物には多い。

その家の顛末は次のようなものである。

「さらには、クダショの家に頭に障碍を持つ子が生まれるということがあった。施設に入れるかということになったが、入れたくなかった父親が電源コードで首を絞め殺し、自分も首をつって自殺してしまう。」

悲惨な一家心中の話である。それから、その誰もいなくなったクダショの家の後日談がある。

「誰もいなくなった家のお茶の木が伸びて邪魔になったので、上の家に住んでいた人が枝を切った。するとその晩、死んだクダショの家のものが穴の中からこちらを見ているという夢を見る。起きると家の裏に穴が開いていた。このことから死んだ後もクダショの家のものは見ているのだなどといったという。」

潰れ屋敷はあとが絶たないと忌まれることがあるが、その家も同様に心中の後も恐れられ避けられてしまっていた事実が伺える。

3 犬神と差別

『読売新聞』徳島版に昭和三六年九月から「因習と戦う」というコーナーが設けられた。打破すべき迷信をあつかっており、『読売新聞』徳島版昭和三六年九月一五日の「因習と戦う」では犬神についても特集されている。県内のある地域の事例として次のような話が載っている。

「一町村平均十戸が〝犬神筋〟と呼ばれ、いまなお世間からそっぽを向かれ〝村八分〟に近い生活を続けている。だれかが原因不明の熱病にかかり、うわごとをくりかえすと、老人たちは「犬神のタタリだ」とあわてふためき、祈とう師を呼んで一心に祈りながら、犬神筋を極度に恐れきらうのだ。」という現状のあとにその対策が記されている。「追放運動はいまのところ、機会あるごとに「犬神など存在しない。あれは一種のノイローゼであり、熱病だ」という説得主義を中心に「犬神にとりつかれた」という騒ぎが起こるとすぐ、青年団や婦人会員がかけつけ、医師の手当てを受けさせるという各戸撃破で進められている。地道な運動ではあるが成果は目に見えて上がっている。犬神の話が目立って少なくなったのがそのよいバロメーターだ。やがては犬神というい まわしい言葉も滅び去る日がくるに違いない。」とあるが、その後も犬神は滅んでいない。平成に報告された事例として次の一例をあげる。

十五、六年から二十年前、阿南市の私の母親の実家にいるイトコの子が、宮崎大学農学部の水産科の試験を受けて、それに合格して四月に宮崎大学に入学した。ところが、十日もしたら格別理由もないのに戻ってきた。再び行かせても、また一週間したら戻ってくる。ちょうど私の長男が大学を卒業したばかりであったから、大学というのはどんな所かを説明してもらおうと、親がその子を私の家に連れてきた。そこで二時間半か三時間半か話して聞かせたところ、本人は得心してすぐに宮崎に戻った。しかし、また一週間して帰ってきた。親から電話がかかってきて相談を求められたので、仕方がないから、穴吹の脇町のギョウジャサンの所へ行けとすすめた。そして二晩、ギョウジャサンに拝んでもらったら、それ以後、理由もないのに戻ってくることはなくなった。それもやはり犬神が憑いていたのであり、すぐ西の方の家の女の人が来ていたらしい。早めに拝んでもらえばすぐに離れるということである。（香川雅信「登校拒否と憑きもの信仰――現代に生きる「犬神憑き」――」小松和彦編『怪異の民俗学〈1〉憑き物』河出書房新社、二〇〇〇）

4　犬神と娯楽作品

一七一七年には鳥山石燕によって様々な妖怪の画を描いた『画図百鬼夜行』が刊行された。様々な妖怪に形が与えられ、この本からは水木しげるも多くの妖怪を採用し漫画や図鑑に登場させている。たとえば、犬神の話が民間伝承の中では、姿が見えないとかいう風に語られる。江戸の文化の中では、犬神ですらキャラクター化され、娯楽の対象となっているのである。

たとえば、狂歌にも犬神は読まれるし、双六にもへび神とならんで登場している**【図1】**。蛇神というのも犬神と同じように恐れられる憑きものである。蛇神に憑かれると蛇のように這うといった話が瀬戸内周辺の地域の市町村史民俗篇に報告がいくつかある（木下誠「憑きもの伝承――西日本を中心に――」國學院大學伝承文化学会『伝承文化研究』一二号、二〇一四）。

犬神は小さな犬のようなものや鼠のようなものとされたり、あるいは人間の生霊とさまざまな伝承があるが、『画図百鬼夜行』に描かれた犬神の姿からはほど遠い。香川雅信の言葉を借りれば『画図百鬼夜行』に描かれた犬神の図像は、明らかに「犬」・「神」という言葉のイメージから想像されたものである」（香川雅信『江戸の妖怪革命』角川ソフィア文庫、二〇一三）ということになる。狂歌や双六などの娯楽世界の犬神と民間で伝承される犬神は果たしている役割はまるで違うのである。ちなみに『画図百鬼夜行』には半丁（一頁）につき妖怪が一種類かかれるというものが多いが、犬神の頁には一緒に白児《しらちご》というものが描かれている**【図2】**。

白児については現在「犬神（いぬがみ）と白児（しらちご）犬神は餓えさせられて殺された犬が化けた変化。人につく。白児は犬神の家来で白痴の子供の妖怪」（粕三平『お化け図絵』芳賀書院、一九七三）という説が広く支持されている。粕がどのような資料を元に白児は犬神の家来としたかはわからないが、このような上下関係はゲーム、小説等の犬神キャラクターなどの設定でつかわれることがある（森山茂里『あやかし絵師』廣済堂書店、二〇一四等）。

実際の所、鳥山石燕のものだけでは文章がないために画から想像するしかない。

そこで他の資料から白児をみてみよう。

この白児は『狂歌百鬼夜狂』（一七八五）の中の狂歌にも詠まれており（江戸狂歌研究会編『化物で楽しむ江戸狂歌〜『狂歌百鬼夜狂』をよむ〜』笠間書院、二〇一四）、そこから類推することができる。

をさなしと思ふまに身は化にけりかしらの雪もわれはしら児

という歌がある。「まだ幼い子どもだと思っているうちに、いつの間にか身は変じてしまった。私は白髪頭になっていたのも気付かなかった」という意味なら、なるほど石燕の画の白児を見ても、頭が白髪であるように見える。

おそらくしらちごではなくしらごなどと読むのであろうが、髪の毛の白い子供が生まれる事がある。そうした人を

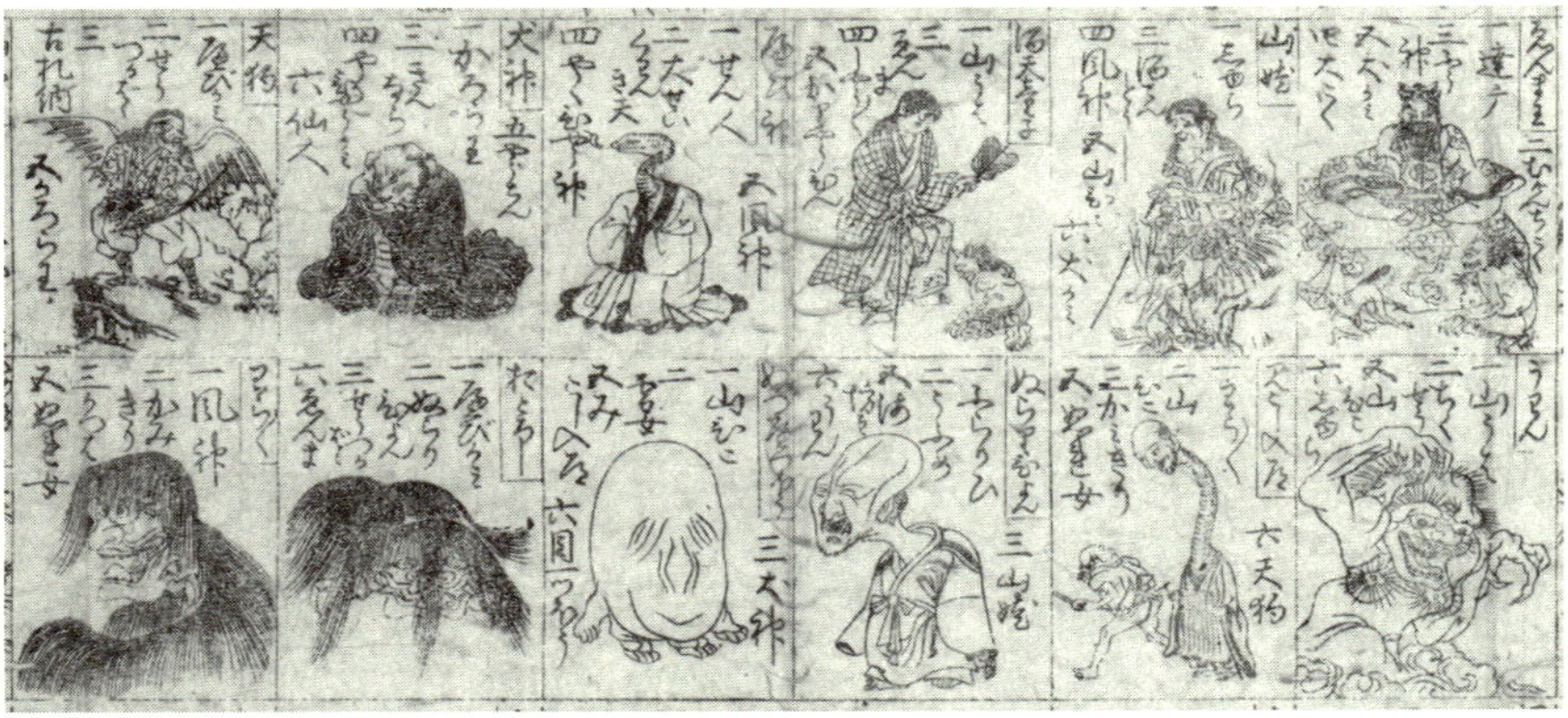

図１　江戸後期の古版仏像双六（国立国会図書館蔵）。上部に犬神や蛇神、下にはおとろしやぬらりひょん。

妖怪に見立てたことも考えられる。

まだまだ、白児は何を書いているのか、犬神の後ろの屏風にどうして波が描いてあるのか。単に白波ということだろうか。想像の域を出たものではないし、まだまだ謎の多い画である。

鳥山石燕は当時の人なら理解できたであろう洒落や時事ネタが多く含まれている作風であり、その妖怪にも創作の物が多く含まれている。今日ではその石燕の絵解きも多田克己や近藤瑞木ら多くの人に試みられるようになっている。

5　文芸世界の犬神

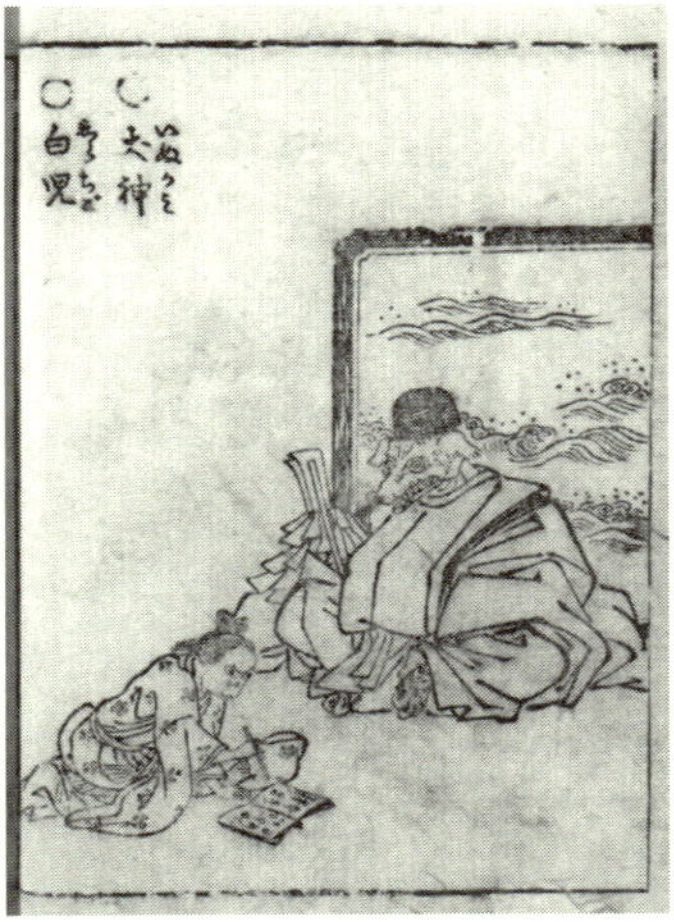

図２　鳥山石燕『画図百鬼夜行』より犬神と白児（国会図書館蔵）

三上延・倉田英之『読書狂の冒険は終わらない！』（集英社、二〇一四）には横溝正史や江戸川乱歩ら推理作家への熱い思いをぶつけ合う対談中の一場面があるのだが

倉田（承前）あと乱歩と

のエピソードもありましたね。『犬神家の一族』を出したとき、乱歩は、「君、こんど『犬神家の一族』というのを書くだろう。ぼく犬神だの蛇神だの大嫌いだ」と言う。横溝が犬神というのは名字で、別にお化けとか出てくるわけじゃないですよと説明したら、乱歩が「ぼく犬神だの蛇神だの大嫌いだ」ともう一回言ったという。

三上　まるできいちゃいない（笑）。

倉田　僕がエッセイというものを読み始めたころの本で、それまで作家とはものすごく偉い人だと思ってたのが「あ、自分たちと同じなんだ」と認識した一冊です。

作家二人が好きなものについて語っているのは、読んでいて思わず笑みがこぼれる。

しかし時代によって同じ作家という職業であっても「憑き物筋」に対する意識が明確に違うということがわかる。乱歩や正史は「犬神だの蛇神だの」が差別につながる言葉であると知っている世代であったのだろう。だからこそ乱歩は何度も否定せざるを得なかった。

乱歩の脳内には小酒井不木の『犬神』という作品もあったのかもしれない。小酒井不木は乱歩のデビューを後押しした人物としても知られている。その作風は変格推理小説と呼ばれた。変格推理小説というのは今日ではあまり使われなくなった言葉で、もともとは本格推理小説に対してつくられた言葉だ。本格推理小説というのは謎を論理的に説くことの面白さを主眼とした小説である。現在も、有栖川有栖、綾辻行人、古野まほろ、青崎有吾などが本格推理小説を多く執筆する作家の代表的な例としてあげられる。もちろん人により本格の定義は違うが「狭義の推理小説」であるといえる。

一方、それに対してつくられた「変格」のほうは怪奇小説や奇妙な味といわれるブラックユーモアや幻想小説など多様なジャンル名でよばれるようになっていった。

そんな変格推理小説『犬神』は、犬神筋が結婚を忌避されるという迷信を無視して、破滅するまでを描いた作品だ。

犬神の存在は否定しない怪談、あるいは犯罪小説である。正史の作品もタイトルだけを見れば同様の作風かと乱歩が思ったのも無理もない。

『犬神家の一族』に限らず、今日においてフィクションには犬神という苗字のキャラクターは大勢いる。

そこにはすでに差別的な意味合いはない。こうした文芸の犬神については今井秀和「『犬神博士』とその一族――フィクションにおける「犬神」像――」（一柳廣孝・吉田司雄編『ナイトメア叢書07　闇のファンタジー』青弓社、二〇一〇）に詳しい。

6　憑き物とこれから

石塚尊俊『日本の憑き物――俗信は今も生きている』（未来社、一九五九）には次のようにある。

「だが、かように、憑きものが迷信であることがわかったとしても、それでは、もはやこれによる社会的弊害は跡を絶つかというと、事実は決してそうではない。」

さらに「憑きものは恐ろしくないが、世間の目が恐ろしいという」心理が記されている。

「普通」でないものはたとえ素晴らしい事であっても叩く。その「普通」に対する強制力は、たとえ間違っていても圧倒的な力を持っている。

たとえば生まれた所や宗教などで人を差別するのは許されないことであろう。

憑き物をゲドーという名前で呼ぶことがあるが、これも外道ということばの意味を考えると、自分たちとは違う宗教という意識が差別するときの心理としてあったのだろう。

現代でも真実は分からなくとも「あの芸能人はある宗教に入っている」「実は日本人ではない」などとまことしやかに騒がれたり叩かれたりすることは多い。日々、憑き物のような根拠のない差別やいじめが生み出されているのである。（もちろん根拠があっても差別やいじめはいけない）

現在の『妖怪ウォッチ』に出て来るカッコイイ犬神や、犬神を憑けて敵を退治するラブコメ漫画[1]などをみるにつけ、もはやそこに家筋や自分と違う人に対する差別などは微塵も感じられない。

そんな時代に犬神や憑き物についての因習を知ることについてどんな意義があるだろうか。これは、歴史を知ることで同じような過ちをしないということにあるだろう。

「犬神」がいなくなったとしても、「自分と違う」人を攻撃する構造がなくなったわけではない。陰謀論やヘイトスピーチが問題視される昨今、同様の差別は枚挙に暇がない。憑き物を知らない地域や時代でもまた同じ構造の別の理由づけによる差別が行われているからである。犬神はそんな我々を見て嗤っているかもしれないのだ。

▼注

1　宮田紘次『犬神姫にくちづけ』エンターブレイン、二〇一二年。

動物霊が友達になるまで

飯倉義之

1　他者としての動物霊

あなたは動物がお好きだろうか。視聴率が欲しければラーメンか子どもか動物を出せ、というのがテレビ業界の格言にあるそうだ。かわいらしい動物が多くの人の耳目を集めるのは、当然であるようだ。

しかし民間信仰の世界においては、動物はそのようなかわいらしい存在では決してなかった。動物たちは人里の外側の山野や水界の存在であったり、人里に暮らしていても人間とは相容れない部分を持つ、われわれの外部に位置する存在であったりした。つまり動物は最も身近な「異類」だったのである。

例えば神仏の使いとされる動物がいる。稲荷社の狐、八幡社の鳩、春日社の鹿、山王社・日吉社の猿、熊野社の烏《からす》、大黒天の鼠、虚空蔵菩薩《こくうぞうぼさつ》の鰻《うなぎ》などだ。それらの社寺の氏子は、使わしめの動物たちを食べることや飼うことが禁忌であったりする。そうしてこれら神使の動物たちは、神仏のメッセージを人間に伝えたり、神仏の化身として奇跡を起こしたりもする。動物はこの世ならぬ世界からの訪問者でもあったのだ。

そうした動物の異類性は、身近な俗信にも表れている。「烏鳴きが悪いと病人が死ぬ」とか「朝の蜘蛛は吉兆、夜

図1　犬神の図像（『化物尽絵巻』国際日本文化研究センター蔵）

の蜘蛛は凶兆」などの俗信は、現在でも言い慣わされるところである。特定の動物の行動や出現を、人の生き死にや吉凶等の予兆とするこれらの俗信の根底には、動物たちが異界と現世を往復する存在であり、異界から訪れる霊魂や禍福と交信できる存在であるという動物観がある。

そのような異類としての動物の中で最も恐れられたのは、動物霊の憑依や祟りであった。憑く・祟る動物は多く、化かす・化ける動物とも共通する。つまりは狐や狸、イタチやテン、猫や蛇などである。狐や狸は人を道に迷わせたり、肥溜めにはめたりと化かすだけでなく、人間に憑依して健康を損なわせたり、性格を変えたり、大食にさせたり、所作を獣っぽくさせたりする。いわゆる狐憑き、狸憑きである。それはうまいものが喰いたいという欲望や、住処などを壊された恨みからの行動である場合が多い。

一方、猫や蛇の霊が人に祟る場合の多くは、傷つけられたり殺されたりした恨みからである。この場合は本人や身近な人に、病気や事故死などの不幸が重なる場合が多い。いずれも民間宗教者の祈祷により憑依や祟りが判明し、祓われることにより解決する。

そうしてさらに恐れられたのが「憑き物持ち信仰」である。小型の動物霊を使役する家筋があるとされ、その動物霊が他の家から富を集めてくるため、その家は富むとされた。桜井徳太郎『民間信仰辞典』（東京堂出版、一九八〇）には、イズナ・犬神・オサキ・クダ狐・トウビョウ・野狐《やこ》が憑き物として立項されている。いずれも鼠やイタチ程度の体長の狐や犬だと考えられている。それらの憑き物は、命令をうけずとも主人の感情を勝手に察して、他家のうらやましく思ったものを駄目にしたり、妬ましく思った人を病気にしたりするとされた。また、憑き物は「眷属《けんぞく》七十五匹」など大量に増えて、最終的にはその家を食い潰す、血筋を引く女性によって受け継がれ、持ち筋の女を嫁にもらうとその家も持ち筋になる、とされた。それゆえ、憑き物を使うとされた「憑き物筋」の人たちは、長年にわたり婚姻差別など重大な人権侵害を被ってきた。

こうした動物霊の怖さは、動物ゆえの直情や執念にある。野生に属する山野の動物の霊魂はもとより、使役される憑き物といえども主人たる人間の制御の及ばない存在なのである。こうした動物霊たちは異類であり、人間とは全く異なる他者であったといえる。

2 資源としての動物たち

民間信仰の世界ではなく、生活文化の中での動物は、まず食料資源として重要であった。季節を定めてやってくる魚や鳥は、重要な栄養源であり、収入源であった。こうした鳥獣魚類のため立てられた供養碑は全国に数多い（田口理恵『魚のとむらい——供養碑から読み解く人と魚のものがたり』東海大学出版会、二〇一二）。こうした供養碑からは、生命をいただいていることへの感謝と、生命を奪っていることへの供養を通じて、鳥獣魚類の恵みが継続するように祈願する心もまた、伝わってくる。アイヌのイヨマンテ（熊祭）がそうであるように、動物への感謝の祭儀はそのまま、豊猟・豊漁への祈りでもあった。

図２　漁師によって立てられた鰯大漁供養塔（長崎県雲仙市・富津弁財天）

そうして一方では、人間と動物は交流しながら生活していた。「南部《なんぶ》曲《ま》がり屋《や》」と呼ばれる岩手の民家の建築法は、厩《うまや》と母屋を繋げた人馬共同の生活空間を作っていることで知られるし、街道沿いには死んだ牛馬を供養するための馬頭観音や牛塚が多く立てられた。

落語や歌舞伎で知られる「塩原《しおばら》太助《たすけ》」と愛馬アオの逸話のように、人間と動物の交流を語る説話や民話もある。動物が恩を返す昔話、動物報恩譚などである。常にかわいがっていた猟犬がしつこく吠えかかるので、主人が激怒して首をはねるとその首が宙を飛び、主人を狙っていた大蛇の喉笛にかみついたという昔話「忠義な犬」は、動物報恩譚の典型である。こうした人間と交流する動物の多くは、牛や馬、犬や鶏などの身近な家畜である。

かつての共同体社会においても動物は全くの他者ではなく、心通わす存在でもあったことは確かである。しかしそれら動物は愛玩のためではなく、狩猟や農耕のための労働資源、あるいは食料資源として飼育されている家畜であるという前提のもとでの交流であった。つまり動物に対して人間は、大前提として生活のための資源として接していたのである。

動物供養や動物との交流は、決して動物に「人格」を認めて接しているわけではなく、狩猟・漁撈の対象の祟りを恐れると同時に成功の祈りを込めて行われたものであったし、牛馬などの家畜との交流や供養は、労働への感謝として行われたものであったといえる。

3　ペット化する動物霊

こうした動物とのつきあい方は、近代化・都市化の過程で大きく変化した。都市化された生活においては、野生動物と遭遇する機会は減少し、狩猟・漁撈の対象となる動物や、家畜と触れ合う機会も失われた。都市にいる動物は、盲導犬や警察犬などごく少数の例外を除けば、都市生活の中で人間のコンパニオンとしてふるまい、生活にうるおいを与えることが目的で飼育される愛玩動物、つまりはペットがそのほとんどを占めている。

近年、不況にもかかわらずペット産業は成長を続けている。「ペットロス」ということばに象徴されるように、ペットは労働資源や利用の対象ではなくかけがえのない家族なのだ。愛されるべき人格を持つ、愛する〈わたし〉の分身なのである。

動物が人間と同じ家族として、人格を備えた存在としてイメージされるにつれ、動物霊もまた本来の恐ろしさを脱色され、創作の世界では人間同様人格を備えた存在に変化している。

例えばライトノベル『いぬかみっ！』シリーズ（有沢まみず、メディアワークス、二〇〇三）や、マンガの『霊媒師いずな』シリーズ（真倉翔・岡野剛、集英社、二〇〇八）や瀬上あきら『おさきもち』（竹書房、二〇一三）、時代小説の『もののけ本所深川事件帖』シリーズ（高橋由太、宝島社、二〇一〇）などでは、忌まれた憑き物であるイズナやオサキ、犬神が特殊能力を持つペットか何かのように描かれている。また、動物の霊が死後、人間を守護するという趣向の怪談も、多く体験談として話されている。

憑依する動物霊は、かつての共同体社会では恐怖の対象でしかなかった。しかし動物＝ペットを人間同様にみなす動物観が支配的になった現在、憑依する動物霊や憑き物も同様に、人格を持つ存在として描かれるのが自然になっているのである。これもまた、妖怪の人間化の一例だといえるだろう。

図3　動物霊をペットのように描いたマンガ作品たち

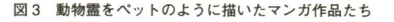

Ⅲ 擬人化

▼尾形月耕『以呂波引月耕漫画』・「新板魚類精進ゑんむすび女夫くらべ」（編者蔵）

蛸が畑にやってきて芋を掘る。そんな馬鹿な話があるのだろうか。それがあるのだ。しかも無責任な戯作ではなく、しかるべき文献に、である。日本の食文化史を論じるのに欠かせない近世の文献に『本朝食鑑』がある。その巻九「蛸魚《しょうぎょ》」に次のような記事が見える（原・漢文、『食物本草本大成』第一〇巻）。

夜、水上ノ岸ニ出デ、腹ヲ捧ゲ、頭ヲ昂《あ》ゲ、目ヲ怒《いか》ラシ、其ノ八足ヲ踏ミテ捷走《せふそう》スルコト飛ブガ如シ。田圃ニ入リテ芋ヲ掘リテ食ス。田夫、夜、之ヲ見テ驚叫《きやうけう》シテ怪《くわい》ト為スト。日中ニモ人無キトキハ則チ出ヅ。或ハ田夫竊《ひそ》カニ之ヲ覘《のぞ》キテ長竿《ちやうかん》ヲ用ヒテ打チ撥《はら》ヘバ則チ之ヲ獲ルコトモ亦有リ。

夜、蛸が岸に出て田圃に向かって飛びように走って行き、芋を掘って食べるという。また日中も人がいないときは出てくる。農夫がこっそり近付いて長い竿を使って捕らえることもあるという。海から出てきた蛸は目を怒らせて走るそうだが、絵を見る限り、芋掘りの最中は喜んでいる様子が窺える。

ここに取り上げた芋蛸の図は、明治三四年（一九〇一）に刊行された尾形月耕『以呂《いろ》波引《はびき》月耕漫画』三編巻一のうち、「芋掘《いもほり》」である。この画題で描くならば、普通、人間が芋を引っこ抜く様を描きそうなものだが、月耕はそうしなかった。それでは芸がないと思ったのかもしれない。そして一捻りして芋蛸の伝承に思い至ったのではないか。擬人化された蛸の芋掘りというのはとてもユニークだ。

ところで蛸が掘っている芋は葉から見るに里芋に違いない。蛸と里芋といえば醤油と砂糖で煮た料理を誰もが想起するだろう。その蛸が里芋を掘り出そうとしているのだから、農夫からすれば鴨が葱を背負《しょ》ってきたようなもの。蛸と芋の相性の良さは、月耕の「芋掘」図と同じ明治期の摺物「新板魚類精進ゑんむすび女夫《めおと》くらべ」にも夫婦として擬人化されて描かれていることからも知られる。これには他に、牛×葱やマグロ×大根、鴨×芹などの夫婦も描かれている。鴨の妻が葱でないのは当時流行の牛鍋のために葱を譲ったからなのだろうが、芹は芹で、古くから鴨との相性は上々だったから問題ない。

（伊藤慎吾）

擬人化された異類

伊藤慎吾

1　観念的な存在

よく知られた昔話・童話に「猿蟹合戦」がある。親蟹を騙して殺した猿を、子蟹が臼や蜂などの協力のもと、仇討をするものだ。この話は読み物として読まれ、語られ、歌われ、さらには描かれ、そして演じられてきた。言い換えれば、この話は読み物、昔話、絵本、歌、絵画、演劇、漫画、アニメなどさまざまな受容のされ方をしてきたのである。いずれにしても登場キャラクターである動物（猿・蟹）や虫（蜂）、植物（栗）、器物（臼・杵）の役割は変わらない。しかしそれらを絵で表現した場合はどうだろうか。

次頁に挙げた五図は、いずれも「猿蟹合戦」に登場する子蟹である。図1は馬淵冷祐編『内外教訓物語』天之巻（一九〇九）、図2は菀道春千代『勅語摘訓　教育童歌』上（一八九二）、図3は巌谷小波『和英対訳　日本昔噺』（一九一四）、図4は尾関トヨ『教育咄猿蟹合戦』（一八九一）、図5は『もえほん紅版　さるかに合戦』（二〇〇九）から採った。みな話の中では同じ役どころである。人語を用い、人間的な感情を持ち、衣食住も人間と変わらない。ところが描かれた結果はこのように大きく違いが出ている。これは物語のキャラクターとしての子蟹に対する絵師のイメージがそれぞ

図1

図2

図3

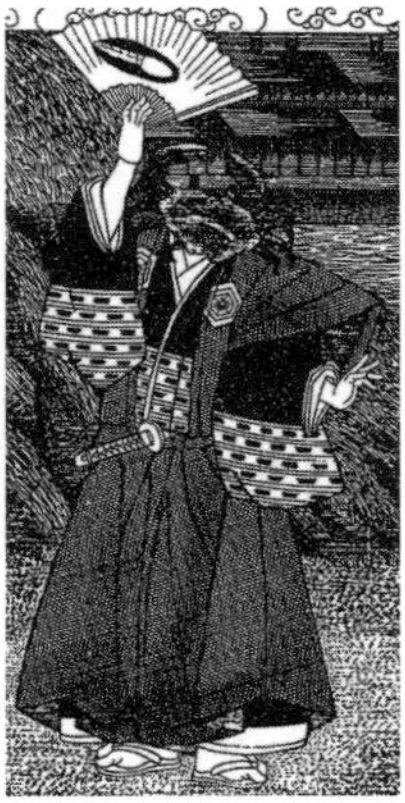

図4

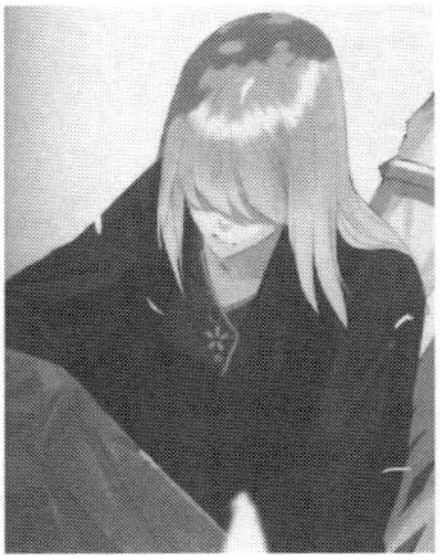

図5

れ異なるからである。絵師個人の嗜好、時代的な制約、需要層の求めなど、さまざまな要因が絡みながら造形されたものといえよう。ここからわかることは、擬人化された子蟹は絵師のイメージによって造形に違いが出ることである。なぜそうなるのかというと、擬人化キャラクターは本来目に見えないものであり、したがって、それが具体的な姿をもって示されるとなれば、表現者それぞれのかたちを採るというわけである。

2 物のたとえ

さて、日本で擬人化された異類について歴史的に捉えようとする時、二つの側面を押さえなくてはならないだろう。一つは譬喩・たとえであり、もう一つは霊魂観である。どちらも文学や芸能、絵画などさまざまな形で展開していった物語文芸の主要な要素である。

まず〈譬喩〉についてであるが、これは平易に言い換えれば〈たとえ〉のことである。とりわけ仏教文学の領域では譬喩譚が多く用いられてきた。これは難解な仏教の教義を平易に説くための方便である。たとえ話の後にはしばしば読み取るべき教えが評語として付いている。たとえば日本でも広く読まれた仏典『百喩経』には次のような話が載る（表記は便宜簡易に改める）。

譬へば蛇有るが如し。尾、頭に語りて言はく、「我、応《まさ》に前に在るべし」と。頭、尾に語りて言はく、「我、恒に前に在り。何を以て卒《には》かに爾《しか》る」と。頭、果《つひ》に前に在り。其の尾、樹に纏《まと》ひて去ることを得る能はず。尾、放ちて前に在り。即ち火坑に堕ち、焼爛《せうらん》して死す。

師と徒弟子も亦復是《またか》くの如し。言はく、「師、耆老《きらう》にして毎恒《つね》に前に在り、我等諸年少応《まさ》に導首と為るべし」と。是くの如きの年少、戒律を閑《まも》らず多くの犯す所有り。因つて即ち相牽《あいひき》ひて地獄に入るなり（第五四話）。

前半では一匹の蛇の頭と尾とが擬人化して会話をする。尾は自分が前を行くと言いだす。頭が断ると、尾は木に絡まって進ませない。それで尾を先に行かせることにする。すると火の燃え盛る穴に落ちて共に死んでしまった。後半はこの話の教訓を説く。師弟関係も同じことだ。師は年長として年少の弟子を導くものである。弟子は戒律を守らず多くの罪を犯し、師も道連れに地獄に落としてしまうと説く。この話も後半を取り除くと、擬人化した蛇の頭尾二人の言動を語った動物寓話となる。

これらの話の主眼は動物の言動の面白さを語ったのではなく、何らかの教えを説くことにある。そのために動物の話をたとえとして利用しているに過ぎない。

「トビウオのように速く泳ぐ人」という時、トビウオは単に泳ぎの速い人に対するたとえとして用いられているに過ぎない。トビウオは泳ぐのが早いという属性を持っているという認識が前提にあるのだ。ところが動物寓話においては、〈たとえとなるもの〉が実体化する。すなわちトビウオは擬人化して、速い人そのものとして登場するわけだ（例：『青物魚類合戦』の早業鰆之丞）。つまり現実にはたとえとして言葉で示されるに過ぎない動物が、物語の中の世界ではキャラクターとして実態化しているのである。

譬喩譚にはもちろん人間中心の物語世界もあるが、他方で、このように動物たち、さらには草木・器物、あるいは抽象的な記号や観念が人間のように活動する世界が描かれているのだ。動物の擬人化の歴史を考える時、擬人化された異類をキャラクターとして人間や神仏、妖怪と明確に区別する物語の設定（世界観）を備える譬喩譚は中核となるものだろう。こうした物語が日本においては主に仏教説話集の中で展開していくことになる。

平安時代後期の『今昔物語集』や鎌倉時代の『沙石集』が譬喩譚を多く収録する代表的な説話集である。『沙石集』巻五には奈良に住む蟻と蟎《だに》とがそれぞれの名前の由来を問答する話が載っている。また仏教の経論の中に「畜類ノ問答多ク見エタリ」として、蛇・亀・蛙の話、虬《きゅう》（海に棲む蛇のような生き物）と猿の話、烏・鳩・蛇・鹿の話、百足・山精・蛇の話が挙げられる。蛇・亀・蛙の話をみてみよう（日本古典文学大系）。

　或る池の中に蛇と亀と蛙《かはづ》と知音にて栖みけり。天下旱《ひでり》して池の水も失せ、食物も無うして、飢ゑて徒然なりける時、蛇、亀をもて使者として蛙の許へ、「時の程おはしませ。見参せん」と云ふに、蛙、返事に偈《げ》を説いて「飢渇《けかち》せめられぬれば、仁義を忘れて食《じき》をのみ思ふ。情《なさけ》も好《よしみ》もよのつねの時こそあれ、かかる時なれば、え参らじ」とぞ返事しける。

　げにもあぶなき見参なり。ぐつとのまれなば、かばかりの事と思ふとも、よみがへるみちもあらじ。

蛇と亀と蛙は親しい友人同士であったが、旱魃で池の水も干上がり食べ物がなくなった。そこで蛇は亀を使者として蛙を家に招待した。しかし、飢渇した蛇が自分を食べようと企んでいると思った蛙はそれを断ったのだった。この説話にはほとんど教訓がない。「げにもあぶなき見参なり。ぐつとのまれなば、かばかりの事と思ふとも、よみがへるみちもあらじ」と、軽率に近づくことの危うさを寸評しているくらいである（原拠の『大智度論』巻一二ではこの話を貧窮ゆえに罪を犯す例として挙げる）。烏・鳩・蛇・鹿の話や百足・山精・蛇の話に至っては、寸評さえもせず、単に寓話を挙げるだけである。とはいえ、文脈的に、ただ動物の話を娯楽的に読み流すのではなく、これらもまた何らかの教訓を読み取るべきものであることは確かだろう。

つまり譬喩譚とは、話末に評語があるにしろ、ないにしろ、読み手・聴き手を教え導くためのものと考えられてきたのだ。右の話では、蛇は貧者の象徴として描かれている。食がある時は人道に悖《もと》ることをしないが、飢え苦しむ時はいかなる罪を犯しても食を得ようとする。そうした貧者が蛇としてキャラクター化されているのである。たとえ話の世界であるから、いかなる動物であっても、あるいは無機物であっても、人間のように行動することに違和感を覚えない。我々読者もまたそれを当然と受け止める。

本来、こうした動物寓話は、教訓の部分を伴い、また伴わずとも教訓を読み取るように受容されてきた。中世から近世、さらに近代、現代に至ってもそうした譬喩譚の流れは続いている。昔話や童話から教訓を読み取ることは自然に行われることだろう。教訓の読み取り方は様々であり、時として強引な読解も見られる。「桃太郎」の鬼退治を愛国教育に利用したのはその典型であり、▼1 また「猿蟹合戦」を親孝行な子蟹の仇討と賞賛することもできる。今日においてはそうした押しつけがましい教訓ははやらないが、子どもを対象とした交通安全ルールや社会マナーの向上、ゴミの分別など地域生活の改善のＰＲなどに受け継がれている。

また形式的には何らかの教訓を伴うものであっても、取って付けたようなかたちだけの教訓が目立ってくる。それが顕著に現れるのは中世後期の物語草子群、すなわちお伽草子という物語文学である。

『雀の発心』はその名の通り雀が発心修業して往生の素懐を遂げる物語絵巻である。話末に次のような評語がある。

> かやうに鳥類までも憂き世を厭ひ、浄土を願ふ心あり。いはんや人間においてをや。返す返すも恥ぢ入りたる事どもなり。いかにもして仏法に近づき菩提の縁を求むべきなり。

子どもを蛇に食べられた雀の夫婦の人生を描いた物語で、中には雀や蛇が詠んだ歌も豊富に記されている。絵巻物であるから、それを絵と共に楽しむのである。絵物語としては、それだけで十分楽しめるだろう。だから右に挙げた話末評語はいかにも取って付けた印象が拭えない。この点、『付喪神絵巻』は顕著な作例だ。今日、妖怪絵巻の古典として『百鬼夜行絵巻』と並んで取り上げられるが、実は仏教の教えを説いたものだということにほとんど関心が持たれない。ただこうした評語を付けることは、物語の伝統として受け継がれてきたものであり、物語との繋がりの強弱はあれ、形式的には付けるのが一般的であった。さらに読み取るべきメッセージを伴わない物語、つまり娯楽を目的としたものも次第に増えていく。

3　擬人化作品の隆盛

中世後期になると、短編の物語草子が数多く創作されるようになる。しかも、これまでの物語文学が人間中心であったのに対し、中世後期の物語草子はそれと同じくらい人間以外の、つまり異類の物語が誕生する。その要因について今述べる遑がないが、[2]差し当たり、「草木国土悉皆成仏」の思想や『古今和歌集』仮名序の「花に鳴く鶯、水に住む蛙の声を聞けば、生きとし生きるもの、いづれか歌をよまざりける」の影響が大きいということは指摘しておきたい。草木や国土のように、感情のないものであっても、すべて成仏するという教えを具体的に物語に仕立てるならば、擬人化された草木が成仏するストーリーとして成り立つ。『草木《そうもく》太平記』は草花の軍勢と樹木の軍勢とが合戦をする物語である。その発端となったヒロイン八重桜は最後に出家をして墨染桜となる。文末はこうである。

草木国土悉皆成仏と聞く時は、谷の枯れ木も仏なりと、目前に悟りを開き、さてかの八重桜は終にみどりの髪を剃りおとし、花の衣を墨染の桜とこそはなりにけり。

『付喪神絵巻』もまた、器物でさえ往生することを示し、人間ならば、なおのこと、仏道信心を怠らないことを教えるために描かれたのである。草木や器物のような非情なものが成仏できるのであるから、当然、鳥獣虫魚の四生《ししょう》もまた擬人化して出家往生する物語が作られていった。

4 物の精

話を戻すと、譬喩譚はある思想や教えを伝えるために仮に作られた物語世界であり、その中では動物や植物、器物など人間以外の存在が人間らしいキャラクターとして生きることを認められている。異類たちだけの世界もあれば、人間が共存する世界もある。そしてそこに住む人間は異類が自分たちと同じような言動をとることに何ら違和感を覚えない。たとえ実在の人物が登場する物語であってもである。『山家一休《さんかいっきゅう》』（明和七年〔一七七〇〕刊）では著名な禅僧一休宗純が登場する。一休の庵に烏と鶏が飛んできて「議論の是非を判断せよ」と乞う。烏たちはもとより一休が議論の是非を判断できる高徳の僧であると認識しており、一方の一休も烏たちが話しかけてくることを何ら奇異に感じない。「老婆心やむことなく、口を開けて説示」した。すなわちこれらの物語世界では、原則として現実のルール、たとえば生物は生物として、草木は草木として、器物は器物として在るということが条件付けられていないのである。譬喩譚の世界では牛馬が物を言うことは自然であるが、現実のルールに基づく世界では不自然なのだ（物言う牛馬については本書総論参照）。だからそれは奇異なこととして受け止められる。『今昔物語集』巻一四の「方広経を誦せしめて、父の牛となるを知りたる語《こと》」は大和国添上《そうのかみ》郡の山村に一宿した僧の体験談である。宿の主から夜具の衾《ふすま》を借りたのだが、それを盗って夜のうちに逃げようとした。すると、「その衾盗むことなかれ」という声が聞こえた。

立ち留《とど》まりて音のありつる方をうかがひ見るに、人見えず。ただ一つの牛あり。僧、この音に恐れて返り留まりぬ。

この状況で、僧は「つらつら思ふに、牛のいふべきにあらねば、怪しび思ひながら寝ぬ」。牛が物を言うはずはないと考えている。現実の人間と同じ発想である。しかしその後、夢に牛が僧の夢に現れて事情を説明したことで、その牛が宿の主の父の転生した姿であることを知る。牛馬が人間のような言動をとることは現実のルールに基づく世界では異常なことであり、それゆえに話題性をもつ。これは偸盗戒を犯した報いの証明に利用される。そこから転じて、因果応報の教えから離れても、奇異な出来事を語る怪異譚として利用されるようになる。牛馬が人語を用いるからといって、擬人化されているわけではない。前世に人間であったことにより、現世で畜類となってなお人間の属性を失わずにいた珍しい実話なのだ。

これに対して問題となるのは、実体があり、そこから物の精が人間のような存在として顕現する場合である。これはおよそ次の二種類に整理される。

a　人間に類するもの

たとえば『十二類絵巻』及びその絵入版本『獣《けだもの》太平記』に登場する十二支の動物たちは頭部が動物であり、胴体は人間である。蛇であっても、頭は蛇だが首から下は人間の女性の姿をしていて手足が具わっている【図6】。彼らは薬師十二神将の眷属である。信仰上は神仏同様に現実に存在するものである。しかし彼らは日本人と同様の装束を身にまとい、歌会を開いている。本来の十二支とは関係のない、本物語特有の状況設定だ。つまり十二神将の眷属としての十二支の動物という基本設定に拠りながら、物語上ではまったく独自のキャラクターとして描いているわけである。次節の「擬人化された鼠のいる風景」で詳論される『隠れ里』の鼠もそうである。現実世界において大黒天の眷属であ

図6　首から下が人型の蛇（『獣太平記』稀書複製会）

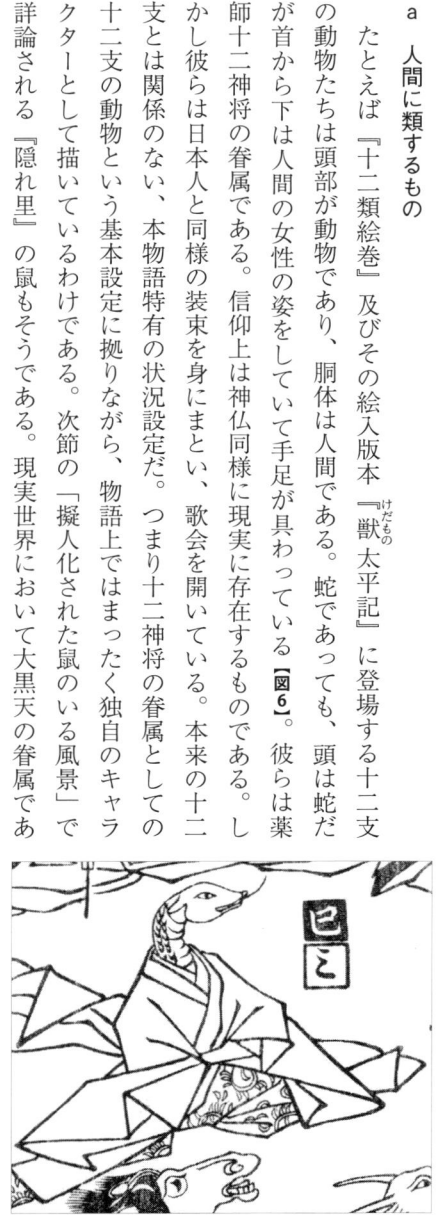

る鼠は本物語の世界でも同じく眷属である。しかし狛犬と喧嘩をし、ひいてはそれぞれの主人である大黒天と恵比寿神を大将とする合戦が引き起こされるのだが、それは本物語独自の状況設定である。

近世前期の『花情物語』や『胡蝶物語』は花の精が女性の姿で現れたものである。譬喩譚で示した動物たちとは違って、人に擬えた存在ではない。花の霊魂が人間の姿で現れ、人間のような言動をとって人間に接しているのである。海の魚オコゼと山の神の婚姻を描いた『山海相生《さんかいあいおい》物語絵巻』ではモブキャラとして山の動物や魚介類が擬人化して描かれている。彼らもまた山の精、海の精たちだ。人間に類する姿になって酒宴などをしている。咄本『楽牽頭《がくたいこ》』（明和九年〔一七七二〕刊）には毘沙門天とその眷属百足《むかで》の話が載っている。

毘沙門、百足を呼び付け、「不忍《しのばず》の弁天が所が風下《かざした》だ。はやく見舞に行てたもれ」
百足、「かしこまり候ふ」とて、台所にうづくまり居る。
（毘沙門）「なぜ早く行かぬ」
（百足）「ハイ、草鞋《わらぢ》をはいております」

毘沙門天は人間の主人、百足は奉公人に対応する立ち位置である。毘沙門には神としての性格はなく、百足もまた神の使いとしての霊性は認められない。認められないのは当然である。本来この話は「百足の医者迎え」という民間説話であり、百足を毘沙門天の眷属としたのは取って付けた設定だったのである。だから毘沙門天本来の神格やその眷属としての百足の霊性が反映されるわけもなく、ただ毘沙門＝主、百足＝従という関係だけが反映されているに過ぎない。それ以外は物語独自の状況の中で必要な言動が描かれているのだ。

b　人間に対するもの

もう一つは異類物のパロディである。異類退治、異類合戦、異類婚姻など、異類物は人間に対して敵対するものもあれば、好意的に積極的に交渉するものもある。

異類退治といえば、酒呑童子や玉藻の前、大蟹の『岩竹』、鬼女の『雪女物語』など人間を害する異類を、主人公が英雄的な活躍をすることで退治する内容である。ところが狂言「蚊相撲」は蚊の精と相撲をして団扇で追い払おうとするものだ。黄表紙『御存商売物《ごぞんじしょうばいもの》』は書物の精が実体化し、人間を襲うが人間に味方する精によって退治されるもの。また異類合戦物は本来異類の軍勢同士が合戦をするものだが、人間と滑稽な合戦をするものがある。早物語「清盛蜂合戦」がそれだ。鼻の頭を刺された平清盛が家臣に命じて蜂を退治しようとするが、反撃されるコミカルな語り物である。異類婚姻は狐女房、鶴女房、猿聟、蛇聟な民間説話とも関わる内容だ。怪婚譚とも呼ばれる。しかし落語「茄子娘」は畑の茄子が人間の娘となるものだ。漫画『うる星やつら』（一九七八～一九八七）に大きな芋虫を育てたら蝶の妖精となって旅立っていくという話がある。これは異常出生譚（異常誕生譚）のパロディである。

これらはいずれも怪異譚・怪婚譚のパロディという性格をもっている。またもともと昔話のテーマの退治や婚姻、誕生をコミカルに描いた物語に登場する物の精は、人間に対するといってもリアリティがなく、しばしば滑稽に物語の中で描かれるし、実在性は示されない。こうした物の精は妖怪の一種ではなく、擬人化キャラクターとしてみることが許されるだろう。

5　キャラクターそのものと物語的文脈

畢竟、擬人化キャラクターの問題点は妖怪と何が違うのかということに尽きるだろう。明確に違うのは、2で指摘したように、擬人化キャラクターは〈たとえ〉が具現化した架空の存在であること。つまり物語世界の住人であることだ。これはつまり世界設定が曖昧ならば擬人化キャラクターかどうか判断しづらいということでもある。冒頭に掲げた子蟹の図、特に図1を例にすれば、何の説明もせずにこの絵を示したら、これが擬人化キャラクターだと思わず、現実に存在する蟹の写生画かと思うだろう。また図5ならば人間を描いたものと思う。しかし、実際は子蟹なのだ。「猿蟹合戦」の物語の文脈に置くことで、ようやくこれらのキャラクターが擬人化された子蟹であることが理解されるのである。擬人化キャラクターとは、このように、キャラクターそのものと、それが立脚する物語世界という文脈との二点から判断すべきものだと考えられる。

それに対して妖怪は原則として現実に存在するものとして描かれる。それゆえに恐怖の対象となる。妖怪が人間として生きる世界が描かれているとなれば、それは現実のルールに則した物語ではなく、妖怪が擬人化した物語ということである。歴史的には恋川春町の黄表紙『化物大江山』（安永五年（一七七五）刊）、馬琴の滑稽本『化競丑満鐘《ばけくらべうしみつのかね》』（寛政一二年（一八一〇）刊）といった近世中期以降の戯作から擬人化された妖怪が増えていく。[3] さらに近現代の漫画やアニメ作品にも多く見られる。河童の社会の日常を描いた清水崑（一九一二〜一九七四）の一連の作品、また人間世界での日常を描いた遠藤ミドリ『繰繰《ぐぐ》れ！コックリさん』（二〇一一〜）や妖怪たちの学園生活を中心に描いた池田晃久『ロザリオとバンパイア』（二〇〇四〜二〇一四）なども妖怪の擬人化作品と言えるだろう（本書Ⅲコラム「妖怪の擬人化、そして人間化」参照）。

また古典の世界では物の精が人間の姿となって人間らしい行動をとる作品が少なくない。薬師十二神将や大黒天など神仏の眷属として知られた動物が登場する場合、基本的な設定として本来の属性だけは受け継ぎながら、個々の物語作品において、それぞれ独自の状況や他のキャラクターとの相関関係が設定され、人間と変わらぬテーマで描かれる。そうしたキャラクターそのものというよりも、もう一点の世界設定やストーリーとの関係性からキャラクターを見た時、これら物の精は神仏の眷属や妖怪としてではなく、擬人化キャラクターと見做すことができるだろう。同様に物の精は異類（化生《けしょう》の物）が変化《へんげ》するという、動物・植物・器物系の妖怪と共通した属性をもっている。しかし、それらは人間世界に踏み込み、人間に敵対するものではない。人間のように宴を開いたり、婚礼をしたり、合戦をしたりと、人間と同様の出来事を描いた物語世界の住人として登場する。人間世界に踏み込むとしても、害することをしないし、恐怖を与えるものではないのである。

このように擬人化キャラクターは、それが置かれた物語的文脈に依存した存在なのである。

6　神格化から人格化へ

今日の日本では、国家や都道府県、言語や概念といった、様々な見えないものや抽象的なものが当然のように擬人化されている。ところがこれらの表現は古くから行われてきたものではなかったようである。雷や風といった自然現象を神格化することはもちろん古代から行われてきたが、しかし信仰的要素をもたない人間に擬することは中世からではないだろうか。

寺院芸能の延年に開口というコミカルな芸があり、そこで各地の名所や名水の精が擬人化して相撲や囲碁をする。これは観念の具象化ではなく、歌語という言語記号の擬人化と考えたほうがよいだろう。[4]中世後期に成った『仏鬼《ぶっき》軍《ぐん》』には経文《きょうもん》の擬人化があり、近世後期の黄表紙にも恋川春町『辞闘戦新根《ことばたたかいあたらしいのね》』（安永七年〈一七七八〉刊）が流行語を擬人化している。このように言語記号の擬人化は中世から生まれていった。

目に見えないものを視覚化する擬人化表現は近世に至ってようやく盛んになっていく。この点、西洋に比べて遅いように思われる[5]（本書Ⅲ「西欧の擬人化表現と日本漫画の影響」参照）。貧乏を具現化した貧乏神は神格化というよりも人格化というほうが相応しいだろう。荒木田守武の『守武千句』（天文九年〈一五四〇〉）の「門のうちへはひとりましませ」という句に「福の神貧乏神を連れられて（第九二八句）」と付けたものが早い例で、くだって近世初期の笑話集『醒睡笑』にも見える。『長者教』では一〇人の子どもを持つ者として描かれ、しかもその子は伊達衆《だてし》の太郎・不行儀《ふぎょうぎ》二郎太郎・物好きの三郎二郎・人集めの四郎三郎・女房去り五郎四郎・系図立て六郎太郎・大火焚きの七郎二郎・見物好み八郎三郎・味わい口九郎太郎・厚着衆《あつぎし》の十郎四郎という滑稽な名が付いている。いずれも擬人化されていると見て間違いないだろう。病の擬人化も江戸時代から盛んになる。早い例としては元和三年（一六一七）に成った玉木吉保『身自鏡』所収の「医術車輪書」だろう。病と薬が擬人化して合戦をしている。病対薬という合戦テーマはその後、錦絵や読み物に展開していき、現代の医薬品や洗剤のCMにおける病原菌や黴菌、汚れとの戦いへと受け継がれていく。

ここでは前近代の擬人化表現の特色を中心に述べてきた。近代以降は西洋の文芸の影響やSF作品、ファンタジー作品の多様化により、一層複雑な展開を見せることになる。また現代は二〇〇〇年前後に〈萌え擬人化〉の動向が大いに開拓されていき、児童文化を中心とした擬人化表現の展開とは異なる領域が現れてきた。

▼注

1　滑川道夫『桃太郎像の変容』東京書籍、一九八一年。

2　この点、徳田和夫「物語草子の世界」（『岩波講座　日本文学史』第六巻、岩波書店、一九九六年）や同じく「お伽草子の後継――伝季吟筆・異類合戦物『合戦巻』について（付・翻刻と釈文）」（『学習院女子大学紀要』第八号、二〇〇六年）小峯和明「お伽草子異類物の形成と環境――『十二類絵巻』への道――」（『文学』第九巻三号、二〇〇八年）に詳しく説かれている。

3　この時期の擬人化された妖怪についてはアダム・カバット『江戸滑稽化物尽くし』（講談社、二〇〇三年）に詳しい。

4　伊藤慎吾「延年の開口の世界観について」『アジア遊学　中世寺社の空間・テクスト・技芸「寺社圏」のパースペクティヴ』勉誠出版、二〇一四年。

5　越宏一『線描の芸術――西欧初期中世の写本を見る』東北大学出版会、二〇〇三年。

擬人化された鼠のいる風景
――お伽草子『隠れ里』再考

塩川和広

本稿では、お伽草子『隠れ里』における擬人化された鼠の表現を端緒として、異類物において擬人化表現が果たす役割について考える。『隠れ里』において、擬人化された鼠は動物そのままの姿と人間と動物の中間にあたる異形の姿との二つの図像で描きわけられている。この二つの擬人化図像には、それぞれどのようなイメージが重ねられているのか、他の異類物との比較から、鼠に向けられた当時の人々の眼差しについて確認した。

1　はじめに――擬人化表現における問題の所在

中世から近世にかけて、お伽草子と総称される多くの物語草子が生み出された。語られる対象は多岐にわたり、その内容によって大まかな分類がなされている。[▼1] そのひとつに、擬人化された異類、すなわち動植物や神仏、道具などが物語の中心となる、異類物と呼ばれる物語群がある。この物語の方法には大別してふたつの形があり、ひとつは多く枠物語の形をとって異類の世界を描くもの、もうひとつは神仏などの力を得た異類が人間の世界を訪れるものである。作中に描かれる擬人化された姿は、異類の世界と人間の世界との交差をわかりやすく表現するための手法といえる。

物語における擬人化表現については、文学と美術史の両面から、主に次の二点について検討されてきた。「どのような姿で描かれているか」という擬人化図像の問題と、「どのようなイメージが重ねられているか」という、異類表現の解釈の問題である。

擬人化された異類の図像は、異類そのままの姿、人間と同じ姿、両者をかけあわせた異形異類《いぎょういるい》の姿という三つの類型に分類されており、[2]本稿ではそれぞれを異類形態、人間形態、異形形態と呼称する。異類の絵画化の方法には、場面や役割による形態の描きわけや、[3]異形形態の図像など、[4]ある程度の類型を見出せることが指摘されている。

一方の異類の持つイメージの検討は、擬人化された異類に重ねられた存在、特に、擬「人」化という語が示すように、特定の人物を重ねて解釈することから始まった。[5]近年では、作品の背景となる異類についての認識や、地理、食文化など、異類自体やその世界についても検討がされている。[6]

本稿では主に後者の問題について、明暦頃（一六五五〜五七）の作とみられる[7]お伽草子『隠れ里』を中心に考えたい。『隠れ里』は鼠の隠れ里に迷い込んだ男が、鼠の小盗みが原因で起こった恵比須と大黒天の合戦を目撃するという筋立てで、従来は福神を扱う祝儀物《しゅうぎもの》として分析、理解されることが多かった。しかし作中には擬人化された動物が多く登場し、詞戦いの後に仲裁が入って和解するという異類物に多く見られる物語構造をとるなど、異類物の枠組みからも捉え直すべき作品である。『隠れ里』については、その成立や文芸のなかの福神信仰など、すでに拙稿で触れたことがあるが、[8]擬人化された異類の表現、特に大黒天の眷属《けんぞく》とされる鼠とその隠れ里については手の及んでいないところも大きい。『隠れ里』において鼠は中心的な役割を果たしており、鼠の隠れ里の描写や鼠害《そがい》、福神による鼠についての論争など、擬人化という表現方法も含め、『隠れ里』は近世初期における鼠と人との関わり方を読み解く上でも有用な作品といえる。また鼠は、お伽草子全体で見ても、数多くの異類物に登場する動物で、人間社会と密接に関わっていたと考えられる。そこで本稿では、擬人化された鼠と、その隠れ里の表現から、作品を読み直していきたい。

底本には現在知られている伝本のうち、最も祖本に近いと考えられる都立中央図書館加賀文庫蔵本[▼9]（加賀文庫本）を用い、欠けている上巻部については東京大学国文学研究室蔵本（東大本）本を用いるものとする。なお本文の引用は私意により句読点、漢字を充て、字体は現行のものに改めた。

2 お伽草子『隠れ里』概観

続いて『隠れ里』の梗概を述べ、本稿における問題の所在を確認したい。

物語は視点人物となる男が鼠の隠れ里に迷い込む場面から始まる。木幡《こはた》の野辺に迷い出た男が、人の声に誘われて、都に帰っての物語にと塚穴の中に入り込む。穴の先に広がっていたのは鼠の隠れ里であった。男が門の内でまず目にするのは台盤所《だいばんどころ》で、多くの鼠が魚鳥を調理し、庭では米唄を歌いながら米を搗《つ》いている。東には厩と鷹部屋が並び、名馬、名鷹が据えられている。西には七宝で彩られた宮殿が、北には春の気色がただよう。

そこに危急を知らせる早打ちの鼠がやってきて、次のように告げる。「西宮に棲む子鼠が、恵比須の盛り物を盗み取り、怒った狛犬に吠え立てられた。これを聞いた親鼠は腹を立て、社壇や鳥居の柱をかじり倒したが、狛犬がしかけた鼠取りの地獄落とし、下げ罠にかかってしまった。命からがら逃げ出した鼠たちは、蝙蝠の四郎の知恵を借り、恵比須の茶会を台無しにすることで復讐を果たした。しかし鼠に面目をつぶされた恵比須は怒り、比叡山の大黒天と鼠をめぐる論争の末に両福神は決裂し、合戦に及ぶこととなった。恵比須は龍宮へ使いを立てて軍勢を集め、魚介の勢揃えがなされた。一方の大黒天は三面に変じ、比叡山に城を構え、鼠の隠れ里に使いを立てて兵を集めている。この故に早打ちとしてやってきたのだ」と。

隠れ里の鼠たちは兵を集め、鳴尾《なるお》の鼠次郎穴住《ねずみじろうあなずみ》を大将として比叡山へ登る。両福神は使いを立てて、自己の系譜の正当性と相手の欠点を挙げつらねる詞戦いが行われる。その後、恵比須は四条室町恵比須町に、大黒天は二条河原町大黒町に陣を取る。それぞれに戦装束を身にまとい、恵比須は熊鰐《わに》に、大黒天は大象にまたがり出陣する。そこに両福神の争いを聞き付けた布袋和尚が現れ、両軍を仲裁する。和睦にあたって二条冨小路布袋屋町で酒宴が催され、大黒天と布袋が恵比須を行司として相撲を取るところで、目が覚める。

物語の構成は、序盤の鼠の隠れ里の描写と、中・終盤の恵比寿と大黒天の争いに分かれ、さらに福神の争いは動物の描写を中心とした中盤と、福神の描写を中心とした終盤に分けられる。

鼠の姿を中心に物語を捉え直したとき、注目されるのは、絵画における擬人化された鼠の二つの形態である。一つは隠れ里において饗応の準備や馬鷹の世話をし、また大黒天の眷属として武装する異形形態の姿であり、もう一つは西宮の社殿で罠にかかる異類形態の姿である。鼠以外の異類の擬人化図像はいずれも異形形態で描かれており、作中で唯一描きわけられる鼠が持つイメージは問題となろう。

はじめに述べたとおり、鼠は、お伽草子の異類物に最も多く登場する異類のひとつである。鼠が主要な役割を果たす作品は、本稿で扱う『隠れ里』のほかに、『鼠の草子』▼10や、『鼠草子』▼11、『鼠のさうし』▼12、『弥兵衛鼠《やひょうえねずみ》』、『鶏鼠物語《けいそものがたり》』、『東勝寺鼠物語《とうしょうじねずみものがたり》』、『猫の草紙』、『ねずみ物語』など数多い。これらのうち、『鼠の草子』、『弥兵衛鼠』、『ねずみ物語』においても、鼠は二つの形態に描き分けられている。

『鼠の草子』においては、鼠の権頭《ごんのかみ》の婚礼の行列やその饗応《きょうおう》の準備など、ほとんどの場面で鼠は異形形態で描かれているが、一方で権頭の家人の様子を怪しんだ姫がのぞいた先で、食物の小盗みをする鼠は異類形態で描かれている。▼13また『弥兵衛鼠』でも同様に、弥兵衛の婚礼やその準備、子孫繁昌の場面では異形形態で描かれ、スペンサー本に「御女房衆（略）衣ども脱ぎ捨て（略）思ひのままに小盗みをこそせられけれ」とある祝儀品の小盗みや東国遍歴、人間の前に現れる場面では異類形態で描かれている。『ねずみ物語』では、宴会や談合をする鼠は異形形態で、米や餅を食いあさり、また猫にくわえられた鼠は異形形態で描かれている。

この鼠の描きわけをめぐっては、美術史の方面から、『弥兵衛鼠』を取り上げ、身分の上昇下降[14]、あるいは異なる世界間の移動の指標[15]と解釈されている。しかし、いずれも『弥兵衛鼠』の解釈の可能性を示したものであって、そのまま擬人化された鼠の絵画全般の問題としては敷衍《ふえん》できない[16]。また鼠そのものに向けられた視線も問題になろう。そこで本稿では、『隠れ里』の鼠の二つの擬人化図像に重ねられたそれぞれのイメージを読み解くことから始めたい。

3　異類形態の鼠をめぐって

まず異類形態の鼠から考えていこう。異類形態の鼠は、擬人化されていない姿と図像の上では変わらないが、言葉を交わすなどの人間的なしぐさを本文より読み取れることから、広義での擬人化と位置づけられている[17]。そして、この異類形態で描かれる鼠には、猫にくわえられる姿や、人間の前に現れる場面に象徴されるように、人間が日常目にする鼠の姿が投影されていると考えられるのである。

この異類形態で描かれた鼠が最も多く登場する特徴的な場面は、小盗みの場面である。『隠れ里』では本文の記述のみで絵画化されてはいないが、『鼠の草子』、『弥兵衛鼠』、『ねずみ物語』には異類形態の鼠が描かれており、黒田日出男が指摘するように[18]、家や台所にはびこり、害を及ぼす鼠たちを表していると考えられる。この家々にあふれて害を及ぼす鼠の姿は、決して創作されたものではない。『徒然草』九七段に「その物に付きて、その物を費やし損なふ物、かならずあり。（略）家に鼠あり」とあるのをはじめ、日用品や経典などを損なう害獣としての姿は、中世以降の資料に散見する。そしてこの盗みをする鼠のイメージは、お伽草子における鼠のモチーフの一つともなっている。例えば、『東勝寺鼠物語』、『鼠のさうし』、『猫の草紙』は、鼠の小盗みをめぐっての僧と鼠との問答という体裁をとり、鼠害と人間の関係がよく表れている。鼠害が僧との問答という形で明らかになるという構成はもちろん、『猫の草紙』に「いかなる柔和忍辱《にゅうわにんにく》の阿闍梨《あざり》なりとも、命を絶ちたきこと勿論なり」とあるように、お伽草子において、特に寺院における鼠の害が意識されているのは注目すべきである。[19] さらに注目したいのは、次の『猫の草紙』の記事である。

慶長七年八月中旬に、洛中に猫の綱を解きて放ち給ふべき御沙汰あり。ひとしく御奉行より、一条の辻に高札を御立て有り。其おもてにいはく、
一、洛中猫の綱を解き、放ち飼ひにすべき事
一、同じく猫売買停止《ちょうじ》の事
此旨、相背くにおゐては、かたく罪科に処せらるべきものなり。よつてくだんの如し。

これは、中世には綱によってつながれていた猫[20]が解き放たれたことを示すもので、有名な『時慶卿記《ときよしきょうき》』慶長七年（一六〇二）一〇月四日条の「猫繋グベカラザル旨、三ヶ月以前ヨリ相触レラル」（原漢文）という記事や、『毛利家文書』慶長一三年（一六〇八）五月一三日の「他人の猫離れたるをつなぎ候ふ儀、一切停止之事」という記述などから裏付けられている。この沙汰の背景には、洛中に猫を放し飼いにする必要があったこと、すなわち『猫の草紙』に述べられるような鼠による被害の拡大が考えられる。そしてこれら鼠害を描いた作品のうち、絵を持つ『鼠のさうし』、『猫の草紙』では、鼠は異類形態で描かれているのである。

多少の誇張はあるにせよ、先に見た『鼠の草子』や『弥兵衛鼠』が描くような鼠害は、当時の民衆にとって身近な問題であったことは疑いようはない。それは『鼠の草子』話末の、鼠の権頭が出家にあたって五戒を誓う場面で、海老や雑魚の殺生、俵からこぼれた米や、栗、柿などの寺の食べ物の偸盗《ちゅうとう》の許しを願い出る場面や、[21]『弥兵衛鼠』において、物語の展開上必要の無い小盗みの場面が、祝儀的な場面と隣り合わせに類型化されて描き込まれていることからもうかがえる。さらに注目したいのは、寛文・延宝頃（一六六一～八一）の成立と見られる[22]『ねずみ物語』である。『ねずみ物語』は六葉の絵のみが現存する作品であるが、その絵の内容から、猫と鼠が棲み分けるようになり、鼠害が減っ

図1　罠にかかる異類形態の鼠たち（『隠れ里』國學院大學図書館蔵）

たという筋立てであったと解釈されている。[23]この筋立ては、鼠が近江へと逃げ出して京の鼠害が収まるという『猫の草紙』と重なる。いずれの作品も、猫の綱を解く沙汰によって変化した世相に取材したと見られ、鼠害の大きさについての関心の高さがうかがえよう。

以上を踏まえて『隠れ里』に目を戻すと、異類形態の鼠は、西宮の鼠が狛犬のしかけた罠にかかる場面【図1】に見える。罠にかかる鼠の姿は、『鼠の草子』にも見え、東博本に「琴の緒をしどけなげに結びつつかけおき給へば、権頭、運のきはめにやありけん、程もなく、この縄にかかりにけり」と記される。これは『隠れ里』の下げ罠と同一のものと見られるが、その絵画表現には大きな差がある。すなわち、異類形態で描かれる『隠れ里』の鼠に対して、『鼠の草子』では異形形態の鼠の権頭が描かれているのである。これは両者の表したいものの差と考えられる。『鼠の草子』では、異形形態で描かれる鼠は、物語中の姫君には人間の姿に見えており、人間が鼠の罠にかかることで権頭の正体が露見するというところに焦点があてられるため、異類形態で描かれたのだろう。他方『隠れ里』では、罠にかかった鼠そのものを描くところに目的がある。鼠害そのものではなく、それを退治する場面を直截に描いたところ、さらに鼠の退治が猫ではなく鼠害の被害者自身の手によって行われるところに、鼠害に苦しめられる当時の人々の姿をより強く読み取ることもできよう。

このような現実の異類の姿は、他の異類物においても擬人化されない食材としての魚鳥や、馬、鷹、猫、象、熊鰐などにも重ねられている。

隠れ里の台盤所では、擬人化された異形形態の鼠の料理人に対して、魚鳥は単なる食材として擬人化されずに描かれる。同様に隠れ里の富貴を象徴する風景として描かれる厩や鷹部屋に並ぶ名馬、名鷹のほか、池に浮かぶ鴨や、早打ちが乗る馬なども擬人化されない。また合戦の場面で擬人化されない異類には馬、猫、象、熊鰐がある。[24] 馬は大黒天の軍勢の大将である鼠次郎穴住らの乗馬として用いられ、象と熊鰐も福神の騎乗するところとなる。「普賢菩薩にあらねども、大象に轡《くつわ》をかけ」と大黒天が騎乗する象には、普賢菩薩の座す白象のイメージが重ねられている。また「八尋の熊鰐に白銀の轡を食ませ」と恵比須が騎乗する熊鰐は、岩瀬文庫本『かみよ物語』に「さて乗り物、龍宮に多くあり。五丈の鰐に召されよとて、鰐をこしらへて召させ奉り」と彦火々出見尊《ひこほほでみのみこと》が騎乗するように、龍宮における乗物として意識されていたことがうかがえる。つまり、象と熊鰐にも、人間社会、あるいはその周縁社会と同じ役割を与えられているといえよう。さらに、猫は「虎毛の猫、声うち上げてねうねうと鳴きける」と、その鳴き声で穴住をおびえさせ、鼠除けの役割を果たしている。[25] 食材、富貴の象徴、移動手段など、人間社会での役割そのままに描かれるとき、異類は擬人化の対象とならないのである。

そして擬人化されない異類と同じく、異類形態の図像には、現実社会の異類の姿が重ねられていると考えられる。現実社会の鼠の姿とは、鼠害を引き起こす害獣としての姿であり、食の問題に結びつくものといえる。このように異形化された異類の姿と描きわけることによって、テキストのみでは表現しきれない動物のイメージを伝えることが意図されているのだろう。これに対して、異形形態の鼠は現実には見られない幻想の姿である。続いて、当時の人々が鼠に見た幻想を、隠れ里の風景に見てみよう。

4　異形形態の鼠をめぐって

一般に隠れ里といえば、富にあふれる理想郷を指す。お伽草子では人や異類が住む様々な隠れ里が想像されたが、[26]

図２　鼠の隠れ里の台盤所（『隠れ里』國學院大學図書館蔵）

とりわけ鼠は隠れ里と結びつきが深い。明暦二年（一六五六）刊の『せわ焼草』三「伊呂波寄」や、延宝四年（一六七六）刊の『俳諧類船集《はいかいるいせんしゅう》』に、「隠家」の付合語として「鼠の浄土」が立項されており、また元禄一〇年（一六九七）刊の『本朝食鑑《ほんちょうしょっかん》』獣畜部「鼠」には、白鼠や斑白の鼠を大黒天の使い、福鼠と称し、その集まる所を隠れ里と名付け、金銀珠玉に満ちた場所とするなど、俳諧の連想語を集めた付合語集や、本草書にも両者のつながりは見える。

　こうした鼠の持つ福をもたらすイメージは、鼠を大黒天の使わしめとする言説に基づくもので、大黒天による致富を描いた『弥兵衛鼠』や、『大黒舞』などに見える。

　大黒天はその信仰や像容について大きな変遷があり[27]、国文研本『大黒舞』に「背低く、顔は藍染めなんどのごとくなるが、頭巾うち着て、袋を肩にかけ、手には大きなる槌を持ち、太く肥へたる男」とあるような、我々がよく知る福神としての姿は、室町時代以降に定着したものである[28]。

　福神としての大黒天に対する信仰は、一五世紀にはある程度の広がりをもって受け入れられていたようで、『看聞日記』応永二七年（一四二〇）正月一五日条に、山村の風流《ふりゅう》で大黒天や恵比須などに扮して芸能が行われたとある。また『実隆公記』、『言継《ときつぐ》卿記』などの中世公家の日記に大黒天を信仰する様子が見え、個人や禁裏で大黒天を祀る行事が習俗となっていたことがわかる[29]。さらに大黒天信仰は、享禄三年（一五三〇）奥書の『大黒天和讃』に「あがむる人は悉く、福を暮らぬ人ぞなき」と謡われ、天文二一年（一五五二）奥書の[30]『塵塚物語《ちりづかものがたり》』に「大黒と夷《えびす》と対して、あるひは木造を刻み、あるひは絵に描きて富貴を祈る本主とせり。世間こぞりて、一家一館にこれを安置せずといふことなし」と記されるような広がりを見せ、お伽草子、狂歌、風流、狂言など様々なメディアにまたがる文化現象として展開していく[31]。

そして福神としての大黒天の周辺には、眷属としての鼠を見出すことができる。たとえばスペンサー本『弥兵衛鼠』の「あらありがたや、めでたやな。大黒天の恵みあり。福を与へ給ふとき、白鼠を家に放させ給ふなり」という大黒天の先触れとしての白鼠や、国文研本『大黒舞』で大黒天が従える「鼠のやうなる怪しきかたち」をした眷属の姿、スペンサー本『七福神絵巻』に大黒天の周りに描かれる鼠など、中世末頃からの文芸に確認することができる[32]。

このような福神としての大黒天と鼠が結びついた理由には諸説あり[33]、いずれとも断じがたい。しかし、例えば俳諧の付合語集には、正保二年（一六四五）刊の『毛吹草』三「付合」に「大黒」の付合語として「鼠」があがり、『俳諧類船集』には「大黒」と「鼠」は互いに付合語となっている。延宝四年序の『日次紀事』一一「十一月」条に「銀座大黒屋、子祭リヲ尊崇シ、特ニ之ヲ祝ス。家内宴遊ノ間、狂言ヲ催シ、大黒天、槌ヲ授クノ戯ヲ為ス」とある大黒天の祭りを子祭と呼ぶのも鼠との連想からであろう。このように両者の結びつきは明らかだが、その関係を示す史料の多くは、お伽草子や狂言からやや下る近世初期からのものであり、文明八年（一四七六）に成立した連歌の寄合語集『連珠合璧集《れんじゅがっぺきしゅう》』などにはまだ両者の結びつきは見えない。つまり大黒天と鼠のつながりは、福神としての大黒天信仰が拡大していく時期に、お伽草子や狂言などの文芸の中で積極的に展開され、この関係性の中で鼠の隠れ里の持つ富は強調されていったと考えられよう。

そして、大黒天の眷属として、また隠れ里の担い手として、右に挙げたお伽草子に富とともに描かれる鼠たちは、いずれも異形形態で描かれている。つまり異形形態の鼠たちが象徴するのは、大黒天との関わりに由来する富貴だといえよう。この異形形態の鼠が持つめでたいイメージは、近世の絵本類にも引き継がれ、『絵本福神子供遊』にて鼠の隠れ里でくつろぐ大黒天の姿や、『祝言富貴鼠』の鼠の祝言、『絵本大黒舞』の大黒天の先隠れをする鼠の行列などがある。そこで問題となるのは、鼠の隠れ里が象徴する富とはいかなるものであったのか、ということである。

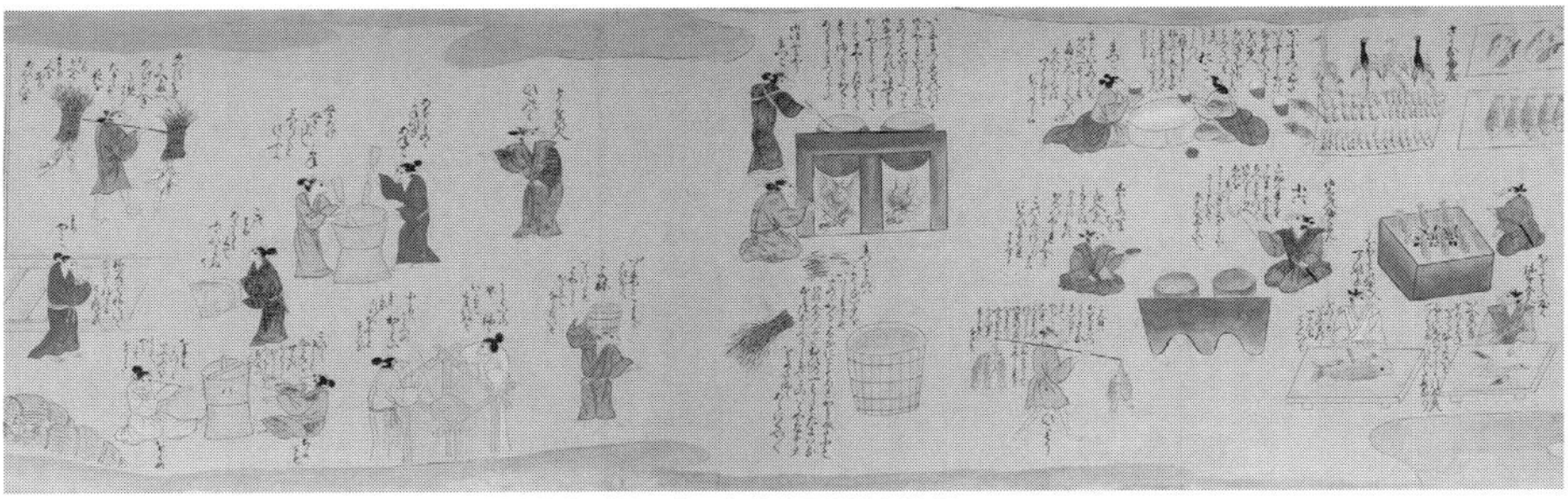

図3　婚礼における饗応準備（『鼠の草子』東京国立博物館蔵）Image: TNM Image Archives

では『隠れ里』の鼠の隠れ里の風景【図2】を見てみよう。

棟門、唐門、立て並べたり。怪しく思ひて立ち寄り、門の内をさし覗きたれば、人も無し。さし入りて台盤所に至りければ、多くの鼠の集まりて、鍋、釜、据え並べ、魚を切り、水を汲みおく。十二間の遠侍《とおさぶらい》には、鶏、兎、白鳥、五竿ばかり掛け並べ、桶と壷とはいくつも並べ、零るるほど酒を湛へたり。庭に立臼二つ並べ、米を打つ所もあり。その米唄を聞けば、おかしくも、また面白かりけり。

　早苗の葉には、蝗も付きそ　虎毛の猫は、声をも嫌よ

と謡ひたる節の面白さ、声めづらかに匂ひありて、息の弾むことぞありとなん。また東の方を見渡せば、五十間の厩あり。（略）五十本の鷹部屋あり。（略）西の方に回りて見れば、折節、中門は開きてあり。内を見入れたれば、水晶の砂を敷き、瑪瑙の石を並べたり。（略）北より続く山を見れば、高嶺の雪は消えやらで、窓に移ろふ梅が香を、君ならではと匂ふらん。（略）

梗概にも述べたように、男がまず目にするのは台盤所における饗応の準備である。その後、邸内の東西北の方角に視点が移動し、お伽草子の理想郷描写に常套的な四方《しほう》四季《しき》の趣向そのままではないが、四方が意識されており、名馬、名鷹や七宝の宮殿などを描くことで、富貴が強調されている。

さて、こうした邸内の様子を他の鼠の隠れ里の様子と比べてみると、東博本『鼠の

図4 婚礼における饗応準備（『弥兵衛鼠』スペンサー本、『在外奈良絵本』角川書店、1981）

草子』【図3】には、

座敷の体を見侍りければ、襖障子、遣り障子、金屏数々立て並べ、庭のおもてを見渡せば、柳桜を植ゑまぜて、錦を飾るかと疑はれ、鞠のかかりは、みな桜咲き乱れたる有様は、都の春のあけぼのも、これにはいかで勝るべき。

と美しい屋敷の様子が示され、また姫君たちが逃げ出した出口が「古塚の崩れ」とされるなど、『隠れ里』とモチーフを同じくするものもあるが、本文表現の上ではほとんど重ならないことがわかる。

またスペンサー本『弥兵衛鼠』の婚礼の場面【図4】では、

子兵衛殿は、烏帽子装束華やかに出で立ちたまへば、目を驚かすばかりなり。さて姫君を見たまへば、聞きしはものの数ならず。美しさ譬へんかたもなし。（略）ともの女房たちをも見給へば、もみぢを織りそろへたるやうにぞありける。

と隠れ里の風景は記されないのである。

このように『鼠の草子』、『弥兵衛鼠』ともに本文の上では『隠れ里』とは遠い関係にあるのだが、絵画化された場面については、共通点が見える。【図2】國學院本『隠れ里』と【図4】スペンサー本『弥兵衛鼠』の構図の類似もさることながら、三作品ともに饗応準備が隠れ里を象徴するものとして描かれている。特に『鼠の草子』、『弥兵衛鼠』

において、詞書に見られない場面が絵画化されたのは、こうした饗応準備の場面が類型化された表現としてすでに定着していたことを意味しよう。さらに注目すべきは、そこに米搗きが描き込まれているという点である。[34] この点は後述することと関わる。

それでは、鼠の隠れ里の表現は、お伽草子の理想郷表現の中でどのような位置にあるのだろうか。

お伽草子の理想郷は、四方四季の庭、七宝の宮殿のいずれかを備えている。四方四季の庭は、日本民芸協会蔵『浦島』に「四方の四季をみせ申さん」と記されるように、東南西北の四方に春夏秋冬を配する趣向で、本来同時に見ることができない四季の景を一時に見ることができるところに理想郷としての働きがある。七宝の宮殿は金銀や宝玉に彩られた宮殿楼閣であり、学習院本『俵藤太物語』に「七宝の宮殿、黄金の楼門輝き渡れり」と記される。このほか『七夕の本地』の天上世界[35]や、『さざれ石』の浄瑠璃世界[36]、あるいは理想郷の裏返しとして描かれる『酒呑童子』の大江山[37]などの異類の世界のみならず、人間の世界においても、類型化された四方四季と七宝の宮殿で理想郷は語られる。[38] 一方で、鼠の隠れ里が描く食の表現は他のお伽草子には見られず、理想郷描写と饗応準備が結びつくのは、鼠の隠れ里に固有の表現であることがわかる。

では、饗応準備というモチーフはどこからくるのか。お伽草子の異類物を見回すと、『猿の草子』や『藤袋の草子』など異類婚を描いた作品や、『十二類絵巻』、『鶏鼠物語』などの合戦物に饗応準備は多く見られる。これらに共通する特徴として、詞書には細かい表現は見られず、主に画中詞によって場面が展開していることが指摘でき、これは『鼠の草子』の表現に重なる。

饗応準備の内容を確認すると、類型的な表現と言えるのは「まな板」と「包丁」[39]で、調理の対象となるのは魚鳥である。お伽草子『精進魚類物語《しょうじんぎょるいものがたり》』や、狂言「たこ」、「栄螺《さざえ》」など、魚介の調理を意識した作品は中世から見られるようになり、庖丁書や料理書、饗応の記録などから、魚介類について大きな関心が寄せられていたことがうかがえる。[40] また祝言の場のみではなく、その準備を類型化して描くのは、食物、特に中世に美物と呼ばれた魚鳥の調理場面が、祝言性を持つ表現として受け入れられていたことを示唆しているといえよう。

再び鼠の隠れ里に目を戻すと、この「まな板」と「包丁」は鼠の饗応準備にも取り込まれているが、米搗きの場面は他の異類の饗応準備には描かれないという大きな違いに気付く。また、異類物における饗応準備は、理想郷を描こうとしたものではない。

理想郷である鼠の隠れ里に饗応準備が強調されるのは、婚礼場面における類型として描かれた『鼠の草子』の饗応準備が、『弥兵衛鼠』や『隠れ里』において、鼠の隠れ里の理想郷の要素として米搗きを取り入れつつ継承されたためと考えることができる。そして本稿の問題意識に立ち返ってみると、この鼠の隠れ里、あるいは異形形態の鼠が象徴する富とは、他の理想郷に描かれる四季の庭でも、七宝の宮殿でもなく、豊穣な食物といえる。食を宝として扱うのは、岩瀬文庫本『梅津長者物語』などに、大黒天が打出の小槌で「四季折々の菓ども、山海の珍物、さながら山のごとくなり」と打ち出す場面に通じ、大黒天の眷属としての鼠の姿が浮かび上がる。また、食と結びつくのは前節に見た異類形態の鼠と重なり、鼠害と宝物、現実と幻想の両面から食という主題を描こうとしているといえよう。

5　鼠の隠れ里をめぐって

それでは最後に、なぜ米が強調されるのか、という問題について、鼠の隠れ里という場から考えたい。なぜ米が鼠の理想郷に描かれるのか、という問題を考えるには、理想郷が何を表すのか、ということを考える必要がある。理想郷を求める動きは、苦しい現実の裏返しであり、米が強調される隠れ里の背景には、食糧難や飢饉が想定される。

飢饉と鼠の隠れ里の関係を示す史料に、『薬師《やくし》通《つ》夜《や》物語《ものがたり》（福斎物語）』がある。


寛永二十年正月十二日（略）鼠を頭にいただきたる老人ひとり出、「吾はこれ本地金剛《こんごう》夜叉《やしや》明王《みようおう》の化身なり。薬師十二神の時は宮毘羅《くびら》大将《たいしょう》と現れ、大黒天に使ひ申す時は則ちねずみなり。(略)それ近年米高値にてありといへども、取り分け寛永十八年の暮れより、二十年の春まで高値にて、天下飢饉して、商売人諸職人京中つまり、洛中の有様見れば、乞食の出づること、羽蟻の涌くがごとし。路頭に死すること、水にひつまる魚のごとく、洛中に満てる貧人は、冥途に聞く餓鬼道のごとし。(略)人皇《にんのう》三十二代用明天皇の御宇《ぎょう》より已来の記録、鼠の頭領隠れ里と申す所に御座候。飢饉餓死の事、(略)夫《そ》れ一千八百年已来の事、鼠の記録に書き付け申す。

「寛永二十年二月日　大黒判」(一六四三)という刊記を持つ『薬師通夜物語』は、寛永の飢饉に際して大黒天が鼠の窮状を薬師如来に訴える内容である。寛永の飢饉の様子のほか、米が十分に蓄えられているにも関わらず米の高騰が原因で飢饉が起こったと記し、人間の欲を戒めるなど、現実的な批判意識が現れている。注目されるのは、用明天皇の御宇以来の飢饉の記録が鼠の隠れ里にまとめられているとの記述(傍線部)で、飢饉と鼠の隠れ里がここで明確に結びつけられている。この寛永の飢饉については、慶長一〇年(一六〇五)より寛文一三年(一六七三)までの諸事件を収録した『談海』に、「今年ノ暮より十九年二十年ノ春迄天下飢饉也」(寛永一八年条)、「今年春より夏に至り天下飢饉ニて人多く餓死ス、道路に骸をさらしけり」(寛永一九年条)と記される。

これに先だつ寛永一三年(一六三六)八月下旬の出来事とされるのがお伽草子『鶏鼠物語』である。幕府から京に送られた米俵からこぼれ落ちた米を鶏と鼠で争う内容で、泰平の世の出来事とされる。しかしこの年は、西国・北国は大水、東国は旱魃し、諸国にて飢饉が起こっていたと『永禄以来大事記』、『武江年表』などに記される。これを踏まえて作品を捉え直せば、飢饉における鶏鼠の食料争いと読むことができよう。

また黒田日出男の指摘があるように、[41]『猫の草紙』の話末で、猫が放し飼いになったことで外に出られず餓死してしまうと京から逃げ出す鼠たちには、飢饉に際して冬から春にかけて飢えをしのぐ人間の行動が重ねられている。黒田は消費生活の上昇、また鼠害が引き起こされるほどの都市生活の発展により、鼠を主人公としたお伽草子出現の条件が整ったと『鼠の草子』の成立について言及したが[42]、中世の末以降に登場した鼠は、飢饉による理想郷を追い求める動きのもとに生み出されていったという側面もうかがうことができよう。

では、そうした中で、『隠れ里』において木幡という地に鼠の隠れ里の存在が想定された理由はどのようなものだろうか。

木幡野に想像された異界は、同時代の作品にいくつか見出すことができる。ひとつは『木幡狐』であり、渋川版に「山城国木幡の里に、年を経て久しき狐あり」と主人公の雌狐きしゅ御前の棲み処を木幡の里に設定する。また『鳥獣戯歌合物語』で獣たちが歌合をする場として木幡峠がある。さらに注目されるのは、寛文六年（一六六六）刊『伽婢子《おとぎぼうこ》』「隠里」である。男が鼠の精霊に手を貸して、猿に押領された鼠の隠れ里を奪い返す筋立てで、隠れ里からの出口を木幡山の麓に設定している。この話は中国明代に成立の『剪灯新話《せんとうしんわ》』「申陽洞記《しんようとうき》」の翻案物で、『剪灯新話』では「虚星之精」とする鼠を「虚星の精霊として、大黒天神の使者」と捉え直し、「この所は鼠の住所として、世にかくれ里と名付く」と鼠の隠れ里の記述を加える。『伽婢子』は『隠れ里』と成立も設定も近しく、慶応本・國學院本『隠れ里』絵巻の詞書作者である、朝倉重賢《あさくらじゅうけん》と、同じく絵巻の詞書制作者の一人であり、『伽婢子』作者でもある浅井了意《あさいりょうい》との関係も含め、その示唆する所は大きい。

このような異類と関わる木幡の地は、六地蔵の先にあり、異界と関わる下地を持っていたが[43]、もう一つ、流通の要となる場であったことにも注意しなければならない。

木幡と淀川の水運との関わりは、『看聞日記』永享元年（一四二九）九月二一日条に「春日詣見物、密々思ひ立つ。今夜より木幡へ行き乗船す」（原漢文）と京からの船着き場である姿や、『山科家礼記《やましなけらいき》』文明一三年（一四八一）五月二五日条からは「木津川の竹、舟つむ事、伏見はひさしき供御人《くごにん》、小幡《こはた》はちかし」という、近年水運を始めたとする木幡商人の拡大などから読み取ることができる。『実隆公記』文明一八年（一四八六）五月一八日条に記される「魚市の札狩、小幡役所の事」の魚市とは都にて魚を商う淀魚市のことで、淀川から揚げられた貨物は、木幡の関で税を納めてから都に搬入されていた。このほか、『隠れ里』で比叡山に集う木幡以外の鼠の隠れ里の所在として挙がる西宮、須磨、一ノ谷、渡部、福島、江口、山崎、八幡は瀬戸内海から淀川沿岸の地であり、京・大坂をつなぐ交通の要である。こうした物流の拠点には富が集中し、富が集中する場所は鼠が繁殖しやすい環境となる。飢饉においても鼠の繁殖する物流の拠点としての木幡、これもまた鼠の隠れ里が想像される背景になったと考えられるのである。

6 おわりに――擬人化された鼠が示すもの

以上、擬人化された鼠のいる風景を中心に、『隠れ里』を捉え直してきた。『隠れ里』において鼠は異類形態と異形形態の二つの図像に描きわけられ、それぞれ現実の鼠害、大黒天に由来する富貴という正反対のイメージが重ねられていた。しかしそこから浮かび上がってきたのは食、特に米という主題であり、それを鼠害と福という鼠の持つ二面性から描こうとしたのが『隠れ里』の特徴であるといえる。鼠の擬人化における二つの形態は、テキストのみでは表現しきれない鼠の二面性を効果的に表すために機能しているといえよう。

この描きわけの意識は『隠れ里』独自のものではなく、『鼠の草子』や『弥兵衛鼠』、『ねずみ物語』においても、鼠の二面性は二つの形態によって示されている。また『猫の草紙』や『大黒舞』など、二面性のいずれか一方のみを描く作品においては、鼠はそれぞれ対応する形態で描かれているなど、お伽草子「鼠物」と総称できる作品群に共通して見られるものといえる。さらに異形形態と富貴の結びつきは、近世の絵本類などにも確認できる。本稿では論が及ばなかったが、近世における鼠の問題は、たとえば浄瑠璃や歌舞伎に取材した『福鼠尻尾太棹』など、様々な文芸の中で捉え直す必要があろう。

また『隠れ里』において、鼠の隠れ里の背景として食糧難や飢饉のもとでの木幡が想定されたように、描かれた異類の世界は、人間の社会から独立したものではなく、むしろ両者は地続きである。擬人化されたことによって何が示されているのか、背景となる人間社会にどのように還元して考えるか、現実と幻想の眼差しを読み解くことが求められていよう。

▼注

1 徳田和夫編『お伽草子事典』(東京堂出版、二〇〇二年)など。

2 擬人化図像の分類については、田口文哉「「擬人化」の図像学、その物語表現の可能性について――御伽草子『弥兵衛鼠』(慶應義塾図書館蔵)を主たる対象として」(『美術史』五五、二〇〇六年三月)で動物、変装、変身の三つの類型が示され、それを引き継ぐ形で、水谷亜希「擬人化表現が果たす役割――御伽草子《弥兵衛鼠》と《玉ものまへ》を中心に」(石川透編『中世の物語と絵画』竹林舎、二〇一三年)では、本来の姿、合成的姿、人間の姿という呼称が用いられている。

3 伊藤慎吾「『勧学院物語』の社会とキャラクター造形――高貴な雀の物語」(鈴木健一編『鳥獣中魚の文学史――日本古典の自然観 二』三弥井書店、二〇一一年)などにも指摘がある。ただし乗物としての馬については、『鼠の草子』で婚礼の行列に擬「馬」化された鼠が、『猿の草子』には馬の代わりに鹿が描かれるように、別の動物に置き換えられるものもある。

4 伊藤慎吾「異類・変化・擬人化キャラクターの造形――お伽草子の時代から」(『日本文学論究』七一、二〇一二年三月)などで検討されている。異形形態の姿は、異類の種族によって描かれ方が異なるが、主に頭部や背中に特徴を持つことで共通する。

5 辻惟雄「絵巻鳥獣人物戯画と鳴呼絵」(『日本の美術』三〇〇、一九九一年五月)、沢井耐三「『精進魚類物語』擬人名考――笑いの合戦記」、「『精進魚類物語』擬人名考――笑いの合戦記・追考」(『室町物語研究――絵巻・絵本への文学的アプローチ』三弥井書店、二〇一二年)など。

6 松浪久子「御伽草子『祢兵衛鼠』の地理的世界」(『大阪青山短大国文』一七、二〇〇一年三月)、同「御伽草子『弥兵衛鼠』の諸問題」(福田晃監修・古希記念論集刊行委員会編『伝承文化の展望――日本の民俗・古典・芸能』三弥井書店、二〇〇三年)、楊暁捷「『白鼠弥兵衛物語』に中世の幻想を読む――絵画表現を手がかりに」(『国際シンポジウム、日本文学の創造物――書籍・写本・絵巻』国文学研究資料館、二〇〇九年)など。

7　拙稿「『隠れ里』の研究――諸本を中心に」『立教大学日本文学』一〇五、二〇一一年一月。

8　同右。

9　『隠れ里』の伝本には、東大本、慶応本、國學院本、加賀文庫本、早大本の五点があり、前掲注7論文で指摘したとおり、祖本に最も近いと考えられるのが、明暦二年の刊記を持つ版本の加賀文庫本である。なお國學院本は近年世に出た新出本で、慶応本と同じく詞書作者が朝倉重賢であることから、同一の工房か絵草紙屋の手で製作されたと見られる。國學院本については、針本正行・山本岳史「國學院大學図書館所蔵『かくれ里』の解題と翻刻」（『國學院大學校史・学術資産研究』七、二〇一五年三月）にて翻刻・紹介されている。

10　権頭系。清水観音の力を得た鼠の権頭が人間の姫と結ばれる異類婚姻譚。書名は前掲注1『お伽草子事典』に従った。

11　フォッグ美術館本系。前掲注10『鼠の草子』と同名で、一部モチーフを共有する異類婚姻譚であるが、物語の展開は異なる。書名は前掲注1『お伽草子事典』に従った。

12　ケンブリッジ大学図書館本。『猫の草紙』と構成が類似する論争物。書名は前掲注1『お伽草子事典』に従った。

13　ただし伝本によって異同があり、天理図書館本では、姫君の周りにいる鼠は人間形態で描かれている。

14　前掲注2田口論文。

15　前掲注2水谷論文。

16　たとえば『鼠の草子』や『隠れ里』での鼠の形態の違いは、同一の空間ないし世界の中での差違であり、また『弥兵衛鼠』のように同一の個体における形態の変化ではないため、身分の上昇下降とも解釈できない。

17　前掲注2田口論文。

18　黒田日出男『歴史としての御伽草子』ぺリカン社、一九九六年。

19　小林美和・冨安郁子「『東勝寺鼠物語』等にみる室町期僧房の食生活――その1」（『帝塚山大学現代生活学部紀要』六、二〇一〇年二月）には、その理由を「不殺生を戒律とする寺院社会において、鼠が駆除されるという可能性は本来極めて低い」と指摘している。なお『隠れ里』の鼠問答における恵比須の言葉に引用される『大日経』一「入真言門住心品」の「鼠心」という文句は、その注釈である八世紀に成立の『大日経疏』二「入真言門住心品第一之余」に、「非理損壊ヲ好ム」（原漢文）心であると示され、早い時期から寺院では鼠の害に悩まされていたことがうかがえる。

20 前掲注18黒田論文に示されるように、『源氏物語』「若菜」上に「猫は、まだ、よく人にもなつかぬにや、綱、いと長くつきたりけるを」とある有名な記述をはじめ、『枕草子』「なまめかしきもの」、『古今著聞集』巻二〇―魚鳥禽獣第三〇「宰相中将の乳母が飼猫の事」などの説話のほか、『信貴山縁起』尼公の巻、『石山寺縁起』巻二―四段など、絵画史料からもうかがえる。

21 東博本に「まづ第一に殺生戒は、海老、雑魚、蝗の類、口のまずき折節はそつそと殺して給はらん。御許し給ふべし。第二偸盗戒は御存知の如く、蔵々、部屋〱の傍らにて、俵兵糧食ひあけて、こぼれ物をば御免あれ。その他、御寺方に住まひせば、おこが、栗、柿、飴、おこし、胡桃、納豆、香の物、ともし火の油筒、余るところを御免あれ」とある。

22 徳田和夫「シンポジウム「説話と意匠」「鼠の談合」説話の草子化と絵画化」『説話文学研究』四三、二〇〇八年七月。

23 同右。

24 早大本のみ、猫とともに本文に登場しない鳶が描かれる。これは大黒天の鼠次郎穴住への「猫太郎に行き会ふな、鳶の助もあるぞかし」という忠告を絵画化したものである。

25 鼠除けの猫という点では、元禄五年（一六九二）刊の『狗張子《いぬはりこ》』七「鼠の妖怪」が注目される。商人徳田某の山荘に年経た鼠が現れ、茶の湯道具をはじめとした家財を猫を描いた絵を除いてかじっていく。『隠れ里』の猫は、このような鼠除けの猫絵と関わる可能性もあろう。

26 たとえば人間の隠れ里には『鏡破翁絵詞《かがみわりおきなえことば》』、『かくれ里』（別本）などがあり、異類の隠れ里には『鶴の草子』などがある。

27 日本における大黒天像の原型は、彌永信美『大黒天変相　仏教神話学Ⅰ』（法藏館、二〇〇二年）に一〇世紀後半以降に真言系の僧の手によるとの指摘がされている『大黒天神法』によるもので、烏帽子狩衣を身につけ、鼠毛色の大袋を持った黒色の像とされる。この大黒天は、『大黒天神法』に「大黒天神は闘戦神なり」（原漢文）とあるのをはじめ、密教の修法書である『渓嵐拾葉集《けいらんしゅうようしゅう》』「大黒天神為闘戦神事」条に人の血肉を喰らう大黒天の姿が記されるなど、闘戦神としての側面が強く、鼠とは関わらない。

28 一六世紀の作とされる『月次風俗図屏風《つきなみふうぞくずびょうぶ》』や、慶長一五年（一六一〇）、豊臣秀吉の七回忌にあたって催された臨時祭礼の様子を描いた『豊国祭礼図屏風』に描かれた芸能民の扮装などに見える。

29 『実隆公記』には三条西実隆が大黒天を信仰する様子が記され、延徳二年（一四九〇）一一月二二日条に大黒天を供養できずに「無念々々」と嘆き、翌延徳三年一一月二七日条には供養ができて「珍重々々」と喜ぶ。『言継卿記』には、永禄七年（一五六四）一一月二四日条に大黒祭、慶長元年（一五九六）一一月一九日条に子祭を行い、慶長一八年（一六一三）三月六日条には甲子待に参内するように禁裏より仰せがあったと記す。

30 『塵塚物語』の成立については、今井正之助「『塵塚物語』考――『吉野拾遺』との関係」（『愛知教育大学研究報告　人文・社会科学編』五五、二〇〇六年三月）に、奥書の天文二一年を下るとの指摘があるが、『天正狂言本』「大黒」にその信仰が描かれるなど、大黒天信仰の広がりは一六世紀後半には確認できる。

31 文芸の中に取り込まれた福神信仰については、拙稿「福神の擬人化――『隠れ里』の福神表現をてがかりに」（『立教大学日本文学』一〇七、二〇一二年一月）、同「富貴への予言と福神・貧乏神――打出の小槌と柿帷子」（『アジア遊学』一五九、二〇一二年一二月）などで述べた。

32 お伽草子のほかにも、長門本『平家物語』一「清盛捕怪鳥并一族官位昇進事」には、「鼠と云は大黒の使者なり。此人栄花の前表、これ始めなり」と、『弥兵衛鼠』と同様に、慶長古活字本『源平盛衰記』一「同人捕怪鳥」にも、ほぼ同文の記述がある。大黒天の使わしめである鼠が福や栄華を与える先触れとされ、寛永二〇年（一六四三）の刊記を持つ仮名草子『薬師通夜物語』では、寛永の飢饉に際して、大黒天は宮毘羅大将と共に、鼠の窮状を薬師如来に訴え出る。狂言にも虎明本「大黒の風流」の「我らは大黒の使者にて候」という鼠の言葉などに、両者のつながりが見える。

33 たとえば、鎌倉時代中期の『塵袋』には空海が字音の類似から大国の文字を改めて大黒としたとあるほか、『塵塚物語』に「兼倶が説をうけたまはりしに、大黒といふは元大国主命なり」とあるような大黒天と大国主の習合に基づいて、『倭訓栞《わくんのしおり》』「ねまつり」条には根堅洲国《ねのかたすくに》で大国主の危難を鼠が救ったという『古事記』の伝承を引く。『嬉遊笑覧《きゆうしょうらん》』一二上に「大黒は黒を以て北方の色とし、北方子の位なれば鼠の使者とす」と、大黒天の「黒」が北方の色であり十二支の子と結びついたという説や、金井清光「福神狂言の形成」（『中世文学の研究』東京大学出版会、一九七二年）、宮田登『江戸の小さな神々』（青土社、一九八九年）などに指摘がある、大黒天が祀られた台所から鼠が連想されたという説などがある。

34 ただし成立の古い天理図書館本『鼠の草子』には米搗きは描かれず、鼠の隠れ里の展開の中で求められるようになったものとして注意が必要である。

35　たとえば慶応本『七夕の本地』に「宮殿楼閣、甍を並べ、七宝を散りばめ、庭には金銀の砂《いさご》を敷き（略）四季霜雪は一時にあらはれ、黄金の甍《いらか》を並べ、軒端には梅花の匂ひ香ばしく、鶯の声うららかなり」とある。

36　たとえば渋川版『さざれ石』に「七宝の蓮華の上に玉の宝殿を立て、こがねの扉を並べ、玉の簾をかけ、床には錦のしとねを敷き」とある。

37　たとえば慶応本『酒呑童子』に、「宮殿のめぐりには四節の四季の景気をうつしたれば、唐土の八景もさながらここにあらはれたり（略）そのほか、金銀珠玉、綾羅錦繍、山海の珍物、珍菓を心にまかせ取り集めたれば、蓬莱山も目の前にあるぞかし」とある。

38　たとえば赤木文庫旧蔵『かくれ里』（別本）には、「白銀の築地の内に七宝の宮殿を建て並べ、三方に黄金の門を開きたり」とあるなど、人間の隠れ里においては、金銀などの宝物が強調される傾向がある。

39　饗応準備の表現の系譜については、前掲注6掲論文に指摘がある。

40　ハルオ・シラネ「詩歌・食文化・魚」（『文学に描かれた日本の「食」のすがた――古代から江戸時代まで』国文学解釈と鑑賞別冊、二〇〇八年一〇月）に、食と文芸の関わりについて述べられるほか、『精進魚類物語』と食の関係については、小峯和明「お伽草子と狂言――料理・異類・争論」（『アジア文化研究別冊』一八、二〇一〇年）などに詳しい。また拙稿「お伽草子「福神物」にみる龍宮の眷属――蛸イメージの変遷を中心に」（『伝承文学研究』六二、二〇一三年九月）にて、龍宮の眷属の表現と食文化との関わりについて指摘した。

41　前掲注18黒田論文。

42　同右。

43　中世文学会平成二五年度春季大会（於日本大学）における口頭発表「お伽草子「福神物」と「異類物」との交差――『隠れ里』の福神の眷属と異界を端緒にして」での福田晃氏のご教示による。

※　末筆ながら挿絵の掲載を許可してくださいました関係諸機関に厚く御礼申し上げます。

『花月往来』の魅力
――花と月の合戦――

北林茉莉代

「往来物《おうらいもの》」は、書簡形式の手本集や、事物列挙型の辞書的文献、初歩教科書を指す用語である。もともとは往返一対の手紙文を集めた書簡文集で、平安時代に成立した。最古の往来物は、平安後期の漢詩人、藤原明衡《あきひら》（九八九～一〇六六）の作と伝えられる『明衡往来《めいごう》』である。鎌倉時代には、手紙文に使用される単語・短句・短文を集めたものも往来物と呼ばれ、読本であると同時に手習い（習字）の手本となった。室町時代には、手紙文体以外の文体でも往来物と呼ばれ、南北朝時代には手紙と解説を並列した『庭訓往来』などが作られた。時代とともに初等教科書の色合いを帯びてきた往来物は、江戸時代には寺子屋や女子教育に広く利用され、現在まで約七〇〇〇種類が確認されている。こうして、平安後期から明治初頭に至るまでのおよそ八〇〇年にわたり、貴族・僧侶・武士・庶民の文例集や教科書として日本人に親しまれてきたのが往来物である。

『花月往来』は、その往来物の一つとして、万治元年（一六五八）一一月に京都で刊行された作品である。現在は宮内庁書陵部にのみ所蔵されており、異本は確認されていない。本作品は、一行五～九字前後、半丁三行の大字で記されている。変体漢文で表記されており、ほとんどの文字に振り仮名・返り点が付されている。和歌のみ、漢字・平仮名交じり文で記される。漢字のみを数えると原稿用紙五枚程度の分量だが、掌編ながらも戦の由来から終着まで簡潔に描かれている。

本作品の作者や、成立時期については未詳である。そのため、ここでは【あらすじ】、【連歌と花月】、【人間と異類の関わり】、【花月の争い】、【言語遊戯】、【関連作品】の項に分けて、『花月往来』の魅力と特徴を解説する。

【あらすじ】

花月元年二月、都で花と月による合戦が起こった。その発端は、北野天満宮で行われた千句連歌[1]での座敷論[2]である。第一の懐紙の表に[3]、花が「月よりも花は久しき盛哉（月よりも花の方が盛りが長い）」と詠んだ。その句を「謀叛」と解釈した月が戦を企て、花も応戦の準備を始める。花は巡文《めぐらしぶみ》（複数の人に順に回し読みさせる文書）をして味方を集め、都の内外から桃李《とうり》、歎冬《かんとう》、藤花《とうか》、躑躅《てきちょく》、撫子《なでしこ》、杜若《かきつばた》といった草花が馳せ参じる。一方、月方の軍勢には、正月から十二月までの諸月や、十五夜、朧月、眷属の星々が集まった。名乗りや言葉争いののち戦端が開かれ、朧月が花勢を散々に散らしていると、女武者である女郎花と組み合いとなる。女郎花が敗着するかと思われたとき、女郎花の妹の姫百合草が助けに入り、朧月の弓手《ゆんで》（左手）の肘を斬った。それが今の世の片破月《かたわれつき》（半月）である。こうして、花は第一の懐紙という所領を安堵し、月は仏道に入ることを決め、天下泰平となった。

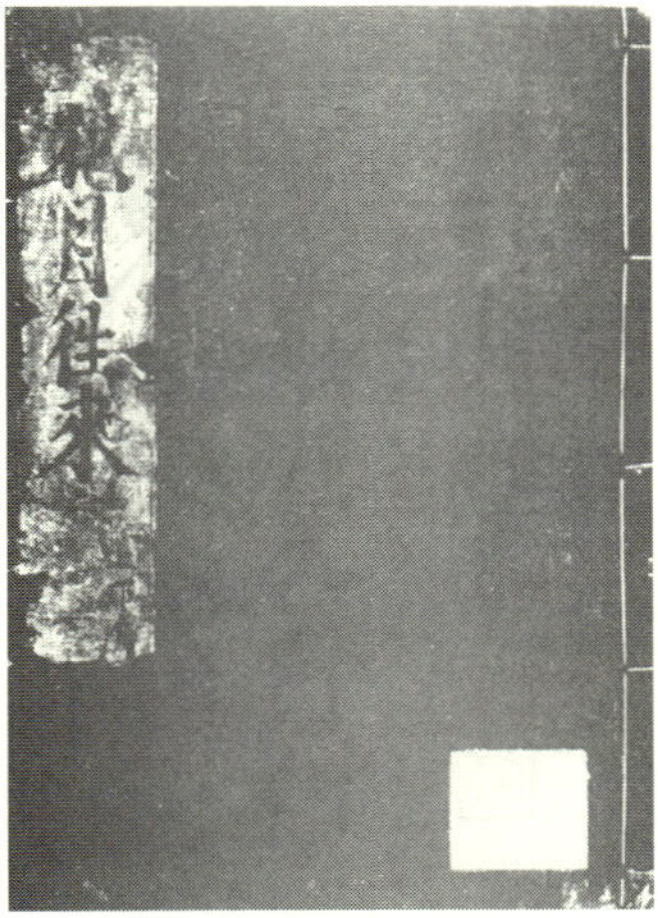

図１　『花月往来』表紙（宮内庁書陵部蔵）

【連歌と花月】

本作品の面白いところは、連歌の常識を踏まえて創造された部分である。連歌には、「指合《さしあい》」「去嫌《さりきらい》」といった式目（決まりごと）が複数あり、そのなかの一つとして月や花を詠み込む決まりがある。たとえば、百韻では四花七月《しかしちげつ》（時代によっては三花や八月の場合もある）と

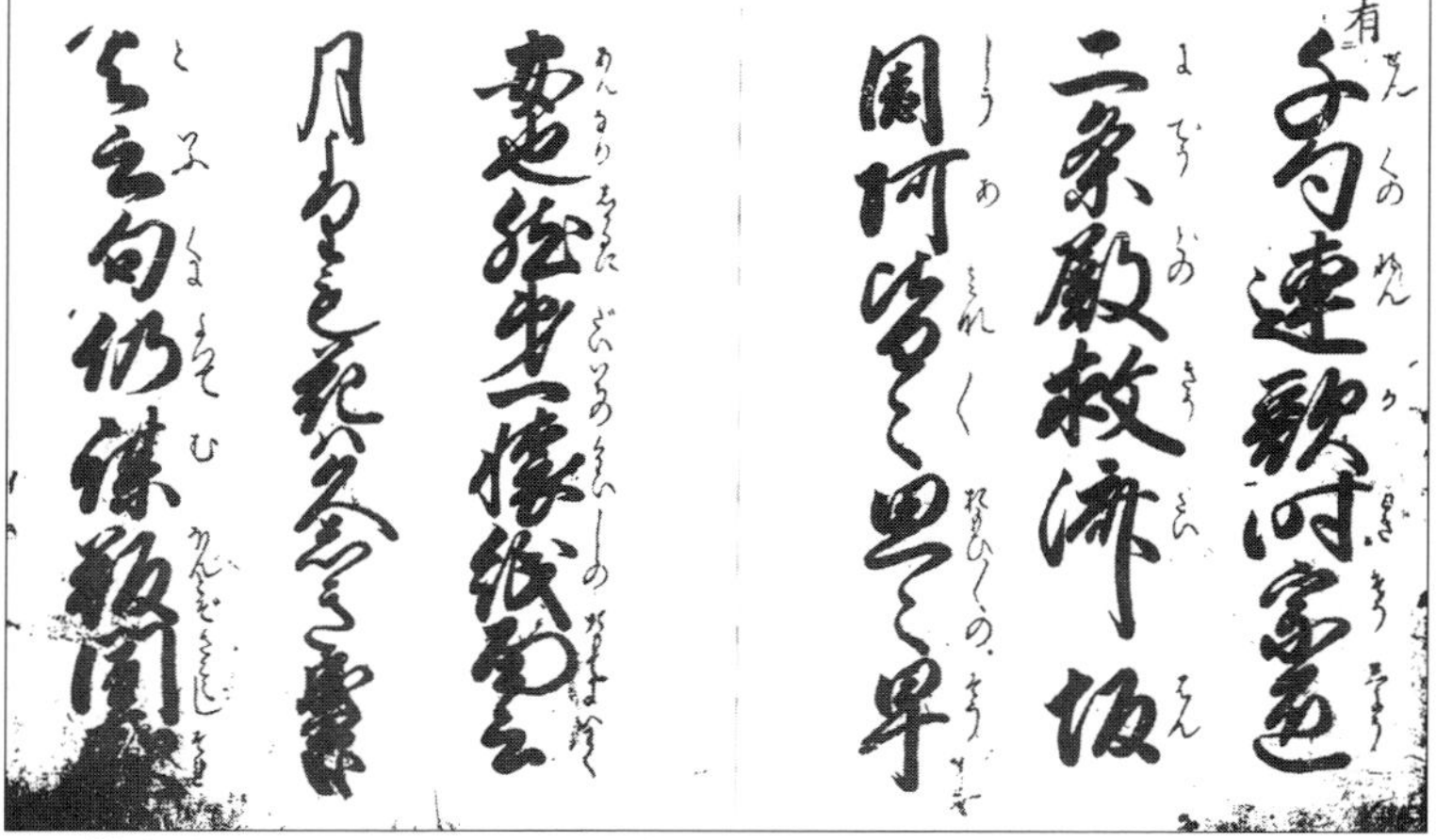

図２　『花月往来』二丁ウ三丁オ（千句連歌の由）（宮内庁書陵部蔵）

いい、花は各懐紙に一句ずつ、月は各折《おり》に一句ずつ詠む。これを「月の定座《じょうざ》」「花の定座」という。この定座の観念を踏まえて本作品を読むと、「花は合戦に本意を遂げ、元の如く懐紙所領を安堵し、百韻の中に一本花定められ（原漢文）」という結末が深みを増してくる。つまり、懐紙を所領に見立てることで、この戦が連歌における花の地位を守った、定座の由来譚でもあることが分かる。

【人間と異類の関わり】

その千句連歌で宗匠《そうしょう》（連歌の一座を統括する人物）を務めるのは、「二条殿」、すなわち二条良基《よしもと》（一三二〇～一三八八）であり、「救済《きゅうさい》」（一二八二？～一三七六？）、「周阿《しゅうあ》」（？～一三七七？）という南北朝随一の連歌師も登場している。いずれも「連歌の三賢」と謳われる人物である。お伽草子には、人間が異類の世界をのぞき見る形の『隠れ里』『虫の歌合』などの作品があるが、『花月往来』では冒頭から当然のように人と花と月が同座している。本来であれば連歌師という詠む主体と、花月という詠まれる客体が、擬人化によって同列のものとして存在している。この世界観も魅力の一つであろう。

【花月の争い】

さらに、優美の象徴である花と月が、血なまぐさい戦いをする意外性も大きい。異類物のうち擬歌合《ぎうたあわせ》と呼ばれるジャンルでは、「本歌取り」「物の名」「隠し題」といった技巧を駆使した和歌の応酬が多いが、本作品はそうした趣向とは一線を画している。「雪月花」「花月」といった、古くから日本人に好まれた素材が、和歌ではなく実際に刀を取る。戦場では鬨《とき》の声を上げ、己の由緒を朗々と語り、敵と見れば組み合い、容赦なく刀を振るう。ここには、『平家物語』以来合戦譚に受け継がれてきた躍動感があり、生の息吹がある。こうした野卑な戦いを、雅の象徴である筈の花月が演じるところに、何とも言えない面白みがある。

【言語遊戯】

そこに滑稽味を加えるのが、言語遊戯、すなわち言葉遊びである。たとえば、月方の大将、満月の装束は「空色笠鵲天燈《かささきてんとう》縫ふたる直垂《ひたたれ》に漢威《あまのかはおどし》の鎧に半月重裾《をもすそ》に金物打《かなものうつ》架かり……同毛《おなじけ》の五枚甲星八葉打着《はちようちき》……八月十五夜を頭高《かしらたか》に負《をひ》、弓張月《ゆみはりづき》之《の》真中《まんなか》横たへ（原漢文）」と、七五調の文に「空色」「漢（天の河）」「半月」「星」「八月十五夜」「弓張月」など月や星に関係する言葉がちりばめられている。また、花方の飛梅が、「出家して梅法師《むめほうし》と云われ、亀山の邊《ほとり》に流浪（原漢文）」した例などは、梅が「甕《かめ》」の中で「梅干し」になるという連想が働いている。同様の発想は、お伽草子の『精進魚類物語』にもあり、「紅梅の少将」が遁世して「亀山寺」で「梅法師」になる場面にも見られる。

【関連作品】

『花月往来』と共通のモティーフを持つ作品は、お伽草子の異類物に多く見られる。往来物のジャンルではこれほど物語性を帯びた作品は少なく、僅かに『桂川地蔵記』などが挙げられる程度である。そこで、お伽草子の中で最も関連するであろう作品、『花鳥風月の物語』を紹介しておく。『花鳥風月の物語』は原稿用紙四枚程度の短編作品であるが、この作品でも擬人化された花勢と月勢との合戦物語が描かれている。また、物語の展開を追うと、戦を仕掛ける側と、勝敗は逆転するものの、元号の設定や、月方の大将の装束、登場する花々、朧月が深手を負い「片破月」となる展開など、非常に共通項が多い。そのため、両作品には何らかの関係性があるのではないかと考えられる。

このように『花月往来』は、往来物の事物列挙の要素と、お伽草子的物語展開を有する作品である。内容についても、これまで見てきたような特徴があり、今後研究されるべき作品の一つであると考えられる。

▼注

1　ここでは、鎌倉時代から江戸時代にかけて流行した長連歌《ちょうれんが》を指す。長連歌とは、長句（五・七・五）に短句（七・七）を付け、さらに長句と短句を交互に連ねる形式のこと。百句まで続けた百韻を定型とするが、百句以外の形式もある。百韻を十巻《とまき》続けて詠んだものを千句連歌、十百韻《とっぴゃくいん》という。

2　座敷論とは、宴席での着座を巡る争いのことで、多くの異類物では戦の発端になる事柄である。たとえば、『精進魚類物語』では、「鮞《はららご》の太郎粒実《つぶざね》、同じく次郎粥吉《ひづよし》とて兄弟二人候ひしをば、遥かの末座《ばつざ》へぞ下《くだ》されける。ここに美濃国の住人、大豆《まめ》の御料の子息、納豆《なつとう》の太郎糸重《いとしげ》ばかりをぞ、御身《おんみ》近くは召されける」ことが、「精進料理」対「生臭料理」の合戦へと発展していく。

3　連歌は、懐紙と呼ばれる紙に記録する。百韻の場合、二つ折りにした懐紙を四枚用い、初折《しょおり》の懐紙の表に八句、裏に一四句、二折《にのおり》と三折《さんのおり》には表裏一四句ずつ、四枚目の名残折《なごりのおり》の表に一四句、裏に八句を記す。この四枚を水引と呼ばれる紐で綴じて、百韻一巻とする。

なぜ江戸時代に擬人化がひろがったのか

伊藤信博

室町から江戸にかけて、動・植物、器物、虫や魚・貝類など、様々なものが擬人化され、物語に登場している。その中で、食物も擬人化され、描かれるようになる。蕎麦や饂飩《うどん》が擬人化され、主人公となる江戸後期の『化物大江山』などは、その典型的な例である。

しかしながら、手や脚などがある動物や爬虫類が擬人化されるのは、よくわかるが、手も脚もない植物・食物、器物の擬人化がどのように起こったのかは、明白ではない。「もののけ」のように、最初は見えないものが見えるようになり、その時点で、怖さを強調するように、器物の擬人化が現れるのはわかる。その古典的な例は、一四世紀成立の東京国立博物館蔵『土蜘蛛草紙』に描かれる眼や手足のある「手杵《てぎね》」であろう【図1】。

さらに、江戸時代には、擬人化のすそ野がより拡大し、自由に様々なものが擬人化されていく。室町時代では、擬古文で書かれた、王朝風の草木が擬人化された物語や「争い」をテーマとした『精進魚類物語』など『平家物語』がパロディ化された物語が作られるが、江戸時代では、様々なモチーフが擬人化され、ストーリーも面白い作品が成立している。しかし、なぜそのような

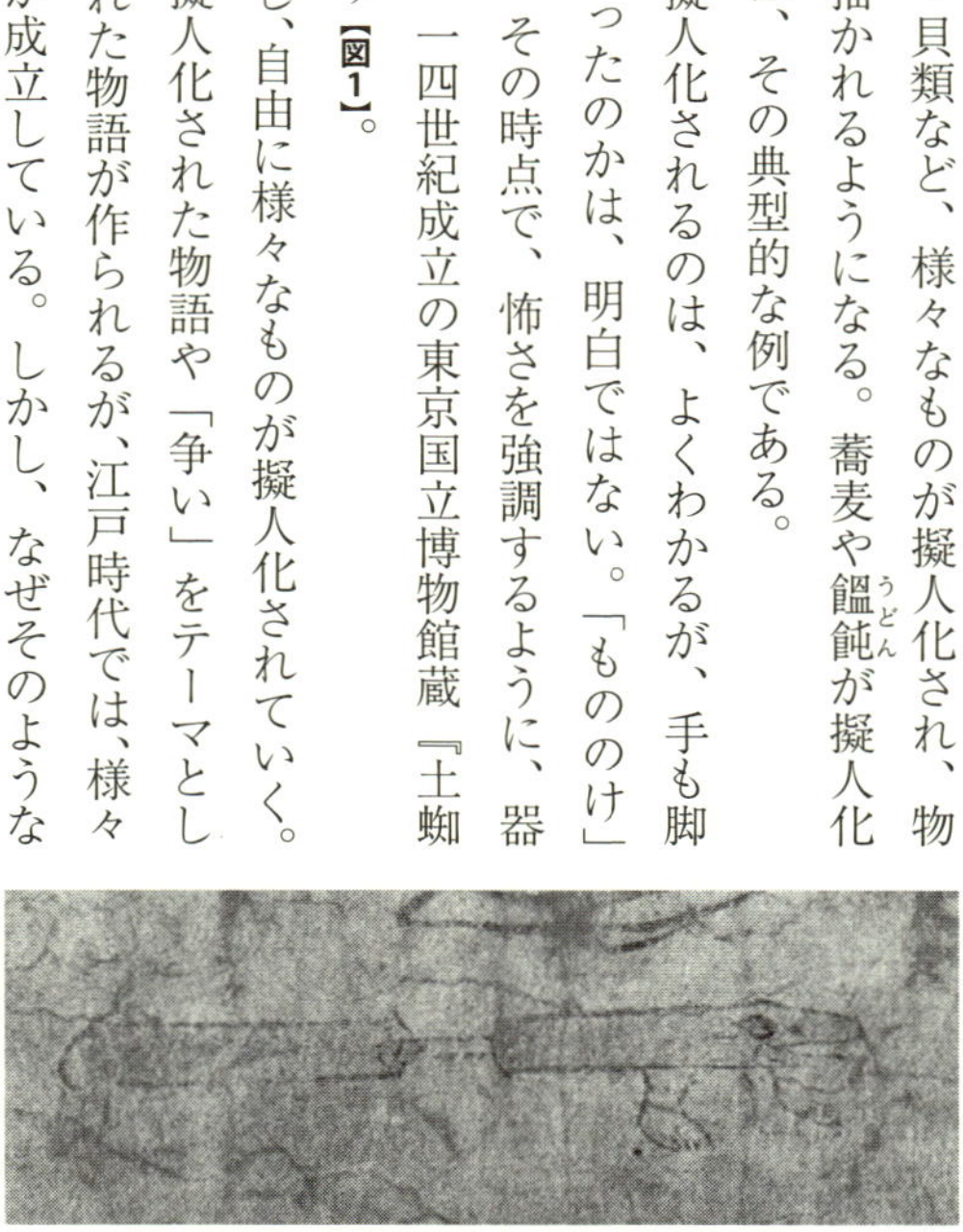

図1　土佐長隆（伝）『土蜘蛛草紙』鎌倉時代（東京国立博物館蔵）
Image: TNM Image Archives

擬人化が広がったのかもあまり明らかにはされていないのである。

そこで、室町末期から、江戸初期に成立した『六条葵上物語』、元禄頃に写された、異本『百鬼夜行絵巻』、さらに、異本『是害坊絵巻』の検討を通して、擬人化された主人公が登場する様々な作品が江戸時代に誕生する理由を探りたいと考える。その中で、特に「草木国土悉皆成仏《しっかいじょうぶつ》」（草や木、土、川などの自然物の全てが仏に成れるとする）思想から発展する新しい文化の流れや六道輪廻の思想の発展系において、このような擬人化が広がっていったことを明らかにしたい。

図2　神棚に大根が描かれる、団扇を持つのは貧乏神（『梅津長者物語』江戸時代　東北大学附属図書館蔵）

『六条葵上物語』は、調菜《ちょうさい》を担当するお坊さんの夢に、『源氏物語』のパロディとして、六条御息所と葵上が登場する。六条とは「六条豆腐」であり、葵上は女房詞で「蕎麦」を意味する。この主人公たちが地獄で苦しむ様をお坊さんに訴え、弔いを願うのである。さらに、物語では、この時代に普通に食べられていたであろう、他の食物も同様な供養を願うのであるが、その中で、特に気になる食物に大根や随喜《ずいき》、山芋がある。狂言の『黄精《ところ》』（狂言、天正本）でも、僧と野老《ところ》（山芋の一種）を掘り出す野老掘りの前に、野老の亡霊が登場し、「地獄の釜に投げ入れられ、包丁・小刀で皮をむしられ」と、地獄の苦しみを表現し、僧に弔いを乞うのである。

これらの食物は古くから、供物として、神に供されたものである【図2】。大根などは、『六条葵上物語』で、正月の鏡餅の上に飾られていたことを記すが、一二世紀に成立した『類聚雑要抄』には、その事実が述べられている。

そして、一三世紀後半に記された『沙石集』では、神に供された生類は「仏道に入る」（巻一・第一八「生類ヲ信神明ニ供ズル不審ノ事」）や「加茂社の供物として捕らえられた鯉を聖が逃がすが、鯉が霊として聖の夢に現われ、畜生としての業を続けなければならないと嘆く」（巻一・第一八「生類ヲ信神明ニ供ズル不審ノ事」）などから、こうした神仏に捧げられた食物も「六道」から逃れたとも考えられたのである。

ところが、この物語では、神仏に捧げられた大根や随喜、山芋などが地獄に落ち、苦しむ様を描くのである。富山県高岡市の瑞龍寺や愛知県知多郡の大御堂寺などの本堂には、天井に植物と共にこれらの食物が描かれ、それらの寺で供養される人々と共に天上で暮らす様子を象徴的に描く。しかし、『六条葵上物語』では、こうした日常的に食べられ、神仏に捧げられてきた多くの食物が地獄道に落ちた姿を擬人化しているのである。

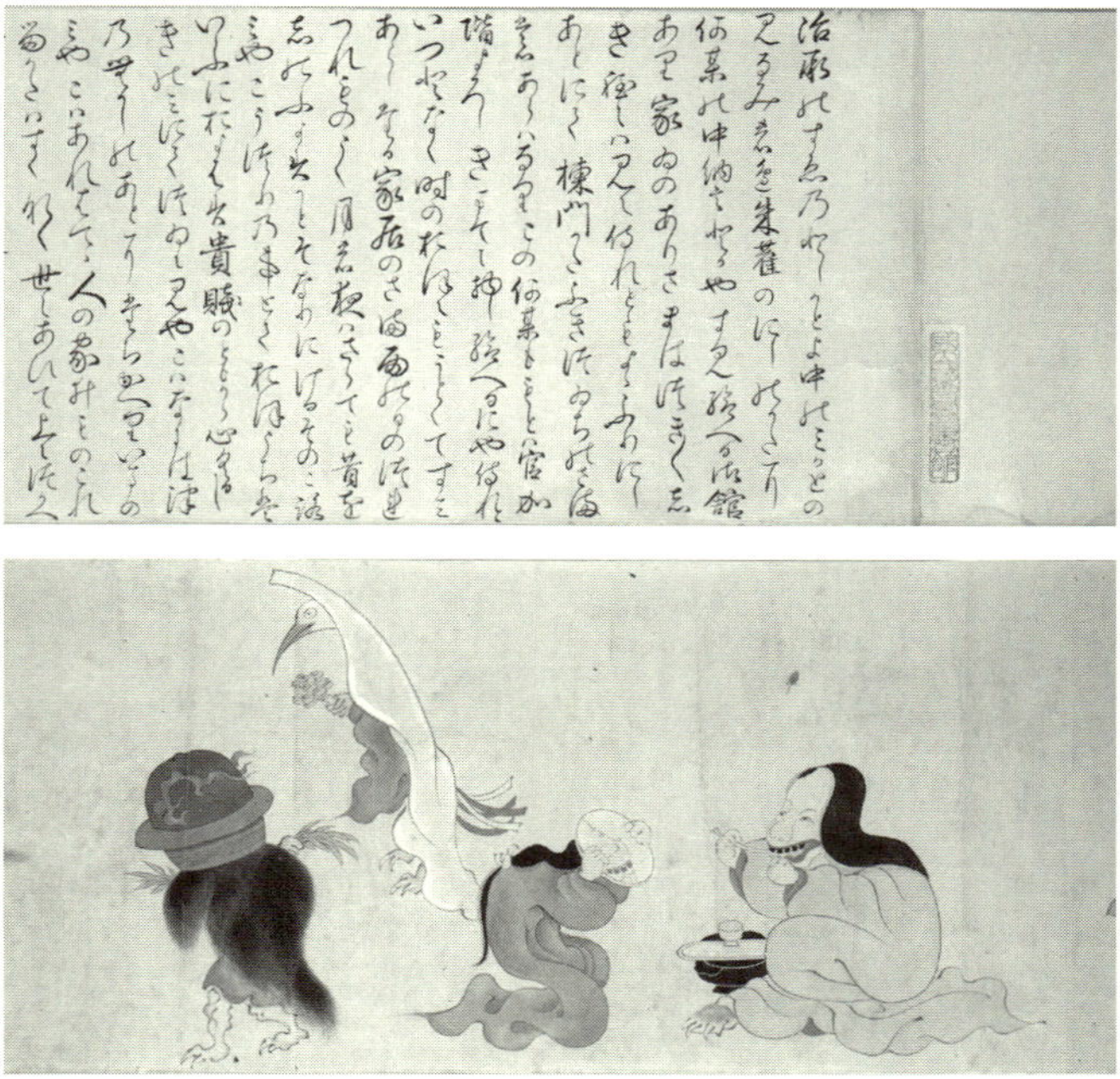

図3 『百鬼夜行絵巻』（国立国会図書館蔵）

ここで、一旦、『百鬼夜行絵巻』に目を移してみたいと思う。国会図書館には、江戸中期の写本である『百鬼夜行絵巻』がある【図3】。一般に知られる『百鬼夜行絵巻』には、詞書がなく、妖怪たちが行列する絵だけが描かれている。ところが、国会図書館本は、スペンサー本と同様に詞書がついている珍しい『百鬼夜行絵巻』である。成立が江戸時代であることを考えるとき、同時代の思想が詞書の背景にあり、さらに、この詞書や描かれる妖怪としての擬人化された道具には、先ほど例に挙げた大根までの食物と共通項を見出せるのである。

スペンサー本詞書では、物語は、治承（一一七七〜一一八二）の末、つまり、平家の末期頃の話となっており、中御門大路の南、朱雀大路の西の方にある中納言の屋敷での話と設定される。この中納言は福原遷都により、住んでおらず、「翁」により管理されている。

そこに、様々な「怪しいもの」が現れるのであるが、夜明けと共に彼らは去っていく。その最後の場面では、「（前略）やう〳〵して明け方にもやあらんと思とき、奥の方より一度にとつと時のこゑをあげておめきける声、しばしやまず、かゝりし程にまたあやしき声にてす、はや、我が為に甲斐をなす事こそあれとあはたゝしく逃げまどふ有さまひとへにいくさの敗れたるごとく旗をさゝげうちふせおめき叫び、こゝかしこに逃げまどひぬと思へば程なく東雲の空とぞなりにける。」と記される。

明け方になってきたと思われるとき、奥の方から、どっと時の声を挙げて、喚く声が聞こえる。その声はしばらく止まず、さらに、私のために弔いをお願いしたいとの不思議な声が聞こえる。そして、慌ただしく逃げまどう様子は戦いに敗れたようかのようである。旗を高く揚げ、腹這いになって喚き叫んで、あちらこちらに逃げまどったかと思ううちに、夜は明けてしまった。

この詞書では、『六条葵上物語』の主人公達と同様に、様々な化物が現れるが、彼らもまた、「弔い」を望むのであり、「六道・輪廻」の中にこれらの「妖怪」が組み入れられていることをはっきりと示している。そして、「仏陀」に救いを求めるのである。彼らは、説教や誦文、声明の礼讃など謹んで行い、仏事を一心に営んでもいることも詞書に記される。そして、仏を象徴する幡や天蓋なども妖怪の形で表れているのである。

『三外往生記』第四六話（日本思想大系七）では、重病で絶入した阿波守邦忠が閻魔王宮で、昨年黄泉に来た白河上皇が、善・悪行が同量のため、来世が定まらないという話を聞く。そして、『百練抄』六月一七日の条では、「白河院のおん

図４ 『百鬼夜行絵巻』江戸時代（京都市立芸術大学蔵）

図５ 踊る異形の者（『百鬼夜行絵巻』京都市立芸術大学蔵）

ために法勝寺にて金泥一切経を供養す。阿波守邦忠の夢に依るなり」とされるように、聖なるものも、来世が定まらないとされる。また、ギメ美術館蔵『北野天神縁起絵巻』では、一番の善政をおこなったと理想化される延喜帝（醍醐天皇）の名を身体上部に記した人物が地獄の炎の中に描かれてもいる。

この『百鬼夜行絵巻』は、さらに、出てきた妖怪が、恋する者であると歌ったり、一途な男もいれば、浮気性の男もいるなどの言葉を発したりもするのであり、非常に人間と同じ生き物と感じるような表現が多い。また、大幣《おおぬさ》を持つ者、鈴、神社で巫女や神職が湯の泡を笹の葉につけて参詣人にかけ浄めたり、神託を仰いだりする道具も妖怪というか手足を持った「異形」で姿を現す。太鞁、琵琶、琴、雅楽の楽器である羯鼓《かっこ》など様々な道具も不思議な形をした「異形」なのである。

京都市立芸術大学蔵異本『百鬼夜行絵巻』【図４】は、さらに世俗的である。社であろうと思われる場所から動物らしき物を出すところから始まり、夜明けで終わる。様々な擬人化された動・植物、道具が祭を

図6　『百鬼夜行絵巻』江戸末期写本（東京国立博物館蔵）Image: TNM Image Archives

楽しんでいるようにも見える。図5で示した田楽の遊びに、多くの手足を持った「異形」の者が見物に来ている姿も描き出す。同じように、東京国立博物館が持つ異本も元禄時代に写されたものをもとに、文政年間に写し直したものであるが、同様な遊び心を持ち、楽しんでいる「異形」の者が、左から右に向かって描かれている。

上述した詞書に記される道具は擬人化されて、描かれる場合もあれば、図6のように、擬人化された「異形」が使うものもある。そして、これらの道具も元来、神仏に捧げられる儀式に使用された道具で、神または仏と同一視されたものでもある。それにも関わらず、こうした「異形」が使用する道具ともなっているのである。そして、さらに、スペンサー本詞書からは、道具を含めた妖怪状の「異形」の者が成仏を願い、弔いを乞うている姿であることがわかるのである。

この点が、室町末期から、江戸初期における重要なポイントではないかと考えるのである。そこで、この点が、もっとはっきりと表れている異本『是害坊絵巻』を見ることで、この時代の特徴を見てみたい。

異本『是害坊絵巻』は「是害坊」を研究する研究者により、ホノルル大学蔵本、野村美術館本を紹介されており、さらに、もう一本慶應大学にも所蔵【図7】がある。「是害坊」は、天狗であるが、この天狗は多くの性格を持つ。

江戸時代に作られたとされる祈祷秘経『天狗経』は、日本全国に四八種類の天狗が存在すると記しており、その総計は一二万五五〇〇である。また、彼らが持つ呼び名は、豊かである。天狗と呼ばれる以外には、グヒン（狗賓）、グヒン様、ガラン坊、守護神様、護法童子、魔王大僧正、太郎坊、魔王尊、天河の神（テンゴヌカミ）、天白《てんぱく》、天宮《てんぐう》などとも呼ばれる。

性格も善天狗、悪天狗と呼び表され、善をもたらす天狗もいれば、逆もあるといった具合で、計り知れない深さを持つ。そして、天狗岩、天狗平、天狗岳などの地名を見かけるように、一般的に彼らは、山中に住み、飛ぶことが可能な能力を持つとされる。また、中には人間が天狗になり、その超人性を尊ぶものや聖書の悪魔を天狗と訳すまでに至っている。

図7 『是害坊絵巻』室町末成立、江戸初期写本（慶應義塾図書館蔵）

例えば、『ぎやどぺかどる』（慶長四年）には、「天狗の謀略、あにまを出入りし様々に変ずる事を弁へ、万の望みを本とせず、表むき善なりと見ゆる事に、早く同心せざる事も此善也」（下、二・四）と記される。また、イエズス会士ハビアン（一五六五〜一六二一）が書いたとされる『破提宇子《はでうす》』にも「無用の天狗を造り邪魔をなさするは何ということぞ。けだしデウスの造りそこないか」という一説が見出されるのである。

「是害坊」の物語は、康保三年

(九六六)に、唐から日本を魔道に引き入れようと是害坊、正しくは震旦(支那)の治羅永寿《ちらようじゅ》という天狗が飛来する。そして、愛宕山日羅坊や比良山聞是坊などの天狗と諮り、比叡山僧の修業を妨げようとし、法力に打ち据えられ、折った腰を湯屋で癒すとする物語である。曼殊院に延慶元（一三〇八）年の奥書を有する絵巻が伝存しており、鎌倉時代には成立していたことがわかる。なお、『今昔物語集』巻二〇第二話では、京都の右京区鵜原で癒すとされるが、慶應本では、賀茂川とする。

　絵巻では、天狗が腰骨を折った「是害坊」を輿に乗せ、湯治に運ぶ場面が描かれるが、異本では、日本の天狗たちが様々な花や食物を持った姿で描かれるものである。画中詞の一部を慶應本から抜粋すると、以下のようになる。


「至程に、仏たちにた〻かれて、あしこした〻す、あをたこしらへて、賀茂河のあたりにて、薬湯をたて〻いれんとて日本の小てんくとも、はやし物をして、みな〱、をくりなくさくさむる所也。」

「いや、岩の上のしゅくし柿か、かなつちをてかふとは、是害坊かふる舞、大けなき事かな。あらおかしや、せかいはう」

「いやはなしの大ねたくみして、からいめにあひたるは、くやしくやおほゆる。あらむさんや、是害坊。うり給へ、せかいはう」

「いや、くひに縄をつけらる〻は、へょうたんかや、せかいはう」

「いや、はりことをしつるか、一手もとらてかへるは、ゐせ弓か、せかい坊」

「いや、ゐせうたか、せかいはう。こしおれてみゆるは、短冊か、是害坊」

「いや、薬湯の中へ是害坊を入て、によれ、ひよれ、ひよれ〱、ふたりよ」

「いや、物のはちのあたりたるは、たいこかや、せかいはう」

注目すべき点は、『百鬼夜行絵巻』と同様に、笛・鼓・太鼓などの囃子物が描かれることや詞書にも絵にも、熟柿、大根、瓢箪（夕顔）などが描かれること、詞書に、『六条葵上物語』における「葵上」が地獄で受ける「からいめにあひたる」と同表現があることや言葉遊びがたくさんあることである。さらに「いや、神仏にきらはれて、何のよふにもた丶ぬほとけの花か、せかいぼう」、「いや、仏たちにふまる丶は、れんけかや、せかいはう」、「いや、火界のしゃにこかされて、はねの色ももみちかや、せかいぼう」など、天狗である「是害坊」が神仏に嫌われていることや火界呪による鉄火輪で、身を焦される表現まで出てくるのである。中世では、天狗は、異端であり、「六道・輪廻」を超えた存在であり、「外道」とされ、輪廻の外にいる。その天狗が鉄火輪で、羽の色を赤く焦がされ、紅葉のようになるとされるのである（画では、紅葉を持つ天狗に羽がなくなっている）。

この異本は、石川透により、謡曲『善界』と深い関係にあることが明らかとされているが（「『善界』表現考」、『観世』、一九八八年、二八〜三五頁）、謡曲『樒《しきみ》天狗』では、六条御息所（白川院の娘、媞子《ていし》内親王）が心根も優しく、美貌であったが、その美貌や信心深さに自ら酔っていたため、出産後に死亡し、天狗になったとする。この天狗になった白川院の娘は、愛宕山で、「一日に三度の餌食とて、熱鉄の金湯の丸かせ。」や「大紅蓮の、烟の中に絶え絶えと、形はさながら炭竈の、おき火となり給ふ。」などの地獄の苦しみを味わうのである。

ところで、そもそも、「異形」とは、『太平記』巻第五には、「嘴が曲がった鳶のような者、身体に翅がある山伏のような者」、『日葡辞書』には、「異なる種類、別の品種」などと記され、中世的異類・異形の概念では、神仏ではないもの、異体的には鬼、鳥獣、山伏などが挙げられるが、「草木国土悉皆成仏」など、全てのこの世の生成物、石や山川なども「仏」となることが可能な思想の受容から、天狗などの「異形」のものも、地獄道に落ちる可能性を示唆するようになったと考えられる。

一方、この異本には、蹴鞠が柳に下がっているのが描かれるが、蹴鞠を演ずる場合、四遇を松、桜、楓、柳など四季の木を配置するが、天狗達の手に持つ木々は、その四季を表す笹、桜、楓、柳で表されている。さらに、ホノルル本をみると、蹴鞠の下に描かれる天狗は、鶏のように頭が赤く描かれ、「蹴鞠」と「蹴る」で「鶏」と洒落で描かれているのではとの印象も受けるほど面白い作品に仕上がっている。

中世的な物語から、インスピレーションを受け作られたと思われるこの異本『是害坊絵巻』からは、天狗でさえ、仏に支配され、地獄に落ちる可能性を示唆し、苦しみを味わうとする表現や個々の絵に、様々な洒落た工夫を凝らすシーンを多く見つけることができる。そして、『六条葵上物語』、異本『百鬼夜行絵巻』、異本『是害坊絵巻』からは、全ての生き物が「六道・輪廻」から、逃れられず、地獄道に落ちる可能性や成仏できる可能性を、擬人化により表現しているのである。

以上のように、これらの三つの物語は、聖性化された食物や器物、さらに外道である天狗も、人間と同様に、時には恋に落ち、嫉妬に苦しみ、地獄道に落ちることを恐れる。さらには、仏道にすがり、地獄道から救いを求め、成仏を願うことをなどを明らかにしている。このようなことから、人間の世界とは別に、多くの「妖怪」や「幽霊」、「異形」達の世界があり、その世界の中で、彼らが人間と同様な感情を持ち生きていると考える当時の人々の世界観を見出すことができる。そして、この世界観が、江戸時代に様々な擬人化を生みだした文化的背景、要因の一つではないかと考えているのである。

物語歌の擬人化表現
――童謡とコミックソングのはざまで――

伊藤慎吾

我々の身近にある歌の世界にも擬人化された異類がたくさん存在する。近代歌謡では童謡が中心となるが、お笑い芸人が得意とするコミックソングも忘れてはならない。だが実は近代以前にはまだジャンル的に限定されずに広く擬人化表現が見られた。ここでは「およげ！たいやきくん」を手がかりとしながら、歌謡における擬人化表現について考えてみたい。

1　はじめに

人間が身体をもって文化的な表現をしようとするとき、身体そのものを用いる場合と、音声を用いる場合と、その両者を用いる場合とがある。舞踊や曲芸、パントマイムなどは身体そのものを用いるものであり、歌や落語、漫才、朗読などは音声を用いるものであり、演劇や歌劇などはその両者を用いるものである。もちろん、舞踊にも歌や語りが伴うし、歌にも身体的なパフォーマンスは必要となることが多い。昔話を語るにしても、その身体的動作の重要性が指摘されている。▼1 歌謡もまた同様である。

歌謡と一言でいってもその範囲は広く、前近代から続くものには追分《おいわけ》や木遣り唄、甚句、音頭といった民謡の類、都々逸《どどいつ》、小唄、端唄《はうた》、新内節といった流行り歌・俗謡の類があり、さらに近代以降の歌謡曲、西洋歌曲、童謡など多岐に亘る。

注意したいのは、これらの歌謡の中には歌詞の長短に関わらず、物語性の強いものが多いことだ。リズムと旋律を伴う歌として、場面が設定され、キャラクターが登場し、ストーリーが展開する。戦前に歌手として活躍した二村定一の代表曲「洒落男」（坂井透作詞、昭和五年（一九三〇））は「村中で一番モボ（モダン・ボーイ）といわれた」〈俺〉が東京に出て銀座のカフェの女給を口説くけれども、最後に女の旦那に殴られ気絶して財布や時計をとられ、東京の怖さを思い知るという一人称で語られる物語歌である。この顛末を一番四句構成、全一〇番で歌っている。こうした物語性の強い歌謡は書記された詞を読む限りでは律文から成る語り芸と区別するのがむつかしい。

一方、次のような例もある。

「ぞうさん、ぞうさん、お鼻が長いのね」
「そうよ、かあさんも長いのよ」

言うまでもなく、童謡「ぞうさん」（まど・みちお作詞、昭和二三年（一九四八））である。この詞に適宜カギ括弧を付けると、人間と象の対話の一コマとなる。童謡「七つの子」（野口雨情作詞、大正一〇年（一九二一））も同形式である。

「カラス、なぜ啼くの？」
「カラスは山に可愛い七つの子があるからよ」

このようなコント形式、さらに地の文を取り入れたものを併せて対話形式とし、先の一人称語りと並べてみると、擬人化表現の特色がよく見えてくるように思われる。そこで本稿では語りの形式に注目してそれぞれの擬人化表現の特色、特に歴史的な側面を論じていくことにしたい。

2 一人称語り

まず一人称の歌は歌い手がキャラクターになりきることだ。二村定一はモボの唄を〈俺〉になりきって歌った。この歌を受け継いだエノケンこと榎本健一もまたその役を演じることで好評を博した。だがその役は人間である。異類の場合はどうか。流行り歌という範囲でいえば、ほとんど例がない。歌い手が象や鳥になりきって歌を歌うというのは、子供ならばともかく、大人には幼稚に思われるのだろう。

〈譬喩表現としての異類〉

しかしながら、譬喩として用いる例はしばしば見られる。取り分け多いのは〈鳥〉である。主要なものを幾つか挙げてみると、小林千代子「涙の渡り鳥」(西条八十作詞、昭和七年〔一九三二〕)、中野忠晴「旅がらす」(久保田宵二作詞、昭和八年)、藤田まさと「街の流れ鳥」(藤田まさと作詞、昭和八年)、高峰麻梨子「涙のながれ鳥」(竹岡信幸作詞、昭和二四年〔一九四九〕)、こまどり姉妹「ソーラン渡り鳥」(石本美由起作詞、昭和三六年〔一九六一〕)、水前寺清子「涙を抱いた渡り鳥」(有田めぐむ〔星野哲郎の別名〕作詞、昭和三九年〔一九六四〕)、朱里《しゅり》エイコ「白い小鳩」(山上路夫作詞、昭和四九年〔一九七四〕)などを示すことができるだろう。これらは歌い手が擬人化キャラクターを演じているのではない。平成一四年〔二〇〇二〕、椎名林檎がカバーして話題を呼んだ「白い小鳩」における「小鳩」とはどのようなものか。

この町で生まれたのよ　悲しみだけうずまく町
どこか遠く逃げたいわ　私は白い小鳩
産毛さえ消えぬうちに　夜の酒場つとめ出して
流れ者にだまされた　あわれなそうよ小鳩

〈私〉は少女の頃から夜の女になって流れ者に騙され、今の境遇から脱出したいと願っている。実際に鳩が汽車に夜の酒場に勤めたり、汽車に乗って旅立ったりはしない。あくまで人間である〈私〉が自分自身を小鳩に譬えているに過ぎない。その他の歌における鳥も大同小異である。このように歌の世界で身の上を鳥に擬えることは、それこそ古代の和歌からみられるものだ。歌謡としても中世からみられる。たとえば狂言「はなご」では次のような歌謡が歌われる[2]。

鶉となならば野に臥して　鳴きおらん
狩にだに　逢はん
狩にだに　逢はん

もしも鶉となったなら、野に臥して鳴いていよう、そうすれば狩にでも来たあなたに逢うだろうからといった大意である。自らを鶉に擬えた歌だ。ただし、狩人は男だから、鶉は女。それを本狂言ではシテの男が歌っている。この歌謡のもとは『伊勢物語』第一二三段の女の歌「野とならば鶉となりて鳴きをらむ　狩にだにやは君は来ざらむ」である。『古今和歌集』や『古今六帖』といった平安期の歌集にも類歌が見える。また小泉蒼軒編『越志風俗部　歌曲』（天保九年（一八三八）書写・『日本庶民文化資料集成』第五巻）に越後国新発田《しばた》周辺で歌われた松坂節の一つとして次の歌を記す。

鳥ならば　近くの杜に巣をかけて　こがれてなく声　しらせたや

鳥以外に譬える例も散見される。古いものでは中世末期の『宗安小歌集』に次のような歌が収録されている（新潮日本古典集成『閑吟集　宗安小歌集』）。

十七八は早川の鮎候《ぞろ》
寄せて寄せて堰《せ》き寄せて、探《さぐ》らいなう
お手で探らいなう

一七、八の娘は流れの早い川の鮎です。寄せて寄せて流れをせき止めて、探り獲ろう、手探りして獲ろうという趣旨の歌。若鮎の獲り方を述べたのではなく、若い娘を若鮎に擬えただけのものだ。

近代の例を挙げれば、有名なものでは森山加代子「白い蝶のサンバ」（阿久悠作詞、昭和四五年（一九七〇））、同「花喰う蟲のサンバ」（阿久悠作詞、昭和四五年）、松原のぶえ「蛍」（たかたかし作詞、平成二年（二〇〇二））あたりであろうか。「白い蝶のサンバ」は「あなたに抱かれてわたしは蝶になる」という有名なフレーズで始まる恋の歌で、やはり〈わたし〉が蝶になるというのは、あくまで表現レベルのことであり、キャラクター変換するわけではない。演歌の「蛍」は二匹のはぐれ蛍が寄り添う様子を見て、人間の男女二人も同じように生きるさまを重ねたものである。「命かさねて生きるふたりの濁り川」というから、蛍の棲む川全体を人生に擬えているということだろう。

〈キャラクターとしての異類〉

これらに対して歌い手が異類というキャラクターの役を演じるものは、近代における流行り歌・歌謡曲には思いのほか少ない。童謡には動物をモティーフに使った歌が多数あるのだが、一人称で歌うものは稀有なのだ。その中で子門真人「およげ！たいやきくん」（高田ひろお作詞、昭和五一年〔一九七六〕）は際立って異色である【図1】。この歌は児童向けテレビ番組『ひらけ！ポンキッキ』（昭和四八年〔一九七三〕放送開始）に使うために作られたものだった。

図1 「およげ！たいやきくん」

まいにち　まいにち　ぼくらは　てっぱんの
うえでやかれて　いやになっちゃうよ
あるあさ　ぼくは　みせのおじさんと
けんかして　うみにとびこんだのさ

「ぼくら」とは鉄板の上で焼かれている〈ぼく〉をはじめとする鯛焼きたちである。〈ぼく〉は鯛焼き屋の〈おじさん〉と喧嘩の末、海に飛び込んで旅に出ることになる。歌ではその後の海での旅暮らしの顛末が語られる。難破船を住処として楽しい日々を過ごしていたが、ある日、食いついたエビが釣り針のエサだったために人間に釣り上げられてしまった。〈ぼく〉の最期は次の通りである。

やっぱり　ぼくは　タイヤキさ

すこし　こげある　タイヤキさ
おじさん　つばを　のみこんで
ぼくを　うまそに　たべたのさ

「およげ！たいやきくん」の社会的な反響は絶大なもので、商業的にも大きな記録を残したことはよく知られている。[3]音楽産業が拡大し、毎年膨大な数の歌謡曲が生産されるようになった昭和中期は「一社でヒットすれば柳の下のドジョウをねらって臆面もなく盗作スレスレの企画をブッツけて恥じるところがない」[4]という状況だったようである。当然、本曲の大ヒットに便乗するものも数多く現れた。

その中で、山本リンダ「私の恋人、たいやきくん！」（中山大三郎作詞、昭和五一年（一九七六））、横山ノック「ごめんね　たいやきくん」（丹古晴巳作詞、同年）などは否定的に評するには惜しい秀作である。「私の恋人、たいやきくん！」は恋人のたいやきくんを追って海に飛び込んだ〈私〉の語りからなる。ジャケットの絵は鯛焼きの胴体に山本リンダの顔がコラージュされた人面魚が描かれていて少々不気味だが、歌自体は爽やかな作風である。一方、「ごめんね　たいやきくん」は「ガンバレ！たこやきちゃん」のB面に収録された歌である。「およげ！たいやきくん」のメロディラインを意識した曲調に乗って、鯛焼き屋のおじさんの立場で歌われている。女房や子供にいじめられ、その上、たいやきたちにストライキを起こされて蒸発したいと嘆くおじさんがここにいる。もちろん、これが「およげ！たいやきくん」の当初の構想にあった設定であるはずがない。「およげ！たいやきくん」を作詞した高田ひろおは、もともと児童小説として構想していたものだったという。いわく、「故郷の釧路時代、銭湯に行く雪道の途中にたいやき屋があり、買って帰る道すがら、おなかをポカポカ温めてくれた思い出が元になった」[5]。また食品として加工された生き物しか知らない〝現代っ子〟に対するメッセージも込められているようだ。[6]この小説版は『およげ！たいやきくんおとぎばなし』（角川書店）として平成一一年（一九九九）に刊行された。それを見ても鯛焼き屋主人とその妻子の関係は描かれていない。
要するに、恋人にしろ、おじさんの家庭にしろ、オリジナル曲で描かれる物語から派生した二次創作ということである。桃太郎や浦島太郎の物語に後日譚・前日譚が作られ、桃太郎物、浦島太郎物といったジャンルを形成していったように、たいやきくん物というべきものが展開していくことになる（爆風スランプ「たいやきやいた」、所ジョージ「泳げたいやき屋のおじさん」など）。これら派生作品は必ずしも一人称ではないが、「およげ！たいやきくん」の影響によって一人称語りが増えたということはできるだろう。

〈コミックソングの中の一人称〉

ではどの方面に増えたのかといえば、コミックソングにおいてである。いわゆるコミックソングはノベルティソングのことである。コミカルでナンセンスな歌詞をもっている。ユーモラスな内容にするためにストーリー性をもった歌詞に仕立てることが少なくない。「およげ！たいやきくん」はテレビ童謡として作られたものだが、童謡の域を越えて社会に受け入れられるものとなった。その派生作品群も含めてコミックソングとして捉えられるだろう。
「およげ！たいやきくん」の翌年昭和五二年（一九七七）に出た前川清子「毛虫のモモちゃん」（阿久悠作詞）は左とん平「秋田から来た先生」のB面に収録された。次のように始まる。

この頃　考えちゃうの　鏡を見るたび　考えちゃうの
ほんとに蝶になれるかな　きれいな蝶になれるかな
このまま毛虫のままだったら　私の人生マックラよ

これは子供向けの企画「ぱくぱくぽけっとレコード」の一環として発表された童謡の一種である。〈私〉は毛虫そのものであり、蝶のように美しい女性に憧れる自分を毛虫に譬えているわけではない。

昭和五五年（一九八〇）、学ラン姿の不良学生の格好をさせた猫たちが世間で非常に話題になった。これを「なめんなよ猫」、略して「なめ猫」という。後ろ足だけで立った状態で写真となって流布した。当時の不良学生を戯画化したような世界観で、かといって茶化しているわけでもないから、いわゆるツッパリも、そうでない子供や世間一般の社会人も抵抗なく受け入れることができた。形態的にはぬいぐるみのような獣人型の擬人化キャラクターである。それが教室や暴走族の改造バイクをバックに撮影されており、世界観として統一性がある。二・五次元の世界の住人としての擬人化キャラクターとして先駆的な存在ではないかと思われる。翌年、又吉&なめんなよ「なめんなよ」（又吉作詞）という歌が発売された。さながら横浜銀蝿や紅麗威甦《ぐりぃす》といったリーゼントに革ジャン、サングラスのツッパリファッションのロックバンドだ。

昭和五九年（一九八四）、三菱自動車ミラージュのCMにエリマキトカゲが採用された。テレビCMではエリマキ状の皮膚を広げて後ろ足で立ち上がり砂漠を走っていく様子が流された。そのユニークな姿が大変話題になり、この年、日本中でエリマキトカゲがブームとなった。CM中で使われたBGMは樋口康雄作曲のインストゥルメンタル曲だから、エリマキトカゲとはイメージの上で間接的に結び付いているに過ぎない。しかし、やはりブームになっただけあり、エリマキトカゲの玩具やフィギュア、キーホルダー、バッジ、カード、シール、ぬりえ、ジグゾーパズルなど様々なグッズが現れた。外見はあまり戯画化されず、写真をそのまま使うものも少なくないが、「エリマキトカゲくん」などと名付けて多少はキャラ化を企図したと読み取れるものもある。このブームに乗った歌は幾つか作られた。かまやつひろし「音頭エリマキトカゲの真実」（伊藤アキラ作詞）、同じくB面曲「襟巻きと影」（糸井重里作詞）などが挙げられる。その中で、ビートきよし「エリマキトカゲ音頭」のB面曲「エリマキ・コメディアン」（吉良敬三・みなみらんぼう作詞）が一人称語りとなっている【図2】。

僕はエリマキとかげっこ
ライオンみたいな　エリマキが自慢さ
ちょっとね　怖い顔だけどね
けんかの嫌いな　やさしいとかげだよ
遊ぼうよ　君が淋しいなら
せいいっぱい　僕はコメディアン

エリマキトカゲである〈僕〉を歌うビートきよしはコメディアンである。その肩書を反映させたキャラクター設定が見て取れる。ブームはすぐに終息したが、なぜか平成一三年（二〇〇一）に制服向上委員会が「えりマキと影ぶるーっす！」（龍之進作詞）という歌を発表している。シングル曲ではないが、収録するアルバム『SKi Unit-4』のジャケットにエリマキトカゲが描かれている。タイトルからして前記かまやつひろし「襟巻きと影」の影響を受けたものだろうと思われるが、とうにブームが去った後の作品であり、奇妙な歌である。ともあれ、「およげ！たいやきくん」に比べてエリマキトカゲの歌謡の領域での影響は希薄であったということはできる。

エリマキトカゲ・ブームの翌年昭和六〇年（一九八五）。今度はウーパールーパー・ブームが到来した。これはメキシコサンショウウオの幼生のことである。日清食品の焼きそばUFOのCMで起用されたことで爆発的に知られるようになった。やはりこれに便乗して様々なグッズや企画が生まれたことは言うまでもない。もともとUFOのウーパールーパーも実物を起用しながら、一方でパピをはじめとする幾つかのオリジナルキャラクターも作られた。この企画の一環として尾崎亜美の作詞になるウーパールーパー&チェイン「ウーパーダンシング」という歌が発表された。[7]サ

図2　「とかげっこ音頭」

ビの部分だけ掲げよう。

あいあいあい
ボクはウーパールーパー
アンテナ　ピコピコリンだ
あいあいあい
お目にかかれて　とてもうれピー

　ウーパールーパーである〈ボク〉の自己紹介の内容の歌詞である。この点、「エリマキ・コメディアン」と同じである。生物を擬人化している点でも同じであるが、ＵＦＯという商品との結び付きは弱い。そこで、ＣＭでは歌詞を改変して「あいあいあい　ボクはウーパールーパー、ＵＦＯからやってきたんだ」としている。さらにこの歌をＢＧＭに「ポプパ、ウポポ、パイポ、ピパペプ（ボクはＵＦＯの愛の使者です）」というパピ語による台詞が重ねられている。つまり、擬人化された生物から宇宙生物にキャラクターの設定が変えられているのだ。

　このように、「およげ！たいやきくん」以降、異類の一人称語りの歌が散見されるようになった。「たいやきくん」自体、子供向けテレビ番組の企画として作られた歌であり、それが社会一般へと受容が広がっていったものであった。その後の「毛虫のモモちゃん」も子供向けのレコード企画の所産である（ちなみに、これに先行して『ひらけ！ポンキッキ』で同名異曲が発表されている）。なめ猫やエリマキトカゲ、ウーパールーパーもブームに乗った企画であった。キャラクター化された異類に特定のイメージを付し、それに沿って自己紹介＝キャラクター設定の歌を歌うというもので、いわば文化産業に関わる人々によって歌が作られて、メディア展開に加担していたといってよいだろう。その結果、ジャンルが形成されたものの、しかし所詮一時のブームに過ぎないから桃太郎物のように時代を越えてパロディなどの二次創作の題材となることは稀なのだった。また九〇年代以降、この種の企画が成功しなくなったのは、国民一同が同一の文化的所産を迎え入れる姿勢から個々の関心に分散していったからかもしれない。

〈物語的背景〉

同一のキャラクターの多面的なメディア利用というのは近代でも昭和後期以降の文化産業にしばしば見られるようになるものだ。しかし多くは子供向けアニメ作品の主題歌や挿入歌として使われる。すなわち主人公の異類自身が、または主人公になりきったプロの歌手が一人称の詞を歌うのである。たとえば平成一一年(一九九九)にテレビ放映されたアニメ『キョロちゃん』は森永製菓の菓子チョコボールのマスコットキャラクターであるキョロちゃんという架空の鳥類を主人公とする作品である。CVは伊東みやこであるが、二つ目のオープニングソング「キョロちゃんでしゅ」(横山準作詞)は茶々が歌っている。タイトルにある通り、茶々がキョロちゃんとして歌ったものである。ちなみにこの歌の終盤にある「クエ　クエ　クエ　チョコボール」というフレーズは現在に至るまでチョコボールのCMに使われている。アニメではないが、バラエティ番組『俺たちひょうきん族』内に出てきたホタテマン(安岡力也)の持ち歌「ホタテのロックンロール」(内田裕也作詞、昭和五八年(一九八三))もこれと同じだろう。

ところで異類の一人称語りというのは、三人称に比べてむつかしい面がある。三人称ならば、歌い手が人間として異類に対すればよい。しかし、一人称だと歌い手が異類の立場で歌うことになる。つまり異類になりきらなくてはならないわけだ。笑いを狙ったコミックソングは人間や人間社会をコミカルに歌い、また風刺するものが中心である。異類になって歌うというのは、先に見てきたように何らかの企画やブームといった外的な事情と連動することで生れる傾向にある。また、確かに近代の童謡には動物の歌が多数存在するが、後述するように三人称の視点が主であり、また冒頭に示したようなコント形式を採っている。そうなると、異類の一人称語りの歌が生れる条件は、あらかじめキャラクターが存在すること、程度の差こそあれ、それに付随してキャラクターやそれが住む世界が設定付けられていること、要するに物語が背景にあるのではないかと思われる。
この点、アニメキャラクターであれば、あらかじめ世界観が設定され、ストーリーも展開しているから、人外の世界の荒唐無稽な内容であっても文脈的に理解しやすい。『ムーミン』の挿入歌「ノンノンのテーマ」（井上ひさし作詞）は女の子キャラクターのノンノンのムーミンに対する恋愛感情を歌ったもので、「ノンノンは好き好き、ムーミンが好き好き」と始まる。対象がムーミンという個体に限定されているから、人間の男女の恋愛歌として一般化できず、『ムーミン』という作品から離れられない。こうした特殊性があるから、一般の流行歌として流布することがむつかしく、歌が単独に作られることが稀だったのではないかと思われる。

さて、アニメ作品の挿入歌とは、言い換えるならば、物語作品の挿入歌ということである。アニメーション作品は動画を主体とする物語作品である。それ以前の物語作品は主として文学的な読み物と芸能的な語り物として受容された。そうした作品の中、とりわけ異類の物語には登場キャラクターである異類が和歌や歌謡、俳諧の句を詠む場面が多い。

ここで前近代の作品に触れておきたい。それらの物語の中では鳥獣虫魚や器物、食物など色々なものがキャラクター化して物語作品の中で歌を歌い、また詠んでいる。中世後期から近世初期にかけて作られた『鳥の歌合』『虫の歌合』『魚の歌合』『獣の歌合』、合わせて『四生の歌合』はそれぞれの生き物が左右に分かれて歌合をした作品であり、一人称語りの恋の歌などを多数収録する。その意味で異類の歌物語の代表作品と評されるだろう。ここでは前節「擬人化された鼠のいる風景」に合わせて鼠の歌った例を『十二支歌仙歌合色紙帖』から引いてみよう。[8]

ねてもうしさめてもつらき世の中に　あるかひもなき我がすまゐかな

寝ても憂いがあるし、醒めても辛い世の中なのに、在る甲斐もない私の住処だなあという趣旨の歌。一見、厭世気分の人が詠んだ歌と思ってしまう。またそれでも構わないものとして仕立てているのだろう。ただ、鼠だからこそという特色は、「寝ても憂し」の「ね」に十二支の「子」、「憂し」に「丑」が掛っていることだ。それだけでは弱い繋がりだが、笑いを狙った狂歌として作ったわけではないから、これで鼠の作の証となるのだろう。一方、鼠が主人公の『弥《や》兵《ひょう》衛《え》鼠《ねずみ》』という物語には次のような歌がある（新潮古典文学集成『御伽草子集』）。

羽もなくさかさまに飛ぶ弥兵衛は　これぞ希代のためしなりける

『弥兵衛鼠』の歌は雁の足にぶら下がって逆さまに空を飛んでいる時に詠んだ歌である。その点、物語の文脈を知らないと理解しがたいものだ。近世以降も異類物語の中にはしばしば歌を詠む事例が見られる。俳諧の発句はあまり見られないが、木容堂の滑稽本『獣太平記』（安永七年〔一七七八〕刊）には鼬《いたち》・猪・兎・馬・猿・鹿・貂《てん》・二十日鼠・栗鼠《りす》などの詠んだ句がまとまって収録されており、さらに虎の作った漢詩も出てくる。

一方、民間伝承の領域では昔話に動物が歌を歌うものがある。「猿聟入」における猿の辞世の歌はよく知られているが、地方によっていろいろなバリエーションがある。昭和後期、佐賀県伊万里市で採集された話の一つに次のような歌が出てくる。▼9

猿さる　死ぬる命は惜しまねど　乙鶴姫の泣くぞ悲しき

人間の嫁の求めに応じて取ろうとした梢の花を取り損ねて、川に落ちて流され行く猿の辞世の歌である。出来はお世辞にも良いものではないが、嫁の姦計（未必の故意）によって死に至ることを知らず、残された嫁の身を案じる猿の心境は笑うに笑えないものがある。

おむすびころりんの「鼠浄土」に類する昔話が、昭和後期、宮城県本吉郡津山町（現・登米市）で「焼じもず」として採集された。[10] 子鼠たちにいつも焼き餅を分け与えてくれる老婆に対して親鼠がお礼として家に招く話。家に行くと、たくさんの鼠たちが餅を搗いている。その時に歌っていた歌は次の通り。

このさど（里）さ　ネゴさげェ（猫さえ）こねェげェ（こないなら）
おっかねェぐねェ（恐ろしくない）
しゃぐ（百）ぬなっても　ぬしゃぐ（二百）ぬなっても
ニャーンどゆう声　ちじでエぐねェ（聞きたくない）
ヨエショ、コラショ

猫を怖がる鼠の心境を歌った労働歌である。

3　対話形式

物語の中の歌は、歌謡にしろ和歌にしろ、登場キャラクターによって状況的な要請で歌われるものである。先の『弥兵衛鼠』の逆さまに飛ぶ歌のように、その状況に密接に結びついて単独では理解に苦しむものもあれば、結びつきが希薄で人間の詠んだ歌として一般に通用するものもある。どちらが優れているかということではない。いずれにしても特定のキャラクターの持ち歌なのだから、これらを歌う者はそのキャラクターの立場に立たざるを得ないのだ。ところが異類を相手にした歌ならば、異類になりきらずに人間として歌うことができる。そこであまり紙面は割けないが、対話形式の歌にみられる擬人化表現について簡単に述べておきたい。

〈問い掛け〉

平安時代後期の『梁塵秘抄』（完訳日本の古典㉞）という歌謡集に次のような歌がある。

舞へ舞へ蝸牛《かたつぶり》　舞はぬものならば
馬の子や牛の子に　蹴《け》ゑさせてん　踏み破《わ》らせてん
実《まこと》に美しく舞うたらば　華の園まで遊ばせん（四〇八番歌）

「舞え舞え」とカタツムリに呼びかける歌である。他にも生き物に呼びかける歌といえば、我々はすぐにでも幾つか思いつくだろう。文部省唱歌として作られた童謡「かたつむり」（吉丸一昌作詞、明治四四年〔一九一一〕）はその一つ。

でんでん虫々　かたつむり
お前の頭はどこにある
角だせ　槍だせ　あたまだせ

カタツムリの触覚の反応については古代から現代まで変わることなく興味を持たれていたのだろう。中世後期の狂言「蝸牛」にも「雨も風も吹かぬに出ざ、釜打ち割ろう」と歌われる。同じく同年の文部省唱歌「鳩」もまた「豆がほしいか、そらやるぞ」と呼びかける歌として知らない人は少なかろう。

中世後期の田植歌を収めた『田植草紙』「朝歌二番」（『影印田植草紙集』）に次のような歌が見える。

卵《かいご》になりたか　まだ巣出《すい》での鶯
　羽はゑそろはば　古巣出《い》でよ鶯
声を聞いたが　まだ巣の内やろ寝声な
鳴らせや　鳴らさぬ声は寝声な
連れてきたもの　また人なれぬ雛《ひよこ》を

巣立ちの鶯へ呼びかける歌である。田植の時に歌われるもので、まず音頭といって最初の一句を音頭というソロパート担当者が歌い、「羽生《は》え揃わば」と田植をする乙女たち、すなわち早乙女が歌い、「声を聞いたが」と音頭・早乙女みなで歌う。

一気に時代を下げて、幕末頃の流行り歌に次のようなものがある（『新板こゝろいき　大津ゑぶし』上・松坂屋茶吉版）。

おゝい〳〵やんま蜻蛉《とんぼ》さん。黄金虫をそつくりこちらへかしておくれ

歌い手がヤンマに呼びかけている。黄金虫をこちらに貸しておくれとトンボに頼んでいる。異類に呼びかける歌は、対象となる異類そのものはキャラクターとして登場しない。歌い手は異類を仮想して歌い掛ける設定である。こうした趣向の歌が今様《いまよう》の昔から芸謡としても、また田植歌などの労働歌としても歌われてきたことがわかる。異類に対する呼びかけは、今日、童謡の分野に定着しているが、前近代はもっと文化的に幅広く歌われてきたものだったのである。

〈問答体〉

次に異類との問答のかたちを採る歌を見てみよう。これについては本稿の冒頭に「ぞうさん」「七つの子」の例を

挙げた。他にも戦後の「いぬのおまわりさん」（佐藤義美作詞、昭和三五年（一九六〇））は著名な歌の一つだろう。これらもまた、今日、童謡の分野以外は稀だ。もちろん、人間同士ならば男女のデュエットソングとして広く受け入れられているが、人間と異類、あるいは異類と異類のデュエットソングは童謡としてしか創作されないのが昭和中期以降の状況である。

民謡では北海道のソーラン節がこの形を採っている。

沖の鴎に潮時問えば
「わたしゃ立つ鳥　波に聞け」　チョイ

類歌が近世後期の『延享五年小哥しやうが集』に載っており、その冒頭に「沖のかもめにちよと物とへば、おれはたつ鳥波にとへ」とカモメの返答が見える。また菅江真澄『出羽の国飽田風俗』▼11に記載されている秋田で採集された歌謡では「海の深さを千鳥に問へば、わしはうき島浪に問へ」とある。その他、それ以前のものを一、二、示してみよう。

寛延三年（一七五〇）、京都で出版された地歌《じうた》という三味線伴奏の歌謡を集めた『琴線和歌の糸』に「昆布道成寺《こんぶどうじょうじ》」という歌が載っている（『日本歌謡集成』第七巻・寛延四年版）。

「自《みづから》と申すはそも、誰ぢや」
「其方《そち》が為には姉公路の昆布《こぶ》ぢや」
「何故《なにゆゑ》にござんした」
「何故とは曲もなや。怨みたら〳〵鱈汁《たらじる》の、夫《つま》の心の仇しさに、妾《わらは》は出汁《だし》に使はれて、気も移り香の胡椒の粉《こ》、はつとなづみと聞くからに、旦暮《あけくれ》胸を焼昆布《やきこぶ》や（下略）」

以下に昆布尽しの恨み節が続く。便宜、カギ括弧を付けて会話文を区別した。これによってこの歌が擬人化された昆布同士の対話から成っていることが知られるだろう。

幕末頃の俗謡大津絵節の瓦版『しんぱん　はうた大津ゑぶし』上（松坂屋版）には次のような歌が載る。

「お、い〱親芋さん。その蕪こつちい貸しておくれ。」

ゆず市兵衛。ぎようてんし。

「いヱ〱蕪では。ござんせぬ。」

歌い手は人間か。ゆず市兵衛は柚子の擬人化キャラクターの名前。他愛のない応答だが、一種のコントとして成り立っている。

ところで安永二年（一七七三）刊行の咄本『今歳咄《ことしばなし》』に次のような話がある【図3】。

柄樽《ゑだる》と塗り樽が寄り合《あふ》て、

「柄樽殿、貴様《きさま》は仕合《しやはせ》のよい人じや。其様《そのよふ》に箱の様成《よふな》る家をもたしやつて。私《わたし》は此《この》よふに家もなくそこら爰《こゝ》らを投放《なげはう》らるゝは甚だ残念に存じます」

図3　柄樽と塗り樽の対話『今歳咄』（『安永期小咄本集』岩波文庫）

「はて何さ貴様もわずか一升、わしも一升」

柄の付いた樽と塗り樽との対話である。先の大津絵節とさして変わるところがない。違うのは大津絵節が七五調になっているというだけだ。

近世にはこうした人間×異類、異類×異類のコントに節付けした歌謡が作られた。しかし近代になると、童謡に見られる程度で、コミックソングにおいても取り入れられることが稀になった。とはいえ、コントとして捉えるならば、むしろ音楽的要素を取り入れた漫談やコント、ボーイズなどに継承されていったことが考えられる。この点は今後の課題としたい。ただ一例を挙げれば、西村ヒロチョのロマンティック漫談では擬人化キャラクター同士の対話形式が好んで用いられる。「ロマンティック　クッキング」のカレーライス編（カレー＝女、ルー＝男）は次のような話だ。[12]

「なあ、ライス」

「なあに、ルー」

「ごめん。俺まだお前とは一緒になれない」

「どうして！　私よりもナンのほうがいいの？」

「あ、違うんだ。俺あと三日寝かせて、もっと美味しくなってから、お前と一緒になりたいんだ」

「そういうことなら私、福神漬とラッキョー用意して、待ってるね」

「三日後一緒になる時は、炊き立てで、よろしくな」

「甘口なんだからっ」

　寝かせて　三ツ星　恋の味　ざっぱーん！

恋のスパイス効かせてー作ろう

ロマンティック　クッキング

擬人化されたカレー（女）とルー（男）の恋愛小咄である。オチを言ったあと、ダンスをしながら最後の三行の詞を歌う。先の『今歳咄』と比べてみて分かるように、趣向的には古典的な小咄を継承するものだが、しかし、西村のファン層は若い女性を中心とする。もしカレーとルーを絵画化するにしても、『今歳咄』のように頭が樽という色気のないキャラクター造形にはなるまい。『ヘタリア』や『ミラクル・トレイン』などで擬人化作品に親しんだ女性層は恐らく脳内で人間型の擬人化キャラクターをイメージしているだろう。つまり西村の芸はこれら現代のサブカルチャーにおける擬人化作品の受容層と共通の基盤を持っているわけである。

〈叙事的形式〉

問答形式は会話が中心であるが、地の文を主として随所に会話文を挿むものを叙事的形式としておくが、短い歌詞だと明確な区別が付けづらい。もとより説明の便宜として分けただけだから厳密に定義づけるつもりはないが、たとえば青木存義の作詞になる「どんぐりころころ」（大正一〇年〈一九二一〉）は前半に転がり行くドングリの状況説明があり、後半にドジョウが出てきて挨拶をするという構成である。どちらを主するかは解釈の問題でしかないだろう。しかし近現代の擬人化キャラクターの登場する童謡は「雀の学校」（清水かつら作詞、大正一〇年）、「黄金虫」（野口雨情作詞、大正一一年）、「兎のダンス」（野口雨情作詞、大正一三年）、「めだかの学校」（茶木滋作詞、昭和二五年〈一九五〇〉）、「だんご三兄弟」（佐藤雅彦作詞、〈一九九九〉）など著名なものばかりでなく、黎明期の唱歌から現代のテレビ童謡に至るまでほとんどがこの形式を採っている。

前近代においては、やはり問い掛けや問答の形式の歌と同じように、童謡以外に広く及んでいた。幾つか紹介すると、江戸後期の上方の木遣り音頭の瓦版に「魚尽し」なるものがある（『日本歌謡集成』第七巻「大阪流行音頭」）。冒頭は次の通り。

いでその頃は淀鯉三年、鮟鱇天皇の事なつしに、龍宮魚の都には、菊の節句の吉例とて、江河《がうが》の魚類《うろくづ》残りなく、鮗《このしろ》に出仕あれば、奏者の役人鱧《はも》長門守陸奥守、玄関の口で出で迎ふ。

この魚尽しの歌はこれ以後多数の魚名が上り、龍宮に参内する様子を描いている。これは『平家物語』などの軍記物の趣向を取り出してパロディ化したもので、魚類の集合する部分に限られているが、中には合戦場面を中心にまとめた物語歌もある。名古屋で出版された『今様くどき』という踊り口説集には「菓子軍《かしいくさ》」という擬人化された菓子類の物語歌が収録されている。これは砂糖兵衛《びょうえ》饅頭公の軍勢と伊勢粔籹《おこし》木野下味よしの軍勢との合戦の顛末を語った口説節である。読み物とすれば全く異類の軍記物語、すなわち異類合戦物だ（本書Ⅲコラム「『花月往来』の魅力」参照）。

こうした異類合戦を歌謡として受容していたことは、近世の盲目の芸能者が語り物ばかりでなく、歌謡の担い手であったことに由来するのではないかと思われる。近代になっても歌謡の題材として異類合戦を扱うものが出た。すなわち阿呆陀羅経の豊年斎梅坊主（一八五四～一九二七）の語った「虫尽し」は虫合戦を描いたものだった。▼13

次に挙げる幕末頃の『新板青物づくし　やんれいぶし』（針谷政版）もその一つだ。一部引いてみよう。

留守《るす》を付込《つけこむ》からしも今は、
「おなす〳〵」
と小声《こごい》で起こし、
「ちよひとあいたひ、これ、おなす三《さん》」
言《ゆ》へば、おなすは其《その》あいさつに、
「わらびたばねたかぼちゃであれど、わさびや主有《ぬしある》みの上なれば、おくれよ是《これ》、からし三《さん》」ヤンレイやんれい節は当時流行った俗謡。青物尽しなので、随所に野菜名が読み込まれている。□で囲んだ部分は原本では黒地の白抜き文字で示されている。茄子と辛子が擬人化されて男女のやりとりが七五調で歌われている【図4】。

その後の叙事的形式の歌謡の擬人化作品は、童謡やアニメ曲を除けば、コミックソングの範疇で散発的に作られていく程度であった。横山ノック「ガンバレ！たこやきちゃん」、とんねるず「ガラガラヘビがやってくる」（秋元康作詞、平成四年〔一九九二〕）、同「がじゃいも」（秋元康作詞、平成五年）など、お笑い芸人が主に担い手となって今日に至る。コミックソングの域を出るものでは、たとえば涙を擬人化した坂本九「涙くんさよなら」（浜口庫之助作詞、昭和四〇年〔一九六五〕）のように一般向けの歌謡として通用するものもあるが、それは稀である。今日、結婚式の定番となったチェリッシュ「てんとう虫のサンバ」（さいとう大三作詞、昭和四八年〔一九七三〕）などは奇跡の一曲と評せるだろう。

図4　擬人化された茄子と辛子『新板青物づくしやんれいぶし』（筆者蔵）

4　たいやきくんのぼやき

〈対人的な異類の歌〉

これまで対話形式の歌を見てきた。ここで改めて「およげ！たいやきくん」に話題を戻したい。この歌は人間である鯛焼き屋主人と喧嘩をした鯛焼きの生涯を物語っているものだった。海に逃げ込んだたいやきくんは最後に知らないおじさんに釣られて食べられてしまう。

気になるのは、たいやきくんがその境遇をぼやいていることである。毎日鉄板の上で焼かれては食べられる。その繰り返しの日々。まるで修羅道に落ちた者のようである。修羅の敵と絶えず熾烈な戦いをして、殺されても再び修羅の地に現れて戦いを繰り返す。焼かれては食べられ、翌日にはまた焼かれて食べられるという日々。能舞台に登場する武将の亡霊（シテ）ならば旅の僧（ワキ）に供養されて成仏するからまだ救いがあるが、しかし救われないたいやきくんには広い海に飛び出すしか逃げようがなかったのだろう。

このように自らの境遇をぼやく、あるいは嘆く異類の語りはたいやきくんが最初ではない。近世中期の歌謡集『松の葉』（元禄一六年〔一七〇三〕刊）には次のような歌が載る（日本古典文学大系『中世近世歌謡集』）。

山雀《やまがら》が籠の中での恨み言　かごの小籠でもんどり打たれぬ

これは三味線を伴奏に歌われる歌である。ヤマガラが籠の中で不平を言った。「籠が小籠なので宙返りができない」と。「およげ！たいやきくん」と同様に可笑しみのある、けれどもヤマガラの立場からすれば不満のある境遇である。越後地方では近代まで盲目の女流芸能者である瞽女《ごぜ》によって「馬口説《うまくどき》」や「鼠口説」という口説が三味線を伴奏として語られてきた。口説とは物語要素の強い比較的長編の歌で、刈萱道心石童丸や鈴木主水《もんど》と遊女白糸の心中話などの伝統的な題材から、近い時代の心中事件や殺人事件などを題材とすることもある。これに対して滑稽な題材の口説も生まれた。「馬口説」を一部引用してみよう。[14]

馬に生まれた　因果を聞きやれ
寝ても起きても　厩舎《うまや》の隅で

藁やくずやで　命をつなぐ
（中略）
わしの難儀は　春田の始め
そもや苗代　掻き始めより
雨の降る日も　風吹く日でも
相手替われど　わしゃ替わりゃせん

そして次のように結ばれる。

案じられます　行く　ヤー　コレ
末を　サーエー

馬の立場で酷使される境遇をただただ嘆く物語歌である。「鼠口説」もまた同様に、その身を嘆く語りに終始する。▼15 特に人間に大事にされる猫に比べて苦労する様を語るくだりが面白い。「猫よ猫よと大事にされて」魚などを御馳走されて可愛がられる猫。それに飛びかかられて我々鼠は親を失い、子を失うという悲劇。最後は次のように結ばれる。

今朝も姐《あね》さのしわざを見れば　鼠取りにあえなくかかり
哀れはかなき鼠の最期　二度と生まれまい鼠　サーエー

語り手の鼠の身内が鼠取りにかかって死んでしまう様を目の当たりにして、二度と鼠としては生まれまいと誓って終わる。鼠の立場からすれば、どう考えても悲劇なのだが、滑稽味のある物語歌として観賞できる。

「虱の口寄せ」という語り物もある。これは盲目の男性芸能者である座頭が語っていたもので、東北地方に伝承されていた。本書でもⅡ「ペットの憑霊」において言及されているので、詳細はそちらをご参照願いたい。この作品では生きた異類という設定ではなく、タイトル通り、既に往生した虱が口寄せのわざによって人間に取り憑いた体で三味線を伴奏として語るものである。虱である〈俺《おら》〉は何を語るのかというと、「おらが（娑婆を）立つどぎ《（時）》の哀れというものは、語りても語り尽しもござらんが」と前置きをしつつ、人間の着物の中から這い出してきた所を指先で潰されて下半身不随となり、四、五日後にまた捕まって釜に入れられ火炙りにかけられた凄惨な最期を語る。[16] 他にも「我ほど因果な者はない」と蛍がぼやく「蛍の口説」が石川県小松市で採集されている（『音頭口説集成』第四巻）。

江戸後期から明治大正期の頃まで流行った俗謡の一種に大津絵節がある。名所・名産や花街の様子、芝居の一場面、物尽しなど様々な題材を扱い、歌詞の長短に制約がない、かなり自由な形式のものだ。そういうことで、素人でも自作するものが少なくなかったが、摺物としても数多く伝世する。そのうちの一つに文明開化の頃、大阪の松栄堂から出た『大津絵ぶし』に次のような歌が載る。[17]

人力車の小言を聞けば、いそぐ用事にはしらされ、往き来の人にぼやかれて、そのくせ夜がふけりや乗せてはしり、にわか雨にはつかわれて、朝は早うから洗われて、客をまつ間の捨て車、ひまなその日にや親方にぼやかれて、母衣《ほろ》をなやして軒すまゐ、いきなト一とほろをかむつて、相乗りいちやつきや、ハイ御めんなセイ。

擬人化された人力車の語り節である。ただし導入に「人力車の小言を聞けば」とあるから人間が人力車の代弁をするという設定である。その点、「山雀《やまがら》が籠の中での恨み言」と同じといえるだろう。器物の〈ぼやき〉としては、昭和初期に新潟県南蒲原郡見附町（現・見附市）で採集された「徳利口説」（『旅と伝説』昭和八年一一月号）など他にもある。成島柳北の戯文「碁石の愚痴」（中川愛氷編『滑稽妙文集』明治四〇年〔一九〇七〕）はこれらの歌謡の趣向に拠ったのではないかと思われる。

いずれにしても、これまで見てきた事例から窺えるのは、彼ら異類は人間社会に関わって来たことから生じた不遇を嘆いていることである。ヤマガラは狭い場所に閉じ込められていることに対して、馬は過酷な労働を課されていることに対して、鼠や虱、蛍は人間に常に生命を脅かされていることに対して、人力車は人間に振り回される生活に対して、徳利や碁石は人間に邪険に扱われることに対して不平不満を抱いている。それが吐露されているわけである。たいやきくんのぼやきは、まさしくこうした人間社会に生きる異類の慨嘆の歌に連なるものであると位置づけられないだろうか。表向きは童謡であるが、一人称語りである上に身の上を嘆く趣向は童謡というジャンルを逸脱している。その斬新さがただの子供向けの歌との違いを生み出し、歌謡曲として広く受け入れられる遠因となったのではないかと思われる。

〈異類の鎮魂〉

ところで〈共食いキャラ〉という言葉がある。これは大山顕の造語で、たとえばトンカツ屋の看板にコック姿の豚が「おいしいよ」などと言っているものがある。この場合、店で売られるのが豚の肉を調理したトンカツなのに、それを原料たる豚が調理して「おいしいよ」などと宣伝・販売しているというのは、共食いをしているわけだ。[18] これは消費される物を擬人化キャラクターにしたものである。

捉え方として面白いが、しかしそうすると、食べられずに消費される擬人化キャラクターにも注意しなくてはならないのではないか。たとえば薬品や医療品、洗剤、日用品、化学製品の類である。これらは共食いこそしないが、目的のために消費されることで消えていく、あるいは捨てられる。その点、食べられて消える共食いキャラと同じであ

図5　「燃やすゴミ」たちの擬人化。2014年撮影

る。さらにいえば、ゴミそのものを擬人化したキャラクターがゴミ捨て場やゴミ箱に描かれていることがある【図5】。これは人間に同族を廃棄させるために生まれてきたものである。捨てられるために生まれたキャラクターなど同族をホロコーストに導く先導役以外の何ものでもないだろう。共食いキャラという概念は確かに素材との関係を考えると興味深いが、しかし擬人化キャラクターを体系的に把握しようとする場合、果たして有効なものかどうか、検討を要すると思われる。

　では、たいやきくんはどうだろう。毎日毎日、鉄板の上で焼かれては食べられる存在である。共食いキャラと呼ばれるものに共通する点は購買意欲促進を目的とすることになるだろう。したがって「おいしい」「手作り」「栄養満点」「ヘルシー」「育ちがいい」「安い」「新鮮」「食べてみて」といったキャッチフレーズが伴うことが多い。少なくとも、これらのアピールの逆を行くようなことを強調することはできない。つまり身の上を嘆く、ぼやく、不満を訴えるといったことである。たいやきくんは後者の特徴をもつから、共食いキャラとしての性格を備えていない。

「およげ！たいやきくん」以下、前節で紹介した物語歌も共食いキャラとは対照的である。思うに、対象の異類に対する人間の罪悪感が背景にあるのではないだろうか。ヤマガラの歌は小さな鳥籠に閉じ込めて飼っていることに対する、「馬口説」や人力車、徳利の歌は日々酷使していることに対する、「鼠口説」や「虱の口寄せ」や「蛍の口説」は必要なこととはいえ殺生を犯していることに対する人間の負い目を表しているように解される。彼らになり代わり、彼らの境遇を訴えることが彼らの魂を鎮めることになる。つまりその負の意識を解消しているのではないかと思われる。

たいやきくんは、食べられることで人間に幸福感を与える。歌の中でたいやきくんを鯛として海に帰すことは放《ほう》生《じょう》を意味するのだろう。海に放つことが供養となり、殺生に対する罪悪感が解消される。生きるためには継続的に生き物を殺して食べなくてはならないわけで、一度や二度の放生でその罪からまぬかれられるはずはないのであるが、善行として行うことで罪から逃れた気持ちになる。一方的に消費されるたいやきを生きた鯛に見立て、その生の物語を歌う。この、歌による放生と捕獲の物語の再生は、食物摂取の感謝と鎮魂を表しているのではないか。

5　おわりに

擬人化表現は身近な様々な分野から見出すことができる。道を歩いていれば広告や看板、スーパーマーケットに入れば商品のパッケージ、書店に入れば本の表紙、テレビを付ければアニメなどなど。どうしても視覚中心になりがちだが、耳をすませば聞こえてくる歌にも擬人化表現は発見できる。本稿では「およげ！たいやきくん」を中心に、物語的要素のある歌における擬人化表現をみてきた。

日本には古くから物語文芸を文字で読むのではなく、語って聴かせるものとして大衆文化の中で広く行われてきた。中世の『平家物語』を語る琵琶法師の芸もそうだが、近世には琵琶を三味線に持ち替えて、古典から世話物まで様々な題材を扱い、多様な語り物芸能が津々浦々で受容されていた。楽器を伴奏としてリズミカルに、時にメロディアスに語られる物語は歌謡としての側面もあり、地歌などの三味線歌曲や口説節、甚句、大津絵節、やんれい節など多くの俗謡として巷間で歌われた。異類を題材にした歌謡はこうして物語としても歌謡としても受容されてきたのだった。

ところが近代に下ると、それらは荒唐無稽なものと見なされた。しかしその反面、子供の趣味に適合したものとして明治後期から徐々に教育的価値が認められ[19]、学校の唱歌、さらには民間でも童謡として発達することになった[20]。児童文化の一環として生まれた異類の世界を描いたアニメ作品に付随する歌謡もまた童謡の延長として捉えるべきだろう。他方、コミックソングは世代を越えて楽しめるものである。しかも荒唐無稽さをむしろ前面に出しているものだから、異類の物語歌はこのジャンルにおいて引き継がれていくことになる。

現代はアニメ作品の受容層の拡大、取り分けサブカルチャーの主要ジャンルとなり、さらに電波ソングが広がる中で、コミックソングはアニメやゲームの歌との境界が曖昧になってきているように思われる。音楽産業も昭和中後期のような展開が望めなくなる中、異類の物語歌がこれからどのように生まれてくるか、注視していきたい。

▼注

1 高木史人「昔話と〝身ぶり〟」『口承文芸研究』第一〇号、一九八七年。
2 大蔵虎明本を翻刻した『古本能狂言集』に拠る。ただしこの歌謡は虎寛本「花子」には見えない。
3 長田暁二『歌謡曲おもしろこぼれ話』社会思想社、二〇〇二年。
4 古茂田信男他編『新版　日本流行歌史』下、社会思想社、一九九五年。
5 小島豊美とアヴァンデザイン活字楽団『昭和のテレビ童謡クロニクル　『ひらけ！ポンキッキ』から『ピッカピカ音楽館』までディスクユニオン、二〇一五年。
6 沢野勉『歌でつづる食の日本史』芽ばえ社、一九八九年。
7 尾崎亜美自身も歌っている。『AMII CM NETWORK』（一九九一年）収録。
8 徳田和夫「センチュリーミュージアム蔵『十二支歌仙歌合色紙帖』について」『伝承文学研究』五五、二〇〇六年。
9 臼田甚五郎監修『佐賀百話』桜楓社、一九七二年。
10 佐々木徳夫編『むがす、むがす、あっとごぬ』未来社、一九六九年。
11 町田嘉章・浅野建二編『日本民謡集』（岩波文庫、一九六〇年）の脚注参照。
12 『日10☆演芸パレード（エンパレ）』毎日放送。二〇一三年四月二一日放送。

13 『全集・日本吹込み事始』第一一巻、EMIミュージック・ジャパン、二〇〇一年。
14 板垣俊一『越後瞽女唄集――研究と資料――』三弥井書店、二〇〇九年。
15 瞽女唄ネットワーク事務局HP『瞽女ふたたびの道』に金川真美子による口演（二〇一三年）の音声データが公開されている。http://goze.holy.jp/goze/gozeuta/gozeuta_11.html。二〇一五年八月二五日現在。
16 安間清『早物語覚え書』甲陽書房、一九六四年。
17 市場直二郎『頽廃大津絵節』発藻堂書院、一九二八年。
18 大山顕『共食いキャラの本』洋泉堂、二〇〇九年。
19 田村虎蔵『唱歌科教授法』同文館、一九〇八年。
20 和田典子「唱歌から芸術的童謡へ」鳥越信編『はじめて学ぶ日本児童文学史』ミネルヴァ書房、二〇〇一年。畑中圭一『日本の童謡　誕生から九〇年の歩み』平凡社、二〇〇七年。

妖怪の擬人化、そして人間化

飯倉義之

1　手のひらの中の妖怪

ここ数年で電車や地下鉄、バスなどの公共交通機関の車内の光景は一変した。新聞や雑誌に代わり、今ではほとんどの人がスマートフォン、いわゆるスマホに向き合って時間を潰している。そうした暇つぶしとして人気があるのが、ゲームアプリの利用だ。多彩に展開しているゲームアプリやブラウザゲームの中には、妖怪をモチーフとするものもある。近年の『妖怪ウォッチ』（レベルファイブ、二〇一三）シリーズの人気を考えれば当然といえる。だがそうした妖怪ゲームに気になる傾向がある。登場する妖怪を不気味な異形の存在ではなく、かわいい萌える美少女に擬人化して表現するゲームが多いのだ。

例えば二〇一四年にＫＡＤＯＫＡＷＡがリリースした「妖怪憑依ＲＰＧ」を称するスマホ用ゲームアプリ『妖怪百姫たん！』は、美少女に擬人化された妖怪カードを集めて敵の謎の機械軍勢「利器士《リキッド》」と戦うというゲームである。ここではすべての妖怪が人間と寸分変わらないかわいい女の子として描かれ、異形の異類の姿は痕跡として示されるにすぎなくなっている。他にも、二〇一一年リリースの、同ゲームの前身ともなるＧＲＥＥのブラウザゲーム『秘録妖怪大戦争』や、同年開始の妖怪美少女カードを集めて育成して戦う『妖女大戦』シリーズ（NIJIBOX製作）などがある。妖怪の美少女化は現在広く共有されている〈趣向〉だといえるだろう。

また男性向け市場だけではなく、妖怪の美青年との恋愛を主題とする女性向け恋愛シミュレーションゲームがジャンルとして確立している。例えばPSP用ゲーム「怪談ロマンス」シリーズ（QuinRose、二〇一二）は、妖怪が在籍する学校で、妖怪の美男美女たちと交流する恋愛シミュレーションとして人気を博している。

現在、ポピュラーカルチャーの世界（の一部）では、妖怪は異形で不気味で恐ろしいものではなく、萌えの対象となる美少女・美青年として定着しているのである。

2　戦後妖怪マンガの変遷

しかしこうした状況は、一朝一夕に出現したものではない。戦後日本の妖怪エンタテインメントの流れに沿って、段階を踏んで成立したものといえる。

戦後、水木しげる『ゲゲゲの鬼太郎』（講談社、一九六五）が妖怪を主人公としたマンガ、すなわち「妖怪マンガ」というジャンルを確立し、そのヒットが「妖怪ブーム」を招来した。この第一次妖怪ブームの時期には手塚治虫『どろろ』（秋田書店、一九六七）、楳図《うめず》かずお『猫目小僧』（少年画報社、一九六七）、アニメ『妖怪人間ベム』（フジテレビ系列、一九六八）などの作品が相次いで発表された【図1】。

この時期の妖怪マンガの主人公には共通点がある。妖怪でも人間でもない幽霊族の末裔の鬼太郎、出生直後に身体の四十八の部位を魔神（妖怪）に奪われた百鬼丸と孤児のどろろ、人間に似すぎていたため生後すぐ妖怪社会から捨てられた猫

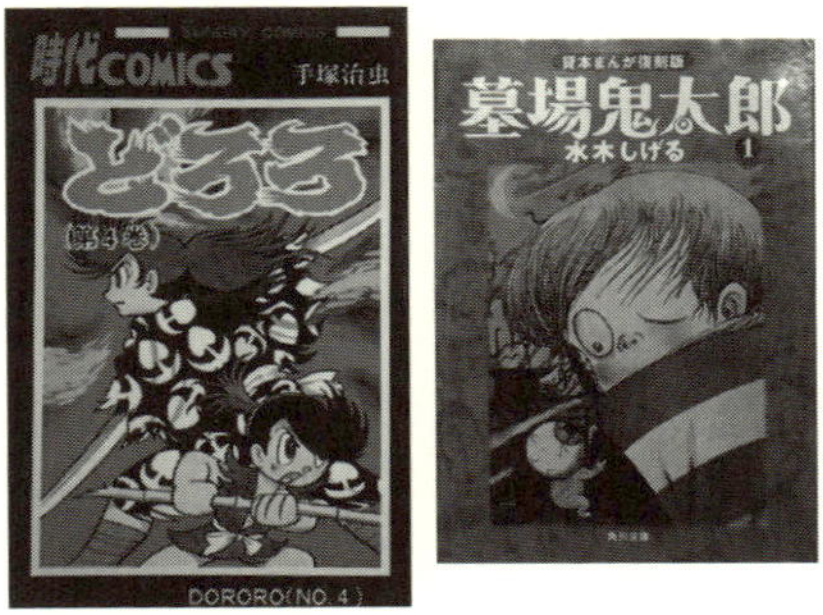

図1　1960年代の妖怪マンガ

目小僧、妖怪でも人間でもない異形の人造生命体ベム・ベラ・ベロ。彼らはいずれも人間とは異質の存在である。一九六〇年代の妖怪マンガにおいて妖怪は、共同体の外部から来て、事件を解決した後はまた外部へと去っていく／排除される異類、「異人」として描かれているのである。

　妖怪マンガが再び流行り出すのは一九九〇年代である。一九九〇年の藤田和日郎《かずひろ》『うしおととら』（小学館）、冨樫義博『幽々白書』（集英社）を皮切りに、椎名高志『ＧＳ美神《ゴーストスイーパーみかみ》　極楽大作戦!!』（小学館、一九九一）、真倉翔・岡野剛『地獄先生ぬ～べ～』（集英社、一九九三）、高橋留美子『犬夜叉』（小学館、一九九六）などの作品が世に出た【図2】。

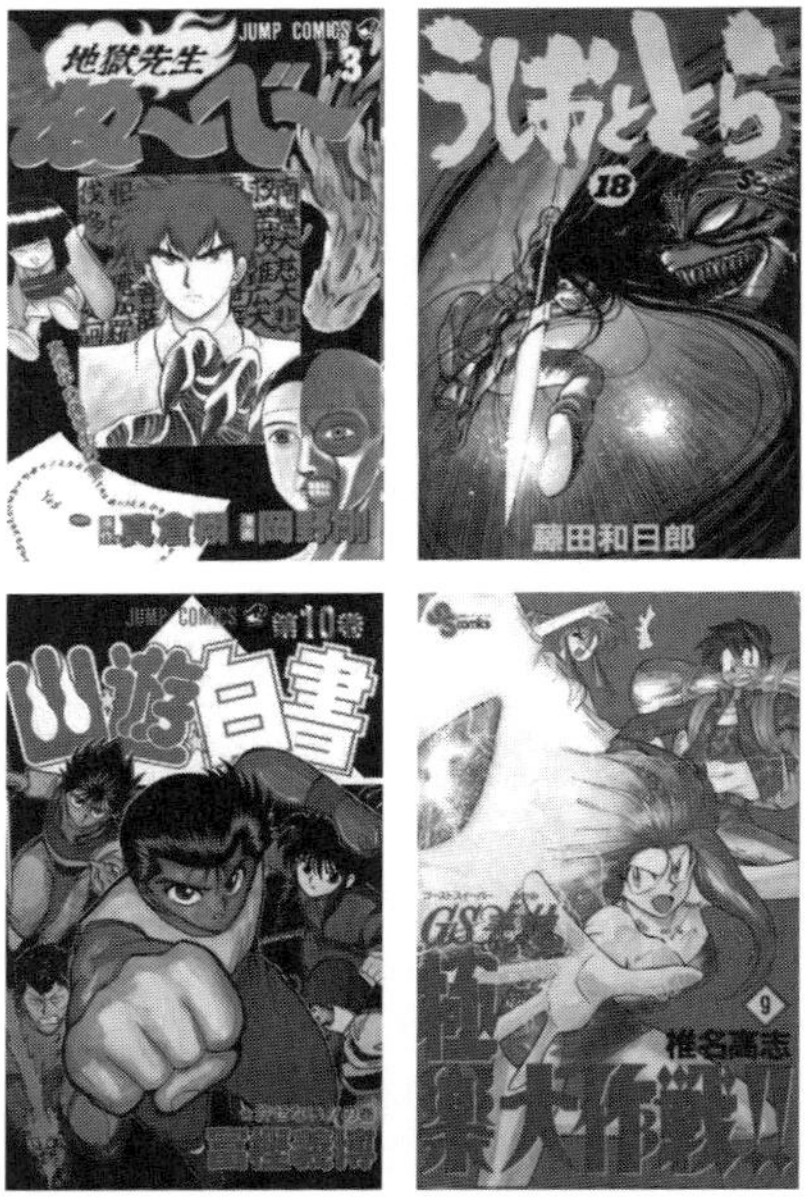

図2　1990年代の、バトルを中心とする妖怪マンガ

　一九九〇年代の妖怪マンガは、妖怪と人間がバトルを通じて「親友《ライバル》」となっていく「妖怪バトルマンガ」が主流だったといえる。例えば『うしおととら』では、妖怪退治の槍を受け継いだ人間の少年・蒼月潮《あおつきうしお》と、その槍に封印されていた妖怪・とらが、すべての元凶となった大妖怪「白面の者」を追う旅の過程でかけがえのない相棒となり、最終的には反目しあっていた人間と東西の妖怪勢力が団結して敵に当たるに至る。ここでは妖怪は人間と相容れない存在ではなく、異類でありながらも相互に理解や共感が可能な存在であり、主人公と共に戦う重要な仲間、魅力的な味方として描かれている。一九九〇年代に妖怪は「異人」から「友人」になったのだ。

　そうして二〇〇〇年代には二つの潮流が力を持ち始める。一つは今市子《いまいちこ》『百鬼夜行抄』（朝日ソノラマ、一九九五）、熊倉隆敏『もっけ』（小学館、二〇〇〇）、緑川ゆき『夏目友人帳』（白泉社、二〇〇五）に代表される、霊や妖怪と日常的に触れあって生きている「霊に近しい人たち」を主人公とする妖怪マンガ。もう一つは、妖怪をペットのようなかわいい姿にディフォルメして描いたり、恋愛対象となる美形の男女の姿に描いたりする「萌え」る妖怪マンガである。こうして妖怪は美男美女となったのである。

　妖怪の擬人化はパロディ的手法としてスタートしたものと思われる。「異形」であるべき妖怪を「萌え」の対象となりうる美少女として描く〈遊び〉は、webでは早く存在したし、妖怪事典制作委員会『萌え萌え妖怪事典』（イーグルパブリシング、二〇〇八）のようなイラスト事典も刊行されている。また上海アリス幻樂団の同人ゲーム東方PROJECTシリーズ（一九九六）の影響も見逃せない。そうした流れに沿う作品として、マンガでは峰倉かずや『最遊記』シリーズ（エニックス、一九九七）や、中津賢也『妖怪仕置人《エニグマ・バニッシャー》』（少年画報社、一九九七）、木下さくら・東山和子『tactics』（マッグガーデン、二〇〇一）、池田晃久『ロザリオとバンパイア』（集英社、二〇〇四）、ヤスダスズヒト『夜桜四重奏《ヨザクラカルテット》』（小学館、二〇〇六）、星野リリィ『おとめ妖怪ざくろ』（幻冬舎、二〇〇八）などが挙げられるだろう【図3】。

図3　2000年代以降の、人間化する妖怪マンガ。表紙の女の子はすべて妖怪

　しかしそれら美形化された妖怪を主要登場人物とする物語からは、単なるパロディではないメッセージを読み取ることができる。妖怪そのものを美形に、もしくは人間と変わらず描く作品においては、妖怪の登場人物と人間の登場人物の間に各段の差異は見られない。妖怪は「異能力を持つ人間」とほとんど変わら

ずに描かれ、その内面描写も人間と変わるものではないことがむしろ強調される。ここでは妖怪は人間として、それも恋愛対象になりうる存在として描かれているのである。恋愛対象、恋人とはつまり愛を投影する対象である。それは自己の感情を投影する対象、すなわち自らの分身なのだといえる。

妖怪をペットのようなかわいい存在として描くマンガにも同じことが言える。例として石川優吾『カッパの飼い方』（集英社、二〇〇三）、今井美保『ぴこたんと愉「怪」な仲間たち』（角川書店、二〇〇七）、室井大資《だいすけ》『妖怪研究家ヨシムラ』（角川書店、二〇〇八）が挙げられる【図3】。ペットとは愛するための存在に他ならない。それもまた恋人同様に自己の投影対象、自らの分身といえるだろう。

恋愛対象やペットとして描かれる妖怪は、自己を投影しうる自己像の延長なのである。つまり現在、ゲームやマンガで人気の擬人化された妖怪は「異質な他者」ではなく、われわれと同じ――だが〈個性〉として妖怪能力を身につけているだけの――存在として描かれているのである。そうした妖怪は、「他者性」を喪失した、人間化した妖怪だといえる。

妖怪の擬人化は、ついに妖怪を異類ではなくしてしまう局面にまで達しているといえる。ここには現代日本の世相、〈われわれ〉と異なるモノを忌避し、同質であることを確認して安心しようとする世相の影響を見ることができるかもしれない。

擬人化コスプレの登場

伊藤慎吾

1 午後の紅茶とボンカレーゴールド

まずは二枚の画像を見比べていただきたい【図1・図2】。

図1　午後の紅茶

図2　ボンカレーゴールド

図1は二〇一一年、としまえんにて。図2は二〇〇九年に東京ビックサイトで開催されたコミックマーケット74のコスプレ広場にて撮影したものである。どちらが擬人化コスプレであるかお分かりになるだろうか。

擬人化コスプレとは、その名の通り、対象となる素材をコスプレのかたちで擬人化表現したもののことである。具体的には主に衣装やメイクに対象の特徴やイメージを反映させることで表現するものである。図1は「午後の紅茶」のミルクティーであり、図2は「ボンカレー」辛口・中辛・甘口である。カラー画像ではないから分かりにくいが、「午後の紅茶」のラベルのデザインがコスチュームの配色に反映されており、確かに「午後の紅茶」ミルクティーの擬人化だと思わせるものである。一方の「ボンカレー」も、パッケージのデザインがそのまま生かされているし、コスプレ広場にいるのだから、どこからどうみても、「ボンカレー」の擬人化ではないか。

正解は「午後の紅茶」のほうが擬人化コスプレである。コスプレイヤー本人から確認を取ったから間違いない。一方、「ボンカレー」のほうはどうかというと、実のところ不明である。後者からは残念ながら言質が取れなかった。当時、「ボンカレー」のキャンペーンガールが来たのかと思ったが、「営業活動はしていません」と大塚食品はいう。[1]そういうわけで、回答として「ボンカレーゴールドの擬人化コスです」「ボンカレーゴールドのデザインを取り入れて作ったオリジナルの服です」、どちらもあり得るのである。

本来、擬人化キャラクターか否かは、立脚する場所の性格によって区別することができる（本書Ⅲ総説参照）。「擬人化キャラクターは物語世界の住人」だからだ。現実には存在し得ない。ところがコスプレに擬人化表現を取り入れるとなると、コスプレイヤーが現実世界に立脚するものである以上、そもそもこの前提が成り立たない。この前提を取り払ってしまうと、擬人化コスとは、コスチュームデザインに対象の特徴を取り入れた趣向であるというだけになる。擬人化コスか、モティーフをデザインに取り入れたオリジナル・コスかはあくまでレイヤーの脳内で自己完結するものであろう。

2 コミケットのコスプレ小史

擬人化コスがいつからみられるようになったのかは定かでないが、古いことでもない。コミックマーケットを中心に見るならば、もともとコスプレはサークル参加者が手作りでアニメやマンガ作品のキャラクターの格好をして売り子をしたり、一般参加者も加わったりして楽しむものであった。だから特定のコスプレ広場を設置せずに会場内を歩き回っていた。一九八五年夏のコミケット28は『情報デスクToday』（TBS）の報道を見ると、ダーティペアや『うる星《せい》やつら』のラム、『リボンの騎士』のサファイア姫、『幻夢戦記レダ』の朝霧陽子など、今でも通用するクオリティのコスプレがある。[2] しかしファンタジー小説『グインサーガ』のコスチュームとフルフェイスの仮面やゴジラの全身着ぐるみなど、高校の学園祭用に作ったかのような質のものも散見される。同様に一九八八年のコミケット32『知りたい時が見たい時　素敵にドキュメント』（朝日放送）の報道を見るに、それほど変わっていない。[3] この頃は『うる星やつら』『聖闘士《セイント》星矢』が双璧で、多くのコスプレイヤーはそれらに登場するキャラクターのコスチュームを着ていた。出来は十人十色で、あまり質の良くないゴジラの全身着ぐるみや、中にはボール紙に金銀の折り紙を貼り付けただけと思われる聖衣《クロス》（『聖闘士星矢』）なども見られた。こうした学園祭のような空気の中で定番の「花いちもんめ」などが行われており、[4] それはそれで今にない一体感のあるイベントとなっていたようである。

九〇年代になると、規模が拡大する。コスプレがブームになってきたのだ。バブル期を経てコスプレのダンスパーティ（いわゆるダンパ）を企画展開する企業が生まれ、さらにコスプレを販売する店も現れてくる。大手のコスパが創立したのは一九九五年であった。かくして二〇世紀末には〈コスプレ〉という言葉が一般にも浸透していく。

このようにサブカル産業の中に組み込まれていく中で、新たな価値観が生まれてきた。すなわち、コスプレは仮装とは違うということである。一九九九年冬のコミケット57では『エヴァンゲリオン』ブームが一段落して『封神演義』や『カードキャプターさくら』などが主流となっていた。また恋愛ADVのキャラクターが多いのもこの時期の特色だろう。コスパで仕入れた出来合いのコスプレを身に着けるレイヤーも少なくないが、一方で、手作りのレイヤーも多くいた。『萌え～コスプレSP』はそうした人々のインタビューを豊富に収録した貴重な記録である。[5] それを見ると、八〇年代よりもクオリティが上がっていることが知られる。特に注目したいのは、オリジナル・コスプレが散見されることである。アニメやマンガのキャラクターでもない、擬人化でもない、ただ自作のドレスエプロンを着てきた二人組のレイヤーがインタビューに答えていた。曰く、エプロンを作ったから会場に来たと。あるいは手作りのオリジナルメイド服を着たレイヤーもいる。

なぜコスプレをするのか。八〇年代から変わらず、共通の趣味の人々との交流するためとか、自分とは違うキャラクターになれるからという意見も多い。変身願望と明言する人もいる。今日でもキャラクターになりきるというキャラクター愛はコスプレイヤーの基本であると考える人は少なくない。しかしその一方で、普段は着られない服が着られるという意見や着たい服が着られる、また洋服を作って発表したいからという意見も多い。自分で着たい服を作ってみたという人たちが、自分の服を着て、これは仮装だとは言わないだろう。コスプレは仮装とは違う。こうした意識はこの頃から明確に意識され出したのではなかったか。

ちなみに、海外でも欧米やアジア諸国でコスプレイベントやコンテストが行われるようになってきた。欧米やアジアでは仮装とコスプレの区別はしていないように思われる。

また、この時期は男性レイヤーの女装コスプレが徐々に増えてきたように思われる。女性レイヤーに比べて、男性レイヤーは市販のコスチュームに身を包むことがもっぱらであり、自作の場合は少ないように思う。またコスプレというよりも仮装だろうという、全身着ぐるみやフルフェイスマスクのキャラクターも少なくない。その意味で、八〇年代からそれほど意識の変化があるように思われないが、いかがだろう。

前掲C57の記録DVDにバドガールに扮した女装レイヤーが登場する。これは「バドワイザー」公式のコスチュームである。冒頭で示した「ボンカレーゴールド」のコスプレは公式とは言えないが、位置づけるのであれば、こうした制服コスプレの中のキャンペーンガールの派生形として捉えられるのではないかと思われる。決して「午後の紅茶」コスプレのように、イメージを反映させたオリジナルの服を作ってみたというものではないだろう。

その後、ゼロ年代に入り、以前に比べてウィッグやマスカラ、カラコンなどを積極的に活用するようになったほかは、それほど大きな変化は見られないように思う。ただし、発表の場として、従来の同人誌イベント付属のコスプレ広場、コスプレイベント、ダンパやハロウィンパーティに加えてインターネットのサイトが現れたことは大きい。幾つかのコスプレ投稿サイトが起ち上がったほか、個人ブログやツイッターなど相当に広がりを持ち始めている。

3 擬人化コスプレの登場

さて、結局のところ、擬人化コスプレはいつごろからみられるのだろうか。九〇年代のコミケのコスプレ広場の静画・動画をみる限りではどうも見当たらない。やはり、ゼロ年代の擬人化ブームを受けて現れたのだろうか。圧倒的な人気を誇った擬人化作品である『ヘタリア』や『深夜隊』あたりが擬人化コスの火付け役だったのではないかと思われる。コミケでは同人誌として写真集（冊子版・ロム版）を主に頒布している。ジャンルとしては従来「デジタル（その他）」の中に配されていたが、そこから近年ついに「コスプレ」として項目が独立した。コスプレ広場も広がっている。

一般的にみても、今日の盛況ぶりは驚くべきものだ。試みにコスプレ投稿サイト「COSPLAYERS ARCHIVE」で「擬人化」を検索すると、三一九一一枚のコスプレ写真が検出された。[6] もっともこれは擬人化作品のキャラクター・コスも含まれており、オリジナルばかりではない。異類ということで、「物（擬人化）」で絞り込むと、一四五〇枚検出される。それにしても多い。

従来、キャラクターを中心とし、制服やオリジナルのコスプレが行われてきた。ゼロ年代に入り、擬人化ブームが到来し、作品中の擬人化キャラクターのコスプレが盛んに行われることになった。そこに、オリジナル・コスプレの表現方法の一つとして、既成のキャラクターを前提としない、オリジナルの擬人化コスプレが現れてきたと考えることができるだろう。

▼注

1　二〇一五年六月一六日、大塚食品お客様相談室回答。

2　ユーチューブ「コミックマーケット28（1985）28th Comic Market 1985」https://www.youtube.com/watch?v=cqtzepfEt-I。

3　ニコニコ動画「【コミケ】コミックマーケットC32」http://www.nicovideo.jp/watch/sm2721373（二〇〇八年三月二一日投稿）による。

4　「あの頃のコミケット」『COMIKET PRESS』第三六号、二〇一二年。

5　『萌え〜コスプレSP——20世紀ファイナルコミケ by 東京ビッグサイト』アドメディア、二〇一一年。

6　http://www.cosp.jp/index.aspx（二〇一五年六月一八日調べ）。

西欧の擬人化表現と日本漫画の影響

伊藤信博

1　はじめに

西欧における擬人化をテーマに何かを書くように依頼されたとき、すぐに頭に浮かんだのは、西欧の中世における動物の擬人化をテーマとした研究を行っているフランス人研究者である。しかしながら、なかなか連絡がつかない。そこで、日本のアニメや漫画の翻訳で活躍しているアルノー・ドゥラージュに最近のフランスでの人気漫画について尋ねてみた。しかし、アニメや漫画から完全に隔離して生活する人間としては、何を言われてもわからない。パリに住んでいた八〇年代、今はもう破綻して、局自体が存在しない「ラ・サンク」というテレビ局で、子供向けに『ガンダム』、『うる星やつら』、『ドクタースランプ』、『めぞん一刻』などが放映されていた。そして、日本に住んだことのあるフランス人がその視聴者の中心であった印象がある。

フランス語の聞き取りに使うため、毎日聴いてはいたが、この局自体は人気がなく、フランスで日本のアニメがその後、大ブームを起こすとは思ってもいなかった。それから、しばらくして、コスプレがフランスでも流行しているとする日本の雑誌記事が写真と共に載ったが、メンバーのほとんどは、日本人に誘われて仕方なく、ついて行った（本人たちがそう語った）日本語を勉強する学生達の写真であった。さらに、手塚治虫の翻訳家として知られる京都大学にいたジャック・ラローズからは、フランスでは、子供向け漫画は受容されないと何度も聞かされていたし、彼も手塚作品は『シュマリ』など歴史物を中心に翻訳していたと記憶している。

そもそも、その当時、フランスでは、大人向けの「イラストレーター」は存在していたが、「漫画家」は、ほとんどいなかったように思う。そして「バンド・デシネ」（イラスト・漫画）は、イラストが作品の中心で、装丁もハードカバーであり、かなり大型の本で、高価でもあった。「イラストレーター」は芸術家、「漫画家」は低俗ともみなされていたようである。

ところが、現在では、実際にコスプレする学生も多くなった。『陰陽師』がフランスで流行って以降のことである。そして、上述した最近のフランスでの人気漫画であるが、『NARUTO（ナルト）』、『FAIRY TAIL（フェアリーテイル）』、『ONE PIECE（ワンピース）』、『BLEACH（ブリーチ）』、『七つの大罪』、『暗殺教室』などの少年漫画を中心として、フランスの大人に人気となっているらしい。また、大きさも日本と同様のサイズで、値段も安くなっている。

この西欧での人気漫画の特徴は、『陰陽師』も含め、忍者と狐や魔導士、死神、宇宙人など、何らかの力を持つ主人公が活躍する。そして、どの作品も、ある意味不思議な人物であったり、擬人化された虫や魚なども登場したりする。つまり、人間と「不思議なもの」が一つの世界の中で、一緒に活動したり、「争う」物語が多かったりすることである。このような特徴から、これらの作品がなぜフランスなど西欧で、人気を博すのか私見を述べてみたい。

2　中世キリスト教社会における擬人化の表現

中世において、最も特徴的で、興味をそそられる話を池上俊一が『動物裁判』（講談社現代新書、一九九〇）で紹介している。この著作は、一三世紀から一八世紀に至る、西欧における裁かれた動物の裁判記録を克明に記す。その中では、ブタ、ミミズ、モグラ、ネズミの他、ネコ、ヤギ、鳥、昆虫、植物、鐘などの器物、さらに、氷河なども起訴され、裁判の対象となっているのである。動物が被告になっている例だけではなく、例えば、モグラに通行権を与える、つまり、人間が加害者で、モグラが被害者である例もある。池上俊一が指摘する事例を挙げると、以下のようになる。


ブルゴーニュ地方のブタは、嬰児殺しの罪で起訴、死刑判決。

パリ近郊のシャチィヨンでは、子殺しでブタが絞首刑。

オルレアンでは、子殺しで起訴されたブタが無罪判決。

ノルマンディでは、嬰児殺しでブタに死刑判決。

ラン市において、ブドウ栽培者に毛虫、ネズミが告訴される。

スイスのクル市において、虫の幼虫、甲虫が農民に告訴される。

西ティロール地方で、モグラが農民に告訴されるが、弁護士が益獣であると主張し、安全通行権が付与される。


池上俊一は、ブタの例はその他にも数多くあると記す。ノルマンディのブタの例では、処刑時に、衣服を着用し、白手袋や半ズボンも履かされた（多分、この当時に農民が履いていた下着かと思われる）と紹介している。これ以外の例では、ミミズやモグラ、ネズミ、鳥などは畠や果樹園を荒らした罪を問われている。さらに、イヌ、ヤギ、ロバなどは、人間が犯した獣姦の共犯の罪で起訴され、死刑判決を受けている。

また、フランスのアルザス地方では、殺人事件が森で起こったが、森が殺人事件に関与したとされ、死刑判決を受け、きれいに伐採されている。さらに、フィレンツェでは、共和派のグループによって、敵対したグループが本拠とした修道院の鐘楼の鐘が共犯の罪で地下牢に幽閉されている。スイスでは、村の境界を越えて侵食してきた氷河を罪と罰している。

このような裁判記録を眺めていると、幾つかの特徴を見出すことができる。どちらも被告には、弁護士がつくのは共通しているが、世俗裁判（人が住む土地の法）なのか宗教裁判（神と係わる法）なのかで、裁判の意味が分かれると思われるのである。そして、殺害などの犯罪に対して、死刑（斬首、石打、溺殺、生き埋め、磔、逆さ吊り）がおこなわれたり、他の罪では、火刑や破門が言い渡されたりする。破門は、宗教的権利も世俗的権利もなくなるため、生きていけない状況になり、火刑以外の死刑判決より厳しい刑とも言えるかもしれない。

ブタなどが殺人の罪に問われた場合や農園を荒らした牛、馬、羊、ヤギなどは、世俗裁判所で有罪か無罪かが争われる。例に挙げた鐘楼の鐘や森も同じく世俗裁判所であろう。逆に、モグラの例や昆虫などが被害者の事例も挙げたが、彼らにも生存権があるとする考え方が一方にはある。そして、人間に対して、その罪を問うこともおこなう。彼らが生きるのに必要な食物を食べるなどの畠や果樹園を荒らす被害を与えた虫や鳥、氷河などの自然災害は、宗教裁判で争われる。獣姦の場合も同様と考える。また、教会には必ず牢がある。そして、時には、宗教裁判所に虫や小動物、鳥などが召喚されるのであるが、彼らは、当然であるが、絶対に召喚に応じてはいないのである。

このように、現代から考えると、かなり滑稽な「儀式」がおこなわれる理由とは何であろうか。自然災害なら、氷河があるくらいであるから、雨や川も当然対象になっていたはずである。こうした、生き物も含めた、中世西欧人の自然や「罪」についての考え方をまとめる必要があるであろう。そこで、『日々の賛歌・霊魂をめぐる戦い』（ブルディンティウス、家入敏光訳、創文社、一九六七）や『西洋中世の罪と罰』（阿部謹也、弘文堂、一九九九）から中世の西欧における「罪」を考えてみたい。

㈠信仰と偶像崇拝
㈡純潔と情欲
㈢忍耐と憤怒

㈣謙遜と傲慢
㈤節制と快楽
㈥慈善と貧欲
㈦和合と不和

右に挙げた七つの事例は、四世紀〜五世紀初めに生きたブルディンティウスの「罪」の定義である（西欧では中世は、議論はあるが、基本的には五世紀から一五世紀とされる）。キリスト教を信じる人々の「魂」、つまり、信仰の生活態度、精神的な生き方をテーマとして挙げるのである。キリストへの信仰は「徳」であり、偶像崇拝は、「悪徳」（象徴的な意味で悪魔ともいう）とする。この「徳」とは、プラトンなどギリシャ哲学から生まれた、思慮（英知）、正義、忍耐（勇気）、節制にキリスト教的意味を付加したものである。そして、純潔は正しく、情欲を持つことは、人間を死へ導く。忍耐は「徳」と結びつき、憤怒は悪徳、謙遜は正しく、傲慢は堕落の原因となる。節制は神へ導き、快楽は、悪をもたらす。貧欲は心配事、飢え、恐怖をもたらす。慈善はこのような貧欲を防ぐ役割を果たす。和合は信仰をもたらし、不和の悪徳から身を守る。

「魂」の七つの罪は、カトリック教会における七つの罪源、堕落（怠惰）、色欲（肉欲）、憤怒（激情）、傲慢（高慢）、暴食（大食）、貪欲（強欲）、羨望（嫉妬）にもつながる、犯してはならない、人間としての生きるための心のよりどころである。このような罪は、全ての神が作った創造物に当てはまる。旧約聖書『創世記』の冒頭である天地創造であり、光から始まり、昼、夜、空、大地、海、植物、太陽、月、星、魚、鳥、獣、家畜、そして、最後に神に似せた人間を創造するのである。

このような罪は、中世を通して、時には現代までも西欧における規範の「罪」であり、人間は神に似せて造られたのであるのであるから、神の創造物を全て、慈しみ、守り、そして管理する必要があり、創造物が「罪」を犯した場合、神の代わりに罰する必要性があると考えるのである。

さらに、『西洋中世の罪と罰』が紹介する一一世紀初頭のヴォルムス（ドイツ）の司教ブルヒャルトが記した「贖罪規定書」では、さらに罪が詳細になっている。殺人、売淫または姦淫、夢精、偽誓、偽りの証言、誹謗あるいは憎み、妻を疑い裁くこと、詐欺、食べてはならない動物を食べること、俗世界に後で戻りたいと神に願った者などが罪とされるのである。

また、キリスト教以前のギリシャにおける哲学の影響もある。特に「カオス」に関する思想が大きいように思われる。この「カオス」は天や地が分かれず、混ざり合っている状態を指す。そして、混沌、つまり無秩序を意味し、悪い状態であることを指す。したがって、この良くない無秩序を旧約聖書『創世記』で、神が秩序を正しく定めたのだから、この「カオス」状態は、中世の西欧では、好ましくない意味となり、人間が正しく、秩序を正す必要性が生じるのである。

フランス語では、森を意味する言葉に「ボア」があるが、この「ボア」は人間が入り込み、整備した森を指す。一方、「フォーレ」という日本語では、「原生林」と訳すのが良いのであろうか、人間がまだ整備し、秩序を正していない森を指し、この森は、好ましくない状態、「悪」とも捉えられる。アウトローであるロビンフッドが「フォーレ」に入り、悪代官と戦う物語もこのような観念から成立するのである。

人間の基本的な欲は「睡眠欲、食欲、性欲」とよく言われるが、七つの罪源に鑑みると、睡眠欲は怠惰と捉えられる。また、一六世紀のフランドル絵画には、よく食卓の風景や果物や野菜などの静物画があるが、一つぐらい、例えば、リンゴが半分腐りかけていたり、萎れた食物が描かれていたりするのも、食欲を戒めるのである。

『西洋中世の男と女』（阿部謹也、筑摩書房、一九九一）が示すように、前述した「贖罪規定書」で、「性」に関しても詳細に記述するが、性行為にも、厳しく規定がある。性行為を行う前に、イエス・ノーで答えるアンケートになっていて、最後まで、進んだら、行為が認められる。「その気がありますか」から始まり、結婚しているか、結婚後三日経っているか、妊娠していないか、授乳中ではないかと続き、祝祭日は全て駄目、日曜、土曜、金曜、水曜も駄目、昼間も駄目、裸も駄目で、最後に「子供が欲しいか」と聞かれ、ハイなら、ではどうぞとなる、二一項目に渡るアンケートで、これ以外の性行為は、罪と定められている。

このように、人間の全生活が、神との関係で、規制され、犯すと精神的な「罪」も含め、「罪」と認識される。そして、秩序を荒らし、生活状態を変化させるような状態もまた、「罪」であり、神の創造物の全てにもこの「罪」は当てはまるのである。戦争をおこなう領主の甲冑などに、猛獣や猛禽類が標章として描かれる場合もあるが、それらは、主君として仕える王の領地や自分の領地に住む動物達でもある。彼ら動物も、その領地に住む限りは、領主と一緒に戦っているのであり、連帯の象徴として描かれる。領主はその土地の神の代理人であり、その土地に住む全ての神の創造物を支配、管理するのである。

そうした領地に住む様々な職業を持つ人々には、各々守護する聖人まで現れるが、アッシジの聖フランチェスコやスペインの聖アントニオなど動物を守護する聖人まで存在するのである。このように動物も人間と一緒に生きたり、聖人に守られたりする事実から『動物裁判』のような現象も理解できるように思われる。

全ての創造物の頂点であり、神の代理である人間（王、領主など）が、動・植物も含め、全てに対して、神の意志に従い、秩序を守る必要があり、秩序を犯した神の創造物を罪として人間も含め罰する。例に挙げた世俗裁判で訴えられたブタが下着を履かされ殺されるのも、ブタを人間と同様に扱ったからであろう。火刑になった場合は、一番罪が重い。魂が燃えてしまい、最後の審判の時に、救ってもらえないのである。獣姦も、動物も人間の誘いに乗った色欲の「罪」と捉えられ、処刑されたのであろう。

宗教裁判で、モグラに通行権を与えるのも、モグラも人間と同じく、神の創造の賜物であり、人間が逆に秩序を荒らしたとするのであろう。氷河などの例は、土地を侵食するなど、村の秩序を荒らした罪として、宗教裁判によって、司祭に罰を与えられたのである。

しかしながら、全てがこのような宗教秩序の中で、生活していたのでは、気が滅入りそうな気がする。上述してきたことは、あくまでも精神的な規律・規範でもあり、世俗裁判で裁かれる以外の罪の全てが順守されたとは思えない。また、キリスト教への教化が全ヨーロッパに一斉に起こったわけでもない。擬人化に限らなくても、ギリシャ、ローマ的な影響は、ルネッサンス以前にも残存していたし、過去の多神教的な宇宙も残存していた。それらも信仰すれば、偶像崇拝やイエス・キリストを信じなかったとして、「悪徳」となるのである。そこで、その点を次に述べたいと思う。

3　狼のイメージと先行宗教

西欧中世には、神々の化身としての擬人化された動物の話が残されている。また、寓話的な、例えば、イソップのような擬人化された話もある。ところで、寓意的な表現には、イメージが固定化されていて、その固定化されたイメージを、読者に想像させる場合が多い。例えば、狐や蛇は狡猾なイメージがあり、人間を誑《たぶら》かす。そのイメージを増幅して、物語が作られる。

日本であれば、狐も狸も化けるが、狐は賢く、上手く化け、人をだます。狸はちょっと抜けていて、失敗が多いなどのイメージである。宗教絵画などにもよく使われる技法である。オランダの画家であるフェルメールに「天秤を持つ女」という作品があるが、天秤は元々公正さなどを意味する。そこから、この画が象徴するのは、安穏な生活とかそのような意味があるのかしらと推察するイメージを読み手に与えるのである。

寓話の定義はかなり難しいが、何かに置き換えられていて、同時代の人にはすぐ置き換えられているものが何かわかるような象徴的な表現である。例えば、日本でもよく知られた物語で、シャルル・ペローの『赤ずきん』（一六九七）がある。この物語は、『黒い森の乙女』などの民話として伝えられていたものを、ペローが最初に翻案したものであり、ルートヴィヒ・ティークやグリムの作品の方がよく知られている気がする。民話では、「赤ずきん」が衣服を一枚ずつ、暖炉に投げ捨てられるなどの表現があるが、ペローは省いている。そして、彼の作品は、「狼に食べられた」で終わっている。我々が知っている狼を猟師が殺すなどの終わり方とはかなり違うのである。

寓話的に使われるこの場合の狼は、「悪いオジサンやオニイさん」と捉えても良い。無垢な「赤ずきんちゃん」は、森に住むお婆さんの見舞いに行く。この場合の森も上述した、人間が整備し、手を入れた、管理された森で、整備された道もある。そこに出かけて行って、「狼さん」に出会うのである。そして、声をかけられ、道草をしてしまう。最後には、お婆さんの家で、野獣と化した狼に簡単に襲われてしまうのである。つまり、「道で知らない人に声をかけられ、ついて行ったり、言うことを聞いたりしてはいけないよ」という若い女性に対する教訓の物語がペローの意図したところであろう。

そもそも、狼は人間の村などに出現し、家禽類を襲うが、餌がないときであり、本来は狂犬病に罹っている場合や何か特別な事情がない限り、人間を襲わない。また、群れでの行動が中心であり、「一匹オオカミ」はあまりいない。臆病なのである。しかしながら、集団で家禽類を襲う習性があることから、中世では、死や恐怖の対象として、寓意化されるケースが増えたのだろう。七つの罪源の憤怒（激情）で象徴する動物ともなる。

一方、ローマ時代には、別のイメージが狼にはある。アイヌが狼を神格化するように、ローマ神話は、建国者の双子のレムスとロムルスが、ティベル川に捨てられ、パラティヌスの丘のふもとに流れ着き、牝狼に育てられたと語る。カピトリーノ美術館には、その双子が狼の乳を飲むローマ時代の像が保存されている。また、狼は軍神マルスの所有物ともされている。北欧神話の『スノリのエッダ』では、世界の終末の戦いの際には、全能の神であるオーディンを飲み込む存在として描かれ、その後、新しい人間の世界がやってくる。つまり、人間社会の生みの親である。

先行するギリシャ神話では、月の神であるアルテミスとその双子の兄である太陽神アポロンの二人は、狼の子と呼ばれる。母であるレトが二人を身籠っていたとき、狼に逢ったからとされる（『狼と西洋文明』、ラガッシュ、八坂書房、一九八九、九頁）。このことから、この兄妹は、家畜の守護神とされたらしい。そして、狼から家禽類を守ることは、獣害から、農作物を守ることと同じ意味であり、家禽に被害が少なければ、家が富む。そこで、月の神であるアルテミスは豊穣の神ともみなされるのである。

南フランスのカマルグ近くにサント・マリー・ド・ラ・メールという町がある。海から来たマリアという意味の町で、説話には、イエス・キリストの処刑後、マグダラのマリア、マリア・サロメ、マリア・ヤコベなどが海から現れたとされる。そして、この故事から五月には、山車を海に運び、これら三人の「マリア」とともに月の神に豊穣を祈るのである。

この伝説は、古くからの信仰形態をキリスト教が受容し、マリア信仰と変えていった結果であろうと考えている。また、八月一五日の「聖母の被昇天」祭には、街の道路に敷かれ藁に、火を点け、馬を走らせる。馬や馬に乗る人の穢れを払うためだとの説明である。このような火祭りは、西欧、特に南に多く、ローマ時代の文化的な遺産でもある。

ところで、こうした豊穣を祈る民間信仰を『ベナンダンティ』（カルロ・ギンズブルグ、セリカ書房、一九八六）が詳細に紹介している。一六世紀から一七世紀にかけて、イタリアのウイウリ地方での裁判記録である。「ベナンダンティ」と呼ばれる人々が、茴香《ういきょう》の茎で、死者と戦い、勝利すると小麦やブドウ酒の収穫が増えるというものである。死者は唐黍《とうきび》で対抗するとする。同様なものに、リトアニアに、狼の頭の怪物が鉄の鞭で、死者は箒の柄で戦い、豊穣を祈るものもある。

どちらも、彼らが特別な人々で、死者がみえ、死者を鎮めることで、その土地の豊饒性を約束するとするもので、この場合の死者は災いをもたらす存在として、認識されるのである。そして、この儀礼は、カトリックによって悪魔崇拝とされ、異端扱いになった。

このようなキリスト教とは相違する事例は、フランス全土にあり、特に南フランス、東と西フランス地域に多い。東にあるブルゴーニュ地方のミノ村での民俗学研究の報告『女のフィジオロジー』（イヴォンヌ・ヴェルディエ、新評論、一九八五）は、豊穣儀礼ではないが、どのように食物保存を保つことができるかなど生活の知恵、生きる知恵を詳細に説明する。ヨーロッパは、大航海時代にジャガイモが入ってくるまで、常に飢餓状態であったと言っても過言ではない。豊穣を祈ったり、保存食へのタブーが事細かにあったりしてもおかしくない、ところで、この地方は、ケルト系の信仰が残っているところで、特に、水、泉への信仰が多い。

パリ近郊のシャルトルの大聖堂は、その昔、ケルト系の泉信仰があり、人々の信仰が集まっていた。その場所に、教会を建築し、その信仰を取り込んだとされるが、このブルゴーニュにも、ケルトの信仰は生きており、馬が怪我をすると、泉に連れて行き、水を掛け、または水に漬け、治療するとする。水に呪術性があるとするのである。この泉信仰は、イソップの寓話にもある。そして、そのような信仰は、泉を生みだす森への信仰ともつながり、妖精を豊富に出現させる。フランス人の名で、男性のシルヴァン、女性のシルヴィは、森の妖精の意味も指す。

さて、イヴォンヌ・ヴェルディエは、女性の身体、性にまつわるタブーや妊娠出産に関する民間信仰を数多く紹介するのである。このような伝承は、非常に貴重で、長く言い伝えられ、家伝のように残されてきたものである。

「塩漬用の樽」（月経時に塩漬用の樽には近づかない。腐る）
「月経時」（肉、ぶどう酒、マヨネーズを触ったり、作ったりすると腐る）
「赤毛の女」（情熱的で、激しい恋をする女。月経時が絶えず続くアンバランスさを持つ、性的魅力を持つ女性）

このような伝承は、教会資料を中心に調査していても、なかなか表面には現れないが、「赤毛の女」の象徴的イメージは、ヨーロッパの街娼などが、わざわざ赤毛の鬘《かつら》を被るなどしており、現代にも残っている。アメリカ映画「プリティ・ウーマン」を思い起こしていただきたい。女性の主人公は赤毛なのに、わざと金髪の鬘を付け、道に立っていて、男性と出会うのである。そして、やがて彼女が、赤毛だったことがわかり、男性に驚かれるシーンが写し出される。街娼であるにもかかわらず、赤毛をかくす点から、彼女の性格の良さやかわいさが象徴的に表現されるのである。

こうした民間信仰は、悪魔崇拝として、排除はされつつも、少なからず残ってきたものであろう。

ところで、『ベナンダンティ』に紹介されるものと同様な豊穣を祈る祭りは、ヨーロッパ各地にある。その祭りで興味深いのは、冬至の日に行われる仮面劇である。冬至は、太陽が復活する日であり、冬が死に、春がやってくる日である。そして、太陽の光を象徴するように、火を焚く祭りが多い。作物の育成を促し、畠、果樹園、さらに、牧場や家畜小屋の周りを松明を持ち、練り歩く。そして、死者に扮する若者を埋葬する劇もおこなう。また、家に死者の霊を招き入れ、もてなし、送り出すこともある。この死者の霊は冬を象徴しており、埋葬したり、霊を送り出す所作をおこなったりすることで、新たな春を前に、豊穣を祈るのである。

『仮面と祝祭』（谷口幸男・遠藤紀勝、三省堂、一九八二）や『仮面』（遠藤紀勝、社会思想社、一九九〇）には、不思議な衣装を着た鬼のような仮面や衣装が多く紹介されている。これらの予祝儀礼は、石川県の「アエノコト」や男鹿半島の「なまはげ」、さらに、小正月の儀礼にもよく似ている。人々の豊穣を願う心は共通なのである。また、ブルターニュ地方には、パンをこねる麺棒で、新婚女性のお腹を司祭が撫でる儀式が、復活祭の時にある。これも豊穣儀礼で、食材としての小麦から、食べられるパンを生みだす麺棒に呪術性を持たせたものであろう。同様な儀礼は日本にも存在した。日本の場合は、おたま（しゃもじ）で、お腹を撫でるのである。

最後に、南フランスのラングドック地方に隆盛し、異端として排除されたカタリ派について、述べたいと思う。「カタリ」とは、ギリシャ語のカタロス「katharós」に由来し、「純粋」という意味を持っている。本拠地はトゥールーズやアルビで、一二世紀頃には、その存在が認められる。

カトリックでは、既に述べたように、神が、全ての万物の創造を司ったのであり、この世の森羅万象は神が治める。そして、人間はその代理なのである。ところが、彼らは、この世を悪とする。したがって、生きる全ての人間も含めた動物の魂は既に汚れており、この汚れから逃れる方法は、世俗と関係を清算し、禁欲生活を送ることで、天国に導かれることが可能とした宗派である。このことから、イエスが人間の姿で出現したことも否定した。この世の汚れた人間の肉体に、イエスが示現するはずがないとするのである。

一般に、カタリ派は「二元論」、つまり、善い神と悪い神の存在を信じるとする。汚れた人間の肉体に宿ったのは、イエスではなく悪魔で、悪い神が遣わしたとするのである。この他、転生を信じる。また、カトリックが勧める生殖を目的とする性行為も拒否した。悪い魂を増やすことを否定したためであるが、既に記した「贖罪規定書」に反する、生殖を目的としない性行為は認めている。したがって、当時の社会には受け入れられない思想であった。生活も「純粋」派と名付けられるように、菜食のみであった。性行為によって生み出された肉は食べず、野菜や果物、さらに魚を食べた。

他にも彼らの特徴は多く、当時の社会規範とは大きく異なっていた。ゾエ・オルデンブールの『モンセギュールの焚刑』(日本では未出版、ガリマール社、一九九五)には、そのカタリ派の生活が描き出されている。村における司祭の代理となる女性(カトリックにはありえない)の存在や夫婦間で会話をする(当時のカトリックの夫婦には会話がなかったのか)重要性を説いたり、仲間で一つの家に集まり、お祈りをしたり、中世ヨーロッパの一般的な形とは大きく異なるのである。

このカタリ派が活動していた地域は、中世フランスでは一番文化や文明が進んでいた地域であり、豊かであった。そして、当時のフランス王権はこの地にまで、影響を及ぼすことを望んでいた。そこで、このカタリ派を異端とし、一三世紀の初め、「アルビジョア十字軍」がフランス王権主導で結成され、この地を攻め、多くの人命が失われたのである。一二四四年、最後の砦があったモンセギュールが陥落し、改宗を拒んだカタリ派信者が火刑となった。先ほど、例に挙げた本はその史実と彼らの生活の記録なのである。

このようなカタリ派の「二元論」の存在が、象徴的にも具体的にも、悪魔の存在を徐々にクローズアップする。『動物裁判』のところで記したように、カトリック教会には、七つの罪源、堕落、色欲、憤怒、傲慢、暴食、貪欲、羨望があり、「罪」は、全ての神が作った創造物に当てはまる。そして、動物にも、守護とする聖人の存在がある。

その関係性を悪魔にも、当てはめたのが、我々日本人が知っているもので、神秘主義を強め、新教徒が増加する十六世紀のドイツに現れたのである。堕落（悪魔：ベルフェゴール、動物：熊）、色欲（アスモデウス、山羊）、憤怒（サタン、ユニコーン）、傲慢（ルシファー、グリフォン）、暴食（ベルゼブブ、豚）、貪欲（マモン、狐）、羨望（レヴィアタン、蛇）であり、これらの悪魔が活躍する物語も数多く、西欧には存在するのである。

4　おわりに

長々と、様々な時代から、つまみ食いのように、中世西欧の擬人化された動物や死者と豊穣の祝祭についての話を、キリスト教社会の規範・規律と共に述べた。西欧を理解する「鍵」は、万能の神の存在や神が創造した森羅万象の頂点に立つ人間の「罪」の意識である。山や川、さらに天候さえも、共存関係にはあるが、その頂点は人間であり、管理が必要との意識が強いことである。

また、一方では、過去の多神教的な神としての神格化された動物や精霊、妖精の存在や天使から派生した悪魔とその仲間たちの存在もある。説話化され、民話化もされるが、キリスト教道徳の規範の範疇を超える作品は多くはなく、常に正しいものが勝ち、負けたものは教化される。さらに、神話的な物語は、ギリシャ・ローマ神話やゲルマン的な多神教的の過去の作品としてみる傾向もある。

ところが、日本では、山や川、動・植物、さらに、妖怪や幽霊なども、全てが調和し、また、交差し、認め合う作品を生む傾向にある。そして最初に述べた、フランスでの人気漫画『NARUTO』、『FAIRY TAIL』、『ONE PIECE』、『BLEACH』、『七つの大罪』、『暗殺教室』などは、そのような特徴を持つ。

フランス人にとってみれば、「善と悪」の戦い、「妖精の物語」などのメルヘンや、「ギリシャ、ローマの神話世界の擬人化された物語」などは、知りすぎているし、その道徳的規範を超えた作品を生み出すことはなかなかできない。

しかしながら、彼らの常識的な世界観の基準の外にある作品、特に現代と交差しながらも、同時多発的な、過去やまたは別の世界と調和して描いている、異国情緒溢れる日本の作品が、人気になるのは、当然のことと感じるのである。

参考文献ガイド

※複数の版がある場合は、初版や初出掲載誌にこだわらず、最新版を優先的に記載した。また本書の性格上、学術誌掲載論文よりも、入手しやすい一般書・学術書を主に掲げた。この他に本書の各章各節の末尾に【注】として掲げた文献も参考にしていただきたい。
○は事典類、◎はビジュアル版もしくは画像の充実した図書、●は文字中心の資料集を指す。

総論

◆人獣の交渉の**歴史**を体系的に扱ったものに次のものがある。
『人と動物の日本史』（全四巻、西本豊弘・中澤克昭・菅豊・中村生雄・三浦佑之編、吉川弘文館、二〇〇八〜二〇〇九年）
↓各巻それぞれ「動物の考古学」「歴史のなかの動物たち」「動物と現代社会」「信仰のなかの動物たち」をテーマにまとめ、古代から近現代まで幅広く取り上げている。性質上、現実社会における人獣交渉を主に扱うが、各時代の**動物観**や信仰・伝承上の動物にも切り込んでいる。
このほか、動物観を取り上げた文献には次のようなものがある。
『日本の動物観——人と動物の関係史』（石田戢・濱野佐代子・花園誠・瀬戸口明久著、東京大学出版会、二〇一三年）

『現代日本人の動物観――動物とのあやしげな関係』（石田戢著、ビイング・ネット・プレス、二〇〇八年）

歴史・民俗関連では次の文献がある。

『日本動物民俗誌』（中村禎里著、海鳴社、一九八七年）

『和漢古典動物考』（寺山宏著、八坂書房、二〇〇二年）

『動物の日本史』（実吉達郎著、新人物往来社、一九七三年）

『神・人間・動物――伝承を生きる世界――』（谷川健一著、『谷川健一全集』第四巻、冨山房インターナショナル、二〇〇九年）

◎『神使になった動物たち――神使像図鑑』（福田博通著、新協出版社、二〇一二年）

◆**前近代の文芸**を広く扱った文献に次のものがある。

『鳥獣虫魚の文学史』（全四巻、鈴木健一編、三弥井書店、二〇一一〜二〇一二年）

↓獣の巻・鳥の巻・虫の巻・魚の巻の四巻から成る。古代から近世に至るさまざまな文芸を数多く、また平易に扱い、日本人がどのようにこれらと関わってきたかが分かる。

◆**美術**関連では絵画史方面が充実している。そのうちの主要なものを幾つか挙げる。

『日本人の動物画――古代から近代までの歩み』（中野玄三著、朝日新聞社、一九八六年）

『動物奇想天外――江戸の動物百態』（内山淳一著、青幻舎、二〇〇八年）

『江戸かわいい動物――たのしい日本美術』（金子信久著、講談社、二〇一五年）

『江戸の動物画――近世美術と文化の考古学』（今橋理子著、東京大学出版会、二〇〇四年）

↓妖狐や擬人化された動物や虫についても深く追及している。

◆生活に根付いてきた**十二支**の動物を取り上げた文献は多いが、次のものは広く資料を用いており、参考になる。

『十二支考』（上・下、南方熊楠著、岩波書店〈岩波文庫〉、一九九四年）

↓古今東西の文献を博捜して書かれた論考。

『十二支《え》《と》と十二獣《どうぶつ》』（大場磐雄著、北隆館、一九九六年）

↓考古学資料を豊富に取り上げ、考古学的、民俗学的に十二支の動物を論じる。

『十二支の民俗伝承』（石上七鞘著、おうふう、二〇〇三年）

↓神話や民間説話、民間伝承を中心に十二支の動物を論じる。

◆**事典**や**資料**の類には次のものがある。

○『日本古典博物事典　動物篇』（小林祥次郎著、勉誠出版、二〇〇九年）

↓古典文献や民俗事例など幅広く扱っており、個々の異類の諸相が分かりやすく示されている。さらに具体的な事例に当たりたい場合は次の資料が参考になる。

●『古事類苑　動物部』（吉川弘文館、一九九九年）

↓明治四三年（一九一〇）刊の複製。前近代の動物に関する文献を網羅的に摘録した資料集。本格的に見ていく際の必読書。

●『資料　日本動物史』（梶島孝雄編、八坂書房、二〇〇二年）

次の二書は生物学的情報と前近代の文献の情報を豊富に取り込んだもの。

○『図説　鳥名の由来辞典』（菅原浩・柿澤亮三編、柏書房、二〇〇五年）

↓豊富な事例と画像を挙げる。異名の検索にも便利。

○『図説　魚と貝の大事典』（魚類文化研究会編、柏書房、一九九七年／普及版『図説　魚と貝の事典』二〇〇五年）

→画像資料が充実しており、また「魚介文化史年表」が付いている。

◆**個々の異類**に関する論著は多数あるが、そのうち歴史・民俗・文芸等、多方面から参考になるものを幾つか挙げる。

『猫の歴史と奇話』（平岩米吉著、築地書館、一九九二年）

『阿波の狸の話』（笠井新也著、中央公論新社〈中公文庫〉、二〇〇九年）

『狼の民俗学――人獣交渉史の研究』（菱川晶子著、東京大学出版会、二〇〇九年）

「〈欲の熊鷹〉の分布圏――お伽草子・異類物世界への通路」（徳田和夫著。『伝承文学研究』第四六号、一九九七年）

「日本に於ける鯨鯢の認識」（正・続、杉山和也著。『青山語文』第四三～四四号、二〇一三～二〇一四年）

「日本に於ける鰐（ワニ）の認識」（杉山和也著。『説話文学研究』第四六号、二〇一一年）

妖怪

◆妖怪に関する文献は枚挙にいとまがないが、中でも**動物妖怪**を多く扱っているものを幾つか挙げる。

『動物妖怪譚』（上・下、日野巌著、中央公論新社〈中公文庫〉、二〇〇六年）

→大正一五年（一九二六）に刊行された動物妖怪に関する古典的著作。

『動物妖怪談』（中村禎里著、歴史民俗博物館振興会〈歴博ブックレット〉、二〇〇〇年）

→動物妖怪の諸相について、平易に論じた入門書。

○『日本怪異妖怪大事典』（小松和彦監修、東京堂出版、二〇一三年）

→妖怪に関する総合的な事典。各項目の解説は学術的に優れ、項目数も事例も充実している。

『動物界霊異誌』（岡田建文著。『庶民宗教民俗学叢書』第四巻、勉誠出版、一九九八年）

↓心霊学の立場から異類の怪異や憑依の事例を数多く紹介、解説する。昭和二年（一九二七）刊。

◆主要な絵画資料を収録した文献に次のものがある。
◎『妖怪 YOKAI ジャパノロジー・コレクション』（小松和彦監修、KADOKAWA〈角川ソフィア文庫〉、二〇一五年）
◎『図説 妖怪画の系譜』（兵庫県立歴史博物館・京都国際マンガミュージアム編、河出書房新社〈ふくろうの本〉、二〇〇九年）
◎『今昔妖怪大鑑 YOKAI MUSEUM 湯本豪一コレクション』（湯本豪一著、パイインターナショナル、二〇一三年）

◆**中世**の動物妖怪については次の文献が最も充実している。絵本・絵巻の画像も豊富。
『室町の妖怪――説話伝承と図像――（仮）』（徳田和夫著、せりか書房、二〇一六年刊行予定）

◆**近世**の動物妖怪については次の文献が参考になる。
『江戸の妖怪革命』（香川雅信著、KADOKAWA〈角川ソフィア文庫〉、二〇一三年）
『江戸化物草紙』（アダム・カバット編、KADOKAWA〈角川ソフィア文庫〉、二〇一五年）
『江戸幻獣博物誌――妖怪と未確認動物のはざまで』（伊藤龍平著、青弓社、二〇一〇年）
◎『日本幻獣図説』（湯本豪一著、河出書房新社、二〇〇五年）
◎『百鬼繚乱――江戸怪談・妖怪絵本集成』（近藤瑞木編、国書刊行会、二〇〇二年）

◆**近代**における諸相や個別の異類については次の文献がある。
『妖怪の理 妖怪の檻』（京極夏彦著、角川書店〈角川文庫〉、二〇一一年）
『ニッポンの河童の正体』（飯倉義之編、新人物往来社〈新人物ブックス〉、二〇一〇年）

『ツチノコの民俗学――妖怪から未確認動物へ』(伊藤龍平著、青弓社、二〇〇八年)
「「見世物」から「映画」へ――新東宝の怪猫映画――」(志村三代子著。『演劇映像』第四三号、二〇〇二年)

憑依

◆**憑き物**は次に挙げる諸論のように宗教や民間信仰に関する文献で取り上げられることが多い。
『日本の憑きもの――俗信は今も生きている――』(石塚尊俊著、未来社、一九九九年)
『憑霊信仰論』(小松和彦著、講談社〈講談社学術文庫〉、一九九四年)
『憑きもの』(小松和彦編、河出書房新社、二〇〇〇年)
『〈こっくりさん〉と〈千里眼〉 日本近代と心霊学』(一柳廣孝著、講談社〈講談社選書メチエ〉、一九九四年)
「口寄せ巫女と犬神使い――外法箱の中身を巡って――」(今井秀和著。『世間話研究』第二〇号、二〇一一年)
「〈穴〉の境界論――山本作兵衛の炭坑画に見る狐――」(今井秀和著。『朱』第五五号、二〇一一年)
「動植物の口寄せ――神と生物のあわいで――」(今井秀和著。『日本文学研究』第五二号、二〇一三年)
「憑きもの信仰と映画――『犬神の悪霊』の毀誉褒貶をめぐる一考察――」(志村三代子著。『比較日本文化研究』第一三号、二〇〇九年)
◎『図説 憑物呪法全書』(豊嶋泰國著、原書房、二〇〇二年)
◎『水木しげるの憑物百怪』(上・下、水木しげる著、小学館〈小学館文庫〉、二〇〇五年)
↓小松和彦による解説が、水木しげるの考える憑物・妖怪と、民俗学における憑物・妖怪の接点と差異を分かりやすく論じている。
●『日本狐憑史資料集成』(金子準二編、牧野出版社、一九七五年)

擬人化

◆擬人化については**児童文学**の分野でしばしば言及されてきたが、中でも擬人化そのものを本格的に論じたものとしては次の文献が挙げられる。

『動物絵本をめぐる冒険――動物‐人間学のレッスン』（矢野智司著、勁草書房、二〇〇二年）

◆**文学**や**美術**の分野でも次の諸文献のように近年取り上げる論著が増えてきている。

『異類の歌合　室町の機智と学芸』（齋藤真麻里著、吉川弘文館、二〇一四年）

→中世後期の擬人化作品を分析する。

『江戸滑稽化物尽くし』（アダム・カバット著、講談社〈講談社学術文庫〉、二〇一一年）

→近世後期の擬人化された妖怪を取り上げる。

以下、幾つかの論考を紹介する。

「『白鼠弥兵衛物語』に中世の幻想を読む――絵画表現を手掛かりに――」（揚暁捷著。『国際シンポジウム　日本文学の創造物――書籍・写本・絵巻』国文学研究資料館、二〇〇九年）

「異類・変化・擬人化キャラクターの造形――お伽草子の時代から――」（伊藤慎吾著。『日本文学論究』第七一冊、二〇一二年）

「お伽草子「福神物」にみる龍宮の眷属――蛸イメージの変遷を中心に――」（塩川和広著。『伝承文学研究』第六二号、二〇一三年）

「擬人化され、可視化される植物・食物――室町から江戸時代を中心に――」（伊藤信博著。『アジア遊学』第一五四号、二〇一二年）

「天下祭における仮装と擬人化絵画」（藤岡摩里子著。『動物観研究』第一三号、二〇〇八年）
「〈話型〉で読む『崖の上のポニョ』――民俗学の蓄積を活かす試みとして――」（飯倉義之著。『比較日本文化研究』第一三号、二〇〇九年）

◆次の**資料集**の中からは伝統的な擬人化キャラクターの諸例を見出すことができる。
◎『日本の戯画　歴史と風俗』（宮尾しげを著、第一法規、一九六九年）
◎『ねこと国芳』（金子信久著、パイインターナショナル、二〇一二年）
◎『暁斎と蛙』（河鍋暁斎記念美術館編〈蛙ライブラリー〉、二〇〇五年）
●『万物滑稽合戦記』（石井研堂編、博文館〈続帝国文庫〉、一九〇一年）
↓入手困難ではあるが、異類合戦物の資料集として唯一無二の稀有なもの。

◆**現代文化**に関わる資料としては次の文献が参考になる。
◎『共食いキャラの本』（大山顕著、洋泉社、二〇〇九年）
◎『ぱふ』（第三六巻第一号、二〇一〇年一月）
↓巻頭特集として擬人化を取り上げる。擬人化作品の代表作『ヘタリア』の作者日丸屋秀和、同じく『青春鉄道』の作者青春《あおはる》のインタビューを収録していて貴重。

◆擬人化に特化した辞典はまだ現れていないが、**擬人名**については次のものがある。
○『通名・擬人名辞典』（鈴木棠三編、東京堂出版、一九八五年）
○『日本擬人名辞書』（宮武外骨著。『宮武外骨著作集』第四巻、河出書房新社、一九八五年）

↓後者は大正一〇年（一九二一）に出たものだが、いまだに参考になるし、読み物としても面白い。ただ両者ともに文学や浮世絵中の擬人化キャラクターの名を拾っていない。これらを含めた擬人名データの集積が今後必要となろう。

（協力　今井秀和）

異類文化史年表

●伊藤慎吾・毛利恵太編

〔略称〕影…主要な影印・写真・複製版
翻…主要な翻刻・活字版
収…主要な近代文献収録書

元号	西暦	事項	備考（↓本書関連ページ）
神武天皇以前		土蜘蛛を退治する（日本書紀・神武紀）。	
神武天皇戊午		六月　頭八咫烏、神武天皇を大和国に導く（日本書紀）。	『古事記』では八咫烏。↓14頁
垂仁天皇三		皇居に「毛シユウ（毛朱）」が出現し、疫癘・飢饉・兵乱が続く（源平盛衰記一）。	↓55頁
景行天皇四〇		一〇月　日本武尊、伊勢国で崩じ、その霊が白鳥となって大和国に飛び立つ（日本書紀）。	『日本書紀』仲哀天皇元年にも記事あり。↓13頁
仁徳天皇四六		鷹術が百済から伝来する（鷹聞書）。	
雄略天皇二二		七月　丹波国の水江の浦島子が女に化した大亀と海に入り、蓬莱山に至る（日本書紀）。	
欽明天皇		この頃　美濃国で狐が女に化けて男と結婚し、子をなす（日本霊異記上・水鏡）。	狐女房譚の早い例。
推古天皇六	五九八	八月　孔雀が新羅から献じられる（日本書紀）。 九月　聖徳太子、神馬黒駒に乗って富士山を飛び越える（聖徳太子伝暦）。	
推古天皇七	五九九	九月　百済から駱駝が献じられる（日本書紀）。	
推古天皇二七	六一九	四月四日　近江国で人魚が捕獲される（日本書紀）。	

推古天皇三五	六二七	二月　陸奥国で狢（ウシナ）が人に化ける（日本書紀）。	
皇極天皇三	六四四	七月　大生部多なる者が常世虫を神として祀るように人々に勧め、都鄙に広まる（日本書紀）。 一一月　赤牛、人のように立って歩く（扶桑略記四）。	
大化三	六四七	鸚鵡・孔雀が新羅から献じられる（日本書紀）。	
斉明天皇三	六五七	九月　石見国に白狐が現れる（日本書紀）。	
天智天皇元	六六二	四月　寮の馬の尾に鼠が巣を作る。まもなく天智天皇崩御（日本書紀）。	
天武天皇元	六七二	八月　大宰府から三足の赤雀が献じられたので、朱雀と改元する（源平盛衰記二八）。	
天武天皇四	六七五	四月　牛馬犬猿鶏の肉食を禁じる（日本書紀）。	肉食禁令の初出。
天武天皇一一	六八二	太宰府が朝廷に三足の鳥を貢ぐ（扶桑略記五）。	
天武天皇一三	六八四	丹波国に一二本の角を持つ牛が現れる（日本書紀）。	
養老五	七二一	一月　尾張国で小鳥が大鳥を産む（続日本紀）。	
神亀三	七二六	一月　白鼠が朝廷に献上される（続日本紀）。	白鼠献上の初出。
天平勝宝二	七五〇	五月七日　武蔵国の大伴赤麻呂、死後、牛に生まれ変わる（日本霊異記中）。	年期を記す化牛譚としては早い例。
神護景雲二	七六八	一一月九日　春日明神が常陸国から鹿に乗って春日野に来る（春日社記）。	

延暦二一	八〇二	七月　大和国に二つの頭、六本足の牛が産まれる（日本紀略）。	
弘仁一〇	八一九	七月　京都に白龍が現れ、暴風雨に見舞われる（日本紀略）。	
弘仁年間	八一〇〜八二四	京都北船岡山に住む狐親子が稲荷明神に眷属となることを願い出る（稲荷鎮座由来）。	↓14頁
延喜五	九〇五	四月一八日『古今和歌集』撰進の勅命が下る（仮名序）。仮名序の「花に鳴く鶯、水に住む蛙の声」は後世に多大な影響を与える。	↓8頁
承平年間	九三一〜九三八	この頃、数百匹の狐の群れが東大寺の大仏を礼拝する（古今著聞集二〇）。	
天慶元	九三八	八月七日　京都に両頭の蛇が現れる（本朝世紀）。	
承暦元	一〇七七	三井寺の頼豪阿闍梨、死後、鼠となって暴威をなす（源平盛衰記一〇）。	
康和三	一一〇一	この頃「狐媚記」成る。	翻・古代政治社会思想（日本思想大系）
保安三	一一二二	これ以前　周防国の島明神の宝前から三百匹の蛇が現れ、うち二匹に角が生えていた（古今著聞集一）。 五月一四日　善勝寺の庭に足のある蛇が現れるが、犬に食い殺される（百練抄五）。	
保延四	一一三八	三月二一日　神泉苑で蝦蟇たちが合戦する（百練抄四）。	
保延六	一一四〇	九月一五日『鳥獣人物戯画』の作者と伝えられる鳥羽僧正覚猷、死去（歴代皇記）。	

久安四	一一四八	夏頃　法勝寺で天狗が歌を詠んだという（古今著聞集一七）。	
久安六	一一五〇	七月　近江美濃の山中に猫狗という奇獣の群れが現れ、児童を取り食らう（百練抄）。	
久寿元	一一五四	内裏に玉藻の前という美女（実は二本の尾をもつ妖狐）が現れる（玉藻の草紙）。	↓67頁
永暦元	一一六〇	源頼政、二条院（二条天皇）を悩ませる変化の物（鵺）を退治する（源平盛衰記一六）。	↓39頁
文治二	一一八六	五月一日　黄色い蝶が飛んできて鶴岡八幡宮に充満する（吾妻鏡）。	
		五月一五日　春日若宮の宝前に金色の蛇が現れる（春日社司祐重記）。	
建久七	一一九六	四月一七日　京都に蛇の託宣と称して種々の狂言を吐く男が現れる（明月記）。	
正治二	一二〇〇	九月二日　朝比奈義秀が相模国小坪の海に潜って鮫を三匹捕えて船に戻る（吾妻鏡）。	
嘉禄二	一二二六	五月一六日　昨今、宋国の鳥獣が愛玩され、京都に満ちる（明月記）。	
安貞年間	一二二七〜一二二九	伊予国の黒島の海底から多くの鼠が引き揚げられる（古今著聞集二〇）。	
寛喜三	一二三一	夏頃　京都で数千の蝦蟇同士が合戦をする（古今著聞集二〇）。	

天福元	一二三三	八月二日　奈良にネコマタが現れる（明月記）。	↓63頁
仁治三	一二四二	伊勢神宮の鳥羽の御厩で猿が子を産み、兵衛尉を授けられる（類聚大補任）。	
建長六	一二五四	一〇月一六日『古今著聞集』（橘成季）成る。	翻・古今著聞集（新潮日本古典集成）
文永四	一二六七	一月二六日『馬医草紙絵巻』これ以前に成る。	影・e国宝（ウェブ）
永仁四	一二九六	一〇月六日『天狗草紙絵巻』成る。	影翻・続日本の絵巻二六
延慶三	一三一〇	五月『国牛十図』成る。	翻・続群書類従雑部
正和五	一三一六	六月一日　土佐経隆、『百鬼夜行図』を描く（考古画譜）。	ただし経隆は平安末期の人。↓231頁
元徳元	一三二九	八月下旬『是害坊絵巻』これ以前に成る。	影翻・新修日本絵巻物全集二七↓234頁
元弘三	一三三三	秋頃　隠岐広有、人面蛇身の怪鳥を退治する（太平記一二）。	
応永九	一四〇二	九月一二日『太秦牛祭絵詞』これ以前に成る。天文一八年（一五四九）広隆寺本、書写。	
応永二三	一四一六	七月八日　近江国に龍が降る（看聞日記）。	
応永二四	一四一七	五月八日　京都の酒屋に下女の姿をした狸が現れる（看聞日記）。	
応永二七	一四二〇	九月一〇日　足利義持の医師高天父子、狐を使った呪詛が発覚して捕縛される（康富記・看聞日記）。	その後、流罪。↓124頁
正長元	一四二八	この頃『鳥獣戯歌合物語』成るか。	
永享五	一四三三	五月七日『玉藻の草紙』これ以前に成る（看聞日記）。	↓67頁

永享一〇	一四三八	六月八日『十二類絵巻』これ以前に成る。	影翻・新修日本絵巻物全集一八↓196頁
嘉吉元	一四四一	二月七日　室町殿での女房の髪切の怪異が狐の仕業とされる（建内記）。	
嘉吉三	一四四三	四月二三日『天狗鬼類絵』『蝦蟇絵』これ以前に成る（看聞日記）。	
文安二	一四四五	四月一五日『三獣会合絵』これ以前に成る。	翻・書陵部紀要一七
宝徳三	一四五一	八月　益継が十二支の戯画を描く（考古画譜）。	
享徳三	一四五四	六月『仏鬼軍』これ以前に成る。	影翻・御伽草子絵巻↓200頁
康正三	一四五七	四月八日『一休骸骨』これ以前に成る。	影翻・一休骸骨
文明八	一四七六	四月六日『鴉鷺合戦物語』これ以前に成る。	影翻・室町物語集上（新日本古典文学大系）
文明一七	一四八五	九月一〇日『付喪神絵』これ以前に成る（実隆公記）。	↓194頁
永正一四	一五一七	一月上旬『筆結物語』これ以前に成る。	翻・室町物語研究
大永六	一五二六	二月『蛤の草紙（秀祐之物語）』これ以前に成る。	翻・室町時代物語大成七
天文六	一五三七	『東勝寺鼠物語』成る。	影翻・京都大学蔵むろまちものがたり五
天文一一	一五四二	三月一一日『精進魚類物語』これ以前に成る（多聞院日記）。	翻・御伽草子精進魚類物語
天文一五	一五四六	「飯綱山廻祭文」これ以前に成る。	翻・飯綱信仰
天文一九	一五五〇	五月　土佐光茂が近江国の観音寺城に「犬追物図」を描く（考古画譜）。	

弘治二	一五五六	四月『鴉鷺合戦物語』これ以前に成る。	翻・室町時代物語大成一
永禄元	一五五八	一月下旬『戒言（かいこ）』これ以前に成る。	翻・室町時代物語大成三
永禄一一	一五六八	一〇月一一日『針聞書』これ以前に成る。	参考・虫の知らせ
元亀二	一五七一	一一月下旬『猿鹿懺悔物語』これ以前に成る。	影・室町物語集二（早稲田大学資料影印叢書）
天正一〇	一五八二	四月『玉虫の草子』これ以前に成る。	翻・室町時代物語大成八
文禄二	一五九三	『エソポのハブラス』、天草コレジヨで刊行。	翻・エソポのハブラス本文と総索引
慶長六	一六〇一	六月「医林車輪書」（玉木吉保）成る。	翻・身自鏡（戦国期中国史料撰）↓201頁
慶長七	一六〇二	六月中旬『雁の草子』これ以前に成る。	翻・室町時代物語大成三
		八月中旬　京都で猫の綱を解いて放し飼いにし、また売り買いが禁じられる（猫の草子）。	↓207頁
寛永元	一六二四	『白身房』これ以前に成る。	翻・室町時代物語大成補遺二
		大坂石町あたりで天狗が礫を打つ（宿直草一）。	
寛永一二	一六三五	一二月『玉虫の草子』これ以前に成る。	翻・室町時代物語大成八
寛永一七	一六四〇	二月『あた物語』刊行。	翻・仮名草子集成一
承応元	一六五二	一二月下旬『藤袋草子』これ以前に成る（禁裏御文庫目録）。	
万治元	一六五八	『花月往来』刊行。	影・稀覯往来物集成一一↓224頁
寛文九	一六六九	三月『勧学院物語』刊行。	影・新編稀書複製会叢書二
延宝五	一六七七	一月『宿直草』刊行。	翻・近世奇談集成一（叢書江戸文庫）

延宝五	一六七七	四月『諸国百物語』刊行。	翻・百物語怪談集成（叢書江戸文庫）
延宝九	一六八一	五月中旬『魚太平記』これ以前に成る。	影翻・魚太平記校本と研究
貞享四	一六八七	徳川綱吉が御触れを出し、魚類鳥類を生きたまま食用として売ることを禁じる。	俗にいう「生類憐れみの令」の始まり。宝永六年（一七〇九）順次廃止。
元禄三	一六九〇	九月　美濃国で老狐が僧に化けて手紙を書く（宮川舎漫筆三）。本文伝来。	
元禄六	一六九三	馬が「ソロリコロリという病が流行するので、南天と梅干を煎じて飲め」と語ったという噂が流れ、騒動となる。	噂を流した筑紫団右衛門は死罪、話の発想元とされた『鹿の巻筆』の作者・鹿野武左衛門は流罪となった。参考・講談落語今昔譚
元禄一四	一七〇一	六月七日　下野国宇都宮の成高寺に狐の詫び状が伝わる（耽奇漫録）。	
宝永五	一七〇八	春『草木軍談賤ヶ爪木』（錦文流）刊行。	翻・万物滑稽合戦記（続帝国文庫）
		『和漢三才図会』（寺島良安）編纂。	翻・和漢三才図会（平凡社東洋文庫）
正徳二	一七一二	江戸深川で怪魚が捕らえられ、「万歳楽」と名付けられる（月堂見聞集）。	
享保一四	一七二九	『画図百花鳥』（狩野探幽原画）刊行。	影・国立国会図書館デジタルコレクション（ウェブ）
寛延二	一七四九	『新著聞集』刊行。	翻・仮名草子集成四六
宝暦五	一七五五	夏　紀伊国で二足の蛇が捕獲される（兼葭堂雑録二）。	

		『絵本見立百化鳥』（漕川小舟）刊行。	影・絵本見立百化鳥・続百化鳥
宝暦一一	一七六一	『魚鳥歌合』刊行。	翻・『平家物語』の転生と再生
宝暦一二	一七六二	一月　『風流虫合戦』刊行。	影・国立国会図書館デジタルコレクション（ウェブ）
		春　遠江国の民家で二五年前に柱に釘打ちされたイモリが生存（煙霞綺談一）。	『古今著聞集』二〇に蛇を打ち付けた類話あり。
明和二	一七六五	周防国で人に憑いた野狐が読経聴聞により畜生の身を遁れ、感謝の歌を詠む（煙霞綺談三）。	
明和四	一七六七	『雨月物語』（上田秋成）刊行。	翻・雨月物語（角川ソフィア文庫）
明和七	一七七〇	『山家一休』（花落散人）刊行。	翻・国文東方仏教叢書文芸部上↓195頁
安永五	一七七六	春　『画図百鬼夜行』（鳥山石燕）刊行。	安永八年（一七七九）『今昔画図続百鬼』、安永一〇年（一七八一）『今昔画図百鬼拾遺』、天明四年（一七八四）『百器徒然袋』　影翻・鳥山石燕　画図百鬼夜行全画集（角川ソフィア文庫）↓176頁
		『化物大江山』（恋川春町）刊行。	影翻・江戸の戯作絵本一
		『昆虫写生帖』（円山応挙）成る。	
安永七	一七七七	『獣太平記』（木容堂）刊行。	翻・化競丑満鐘・獣太平記（錦葵文庫）↓252頁

天明元	一七八一	八月　江戸の仙台河岸に現れた河童を打ち殺して塩漬けにする（耳嚢一）。	
天明二	一七八二	『猫嫁入』（市場通笑）刊行。	
天明三	一七八三	『猿蟹遠昔噺』（恋川春町）刊行。	翻・国学院大学大学院文学研究科論集二九
天明四	一七八四	一一月　『大石兵六夢物語』（毛利正直）刊行。	翻・大石兵六夢物語
天明五	一七八五	根岸鎮衛が世間話の記録を開始する。後に『耳嚢』として刊行。	翻・耳嚢（岩波文庫）
天明六	一七八六	江戸に妖獣マミが現れる（耳嚢三）。	
天明八	一七八八	一月　『画本虫撰』（石川雅望・喜多川歌麿）刊行。	影・画本虫撰（芸艸堂）
寛政三	一七九一	『箱入娘面屋人魚《はこいりむすめめんやにんぎょう》』（山東京伝）刊行。	影・東京アーカイブ（ウェブ）
寛政七	一七九五	摂津国でお菊虫が発生する（耳嚢五・譚海一〇）。	
寛政一二	一八〇〇	一月　『化競丑満鐘《ばけくらべうしみつのかね》』（曲亭馬琴）刊行。	翻・万物滑稽合戦記（続帝国文庫）
享和二	一八〇二	春　『食物合戦和睦香之物』（市場通笑）刊行。	翻・万物滑稽合戦記（続帝国文庫）
文化元	一八〇四	駿河国に一尺余りの蜘蛛が現れたが退治される（耳嚢六）。	
文化二～三	一八〇五～一八〇六	京都嵯峨の辺りに小鳥が数万の群れをなしたが、その年、飢饉なく、豊年鳥と呼びならわす（甲子夜話七七）。	
文化三	一八〇六	『梅花氷裂』（山東京伝）刊行。	翻・山東京伝全集一六
文化四	一八〇七	『椿説弓張月』（曲亭馬琴）刊行。	翻・椿説弓張月（日本古典文学大系）
文化七	一八一〇	『燕石雑志』（曲亭馬琴）刊行。	翻・日本随筆大成二～一九

文化一一	一八一四	『南総里見八犬伝』（曲亭馬琴）刊行開始。天保一三年（一八四二）完結。	翻・南総里見八犬伝（岩波文庫）
文化一一～一二	一八一四～一八一五	一月二九日　この日から六日間、駿河国の大洞寺境内で雀の合戦がある（視聴草五～九）。	
天保二	一八三一	『古今妖魅考』（平田篤胤）刊行。	翻・新修平田篤胤全集九
天保七	一八三六	瓦版で人面牛身の怪物「件」について報じられる。	参考・学校の怪談―口承文芸の展開と諸相↓71頁
弘化三	一八四六	肥後国（現在の熊本県）に「アマビエ」が出現。瓦版で人々に伝えられる。	参考・日本幻獣図説
嘉永六	一八五三	『狂歌百物語』刊行。	影・妖怪画本・狂歌百物語↓132頁
安政二	一八五五	安政の大地震を受け、「鯰絵」が流行する。	参考・なゐの日並（日本随筆大成二～二四）
安政六	一八五九	錦絵「青物魚軍勢大合戦之図」刊行。	
慶応四	一八六八	錦絵「夏の夜虫合戦」刊行。	
明治四	一八七一	四月五日『牛店雑談安愚楽鍋』（仮名垣魯文）刊行。	収・明治開化期文学集（日本近代文学大系）
明治七	一八七四	三月一三日『虫類大議論』（万亭応賀作・河鍋暁斎画）刊行。	
明治二二	一八八九	七月　雑誌『小国民』創刊。	
明治二九	一八九六	『妖怪学講義』全六巻（井上円了）刊行。	明治二六年（一八九三）から明治二七年（一八九四）までに『哲学館講義録』に連載されていた講義録の集成。

明治三四	一九〇一	五月　続帝国文庫から『万物滑稽合戦記』（石井研堂編）刊行。	
明治三七	一九〇四	『怪談』（小泉八雲）刊行。	収・怪談—小泉八雲怪奇短編集（偕成社文庫）
		井上円了が東京都中野区に「四聖堂」を建設する。	以降整備され、「哲学堂公園」となる。
明治三八	一九〇五	一月二三日　奈良県東部の東吉野村でニホンオオカミが捕獲される。以降、確実な生息情報は絶える。	
明治四一	一九〇八	柳田國男、水野葉舟、佐々木喜善が妖怪談をする会を開く。	後の『遠野物語』刊行に繋がる。
明治四三	一九一〇	『遠野物語』（柳田國男）刊行。	収・遠野物語—付・遠野物語拾遺（角川ソフィア文庫）
明治四四	一九一一	二月　南方熊楠「山神オコゼ魚を好むといふこと」が『東京人類学雑誌』二九九に掲載される。	収・南方熊楠全集二
大正三	一九一四	一月　南方熊楠「虎に関する民俗と伝説」発表。以後、いわゆる「十二支考」は一二年まで続く。	収・南方熊楠全集一
		『植物妖異考』（白井光太郎）刊行。	
大正九	一九二〇	二月　『おとら狐の話』（柳田國男・早川孝太郎）刊行。	
大正一〇	一九二一	五月　『日本擬人名辞書』（宮武外骨）刊行。	
大正一三	一九二四	二月二九日　たぬき・むじな事件、発生。	
		『注文の多い料理店』（宮沢賢治）刊行。	収・注文の多い料理店（新潮文庫）
大正一四	一九二五	『絵画に見えたる妖怪』（吉川観方）刊行。翌年、続編刊行。	

大正一五	一九二六	一一月『猪・鹿・狸』（早川孝太郎）刊行。	
		一一月『動物妖怪譚』（日野巌）刊行。	収・動物妖怪譚（中公文庫）↓67頁
昭和二	一九二七	『阿波の狸の話』（笠井新也）刊行。	収・阿波の狸の話（中公文庫）↓113頁
		童謡「赤とんぼ」（三木露風）に山田耕筰が曲を付けて発表。	
昭和四	一九二九	九月　映画『蒸気船ウィリー』日本公開。ミッキーマウス上陸。	
		『妖怪画談全集　日本篇上』（藤澤衛彦）刊行。	『日本篇下』、『支那篇』、『ロシア・ドイツ篇』
昭和六	一九三一	『少年倶楽部』に漫画『のらくろ』（田河水泡）掲載開始。	
昭和七	一九三二	一月『赤い鳥』に『ごん狐』（新美南吉）掲載。	
昭和八	一九三三	一一月　アニメ映画『お猿三吉　防空戦の巻』（日本マンガフィルム研究所）公開。	
		『婦人倶楽部』に漫画『凸凹黒兵衛』（田河水泡）掲載開始。	
昭和九	一九三四	六月『一目小僧その他』（柳田國男）刊行。	
昭和一〇	一九三五	三月八日　忠犬ハチ公、死去。	
		六月　雑誌『動物文学』創刊。	
昭和一四	一九三九	映画『阿波狸合戦』（新興キネマ）公開。	昭和一五年（一九四〇）『続阿波狸合戦』、昭和二九年（一九五四）大映『阿波おどり狸合戦』
昭和一八	一九四三	アニメーション映画『くもとちゅうりっぷ』（松竹動画研究所）公開。	

昭和二四	一九四九	一〇月二七日　戯曲『夕鶴』（木下順二作）初演。	
昭和二六	一九五一	『愛の学校　二年生』に『かわいそうなぞう』（土家由岐雄）が掲載。	昭和四五年（一九七〇）単行本化。
昭和二八	一九五三	『週刊朝日』で漫画『かっぱ天国』（清水崑）を掲載。	「黄桜」「かっぱえびせん」などのキャラクターに採用される。
昭和二九	一九五四	一一月　映画『ゴジラ』（東宝）公開。	以降シリーズ化。
昭和三一	一九五六	『妖怪談義』（柳田國男）刊行。	明治四二年（一九〇九）から昭和一三年（一九三八）までに発表された論文の集成。収・新訂妖怪談義（角川ソフィア文庫）
昭和三五	一九六〇	兎月書房から貸本漫画『幽霊一家』（水木しげる）発表。	『墓場鬼太郎』『ゲゲゲの鬼太郎』の基礎となる。
昭和四一	一九六六	一月二日　テレビ番組『ウルトラQ』放送開始。	空想特撮シリーズ（ウルトラシリーズ）の始まり。怪獣ブームの始まり。
		『怪獣大図鑑』（大伴昌司）刊行。	昭和四二年（一九六七）『怪獣解剖図鑑』、『世界怪物怪獣大全集』、昭和四三年（一九六八）『図解怪獣図鑑』
昭和四二	一九六七	一月　『ぐりとぐら』（中川李枝子・山脇百合子）刊行。以降、シリーズ化。	
		『少年画報』に漫画『猫目小僧』（楳図かずお）掲載開始。	↓271頁
		『週刊少年サンデー』に漫画『どろろ』（手塚治虫）掲載開始。	↓271頁

昭和四三	一九六八	映画『妖怪百物語』（大映京都撮影所）公開。	同年『妖怪大戦争』、昭和四四年（一九六九）『東海道お化け道中』、平成一七年（二〇〇五）『妖怪大戦争』。
昭和四四	一九六九	『日本怪談集　幽霊編』（今野圓輔）刊行。	昭和五六年（一九八一）『日本怪談集　妖怪編』
昭和四五	一九七〇	四月　テレビアニメ『昆虫物語　みなしごハッチ』放送開始。 七月二〇日　広島県比婆郡でヒバゴン目撃。	
昭和四七	一九七二	一〇月二八日　東京都恩寵上野動物園に、ジャイアントパンダ「ランラン」「カンカン」が来日。 『いちばんくわしい日本妖怪図鑑』（佐藤有文）刊行。	日本にパンダが初上陸。パンダブームの始まり。映画『パンダコパンダ』（東京ムービー）公開。
昭和四八	一九七三	八月二六日『週刊少年サンデー』に『幻の怪蛇　バチヘビ』（矢口高雄）掲載。ツチノコがブームとなる。	
昭和五〇	一九七五	一月　テレビアニメ『フランダースの犬』放送開始。 二月『日本の俗信』（井之口章次）刊行。 三月　ハローキティ（サンリオ）のグッズ販売開始。 一二月　児童向け番組内の歌謡「およげ！たいやきくん」（子門真人）が大ヒット。	『ひらけ！ポンキッキ』で使用。↓244頁
昭和五一	一九七六	『UMA—謎の未確認動物』（實吉達郎）刊行。	「UMA（Unidentified Mysterious Animal　未確認動物）」という語の初出。

昭和五二	一九七七	一月　テレビアニメ『あらいぐまラスカル』放送開始。	
		一〇月『１００万回生きたねこ』（佐野洋子）刊行。	
昭和五三	一九七八	四月『三毛猫ホームズの推理』（赤川次郎）刊行。以降、シリーズ化。	
		五月『LaLa』に漫画『綿の国星』（大島弓子）掲載開始。昭和六二年（一九八七）に完結。	収・綿の国星（白泉社文庫）
		七月　映画『キタキツネ物語』（東宝東和）公開。	
昭和五五	一九八〇	一一月『クレヨン王国の十二か月』（福永令三）刊行。以降、シリーズ化。	収・クレヨン王国の十二か月（青い鳥文庫）
		テレビ番組『ムツゴロウとゆかいな仲間たち』放送開始。	→155頁
		なめ猫、ブームとなる。	→247頁
昭和五六	一九八一	七月　アーケードゲーム『ドンキーコング』（任天堂）発売。	
昭和五八	一九八三	七月　映画『南極物語』公開。	
		九月『小説王』に小説『帝都物語』（荒俣宏）掲載開始。	
		一一月二八日『週刊少年ジャンプ』に『銀牙—流れ星　銀—』（高橋よしひろ）掲載開始。	昭和六二年（一九八七）まで連載。
昭和五九	一九八四	三菱の自動車「ミラージュ」のCMにエリマキトカゲが登場。	エリマキトカゲブームの始まり。→247頁
昭和六〇	一九八五	「日清焼そばU.F.O.」のCMにウーパールーパー（メキシコサンショウウオ）が登場。	ウーパールーパーブームの始まり。→248頁

昭和六一	一九八六	九月一八日　アーケードゲーム『奇々怪界』（タイトー）リリース。	
		九月　『オール讀物』に小説『陰陽師』（夢枕獏）掲載。	昭和六三年（一九八八）単行本刊行。以降シリーズ化。↓136頁
昭和六二	一九八七	九月　ファミリーコンピュータ用ゲーム『デジタル・デビル物語　女神転生』（ナムコ）発売。	以降シリーズ化。
		一〇月　ファミリーコンピュータ用ゲーム『桃太郎伝説』（ハドソン）発売。	
昭和六三	一九八八	『週刊ヤングジャンプ』に『少年アシベ』（森下裕美）掲載開始。	平成六年（一九九四）まで連載。
平成元	一九八九	とりモー（JA全農とっとり）が生まれる。	この頃からご当地キャラクターが生まれる。↓18頁
		福井県勝山市で福井竜、発掘。	
平成二	一九九〇	六月　『ガロ』に漫画『ねこぢるうどん』（ねこぢる）掲載開始。以降、ねこぢるシリーズ化。	
		一一月　児童書『学校の怪談』（常光徹）刊行。	平成二六年（二〇一四）まで続刊。
		『週刊少年サンデー』に漫画『うしおととら』（藤田和日郎）掲載開始。	平成八年（一九九六）まで連載。↓272頁
平成五	一九九三	『週刊少年ジャンプ』に漫画『地獄先生ぬ～べ～』（真倉翔・岡野剛）掲載開始。	平成一一年（一九九九）まで連載。
		一二月一三日　テレビアニメ『しましまとらのしまじろう』放送開始。	

平成六	一九九四	七月一六日　映画『平成狸合戦ぽんぽこ』（スタジオジブリ）公開。	平成九年（一九九七）『もののけ姫』、平成一三年（二〇〇一）『千と千尋の神隠し』
		九月　小説『姑獲鳥の夏』（京極夏彦）刊行。	以降シリーズ化。
平成七	一九九五	一〇月『全国妖怪事典』（千葉幹夫）刊行。	
		『ネムキ』に漫画『百鬼夜行抄』（今市子）掲載開始。	以降連載。
		二月二七日　ゲームボーイ用ゲーム『ポケットモンスター』発売。	以降シリーズ化。↓94頁
平成八	一九九六	一一月二三日　携帯液晶ゲーム『たまごっち』（バンダイ）発売。	たまごっちブームの始まり。
		一一月　PC-9800シリーズ用同人ゲーム『東方靈異伝』（ZUN soft）発表。	平成一〇年（一九九八）までシリーズ化。平成一四年（二〇〇二）Windows用同人ゲーム『東方紅魔郷』（上海アリス幻樂団）発表。以降シリーズ化。↓99頁
		『週刊少年サンデー』に漫画『犬夜叉』（高橋留美子）掲載開始。	平成二〇年（二〇〇八）まで連載。↓7頁
平成九	一九九七	六月二六日　携帯液晶ゲーム『デジタルモンスター』（バンダイ）発売。	
		一〇月一〇日　季刊ムック『怪』（KWAI）創刊。	以降続刊。
平成一〇	一九九八	携帯液晶ゲーム『ヨーカイザー』（バンダイ）発売。	
		『花とゆめ』に漫画『フルーツバスケット』（高屋奈月）掲載開始。	平成一八年（二〇〇六）まで連載。

平成一一	一九九九	三月　童謡「だんご3兄弟」（速水けんたろう・茂森あゆみ）、大ヒット。	テレビ番組『おかあさんといっしょ』で使用。
		『アフタヌーンシーズン増刊』に『蟲師』（漆原友紀）掲載開始。	以降連載。
平成一二	二〇〇〇	四月二〇日　『妖怪事典』（村上健司）刊行。	
		『アフタヌーンシーズン増刊』に『もっけ』（熊倉隆敏）掲載開始。	平成二一年（二〇〇九）まで連載。
平成一三	二〇〇一	四月一四日　Nintendo64用ゲーム『どうぶつの森』発売。	以降シリーズ化
		七月一七日　企画展「異界万華鏡—あの世・妖怪・占い—」（国立歴史民俗博物館）開催。	→30頁
		『小説新潮』に小説『しゃばけ』（畠中恵）掲載。	同年単行本刊行。以降シリーズ化。
平成一四	二〇〇二	一月　角川ビーンズ文庫からライトノベル『少年陰陽師』（結城光流）刊行。	以降続刊。
		六月二〇日　インターネット上で『怪異・妖怪伝承データベース』（国際日本文化研究センター）公開。	平成二二年（二〇一〇）『怪異・妖怪画像データベース』公開。
		八月　多摩川の丸子橋付近でアゴヒゲアザラシが発見され「タマちゃん」と名付けられる。	タマちゃんブームの始まり。
平成一五	二〇〇三	一月　電撃文庫からライトノベル『いぬかみっ！』（有沢まみず）刊行。	平成一九年（二〇〇七）まで続刊。
		六月一〇日　『LaLa DX』に漫画『夏目友人帳』（緑川ゆき）掲載開始。	以降連載。
		八月一七日　同人ゲーム『東方妖々夢』（上海アリス幻樂団）発表。	→101頁

平成一六	二〇〇四	二月　電撃文庫からライトノベル『我が家のお稲荷さま。』（柴村仁）刊行。	以降続刊。
		三月一一日　プレイステーション2用ゲーム『モンスターハンター』（カプコン）発売。	
		三月　ファミ通文庫からライトノベル『ぺとぺとさん』（木村航）刊行。	平成一八年（二〇〇六）まで続刊。
		一〇月　アーケードゲーム『虫姫さま』（ケイブ）発売。	↓102頁
平成一七	二〇〇五	千葉市動物公園のレッサーパンダ「風太」が後ろ足で直立し、話題となる。	レッサーパンダブームの始まり。
		『化物語』（西尾維新）刊行。以降、物語シリーズが続く。	
平成一八	二〇〇六	プレイステーション2用ゲーム『大神』（クローバースタジオ）発売。	
平成二〇	二〇〇八	電撃文庫からライトノベル『ほうかご百物語』（峰守ひろかず）刊行。	平成二三年（二〇一一）まで続刊。
平成二一	二〇〇九	一月　『明治期怪異妖怪記事資料集成』（湯本豪一編）刊行。	平成二六年（二〇一四）『大正期』刊行。
		日本各地で「オタマジャクシが空から降ってきた」という現象が起き、話題になる。	
平成二三	二〇一一	三月一二日　くまモン（熊本県庁）が生まれる。	
		『モーニング』に漫画『鬼灯の冷徹』（江口夏実）掲載開始。	以降連載。

平成二五	二〇一三	七月一一日　ニンテンドー3DS用ゲーム『妖怪ウォッチ』発売。	↓94頁

作成協力　氷厘亭氷泉
堀井　瑞生

あとがき

いかがだったであろうか。本書は執筆者によって温度差はあるものの、純然たる学術書として書かれたものではない。もちろん新しい成果、新しい見解を出すことにも腐心したが、論文集のつもりでは書いていない。それぞれの専門の立場から、一般読者に日本の〈異類〉をめぐる文化の面白さを伝えるという目的意識をもって書いたものである。そのために使用資料の読みやすさを優先し、引用本文は平易に改めた。出典を明記したので、原文を確認したい方はそちらを御覧願いたい。

本書をまとめてみて思うのは、日本における異類をめぐる文化は広大であるということである。したがって、本書で取り上げられなかった課題も多く残った。それらは巻末に「参考文献ガイド」を掲げることで補ったつもりである。

さて、異類の文化を論じる上で重要な領域は子供の世界だと思う。子供は日常生活においても想像力においても、大人より圧倒的に異類に近しい存在だと思う。本書序文に示した小山内薫少年の発想も余計な知識がない分、蛙の飛び込む音から身近な自宅の食器が素直に結び付けられたのだろう。現実の生活空間に異類を生み出し、想像の世界で異類の物語を紡ぎ出す。児童文化における異類の存在は相当に大きいものだろう。この点、今後の課題である。

もう一つ指摘しておきたいことは、植物や鉱物といった自然物、また人工的な器物の存在である。本書で扱った〈異類〉とは、鳥獣虫魚、なかんずく獣であった。陸上で文明を作った人間に寄り添い、有史以来人間と最も密接に関わってきた存在だからである。鳥・虫・魚もまたそれぞれに深い結びつきがあることは言うまでもない。その対極にあるものといえば、古風な言い方をすれば非情の物、つまり非生物である。しかし、非生物もまた異類として立ち現れることがあるということを忘れてはならない。『付喪神絵巻《つくもがみえまき》』を紐解けば私が言いたいことは了解されるだろう。これは歴史的な、現代人が忘れてしまった過去の所産ではない。

尾籠な話題で申し訳ないが、印象深いので例としてこんな出来事を挙げてみたい。二〇〇七年に米国の大学生がプレイステーション３（ＰＳ３）を購入したので、ＰＳ２はお役御免となった。友人らと酒を飲んだ際、泥酔して余興として小便をかけはじめた。この時、コンセントを付けたままだったため、この学生は感電して病院に担ぎ込まれたという。

このニュースに接したネット住民は多く小用中に感電するかの詮議に熱中した。とある声優ラジオ番組では実際に感電するかどうか、似たシチュエーションを作って実験するという企画が行われもした（良い子は真似をしてはいけない）。ただこの出来事を見聞した人の中にはＰＳ２の祟りとみる人もいた。またミミズに小便をかけると陰部が腫れるという俗信を挙げて、これに同じとするコメントもあった。私もこの記事を読んで真っ先に思ったのは、ＰＳ２の祟りということだった。本書の読者ならば、この点、共感する人も多いのではないかと想像する。これはつまり、魂のないだろう器物であっても宿っているという考えを無意識に持っているということではないだろうか。

孔子は祖先の霊を祭るのに、そこに在《い》ますが如く（如在）対することが大切だと説いたが（『論語』「八佾《はちいつ》」）、物を大切にする気持ちというのも、存外、物を魂のある存在のごとく扱うところから生まれるのかもしれない。「猿蟹合戦」では猿も蟹も蜂も、そして臼も分け隔てなく社会生活を営んでいる。それなのに、器物である臼は現実の人間世界において生き物ではないからといって、異類として仲間はずれにして良いはずがない。器物には器物で付喪神やフェティシズム、人形など独自の問題も孕んでいるから、本書ではあえて直接的に扱うことを避けたが、しかし、いずれ機会を設けて様々な観点から考えていきたいものである。

ところで執筆者はいずれも〈異類の会（http://irui.zoku-sei.com/）〉というごくささやかな勉強会によく参加してくれる面々である。この会は平成二一年（二〇〇九）一〇月に新宿ハルクのミュンヘンでビール片手に第一回が開催されて、平成二七年二月に五〇回に及んだ。これを機会に成果を世に出そうということになった次第である。古代から近現代までいろいろな関心をもつ人々の集まりという特徴が本書全体に反映されていると思う。

最後に、多忙の中、快く原稿を書いて下さった執筆者各位、画像を提供して下さった所蔵者各位、企画を受けて下さった笠間書院、特に岡田圭介氏及び終始お世話をかけた西内友美氏、さらに協力して下さった氷厘亭氷泉氏、堀井瑞生氏に感謝したい。

（伊藤慎吾識す）

執筆者一覧

①所属・現職　②研究分野・関心事
③主要著書・論文　④TwitterID　他

◆編者

伊藤慎吾（いとうしんご）
①國學院大學・非常勤講師
②物語研究・室町文化史・キャラクター文化論。関心事は脳内補完の妄想史。真面目なところでは幕末明治期の俗謡。
③『室町戦国期の文芸とその展開』（三弥井書店、二〇一〇年）、『室町戦国期の公家社会と文事』（同、二〇一二年）、「南方熊楠『蛤の草紙』論の構想」（『南方熊楠研究』第九号、二〇一五年）。
④@NarazakeMiwa

◆執筆者（五十音順）

飯倉義之（いいくらよしゆき）
①國學院大學文学部准教授
②専門は口承文芸学、民俗学。関心事は現在の身の回りの物事を口承文芸学・民俗学でどのようにとらえていこくとができるか。これ一辺倒。
③共編著に『ニッポンの河童の正体』（新人物往来社、二〇一〇年）、『日本怪異妖怪大事典』（東京堂出版、二〇一三年）など。論文に「妖怪のリアリティを生きる」（『現代民俗学研究』第七号、現代民俗学会、二〇一五年三月）ほか。

伊藤信博（いとうのぶひろ）
①名古屋大学国際言語文化研究科助教
②お伽草子、絵巻・奈良絵本
③「擬人化され、可視化される植物・食物——室町から江戸時代を中心に」（『アジア遊学』第一五四号、勉誠出版、二〇一二年六月）、「室町から江戸期における飢饉と食物生産」（『地理と文化』第八六号、アルマルタン社、二〇一四年八月）、共著に『『酒飯論絵巻』影印と研究　文化庁本・フランス国立図書館本とその周辺』（臨川書店、二〇一五年）。

今井秀和（いまいひでかず）
①蓮花寺佛教研究所研究員
②日本近世文学、民俗学、比較文化論
③共著に『皿屋敷　幽霊お菊と皿と井戸』（白澤社、二〇一五年）、論文に「〈穴〉の境界論——山本作兵衛の炭坑画に見る狐——」（『朱』第五五号、伏見稲荷大社、二〇一一年）、「動植物の口寄せ——神と生物のあわいで——」（『日本文学研究』第五二号、大東文化大学、二〇一三年）など。

北林茉莉代（きたばやしまりよ）
①大正大学大学院博士後期課程
②お伽草子（特に異類合戦物）、仏教文学（特に『宝物集』、『安居院唱道集』、『直談因縁集』）、軍記物語（特に『平家物語』）など。
③「『平家物語』における武士の〈契り〉——義仲・兼平の最期から——」（『國文學

試論』第二〇号、立正大学、二〇一一年三月)、「『宝物集』本文異同に関する小考――「白純王ト申王ノ名香ナリ」を中心に――」(『國文學試論』第二三号、二〇一四年三月)、「『花月往来』小考」(『國文學試論』第二四号、二〇一五年三月)。

佐伯和香子(さえきわかこ)
①明治大学・國學院大學兼任講師
②伝承文学。継子譚・申し子譚。
③「都と鄙――継子物語の構造――」(『昔話伝説研究』第二二号、二〇〇二年)、『菅江真澄の旅と和歌伝承』(岩田書院、二〇〇九年)など。

塩川和広(しおかわかずひろ)
①立教大学大学院博士後期課程
②お伽草子の異類物、特に福神とその眷属に関する表現について。
③「富貴への予言と福神・貧乏神――打出の小槌と柿帷子」(『アジア遊学』第一五九号、二〇一二年一二月)、「お伽草子「福神物」にみる龍宮の眷属――蛸イメージの変遷を中心に」(『伝承文学研究』第六二号、二〇一三年八月)、「お伽草子「福神物」に見る致富の構造――『梅津長者物語』の貧乏神を中心に」(『立教大学日本文学』第一一一号、二〇一四年一月)など。

杉山和也(すぎやまかずや)
①青山学院大学大学院博士課程
②説話学。近代説話学の形成史。南方熊楠。
③「日本に於ける鰐(ワニ)の認識」(『説話文学研究』第四六号、二〇一一年)、「(正・続)日本に於ける鯨鯢の認識」(『青山語文』第四三・四四号、二〇一三・一四年三月)、「日本に於けるネコの認識――猫またの出現をめぐって――」(『平成二五年度　名古屋大学大学院国際言語文化研究科教育・研究プロジェクト「文化創造の展開および発展」報告書』二〇一四年)。

永島大輝(ながしまひろき)
①栃木市中学校教員
②民俗学・文学。怪異妖怪伝承(主として動物)について研究。最近は頭のない馬の話について考えている。
③「身体欠損のある馬の怪異――首切れ馬を中心に――」・「栃木県下都賀郡岩舟町静和の世間話と民俗知識」(共に『昔話伝説研究』第三四号、二〇一五年)。

毛利恵太(もうりけいた)
②妖怪文化及び妖怪の周辺
④@bottle_youkai　瓶詰妖怪　日本の妖怪についての紹介文を定期投稿するbot。

索引（異類）

・対象として取り上げているページは斜体で示した。
・出典や注記中の語句は対象外とした。
・異名の場合はページ数後に（　）で示した。

索引（人名）

・人物名・神仏名・妖怪（個体）名・作中人物、キャラクター名の索引である。
・前近代の人物は名（姓）、近代人は姓名で示す。
例）前近代…石燕（鳥山）
　　近代…水木しげる

（協力者　堀井瑞生）

▼お

▼か

▼き

索引（作品名）

・「　」歌曲名・章段名・章節名・記事名・演題・絵画名・話名
・『　』書名・映画・アニメーション・ＴＶ番組
・角書がある場合はそれを省いて配列した。
例）「大新板ばけ物づくし」→【ば】「〈大新板〉ばけ物づくし」

（協力者　北林茉莉代）

妖怪《ようかい》・憑依《ひょうい》・擬人化《ぎじんか》の文化史《ぶんかし》

平成 28（2016）年 2 月 15 日　初版第 1 刷発行

［編者］
伊 藤 慎 吾

［発行者］
池 田 圭 子

［装幀］
笠間書院装幀室

［発行所］
笠 間 書 院
〒 101-0064　東京都千代田区猿楽町 2-2-3
電話 03-3295-1331　FAX03-3294-0996
http://kasamashoin.jp/　mail：info@kasamashoin.co.jp

ISBN978-4-305-70797-0　C0091

印刷／製本　大日本印刷